CATHARINA INGELMAN-SUNDBERG

Catharina Ingelman-Sundberg, auteure suédoise très populaire, a débuté sa carrière en tant qu'archéologue sous-marin et a participé à des explorations, à la recherche notamment de drakkars ensevelis. Elle partage son temps entre la rédaction de romans et d'articles pour un grand quotidien suédois. Après plusieurs romans historiques, *Comment braquer une banque sans perdre son dentier* (Fleuve Éditions, 2014) est sa première incursion romanesque dans le monde contemporain, suivi par *Le gang des dentiers fait sauter la banque* (Fleuve Éditions, 2015), où l'on retrouve le même quintet de retraités farfelus. Le troisième volet de la série, *Comment prendre le large sans perdre sa perruque !*, a paru en 2016 chez le même éditeur. Tous sont repris chez Pocket.

Retrouvez toute l'actualité de l'auteur sur :
catharinaingelman-sundberg.com

COMMENT PRENDRE LE LARGE SANS PERDRE SA PERRUQUE !

CATHARINA
INGELMAN-SUNDBERG

COMMENT PRENDRE LE LARGE SANS PERDRE SA PERRUQUE !

*Traduit du suédois
par Hélène Hervieu*

fleuve
ÉDITIONS

Titre original :
RÅN OCH INGA VISOR

© 2016, Catharina Ingelman-Sundberg,
en accord avec Grand Agency.
© 2016, Fleuve Éditions, département d'Univers Poche,
pour la traduction en langue française.
ISBN : 978-2-266-27954-3

*Pour ma chère amie Line Renaud,
dont la gentillesse et la joie de vivre
ne cessent de m'inspirer.*

Le *Gang des dentiers* est ce que j'ai lu de plus délirant de toutes ces dernières années, c'est illogique et pourtant tout semble possible.

Bien que les personnages soient âgés, ce gang est jeune, rythmé, décalé, adorablement fou, comme son auteur Catharina que j'adore. Ce sont des Zorros modernes, ils aident ceux qui en ont besoin. Alors on leur pardonne tout – on les aime.

Tous mes vœux de succès à ce troisième livre, et vive Märtha et ses amis.

« Braquer des banques maintient en forme ! »

(Märtha, 79 ans.)

Prologue

La vieille dame mit la bouteille de champagne au réfrigérateur. Rien de tel que le champagne pour fêter un braquage de banque, à condition qu'il soit bien frais.

Märtha Anderson fredonna tout en posant sur la table de la cuisine un plateau, cinq flûtes et de quoi grignoter. Ensuite, elle alla dans sa chambre à coucher pour se préparer avant la petite expédition nocturne. Pendant qu'elle s'habillait, elle passa en revue les différentes étapes de son plan. Dans très exactement deux heures, le gang des dentiers allait de nouveau frapper, pour mener son action la plus audacieuse. Elle prit les clés sur la console de l'entrée et sortit dans l'obscurité.

1

Personne ne réagit quand le camion-poubelle s'arrêta devant la banque ni quand le bras télescopique se déploya et se connecta à la borne de collecte des déchets. Il était 4 h 30 du matin et nul, parmi ceux qui se trouvaient dans les rues de Stockholm à cette heure-là, ne s'intéressait au ramassage pneumatique des ordures. Sauf le gang des dentiers. Un éclair illumina le ciel, et les cinq retraités échangèrent un regard amusé. Ils attendaient précisément la foudre.

— Bon, dit Märtha en levant les yeux vers l'imposant bâtiment. Les banques n'aiment pas qu'on retire de l'argent. Mais là, ils ne vont pas en revenir !

Elle tapota d'un geste machinal sur le tableau de commandes du système d'aspiration et regarda à travers la vitre du camion. Ce véhicule pouvait transporter jusqu'à dix tonnes de déchets. Le contenu du coffre-fort de la banque y entrerait sans problème. Il s'agissait seulement de tout mettre dans le camion.

— Tenez, voici vos nouveaux visages, dit Märtha en distribuant un masque de Pavarotti barbu au Génie, un Elton John souriant au Râteau et un masque de

15

Brad Pitt à la peau lisse à Anders, le fils de Stina. Allez, maintenant, dehors, et bonne chance !

— Et moi, alors ? protesta Anna-Greta, le bras tendu vers un masque en latex de Margaret Thatcher au large sourire.

— Ah oui, c'est vrai, marmonna Märtha avant de le lui donner.

Les futurs braqueurs enfilèrent leurs nouveaux visages, quittèrent le camion et prirent leur position dans la rue, tandis que Märtha et Stina restaient à l'intérieur. Le moment était enfin venu !

En bas, sur le trottoir, le Génie tapota gaiement sur le tuyau de l'aspirateur à déchets, rectifia sa tenue de travail avec le logo PROPRETÉ EXPRESS sur la poitrine et se dirigea vers l'entrée. Anders, un autre travailleur, mais bien plus jeune, de la même société, vint le rejoindre, et les autres attendirent un moment avant de leur emboîter le pas. Le Râteau avait son foulard autour du cou ; sa collègue Anna-Greta, un grand chapeau de feutre sur la tête, s'appuya, pour mieux faire illusion, sur sa canne (laquelle était plutôt tordue depuis qu'elle l'avait emportée au hammam du Grand Hôtel[1], mais c'était sa canne préférée). Ses amis levèrent les yeux vers le ciel. De lourds nuages sombres, un éclair, et les premières gouttes firent leur apparition. C'était prometteur.

Une pluie grise, timide au début, commença à tomber, noyant les formes des maisons dans la pénombre. Peu de gens pouvaient distinguer les silhouettes en mouvement dans la rue, encore moins

---

1. Voir *Comment braquer une banque sans perdre son dentier*. (Toutes les notes sont de la traductrice.)

les identifier. Parfait. Le Génie composa le code de la porte d'entrée et tint le battant, en vrai gentleman, pour laisser passer les autres.

— Et surtout, ne faites pas de bruit. Il y en a qui dorment, ici, quelques étages plus haut, rappela-t-il.

— Mais oui, on va être archidiscrets, tonna Anna-Greta de sa voix de stentor.

Comme d'habitude, elle avait oublié de mettre sa prothèse auditive.

Le gang des dentiers passa vite la porte tandis qu'Anders, qui roulait les poubelles en polystyrène extrudé ultraléger et renforcé fabriquées spécialement pour le braquage, fermait la marche. Märtha avait insisté sur la légèreté des poubelles, puisque les échelles en pièces détachées, les outils et le reste de leur équipement pesaient déjà leur poids. Un voleur octogénaire doit économiser ses forces.

Sans s'intéresser à la salle du rez-de-chaussée, ils prirent l'ascenseur pour arriver à l'entrée du personnel, un étage au-dessus. Le gang avait étudié les plans du bâtiment et savait que, pour pénétrer dans la chambre forte par le chemin habituel, ils auraient dû forcer des portes blindées de cinquante centimètres d'épaisseur. Les goupilles de sécurité à elles seules étaient plus épaisses que des poteaux téléphoniques. Mieux valait se concentrer sur le plancher en pin de l'étage supérieur, isolé avec des plaques de plâtre et des panneaux d'aggloméré.

« Pour venir à bout de ce genre de construction bâclée, il suffit presque d'éternuer, avait dit Märtha quand ils avaient planifié le braquage. Des panneaux d'aggloméré et des plaques de plâtre, mon Dieu, n'importe quoi ! »

Pour préparer leur coup, elle était allée à la banque discuter de placements et n'avait pas manqué de complimenter le banquier sur ce sol élégant, de lui demander en quoi il était fait et où on pouvait se procurer les matériaux, parce qu'elle aimerait en avoir un aussi joli dans son appartement. Qui dit braquage dit planification rigoureuse.

Le Génie sentit une goutte de sueur sur ses tempes. Cet équipement de travail lui tenait chaud ; si porter un masque de Pavarotti permettait de ne pas être confondu par la police, c'était comme avoir du caramel mou sur la figure, mais en plus collant. Celui d'Elton John que portait le Râteau devait être d'une autre matière, et Anna-Greta semblait se plaire en Margaret Thatcher. Même si un ancien Premier Ministre ne devait pas souvent s'habiller en éboueur !

— C'est ici !

Le Génie regarda autour de lui, prit une profonde inspiration et, en un tour de main, parvint à ouvrir la serrure de la porte d'entrée du personnel. Puis il poussa le battant avec précaution, se dirigea vite vers le dispositif d'alarme et coupa l'électricité. Les autres entrèrent à sa suite et allumèrent leurs petites lampes à LED, dont les faisceaux lumineux balayèrent la pièce. Des murs sombres en brique, un revêtement neuf au sol, des étagères de livres, des chaises et, au centre, une grande table. Cela ressemblait à toutes les salles de réunion du monde, sauf que celle-ci se trouvait au-dessus d'une chambre forte où dormaient, au bas mot, 20 millions de couronnes[1].

Le Génie sortit d'un des bacs-poubelles une scie

---

1. Un peu plus de 2 millions d'euros.

sauteuse, une perceuse, un marteau et deux petits cochons, un bleu et un rose, qu'il tenait de la Swedbank. C'étaient des tirelires qu'il valait mieux ne pas secouer, puisque, pour l'occasion, elles ne contenaient pas des pièces de monnaie, mais de la poudre. Le Génie, fort de son expérience d'ingénieur et d'inventeur, avait jugé qu'une bombe de feu d'artifice de douze pouces avec de la poudre noire devrait simplifier le travail, mais, à l'insu de Märtha, il en avait rajouté un chouïa. La tirelire rose, surtout, avait une charge particulièrement explosive.

— Bon, maintenant, les échelles, dit-il en se grattant sous sa barbe de Pavarotti.

Anders les tira de la seconde poubelle, tâtonna un peu dans la pénombre, puis parvint à les assembler. Le Génie reprit une grande inspiration et lança :

— Mes amis, c'est l'heure de faire un trou dans le sol.

Perceuse et scie sauteuse firent des merveilles entre les mains du Génie, du Râteau et d'Anders. Ce dernier avait choisi un masque de Brad Pitt pour ne pas avoir l'air aussi vieux que les autres, un choix qu'il regrettait à présent, car il pouvait à peine respirer.

À la pâle lumière bleue de leurs lampes, les hommes réussirent à creuser plusieurs trous qu'ils agrandirent ensuite à la scie sauteuse. Le moment était venu d'utiliser les petits cochons tirelires. Le Génie transpirait tant qu'il craignit de s'évanouir – personne n'avait pensé à emporter de bouteilles d'eau. Qui croirait se retrouver à sec dans une banque ?

Märtha leva les yeux vers le pignon du bâtiment où s'étaient engouffrés ses amis déguisés. Le Génie devait leur faire signe quand ils auraient pénétré dans la chambre forte et pratiqué un trou dans le mur pour rejoindre le conduit du vide-ordures. Märtha et Stina n'auraient alors qu'à se tenir prêtes pour récupérer ce qui y tomberait. Märtha essaya de se remémorer les plans du bâtiment. Il faudrait au Génie et aux autres un bon moment pour faire un trou dans le sol, et peut-être encore une demi-heure pour en faire un autre dans le mur entre la chambre forte et le conduit du vide-ordures. Si rien ne venait contrecarrer leurs plans, bien sûr. Ils avaient choisi une des plus grandes banques de Stockholm, qui disposait d'un maximum de liquidités. Ils n'avaient pas réussi à mettre la main sur tous les renseignements concernant le bâtiment, mais Märtha était allée pleurer auprès des archives de la ville, prétextant un projet de recherches sur l'histoire de l'immeuble. Ce devait être l'œuvre de sa vie, leur avait-elle dit. Finalement, le préposé aux archives avait cédé, et elle avait pu avoir accès à de vieux microfilms des plans.

Elle rit en son for intérieur et passa la main sur le joystick. Les espaces de rangement, les cages d'escalier, les conduits des vide-ordures et le système électrique de la banque n'avaient plus de secrets pour elle. Elle connaissait jusqu'à l'épaisseur des sols et des murs. Elle leva de nouveau les yeux vers le bâtiment. Ils en mettaient du temps, là-haut. *Pourvu que les choses n'aient pas mal tourné !*

— Vous avez vu ? Cinquante centimètres d'épaisseur, exactement comme Märtha l'avait annoncé, fit remarquer le Râteau en considérant le trou dans le sol.

Le Génie reposa la scie sauteuse.

— Et maintenant, il ne reste plus qu'à faire descendre les tirelires !

— Tiens, voilà toutes nos économies, dit Anna-Greta en lui tendant les deux petits cochons.

— On a bien fait de percer le trou pour le vide-ordures après, sinon ça aurait pué, dit le Râteau.

— Mais l'argent aussi a une odeur, marmonna Anders. Pense à tous les pots-de-vin…

Le Génie inséra les tirelires dans les deux trous et recula.

— Silence ! Allez, vite, nos bouchons d'oreilles, et mettons-nous à couvert ! ordonna-t-il en conduisant toute la troupe dans le bureau du directeur de la banque, un peu plus loin.

Il n'avait ni mèche ni briquet, car il comptait tout déclencher à distance de manière électronique.

— Des bouchons d'oreilles ! T'as déjà essayé d'en mettre à un masque en latex d'Elton John ? protesta le Râteau.

— Attention, murmura le Génie qui ferma les yeux et appuya sur un bouton. Zut, loupé…

Märtha commençait à s'inquiéter. Elle croyait voir de temps en temps une faible lueur à l'une des fenêtres de l'étage, mais c'était tout. Quelque chose avait dû rater.

— Stina, attends-moi ici. Je reviens tout de suite, dit-elle en descendant du siège conducteur.

— Non, ne me laisse pas ! cria son amie dans ses vêtements d'homme, une casquette profondément enfoncée sur la tête. Je ne peux pas m'occuper toute seule de la machine aspirante.

— Mais je reviens tout de suite, je vais juste

21

vérifier que tout se passe bien, la rassura-t-elle en lui tapotant le dessus de la main. Toi, reste ici.

Les yeux de Stina trahissaient sa peur, et Märtha lui tapota aussi la joue. Stina avait toujours le chic pour se faire une montagne de tout.

— Je reviens tout de suite, répéta Märtha qui referma la porte et sortit dans la rue.

Elle inspecta les alentours sans voir personne, avança jusqu'à la porte et tapa le code. Puis elle prit l'escalier et s'arrêta devant l'entrée du personnel. Tout était silencieux. Elle n'entendait pas même la voix d'Anna-Greta. Märtha enfonça la poignée et entra. *Mon Dieu, que fait Pavarotti ici ? Je croyais qu'il était mort !* eut-elle le temps de penser avant de se souvenir que c'était le masque en latex du Génie.

— Je n'ai pas osé mettre trop de poudre, alors ça a juste fait « pfuit », bredouilla le Génie. Tu avais dit qu'il ne fallait pas que la charge explosive soit plus forte qu'un pétard de feu d'artifice, se justifia-t-il en montrant du doigt le sol où seul le pourtour des trous avait un peu brûlé.

— Je voulais dire un *gros* pétard, précisa Märtha.

— Dans ce cas… répliqua-t-il en sortant d'autres cochons tirelires du bac-poubelle. Maintenant, c'est du sérieux. Tous aux abris !

Si le masque de Pavarotti n'avait pas été si rigide, on aurait pu voir le Génie sourire, mais le caoutchouc ne broncha pas et personne ne remarqua son sourire amusé. Les seniors se retirèrent et s'accroupirent derrière les lourdes tables en chêne et les écrans d'ordinateurs. Quelques secondes plus tard, une terrible détonation retentit.

— Ah, putain de merde ! s'exclama avec l'accent

de Göteborg un Elton John toussotant et couvert de débris quand mortier, plaques et morceaux de plancher furent emportés dans un nuage de poussière.

— Pas mal ! s'écria Brad Pitt *alias* Anders, qui secoua la tête pour faire tomber un peu de mortier tout en se retenant d'éternuer.

— Ah, voilà une bonne chose de faite ! hennit Anna-Greta avec tant de force qu'elle faillit en perdre son masque.

Märtha ne dit rien. Son cœur battait si fort qu'elle avait du mal à respirer. Le Génie avait promis de ne pas emporter de charges explosives trop puissantes, mais cette détonation avait dû résonner dans tout le bâtiment.

— Il faut qu'on se dépêche, parvint-elle à articuler en rampant jusqu'au bord du trou.

L'explosion avait arraché une partie du plancher, de sorte qu'on avait une vue plongeante sur la chambre forte. Et ce n'était pas tout. Les coffres-forts étaient endommagés et les portes s'étaient ouvertes, leurs gonds de guingois. Documents, bijoux, lingots d'or gisaient pêle-mêle au milieu des morceaux de plâtre et de mortier.

— Vite, les échelles ! lança le Génie en faisant un signe à Anders.

Le fils de Stina, leur aide à domicile privé, se chargeait des tâches les plus physiques quand le gang des dentiers passait à l'action. Il installa les échelles pour que les membres du gang puissent descendre dans la chambre forte. Une fois en bas, ils promenèrent leurs regards dans la pièce. Tout se déroula comme prévu, à un détail près : le mur de brique donnant sur le conduit du vide-ordures était resté intact.

— Je vais en remettre une dose, proposa le Génie.

— Non, attends ! s'écria Märtha, puis elle s'approcha du mur et passa son pouce sur le papier peint. C'est bien ce que je pensais : ce bâtiment a été rénové dans les années 1960, et à cette époque les constructeurs ne savaient pas ce qu'ils faisaient. Les plafonds, les planchers et les murs sont moisis, regardez ! dit-elle en arrachant un bout de papier peint, et le plâtre avec. Les joints sont en mauvais état. Ils ont l'air bien en surface, mais à l'intérieur, c'est comme du sucre cristallisé. Beaucoup mélangeaient le béton avec de l'eau saumâtre. Alors ici, pas la peine d'utiliser de dynamite. C'est…

— Tu nous feras un cours plus tard. Là, on est en train de cambrioler une banque, je te rappelle, bougonna le Râteau.

— Oui, mais c'est pour que vous compreniez, insista Märtha. Il suffit de faire sauter les joints et de dégager les briques, comme ça, nous aurons directement accès au vide-ordures. Allez-y ! Moi, je dois retourner au camion.

Sur ces mots, elle se dépêcha de remonter l'échelle, traversa le bureau du directeur et sortit silencieusement par la porte.

En bas, dans la chambre forte, le reste du gang ne chôma pas. Avec son modeste marteau de géologue, Anna-Greta brisa les joints en fredonnant un air que les cantonniers chantaient autrefois. Pour une ancienne banquière, elle faisait preuve d'une décontraction surprenante. Le temps passé en dehors de la maison de retraite lui avait indéniablement fait un bien fou.

— J'ai encore un peu de poudre en réserve, déclara

le Génie, trempé sous son masque de Pavarotti, en fouillant tout au fond du bac-poubelle.

D'un geste triomphant, il brandit deux autres cochons tirelires, bleu pâle, cette fois.

— Vous ne devinerez jamais la puissance qu'ont ces deux-là !

Quand Märtha ressortit, la rue lui parut aussi silencieuse et abandonnée qu'auparavant. Un passant solitaire au coin de la rue, une voiture au loin. Elle rit un peu et recula d'un pas. Oh, non ! Une voiture de police ! Elle avançait dans la Fleminggatan mais ne s'arrêta pas, tourna dans la St. Eriksgatan et disparut. Märtha retint sa respiration et expira doucement. Mieux valait ne pas traîner si on ne voulait pas éveiller de soupçons. Le camion-poubelle n'était peut-être pas passé au contrôle technique, ou il pouvait y avoir une nouvelle réglementation que la police devrait vérifier.

Elle baissa les yeux sur ses vêtements de travail vert criard avec leurs bandes réfléchissantes ; elle aurait préféré porter quelque chose de plus élégant que cette tenue d'éboueur. Pourquoi n'avait-elle pas choisi des vêtements plus discrets ? Elle le regrettait maintenant et, en reprenant sa place à côté de Stina, s'en voulait terriblement. À la vue de sa mine déconfite, son amie lui tendit un sachet de réglisse ultraforte. Elle savait que Märtha adorait les bonbons, même si elle se retenait d'en manger trop souvent. Mais dans des circonstances exceptionnelles – un cambriolage de banque, par exemple –, elle se permettait un petit écart.

— Merci, dit Märtha qui en prit une poignée.

Puis encore quelques-uns. Stina l'observa du coin de l'œil.

— Y a un problème ?

— On met un peu plus de temps pour faire des casses, quand on est vieux, répondit Märtha.

Ils n'avaient pas encore fait de trou dans le mur de brique. La voix de Stina monta dans les aigus.

— Non, c'est vrai ? Oh, là là !

Il y eut comme un jaillissement de flammes à l'étage, et des nuages de poussière se pressèrent contre les vitres.

— Oh, non ! Le Génie a encore fait exploser une tirelire, s'écria Märtha qui décida de mettre en marche le système d'aspiration. Ça va aller vite, maintenant !

Elle tira le joystick vers elle, et l'aspiration commença.

— Voilà, on y est, dit le Génie en faisant tomber la dernière brique du sommet de la pile. Il suffisait d'un cochon tirelire de plus.

Il épousseta quelques restes de plastique bleu ciel et se pencha pour apercevoir le conduit du vide-ordures. Une odeur aigre de déchets lui monta aux narines, sous le masque, et se répandit dans la pièce.

— Bon, il faut y aller, camarades ! C'est pas le moment de rester les bras croisés. Apportez les pelles et les seaux !

— Mais ça pue la mort ! se plaignit le Râteau.

— L'argent ne tombe pas du ciel, il se gagne. N'oublie jamais ça, lui rappela Anna-Greta.

— C'est pas le moment de discuter, l'interrompit Anders.

Pavarotti et Elton John balancèrent des objets précieux dans le conduit à tour de bras, avec l'aide et les encouragements de Brad Pitt. Bijoux, or, billets de banque disparurent illico dans le système d'évacuation des ordures. Tout fut aussitôt aspiré : Märtha avait dû enclencher le système à fond.

Trois colliers en or, cinq lingots et 300 000 couronnes en billets de 1 000 : Anna-Greta ne put s'empêcher de les compter.

Ils travaillèrent d'arrache-pied en haletant sous l'effort, de manière même inquiétante pour certains. Les masques qui les empêchaient de respirer rendaient la tâche plus ardue, mais personne n'osa enlever le sien, à cause des caméras de surveillance.

— On en aura bientôt terminé, dit le Génie pour motiver ses troupes.

Heureusement, les piles diminuaient, et ils entendaient un joyeux cliquetis dans le conduit. Il ne restait plus grand-chose. Le Génie voyait s'engouffrer dans le trou les billets, les papiers et les bijoux, et il se demanda combien de millions avaient été ainsi engloutis. *Pourvu que les locataires d'en haut ne se soient pas réveillés et ne se mettent pas à vider leurs poubelles ! Là, ils seraient mal*, pensa-t-il en envoyant dans le conduit un grand sac plastique bourré de billets qui, trop gros, boucha l'entrée.

— Je vais arranger ça, dit Anna-Greta.

Avant qu'on ait pu l'arrêter, elle poussa le sac de sa canne, mais en mettant tant de force dans son mouvement que la canne partit avec.

— Ça alors ! s'écria-t-elle, effrayée, en entendant le ramdam qu'elle faisait dans le conduit. Oh, là là, ça va réveiller tout le quartier ! Et si on pensait à la retraite ?

— À la retraite ? De quoi tu parles ? On risque

la PRISON, tu comprends ? pesta le Râteau dans son masque au sourire figé.

Il n'eut pas le temps de poursuivre : des voix résonnaient dans la cage d'escalier, suivies d'appels et de cris.

Dans le grand camion-poubelle, Märtha entendit le système d'aspiration toussoter, tandis que des lumières s'allumaient dans les étages au-dessus des locaux de la banque.

— Oups, il vaut mieux s'en aller. Nous avons déjà pas mal de millions, dit-elle, la bouche pleine de bonbons.

Elle tendit la main pour en prendre d'autres, mais son geste trop brusque fit tomber le sachet à terre.

— Je le ramasse, dit Stina en se penchant en avant, mais elle se retrouva le ventre sur le tableau de commande du joystick.

À cet instant, il y eut un drôle de bruit.

— Qu'est-ce que c'était ? s'étonna Märtha.

— Je crois que j'ai peut-être… balbutia Stina.

— Mieux vaut mettre la puissance maximale, résolut Märtha en prenant les commandes et en poussant la manette vers le bas.

— Non, non ! cria Stina, paniquée.

Elle avait touché le bouton de marche arrière.

Tout ce qui venait d'être volé repartit en sens inverse, direction la banque.

Dans la chambre forte, le gang des dentiers venait de remonter grâce aux échelles quand ils entendirent un bruit qu'aurait fait le robinet d'eau de l'immeuble fermé puis brusquement rouvert. Ça crachotait et cognait dans la tuyauterie, puis jaillit un tas de vieux déchets suivis de morceaux de plâtre, d'aggloméré et de mortier. Et enfin, les billets, les broches, les testaments et les bracelets furent projetés dans tous les coins de la chambre forte. Encore un dernier collier en or et… pour finir, la canne tordue d'Anna-Greta.

— Mais enfin, Märtha, coupe le moteur ! Fais quelque chose ! s'écria le Génie qui, aussitôt, avec l'aide d'Anders, essaya de faire basculer la table de réunion contre le trou.

— Oh, ma chère canne, soupira Anna-Greta.

La canne en avait pris un coup : il lui manquait un gros éclat de bois.

Ils perçurent un autre bruit étrange, suivi d'un long souffle, comme quelque chose qui se dégonfle. Puis le silence. Märtha avait dû couper le moteur. Ensuite un grondement de remise en marche retentit, le son s'intensifia, et tout ou presque fut de nouveau aspiré dans l'autre sens, repartant dans le conduit. Mais à présent, d'autres sons leur parvenaient. Des sirènes de police. Et elles étaient terriblement proches.

Autant dire que, à l'intérieur du camion-poubelle, on n'en menait pas large.

— Les voisins ont dû prévenir la police, constata Stina.

— Oui, mon Dieu, il vaut mieux qu'on parte, dit Märtha stressée, impatiente que les derniers objets soient aspirés.

Ensuite, elle enclencha prudemment la marche arrière.

— Mais très chère, tu oublies le bras télescopique ! protesta Stina qui se jeta en avant et mit le pied sur le frein.

— Ah, c'est vrai ; il faut penser à tant de choses de nos jours, marmonna Märtha en rougissant. C'est si facile d'oublier, je veux dire.

— Au secours ! J'aperçois la voiture de police ! s'écria Stina.

— S'ils nous interrogent, on leur dira qu'on a eu des problèmes d'aspirateur, répliqua Märtha en écrasant un vieux carton de pizza. J'ai remarqué que ces trucs-là bouchaient toujours les aspirateurs.

— Tu penses vraiment à tout !

— Quand je n'oublie pas…

— Ah, mais ce que ça peut sentir mauvais ! râla Stina.

— Hé ! Je te rappelle que ce n'est pas un taxi, c'est un camion-poubelle, s'agaça Märtha.

En entendant hurler les sirènes de police, les membres du gang des dentiers vérifièrent qu'ils n'avaient rien laissé derrière eux et se dépêchèrent de regagner la grande salle de réunion. Là, ils brossèrent leurs vêtements pour faire partir le plus gros de la poussière, puis ils descendirent l'escalier dans le calme, l'air détaché, avant de sortir dans la rue, les bacs-poubelles entre eux. Un ivrogne qui passait devant la banque sursauta à la vue de Brad Pitt, Elton John et Pavarotti traînant deux poubelles, Margaret Thatcher sur leurs talons. Il se frotta les yeux. Il n'aurait pas dû boire autant de liqueur, il pouvait y avoir n'importe quoi dans ces boissons-là.

La voiture de police se rapprocha de l'angle de la St. Eriksgatan et de la Fleminggatan et ralentit devant la banque tandis que la pluie redoublait d'intensité. Les policiers baissèrent les vitres :

— Hep, vous, là !

Le Râteau et Anders firent mine de n'avoir rien entendu et détachèrent le plus nonchalamment possible le bras télescopique de la borne de collecte des déchets. Pour faire encore plus vrai, ils ramassèrent une canette de bière et quelques serviettes de McDonald's trempées, qu'ils balancèrent dans les poubelles. Pendant ce temps, Märtha appuya sur la manette pour faire rentrer le bras télescopique, mais paniqua, de sorte que celui-ci, au lieu de se ranger, souleva les bacs. Elle chercha à tâtons un sac en plastique dans lequel elle conservait sa solution d'urgence, mais, à cet instant précis, il se mit réellement à tomber des cordes. Les policiers, qui s'apprêtaient à sortir de la voiture, se ravisèrent et remontèrent leurs vitres à la hâte.

Le Génie et le Râteau s'approchèrent du camion-poubelle et frappèrent à la portière du conducteur.

— C'est bon ! lança le Génie qui grimpa à l'intérieur du véhicule.

Les autres grimpèrent à leur tour et s'entassèrent à l'arrière. Ils étaient serrés comme des sardines, mais, après avoir longuement réfléchi, ils s'étaient malgré tout décidés à n'utiliser qu'un seul camion. S'enfuir dans deux véhicules aurait été trop risqué.

— J'ai comme l'impression qu'on a embarqué pas mal de trucs puants, dit le Râteau en se pinçant le nez, ou plus exactement celui d'Elton John.

— Absolument, confirma Märtha. En tant que chauffeur de camion-poubelle, on n'est jamais assez convaincant, alors j'ai emporté ceci au cas où la police voudrait venir fourrer son nez ici.

Ce disant, elle entrouvrit le sac en plastique qui

31

contenait des boîtes de hareng fermenté vides et baissa la vitre.

— Bouchez-vous le nez. On y va !

En tournant le lourd volant, elle quitta le trottoir, accéléra et frôla la voiture de police avant de continuer plus calmement sur la St. Eriksgatan. Les policiers, qui venaient de rebaisser leurs vitres, les remontèrent de nouveau en rouspétant et attendirent un bon moment avant de se ressaisir et de se précipiter dans la banque, armes au poing.

— Vous savez pourquoi les camions-poubelles de Norvège roulent si vite ? lança Märtha, cramponnée au volant, dans l'espoir de détendre l'atmosphère.

— Parce qu'ils ont peur d'être braqués, dirent-ils tous d'une seule voix.

Ils éclatèrent de rire tandis que le véhicule se dirigeait vers Roslagstull puis vers Djursholm. Ils emportaient dans leur camion 10 ou 15 millions à l'intention des pauvres qui méritaient une vie meilleure. Mais le gang des dentiers avait en réalité besoin de quelques millions de plus pour réaliser le grand rêve de Märtha : un lieu où les personnes très âgées pourraient se retrouver entre elles, s'amuser et profiter de la vie, oui, un lieu proposant un tas d'activités divertissantes, à l'image d'une petite ville d'autrefois où tous mèneraient une vie heureuse, une ville qui porterait un nom plus moderne, bien sûr : Vintageville, ou Bourg-la-Joie, peut-être ? Ou pourquoi pas le Repaire-des-Panthères ?

2

C'est l'erreur après *un délit qui entraîne l'arres-
tation de tant de malfrats*, pensa Märtha en quittant
la ville à bord du camion-poubelle. Surtout, ne pas
relâcher son attention et ne pas se faire repérer en
se comportant n'importe comment. Mais le gang des
dentiers comptait bien ne pas tomber dans ce travers.
Rester concentrée, se répétait-elle, puis elle fit une
embardée dans un crissement de pneus pour ne pas
écraser un piéton solitaire. Elle décida de ralentir, se
ressaisit et se cramponna au volant.

Comment pouvait-on être maladroit à ce point ?
Elle repensa aux jeunes voleurs qui avaient dérobé
des tableaux au Musée national, plusieurs années
auparavant, en plein mois de décembre, et s'étaient
enfuis dans un Zodiac amarré non loin du musée en
riant si fort qu'un skipper avait trouvé ça bizarre. Ils
s'étaient vite fait coffrer. Et le hold-up par hélicoptère ? Les malfrats avaient oublié leur appareil GPS
sur le siège passager de l'hélico, et la police n'avait
plus eu qu'à les cueillir. Ce n'était pas au gang des
dentiers qu'il arriverait ce genre de choses : leur plan
était déjà bien établi, ils n'avaient pas l'intention

de laisser la moindre trace derrière eux. Ils avaient donc déjà installé un système de collecte pneumatique des déchets dans leur villa de Djursholm, il n'y aurait plus qu'à y connecter le bras aspirant. Une seule pression sur le bouton, et tout partirait *dans l'autre sens* : le butin atterrirait directement dans leur cave, puis ils rapporteraient le camion-poubelle au dépôt. Simple et génial. Personne n'aurait l'idée de chercher un butin aussi important chez des retraités âgés dans le quartier de Djursholm. Non, les vieux schnocks comme eux, ça passe son temps à lire et à faire des mots croisés, c'est bien connu.

Märtha bifurqua dans le Norrtäljevägen et se dirigea vers la place du marché de Djursholm. Devant le magasin d'alimentation, elle prit la pente raide à droite, passa la crête, ralentit et déboucha sur le nouveau point d'ancrage de leur existence : leur maison, au 3, Auroravägen. L'antique villa, construite à la fin du XIXe siècle en haut de la pente et joliment entourée de buissons et de chênes, était une des nombreuses grandes demeures tarabiscotées aux allures de manoir du quartier. Deux étages en bois sombre goudronné, et, au sommet, une tour avec un toit vitré. Elle adorait cette villa ; s'ils n'avaient pas eu comme voisin Bielke, ce millionnaire grincheux, l'endroit eût été idyllique. Autrefois se dressait sur son terrain une ravissante villa Art nouveau, mais ce râleur patenté avait tout rasé et construit à la place une sorte de bunker. Devant ce caisson carré en béton, il avait fait installer une piscine luxueuse avec des marches et des rambardes de sûreté. Tout autour, de grandes jarres en béton avec des fleurs et des plantes étaient peu à peu étouffées par les mauvaises herbes. Mais le pire, c'étaient ses sculptures de jardin, hideuses, en pierre et en plastique. Un lion immense trônait là, les pattes avant posées sur un globe terrestre, ainsi qu'un Père Noël rouge vif coiffé d'une casquette en plastique fendillée, un sac sur le dos. Sans les massifs de lilas et la rangée de pommiers qui dissimulaient la plus grande partie de ce terrain, jamais Märtha n'aurait accepté d'acheter la maison d'à côté. Elle avait besoin d'être entourée de belle nature, et de beauté tout court.

Elle eut une pensée émue pour la jolie demeure proche de Vetlanda qu'ils avaient été contraints de quitter. La commune avait décidé de faire passer une autoroute juste sous leurs fenêtres, et ils n'avaient eu d'autre choix que de déménager à Stockholm. Cependant, ils n'avaient pas osé revenir à Värmdö, où ils avaient vécu jadis, et s'étaient installés à Djursholm, où Anna-Greta était née et avait passé de longues années. Ils se sentaient plus en sécurité ici. À l'inverse des gangs de motards, les magouilleurs de la finance en costume trois-pièces du coin ne tapaient pas sur les vieillards. Par ailleurs, Djursholm était un endroit paisible avec une population bien élevée et cultivée. C'était ici, par exemple, qu'avait vécu Elsa Beskow, connue pour ses contes. Märtha l'imaginait très bien dans sa grande villa des années 1940, jouant du piano, dessinant et imaginant ses histoires. Peut-être était-ce grâce à cela qu'elle, Märtha, avait rêvé de créer de meilleures conditions de vie pour les personnes âgées. Vintageville, un vrai Repaire-de-Panthères avec des cinémas, des théâtres, des spas, des jardins, des cafés Internet, des salons de coiffure, des piscines et des bars, un lieu merveilleux pour que les seniors puissent profiter à fond des dernières années de leur vie. Voilà le projet qu'allait concrétiser le gang des dentiers. Mais pour gagner les autres à sa cause, Märtha devrait faire preuve d'habileté. Dès qu'ils comprendraient l'ampleur des sommes nécessaires, ils se rendraient compte que plusieurs nouveaux braquages seraient indispensables. Les millions de la banque étaient un bon début, mais un Repaire-de-Panthères ou un Bourg-la-Joie exigerait des milliards.

Märtha rétrograda, vérifia dans le rétroviseur que personne ne les suivait et tourna dans l'allée qui menait au garage, à côté de la cave. L'encombrant véhicule, difficile à manœuvrer, se retrouva malheureusement un peu de travers. Mais cela arrive aussi à des éboueurs professionnels. L'important était de vite décharger le butin !

— Il est temps de connecter l'aspirateur, dit-elle aux autres.

Un Pavarotti ensommeillé et un Elton John tout aussi engourdi descendirent de voiture pendant que Märtha faisait sortir le bras télescopique. Les hommes l'apportèrent jusqu'au mur de la cave et s'apprêtaient à le brancher lorsqu'un besoin naturel se fit impérieux. Les heures matinales ont un étrange effet sur les hommes d'un certain âge, et Pavarotti comme Elton John ressentirent une irrépressible envie de pisser.

— Juste un instant ! s'écria le Génie en courant derrière la maison, le Râteau sur les talons.

Mais Märtha avait déjà appuyé sur le joystick. Un relent de hareng fermenté accompagna testaments, lingots et billets qui furent projetés en l'air ; les hommes revinrent, affolés, le pantalon encore baissé, et connectèrent enfin le tuyau aspirant. Toutes sortes de bruits bizarres retentirent, et Märtha pensa que c'étaient les collections de pièces, les billets, les lingots d'or et tout le reste qui tombaient dans la cave. Mais soudain, tout s'arrêta net, et on entendit un claquement sec, comme la détonation d'un coup de fusil.

— Oh, non ! La canne d'Anna-Greta ! gémit Stina alors que la machine se remettait à tout cracher vers la cave.

— Pauvre Anna-Greta, qu'allons-nous faire ? murmura Märtha tandis que les bruits inquiétants cessaient progressivement.

— Nous lui achèterons une nouvelle canne toute belle, que le Génie ne peut pas fabriquer, dit Stina.

Märtha acquiesça.

Elle fit signe aux hommes de débrancher l'aspirateur, mais ils n'obéirent pas. Contrariée, elle sortit du camion.

— Qu'est-ce qui se passe ? demanda-t-elle.

— On en a mis un peu à côté, avoua le Génie en montrant du doigt quelques billets et un lingot d'or par terre. Je crois aussi que pas mal de choses se sont envolées sous le camion.

— Je vais arranger ça. Je vais me garer dans la pente, dit le Râteau, serviable. Nous, les hommes, on est habitués à manœuvrer de gros engins de travail…

— Tant mieux, mais d'abord, je vais bazarder les boîtes de hareng fermenté, répondit Märtha qui ouvrit la porte et saisit le sac en plastique nauséabond.

— Ah, qu'est-ce que ça pue ! Je ne sais pas comment on va se débarrasser de cette odeur ! grogna le Râteau.

Il essaya de se pincer le nez du bout des doigts, mais n'attrapa qu'un morceau de caoutchouc.

En râlant, il monta sur le siège conducteur, jeta un regard autour de lui et commença à faire marche arrière quand Märtha cogna à la vitre.

— Il faut d'abord rentrer le bras télescopique !

— J'allais le faire, dit-il en rougissant.

Il s'exécuta puis continua à grimper la pente, où il se gara sur le parking privé de leur horrible voisin. Ce dernier était parti faire le tour du monde en voilier, ils n'avaient donc rien à craindre. Même son jardin était à l'abandon. Il en avait confié l'entretien à une société qui avait entre-temps fait faillite, ce dont le gang des dentiers s'était bien gardé de l'informer. Cela leur épargnait le bruit des tondeuses à gazon, tronçon-neuses et autres calamités si répandues à Djursholm. Eux-mêmes auraient volontiers laissé le jardin rede-venir une forêt vierge.

En revenant sur ses pas, le Râteau ramassa par terre un lingot d'or et les restes d'un album de timbres, puis rejoignit les autres.

Dans l'espace poubelles, à la cave, les membres du gang hurlèrent de joie : le sol était jonché de lingots d'or et de billets. Anna-Greta plongea dans le tas, au comble du ravissement. Proche de la pâmoison, elle agita des liasses de billets comme des éventails.

— Aaah… dit-elle avec un soupir, les yeux clos.

— Mon Dieu, quelle pagaille ! s'écria Märtha, horrifiée. Et si quelqu'un entrait maintenant ? Nous ferions mieux de tout mettre à l'abri…

— Bah, il n'y a pas de policiers à Djursholm, rien que des fraudeurs et des *grands* criminels en col blanc, gloussa Anna-Greta, grisée, en jetant en l'air des liasses. Ah ! s'exclama-t-elle en respirant leur odeur. Toutefois, je dois dire que ces billets sentent surtout le hareng fermenté.

— C'est justement ça. Nettoyer des billets de banque maculés après un hold-up, je sais faire, mais faire partir l'odeur du hareng, c'est une autre paire de manches, grommela le Génie, qui avait enfin retiré son masque de Pavarotti.

— Écoutez, dit Märtha, soyons futés. Pas question de commettre les mêmes erreurs que les autres voleurs. Nous devons effacer toutes nos traces avec le plus grand soin !

— Certes, mais pour l'odeur, on fait comment ? objecta Anna-Greta, qui préféra finalement ôter son nez des billets. J'ai une suggestion : si on envoyait un message à la presse en pàrlant du *braquage puant* ?

Sur ce, elle éclata de rire, au point que Stina dut lui donner un coup de pied dans le tibia.

— Un peu de sérieux, voyons, Anna-Greta, ne nous éparpillons pas.

Au même instant, un drôle de bruit retentit un peu plus haut dans la rue. Ça crissa d'abord un peu, puis cogna, et un grondement étrange se mit à enfler, comme si quelque chose dévalait la pente. Non pas une voiture ou une moto, mais quelque chose de plus lourd, qui dégageait en se rapprochant une forte odeur de hareng fermenté.

— Oh, mon Dieu, je crois que… balbutia Märtha.

Ils se précipitèrent tous à l'extérieur et eurent juste le temps d'apercevoir le camion-poubelle foncer droit dans les buissons, faire halte au bord des marches et couler lentement dans la piscine du voisin. De grosses bulles remontèrent à la surface, des chuintements et des bruits de décompression se firent entendre tandis

que le véhicule se calait dans le fond de la piscine.
Puis tout redevint silencieux.

— Mon Dieu ! s'écria Stina, effrayée, en portant
les mains au visage.

— Un camion-poubelle au fond d'une piscine, je
n'ai encore jamais vu ça, constata le Génie.

— Au moins, il sera propre, maintenant, marmonna
Märtha.

— Et ça ne sentira plus, enchérit Anna-Greta.

Le Râteau, les yeux écarquillés, garda le silence. Il
lui avait semblé mettre le frein à main, mais peut-être
avait-il oublié d'enclencher une vitesse ?

— Qu'est-ce que tu disais, le Râteau, comme quoi
vous, les hommes, aviez l'habitude des gros engins ?
railla Märtha.

— Oui, tu sais peut-être aussi comment les faire
sortir des piscines ? ajouta Stina avec un petit rire.

Tous regardèrent, l'air chagrin, les buissons écra-
sés ; la barrière de sécurité de la piscine, arrachée,
avait sombré dans le bassin. Tout en haut, sur le toit
du véhicule, pointaient une branche de lilas et une
feuille de pissenlit.

— Une chance que le voisin ait une piscine aussi
profonde, dit Märtha pour rester positive.

— C'est vrai, fit le Râteau qui essayait de redresser
un des massifs de lilas. C'est là qu'il teste ses appareils de plongée avant de partir en voyage.

— En fait, si on y réfléchit, c'est vraiment un
coup de bol. Personne ne pensera à chercher un
camion-poubelle dans une piscine, poursuivit Märtha.

— Tu n'as pas tort, dit le Râteau, soulagé. Mais
il se voit un peu beaucoup, dans l'eau…

— Pas faux ; on devrait arranger ça, il y a toujours

une solution, répondit le Génie. Je parie que le voisin a un volet automatique pour couvrir sa piscine.

Il regarda autour de lui et découvrit un discret abri à un bout du bassin. Il parvint à ouvrir la porte et disparut à l'intérieur. Peu après, un petit moteur électrique se mit en marche. Le volet de la piscine glissa lentement au-dessus de la surface de l'eau et recouvrit enfin tout le bassin. Plus aucune trace du camion-poubelle.

— Pas mal, hein ? dit le Génie en éteignant le moteur et en arrachant un des câbles d'alimentation. Maintenant, il faudra un moment pour rouvrir le volet. Ça nous laisse le temps de réfléchir.

— Je crois qu'on en a bien besoin, admit Märtha.

3

Cambrioler des banques, c'est mieux que l'ecstasy, songea Märtha, sans trop savoir ce qu'était l'ecstasy. Elle était en sueur ; elle avait dû se retourner une centaine de fois et ses draps étaient entortillés comme les rayons d'un sucre d'orge. Son cerveau fonctionnait à plein régime : elle se remémorait le déroulement de leur casse étape par étape pour voir s'ils n'avaient pas commis d'erreurs. N'avaient-ils pas laissé d'empreintes ? Et cet incident avec le camion-poubelle. Elle avait laissé le Râteau le garer juste pour qu'il se sente un homme, un vrai, et bien sûr, ça avait foiré… Il ne fallait pas faire preuve de trop de sentimentalisme et penser aux autres : un casse était un travail de braqueurs, un métier qu'il fallait pratiquer de manière professionnelle, un point c'est tout. Mais ça s'était bien terminé. Si la police faisait le rapprochement entre le camion-poubelle et le casse, ils n'auraient pas la tâche facile ! Ils pourraient toujours s'amuser à fouiller tous les dépôts et les décharges. Le coup du camion dans la piscine était génial. Elle-même n'aurait pu trouver de meilleure idée.

Märtha et ses amis n'avaient pas eu le courage

de recenser tout de suite l'intégralité de leur butin, jugeant sage de s'accorder une sieste réparatrice, un petit dodo pour faire le plein d'énergie et y voir plus clair avant de compter l'argent. Ensuite, ils fêteraient ça dans les règles de l'art. Pas de casse sans champagne, ou en tout cas sans une délicieuse liqueur. Märtha bâilla, se leva et sortit un carnet et un stylo. Dès qu'ils auraient fait les comptes et caché le butin, il faudrait décider à qui offrir leur argent, à la manière de Robin des bois. Elle établit une liste de détails à régler et s'habilla lentement. Puis, emportant son carnet et le stylo, elle descendit l'escalier et rejoignit la cuisine. C'était l'heure de la réunion.

Peu après, Märtha et ses amis se retrouvèrent avec leurs tasses de café autour de la grande table en chêne de la cave. Le soupirail était recouvert d'un tissu noir, et les lampes allumées. Une forte odeur de hareng fermenté flottait dans la pièce, et de profonds bâillements retentissaient ici et là. Tous étaient fatigués et auraient bien aimé prolonger leur sieste, mais il fallait prendre le plus rapidement possible une décision concernant les millions volés. Et résoudre le problème du camion-poubelle. Heureusement, le vieux ronchon et les autres voisins étaient absents, et personne ne semblait avoir remarqué ce qui s'était passé. Les lilas et les arbustes non taillés cachaient presque tout, et la scène ressemblait en fait à n'importe quel jardin à l'abandon. Mais il suffirait qu'une seule personne jette un coup d'œil sous la bâche couvrant la piscine… Et puis, cette odeur tenace de hareng fermenté empestait toute la maison. L'odeur du hareng fermenté, c'est comme les factures. On ne s'en débarrasse pas comme ça.

— Cinq lingots d'or, des tonnes de liasses de billets, trois collections de pièces anciennes et une collection de timbres. Pas mal, pas mal du tout.

La voix bureaucratique d'Anna-Greta résonna dans la pièce, sur un ton plus enjoué que d'habitude.

— Mais les billets... Les autorités doivent avoir leurs numéros ? Ils sont devenus si affreusement sévères, dans les bureaux de change, fit remarquer Stina, la voix tremblante.

Elle était marquée par son éducation religieuse à Jonköping ; cambrioler des banques n'était pas sa tasse de thé. Quant à l'emploi futur du butin, il l'angoissait encore plus. Elle avait honte de se comporter en escroc et craignait tout le temps de se faire prendre.

— On peut acheter des mobile homes, des paquebots de luxe et tout ce qu'on veut sur Blocket[1], suggéra le Râteau en lui posant un bras sur les épaules pour la rassurer.

— Mais si ce sont des objets volés, ce sera du recel ! objecta Stina en secouant la tête.

— Non, gardons-nous de verser dans l'illégalité, dit Märtha en tançant les autres du regard.

— Alors tu t'es trompée de branche, constata le Râteau.

— Mais nos casses ne visent qu'à répandre la joie ! insista-t-elle.

— Je ne suis pas sûr que tout le monde voie les choses de cette manière.

Les membres du gang des dentiers burent leur café en faisant cliqueter les tasses sur les soucoupes, reparlèrent de leur casse, et contemplèrent le butin,

---

1. Équivalent suédois du site Internet leboncoin.fr.

plongeant de temps en temps la main dans la masse de billets en réfléchissant. L'air pensif, Anna-Greta fit jouer plusieurs liasses entre ses doigts. Elle s'arrêta tout à coup, un large sourire sur le visage.

— J'ai une brillante idée ! s'exclama-t-elle en laissant échapper un gloussement qui faillit se terminer en joyeux hennissement (elle se retint au dernier moment). Nous allons créer une société, acheter une maison de retraite ou une école, la revendre peu après, et placer le revenu de la vente sur un compte aux Caraïbes.

— On ne va quand même pas faire comme ces grands capitalistes ! protesta Stina.

— Je t'arrête tout de suite, Anna-Greta. Pas question de gagner de l'argent sur le dos des maisons de retraite ou des écoles ! intervint Märtha. Nous allons DONNER cet argent, ne l'oublie pas.

— Mais c'est bien ce que nous allons faire, insista Anna-Greta qui, d'un geste nonchalant, repoussa une mèche de ses longs cheveux gris derrière son oreille.

Elle se redressa, les joues en feu tant elle était excitée par son idée. En souriant, elle regarda ses amis et reprit :

— La revente d'une entreprise à but lucratif dans le milieu éducatif, médical ou social nous permettra de faire sortir de Suède autant d'argent qu'on voudra sans que les autorités en soient averties ! Et pas besoin de dévaliser d'abord une société, puisque nous avons déjà l'argent ! Nous l'envoyons seulement sur un compte aux Caraïbes, ouvrons une société là-bas et rapatrions ensuite ces fonds sans payer d'impôts. Ainsi, nous faisons fructifier le tout !

— Mais qui paie des impôts sur du fric qu'il a piqué ? s'étonna le Râteau.

S'ensuivit un silence assez long ; tous s'observèrent, la mine soucieuse, jusqu'à ce qu'Anna-Greta s'étire et se donne de petits coups sur la nuque.

— Vous ne comprenez donc pas ? Nous allons blanchir l'argent aux Caraïbes et pourrons ainsi en donner *encore plus* aux pauvres.

Les autres membres du gang des dentiers avaient un peu de mal à suivre ; Anna-Greta les rassura en expliquant qu'un avocat se chargerait pour eux de tous les mouvements financiers.

— Plus nous aurons de sociétés, plus il sera difficile pour les autorités de surveiller ce que nous faisons, enchaîna-t-elle.

— Je trouve qu'une société, c'est déjà bien assez, non ? dit le Génie, qui détestait se compliquer la vie.

Lui, il aimait façonner, bricoler et travailler à ses inventions, pas magouiller avec l'argent.

— Nous devons avoir deux sociétés, l'une aux Caraïbes, l'autre en Suède. Puis nous prendrons une carte Visa au nom de la société suédoise et aurons directement accès à l'argent, poursuivit Anna-Greta, au comble du ravissement.

— Dans un distributeur automatique, tu veux dire ? demanda le Râteau en écarquillant les yeux.

— Oui, bien sûr. La société aux Caraïbes peut prêter de l'argent à notre société en Suède à des intérêts astronomiques, de sorte que nous ferons faillite. Ainsi, nous ne paierons pas d'impôts et nous deviendrons *encore* plus riches. Exactement comme le font les milliardaires.

— Mais enfin, pourquoi s'embarquer dans tout ça ? On ne pourrait pas plutôt faire le bien ? l'interrompit le Génie.

— Tout à fait d'accord. Toutes ces magouilles financières, ce n'est pas pour nous. Nous paierons nos impôts en Suède, sinon nous ne vaudrons pas mieux que les requins de la finance, trancha Märtha.

— Exactement. Les impôts, c'est indispensable au fonctionnement de la société, rappela Stina.

Elle sortit sa lime et commença à se polir les ongles avec soin. (Elle ne s'était pas mis de vernis depuis deux jours, il était plus que temps de s'en occuper.)

— Et quand on est riche... Excusez-moi si je n'ai pas bien suivi, mais c'est quand on est riche qu'on a les moyens de payer des impôts, non ? Alors pourquoi ne pas le faire ?

Tous soupirèrent à la pensée du puissant monde de la finance. Visiblement, des billions erraient dans l'espace intersidéral sans jamais tomber dans la poche de ceux qui en avaient vraiment besoin. Et pendant ce temps-là, les banques prêtaient de l'argent virtuel qu'elles ne possédaient pas. Pas étonnant qu'on s'y perde ! Märtha finit par croiser les mains dans un geste résolu.

— Anna-Greta, au lieu de jongler avec notre capital, explique-moi comment nous allons répartir et distribuer l'argent du casse.

— Dès que j'aurai mis la main sur un bon avocat, je le prierai de faire des versements mensuels au Secours populaire de la ville. Comme notre compte aux Caraïbes sera secret, personne ne saura d'où proviennent les fonds.

Tous convinrent que ce n'était pas bête, mais constatèrent avec déception qu'ils n'avaient en fait pas tant d'argent que ça à distribuer. Il y avait tant de nécessiteux : salaires ridiculement bas dans le domaine de la santé, des écoles, des maisons de retraite, des institutions culturelles… Le gang des dentiers n'avait pas intérêt à chômer ! *Et ce n'est pas tout*, se dit Märtha, qui sortit son tricot. Distribuer de l'argent, c'est bien beau, mais l'argent avait une fâcheuse tendance à disparaître. Tant qu'ils avaient encore des forces, ils devaient créer quelque chose qui perdurerait après leur mort, qui rendrait de nombreuses personnes heureuses, ce Bourg-la-Joie, cet endroit de rêve pour seniors.

Elle ferma les yeux et imagina une bande de joyeux lurons plus tout jeunes devant une piscine aux eaux turquoise scintillantes. D'autres seraient confortablement assis au bar dans de profonds et moelleux fauteuils, des cocktails avec petits parasols à la main, ou feraient du jardinage dans l'une des nombreuses serres du centre. Sur la scène du théâtre, un groupe de comédiens jouerait *Arsenic et vieilles dentelles*, et du côté du terrain de pétanque résonneraient les rires et les exclamations. Quelle vision merveilleuse…

— Ton tricot ! s'écria le Génie en le rattrapant de justesse avant qu'il ne tombe par terre.

— Merci, murmura Märtha qui s'emmêla dans ses mailles.

Sauf que Bourg-la-Joie, l'eldorado pour panthères, coûterait une somme rondelette, bien plus que ces énormes stades que construisaient les hommes politiques pour se mettre bien avec l'industrie du bâtiment. Mais ils n'étaient pas obligés de construire toute la ville d'un coup : ils pourraient commencer par un spa ou un restaurant, pour quelques centaines de millions de couronnes. Märtha tripota son écharpe à moitié terminée, fronça les sourcils et essaya de poursuivre ses réflexions. Si des jeunots de vingt-cinq ans qui sortaient d'écoles de commerce s'en mettaient plein les poches, pourquoi cinq seniors qui n'avaient pas froid aux yeux ne pourraient-ils pas en faire autant ?

— Nous avons du pain sur la planche. Si nous donnons dans les 18 millions – je ne sais plus tout à fait combien nous avons ramassé –, il ne va pas falloir chômer.

— Oh, ce n'est pas un problème. Donne-les à l'État, et ils disparaîtront en un clin d'œil, dit le Râteau.

— Quoi qu'il en soit, nous devons d'abord cacher notre butin, intervint le Génie.

Les autres acquiescèrent. Vite, ils fourrèrent tout dans des taies d'oreiller et des housses de couette qu'ils mirent dans trois corbeilles à linge avec les affaires à laver habituelles. Au-dessus, ils placèrent les caleçons sales du Râteau et du Génie. Ensuite, ils jetèrent les masques de Pavarotti, Thatcher et d'Elton John dans la chaudière à mazout. Enfin, le Râteau partit chercher la bouteille de champagne et cinq flûtes.

— Bon, on va fêter ça, non ?

— Bien sûr, dit Märtha qui distribua les flûtes que le Râteau avait remplies. Allez, on trinque ! lança-t-elle en levant son verre.

— Santé ! répondirent ses amis.

Ils entrechoquèrent leurs verres puis burent avec recueillement.

— Dire qu'on a encore réussi notre coup ! dit Anna-Greta, heureuse, en ouvrant les bras.

— Dévaliser une banque, c'est le plus simple, dit Stina. Blanchir l'argent et le donner à ceux qui en ont besoin paraît dix fois plus difficile.

Les membres du gang des dentiers n'étaient pas au bout de leurs peines ; mieux valait d'abord faire une bonne sieste. La réunion fut ajournée, et chacun regagna sa chambre. Märtha était au milieu de l'escalier quand elle sentit une main sur son épaule.

— Märtha, je veux te parler !

La main du Génie était chaude et agréable, mais sa voix avait une gravité qui l'inquiéta un peu. Il semblait fort déterminé.

— Maintenant ?

— Oui. Allons dans la bibliothèque.

Même si elle se sentait gagnée par la fatigue, il tenait visiblement à lui dire quelque chose, alors elle obéit. S'il y avait un problème, autant le régler aussitôt. Il attendit qu'elle soit entrée dans la pièce, s'assura qu'ils étaient bien seuls et ferma la porte. Puis il rajusta son blazer et son vieux pantalon des années 1950 et se mit à genoux avec peine. Elle le regarda, perplexe. Dieu, qu'il avait l'air gêné et perdu !

— Märtha, je veux t'épouser.

— Mais cher ami, voyons, tu n'avais pas besoin de t'agenouiller pour me faire ta demande, répondit Märtha, effrayée de le voir soudain effondré par terre.

— Je suis las d'être fiancé en secret, je veux qu'on se marie, bredouilla-t-il en se remettant à genoux.

Il parvint presque à se relever en s'appuyant au chambranle de la porte, puis sortit de sa poche une bague en or qu'il tendit à Märtha.

— Merci, mon ami, murmura-t-elle. Comme c'est gentil de ta part, ajouta-t-elle, toute rougissante.

Mais quand elle voulut l'aider à se redresser, elle fit rouler la bague au sol, et le Génie se remit aussitôt à quatre pattes.

— Tu comprends maintenant pourquoi j'insiste pour que nous fassions de la gymnastique tous les jours, hein ? ne put s'empêcher de dire Märtha.

Elle se rendit tout de suite compte que sa remarque était un peu déplacée.

— Hum, répondit le Génie.

— Excuse-moi. Mais c'est bien de se tenir en forme, poursuivit-elle.

Voilà qui n'était pas plus délicat. Le Génie réussit enfin à se relever sans se tenir au mur. Ses yeux trahirent soudain sa colère.

— De la gymnastique, hein ? Peut-être, mais c'est le yoga qui donne de la souplesse. Les séances de yoga avec Stina m'ont beaucoup apporté, dit-il avec une pointe de provocation.

Märtha le fixa. Il osait la contredire ? Dès le jour de leurs fiançailles, il avait commencé à se montrer impertinent. Désormais, il pouvait être têtu, et avait plusieurs fois tenté d'imposer son avis. *Une femme ne devrait jamais se marier ; il vaut mieux laisser les hommes se donner un peu de mal et comprendre que rien ne leur est acquis*, songea Märtha. Demander sa main maintenant, alors qu'ils se remettaient à peine de leur casse ! Craignait-il qu'elle propose d'en faire un autre dans la foulée ? Elle lorgna la bague que le Génie tenait cette fois fermement entre le pouce et l'index.

— L'autre, tu l'auras quand on se mariera. On fera une grande fête ! annonça le Génie en lui passant au doigt la bague en or brillant.

Elle toucha le bijou et le regarda. Bien sûr, qu'elle voulait vivre avec lui, mais…

— Nous marier ? Oui, mon ami, ça me paraît une

bonne idée, mais comme je te l'ai dit, nous devons distribuer l'argent du casse, tu le sais...

Le Génie la repoussa.

— Alors l'argent compte plus que nous ?

— Mais non, pas du tout. C'est le moment, voilà tout. Nous ne pouvons pas laisser tomber les vieux et les pauvres. Il faut que les fonds leur parviennent au plus vite.

— Donner l'argent est donc plus important pour toi ? insista le Génie dont la voix était montée dans les aigus.

— Voyons, mon ami, tu sais bien que nous sommes comme les doigts de la main, toi et moi ! protesta Märtha.

Elle se pencha et le serra dans ses bras jusqu'à ce qu'elle sente qu'il s'était calmé.

— Nous allons seulement repousser un peu le mariage, reprit-elle.

— Un peu ? Ça veut dire qu'on se mariera bientôt, alors ? balbutia le Génie, soulagé.

Il se sentit rougir en s'apercevant qu'il retombait sous l'emprise de Märtha. Il avait espéré se marier aussitôt après le grand casse, mais bien sûr, ils devaient aussi penser à distribuer l'argent. Il ne pouvait pas tout mettre en danger avec ses plans romantiques. Le mariage attendrait. Märtha avait raison, comme toujours. Il se ferait une raison.

— OK, d'abord la distribution de l'argent, mais ensuite, on se ma...

— C'est merveilleux, tu es si arrangeant, l'interrompit Märtha en l'enlaçant de nouveau. Personne ne t'arrive à la cheville. Ah, comme je t'aime !

C'en fut presque trop pour le Génie, qui rougit

jusqu'à la racine des cheveux. Main dans la main, ils montèrent l'escalier, réconciliés, et chacun regagna sa chambre. Märtha commandait maintenant, certes, mais plus tard, quand ils seraient mariés, il saurait lui montrer qui était le chef. Enfin, s'ils n'atterrissaient pas en prison avant.

L'après-midi était très avancé et tous étaient encore un peu guillerets à cause du champagne – sauf Märtha, pleine d'énergie et heureuse pour d'autres raisons. Après tout, on ne lui demandait pas sa main tous les jours. Mais ni le Génie ni elle n'avaient pu se détendre, captivés par les actualités. La banque dévalisée avait été la première information diffusée à la télévision et à la radio, et la police était sur les dents. Tout ce que le gang des dentiers ferait dans les heures à venir serait lourd de conséquences. Soit ils s'en sortiraient, soit ils seraient coincés. Il s'agissait donc de rester discrets, d'agir avec intelligence et de ne pas commettre la moindre erreur.

La police recherchait les malfaiteurs qui avaient dévalisé la Nordeabank, et Märtha se demanda quel raisonnement tiendraient les policiers. Certains penseraient peut-être au gang des dentiers : les voleurs n'avaient pas tiré de coups de feu ni jeté de clous sur la route, pas brûlé de voitures ni pris d'otages, et ces détails limitaient le choix parmi les bandes de cambrioleurs. D'un autre côté, ils avaient utilisé des explosifs, ce qui tendait à indiquer une piste criminelle professionnelle. Le Râteau avait même suggéré de tirer une salve de coups de feu dans le plafond pour avoir l'air de véritables gangsters, mais Märtha s'y était opposée. Ils n'utilisaient jamais d'armes à feu, par principe, et ce n'était pas parce que les autres se comportaient mal qu'il fallait les imiter. Par ailleurs, le gang des dentiers avait disparu de la circulation depuis un certain temps, alors comment pourrait-on savoir qu'ils avaient repris du service ?

Après une nouvelle sieste, Märtha poussa la desserte à roulettes en haut, sous la verrière, et disposa sur la table des tisanes, des biscuits sains et d'autres produits bio (Stina était dans sa phase bio). Pour mettre tout le monde de bonne humeur, elle sortit aussi des Mums-Mums[1], des gaufrettes fourrées au chocolat, et leur liqueur de baies arctiques habituelle. Il était important qu'ils passent un bon moment et se sentent bien.

Quand tout fut prêt, elle fit tinter la cloche de service pour appeler les autres. La véranda de la rotonde était agréable, et l'ascenseur intérieur branlant les y amenait sans problème. On était bien, ici, tout en haut. La vue dégagée sur la rue et le terrain du voisin leur permettrait d'apercevoir d'éventuels intrus tout en tenant leur réunion.

— Bienvenue, prenez du café, dit Märtha quand tous furent réunis. Enfin, je veux dire de la tisane revigorante.

Anna-Greta entra dans la pièce et prit place dans son fauteuil préféré. Stina fit demi-tour sur le seuil pour aller chercher son sac à main avec sa trousse à maquillage. Le Génie et le Râteau arrivèrent en traînant les pieds, les yeux embués de sommeil. La sieste avait été trop courte.

---

1. Meringues sur fond de biscuit trempées dans du chocolat.

Stina revint, ils se servirent, et le calme se fit. Les tasses s'entrechoquèrent, quelques toussotements discrets percèrent le silence. Tous n'étaient pas encore tout à fait sobres, mais Märtha estima qu'ils n'avaient pas le temps de se reposer davantage. Elle les dévisagea, se retint de faire sonner la cloche du repas encore une fois, puis s'éclaircit légèrement la voix.

— Nous venons de discuter de la manière d'utiliser au mieux le capital déposé dans le fonds des fripons. Cette fois, je suggère que l'argent aille en premier lieu aux soins, à l'école et aux services à la personne. Puis à l'accueil des personnes âgées et à la culture, naturellement, commença Märtha. Ensuite, nous créerons notre projet à nous, une Vinta…

— N'oublie pas nos marins. Eux aussi devraient avoir un peu d'argent, intervint le Râteau. Pour naviguer sous pavillon étranger et ce genre de choses…

— Et les inventeurs, ajouta le Génie. En Suède, il y a autant d'inventeurs géniaux qu'ailleurs, mais ils ne bénéficient d'aucune aide de l'État. Des idées fantastiques sont achetées par des sociétés à l'étranger ou purement et simplement piquées. Nous devrions soutenir ces gens-là.

— Et les bibliothécaires, alors ? l'interrompit Stina. Ils mettent à l'honneur notre culture. Et il faut aussi penser aux infirmières, médecins, et…

— Écoutez, nous ne disposons pas non plus du budget de toute la Suède, nous n'avons fait qu'un petit casse, rappela Märtha.

— Petit, c'est vite dit… Ça a fait un boucan de tous les diables quand le sol s'est effondré, dit le Râteau en riant.

— Serrons les rangs ! ordonna Märtha en haussant la voix et en joignant les mains devant elle, ce qui lui donna l'air d'un pasteur. Je propose que nous donnions d'abord de l'argent à ceux qui travaillent dans les services sociaux et les soins de santé. Ensuite, je suggère un projet de grande envergure, une Vintageville, un vrai Repaire-de-Panthères, une ville pour les seniors.

— Un Jurassic Park pour vieux, tu veux dire ? intervint le Râteau en ricanant.

— Comment ça, une Vintageville ? En voilà un nom ! Ça fait penser à des vêtements de fripes ! Non, je trouve que l'argent devrait aller aux personnes sous-payées ; qu'on leur donne des bonus comme ceux que touchent les P.-D.G., déclara le Génie.

— Des bonus pour les personnes sous-payées ? Voilà une idée géniale ! s'écria le Râteau.

— Certes, c'est une bonne idée, mais pour la suite, j'ai un plan, dit Märtha.

— Nous n'en doutons pas une seconde, intervint le Génie en lui prenant la main. Mais une chose à la fois. Nous ne pouvons pas tout faire en même temps.

Une chose à la fois ? Märtha se renfonça dans son fauteuil. De fait, elle devrait peut-être se calmer. À quoi bon dévaliser des banques si on ne redonnait pas tout de suite l'argent à ceux qui en avaient besoin, avant de se lancer dans un autre projet ? Mais, quoi qu'en dise le Génie, elle n'avait pas l'intention de renoncer à sa grande idée, cette Vintageville – peu importait son nom.

4

Le commissaire Jöback de la police de la ville eut une nuit cauchemardesque. Tout d'abord, une vieille dame téléphona pour dire qu'elle avait vu Pavarotti et Elton John devant la Nordeabank à Kungsholmen. La dame, qui devait avoir plus de soixante-dix ans, promenait son chien quand elle les avait aperçus, et se demandait maintenant s'il ne s'agissait pas de gangsters déguisés. Jöback répondit avec amabilité que lui aussi aimait Elton John et Pavarotti, mais qu'il ne les imaginait pas cambrioler une banque. Alors la dame ajouta qu'elle avait remarqué une femme ressemblant à Margaret Thatcher, qui devait elle aussi être impliquée. Il lui promit de vérifier toutes ces informations puis affirma devoir partir, appelé à intervenir d'urgence. Sur ce, il bâilla profondément et posa les pieds sur son bureau.

Deux heures plus tard, il fut réveillé par un appel en provenance de Djursholm qui le mit en rogne. Astrid von Bahr, une femme de diplomate qui avait du mal à trouver le sommeil, était sortie sur le balcon pour lire et prendre l'air. Là, alors qu'elle pensait à son mari infidèle (après quarante ans de mariage, il venait de la quitter pour une femme plus jeune), elle entendit soudain un drôle de bruit. On aurait dit un camion ; quand elle avait levé la tête de sa tablette numérique, elle avait vu un camion-poubelle dévaler en marche arrière une pente raide, puis entendu un vacarme terrible suivi d'un grand silence. Elle avait tendu l'oreille, mais sans entendre le camion remonter la pente ni personne crier, ce qui lui avait semblé bizarre.

— Un camion-poubelle ne se volatilise pas comme ça, monsieur le commissaire.

Jöback, qui n'avait jamais prétendu le contraire, lui répondit avec patience et gentillesse, mais finit par se lasser de ses théories sur les actes terroristes et la mafia. Il commençait à se faire trop vieux pour assurer les permanences de nuit ; les gens lui tapaient sur les nerfs, ils racontaient tellement de bêtises.

— Eh bien, merci beaucoup pour votre appel, dit-il dans l'espoir de raccrocher.

— Mais le camion-poubelle a dû verser dans le fossé, insista la dame.

— C'est sans nul doute ce qui s'est passé, dit Jöback.

— Et si quelqu'un l'avait volé ?

Voler un camion-poubelle ? Non, il n'y avait pas un seul Norvégien à Djursholm, faillit-il dire.

— Un trou noir, alors ? Ou est-ce qu'il existe des dolines à Djursholm ?

— Ah, ce genre de cratère, ça ne pardonne pas ! s'écria le commissaire avec une empathie feinte.

— Exactement.

— Mais vous êtes sûre que c'était un camion-poubelle, et non une ambulance ou une voiture de pompiers ? demanda Jöback.

La dame l'accusa de se moquer d'elle. Il l'assura de considérer avec le plus grand sérieux ses inquiétudes quant à l'ordre public, la remercia d'avoir pris la peine d'appeler, raccrocha et déclara à son chien policier, Cleo, qu'il ne faudrait pas laisser les vieilles dames toutes seules trop longtemps. Elles devraient au moins avoir la compagnie d'un chien. Ça les empêcherait de se monter la tête.

Le Génie se leva, s'approcha de la fenêtre de la rotonde et regarda dans le jardin. Des semaines s'étaient écoulées depuis leur dernier casse, et ils n'avaient pas été inquiétés par la police. Les enquêteurs ne pensaient pas que le braquage de la Nordeabank fût l'œuvre de voleurs suédois, mais soupçonnaient une ligue internationale. Les Suédois ne se seraient pas déguisés en Margaret Thatcher, déclara la police, ni en Pavarotti ; pourquoi pas en Brad Pitt, tant qu'on y était ? Ils auraient plus vraisemblablement porté des masques de Thore Skogman[1], du roi ou de Lill-Babs[2]. De sorte que le gang des dentiers n'avait même pas été mentionné dans les médias.

« Il ne faut se lancer dans aucune théorie avant d'avoir plusieurs lumières allumées, avait annoncé Jöback aux caméras de télévision, inspiré par un chef de police qui aimait utiliser cette expression. Nous travaillons en ratissant large », avait-il ajouté d'un air important.

Les articles sur le casse se raréfièrent peu à peu, les colonnes se réduisirent et la radio finit par ne

---

1. Chansonnier très populaire mort en 2007.
2. Chanteuse, animatrice de télévision née en 1938.

plus l'évoquer. Les membres du gang des dentiers se détendirent, et le Génie jugea que le moment était venu de célébrer le mariage – il fallait vraiment qu'il en reparle à Märtha. Mais ce n'était pas si facile. Il fit les cent pas dans la rotonde, s'arrêta de nouveau devant la fenêtre et contempla le jardin en essayant de prendre son courage à deux mains. Une corneille vint se poser sur une branche, en face de lui. Que d'arbres ! Ils se plaignaient de l'état du jardin voisin, mais le leur n'était guère mieux. Le portail noir en fer aurait dû être repeint et l'allée gravillonnée se couvrait par endroits de mauvaises herbes et de mousse. Entre la maison et la clôture se dressaient plusieurs chênes auxquels on aurait dû faire un sort depuis longtemps, et des herbes folles avaient envahi ce qui avait sans doute été jadis une belle pelouse. Le Génie soupira ; leur maison tarabiscotée ressemblait finalement à ces demeures anciennes de Djursholm à l'architecture torturée, avec force tourelles, où résidaient des dames d'un certain âge qui jouaient du piano et lisaient mais n'avaient plus le courage d'entretenir la maison ni le jardin.

Le Râteau et lui en souffraient, car eux non plus ne pouvaient pas s'occuper d'un domaine aussi grand, et il était impossible de s'en remettre à un jardinier tant qu'ils auraient des activités illégales. Le Génie jeta un regard à Märtha. C'était sa faute s'ils ne pouvaient jamais se reposer sur leurs lauriers et devaient toujours enchaîner les projets. Résultat : la maison et le jardin en pâtissaient. Dire qu'il avait demandé sa main dans les formes et qu'elle n'avait toujours pas planifié leur mariage ! Il décida de se montrer intransigeant. Elle, la femme d'action, était assise là un livre à la main et se moquait bien de l'image qu'elle renvoyait. Et de leur mariage, par la même occasion. Il s'approcha d'elle.

— Tu as réfléchi à la date de notre mariage ? demanda-t-il d'une voix plus tranchante que d'ordinaire.

— Notre mariage, as-tu dit ? s'étonna Märtha qui lisait, bien calée dans son fauteuil à fleurs préféré.

Elle feuilleta quelques pages avec une certaine nervosité, sentant la tension de son fiancé. Elle était en train de lire *Les Énigmes du vieillissement. Méthodes pour prolonger ta vie*, écrit par un journaliste santé d'un grand quotidien. Le Génie s'était emparé d'un ancien modèle d'ordinateur qu'il avait décidé de désosser pour en apprendre la technique de fabrication. Mais apparemment, les choses ne s'étaient pas passées comme prévu, car il avait laissé l'ordinateur à moitié éventré puis était resté un long moment à la fenêtre.

— Bon, pas de mariage, scanda-t-il en retournant aux entrailles de l'ordinateur.

Märtha posa le livre et passa la main sur la tête du Génie avec douceur, un geste intermédiaire entre une petite tape et une caresse. Elle avait trop à faire. Non seulement elle devait planifier les prochains casses et distribuer le butin, mais il lui fallait aussi manger sainement, faire de la gymnastique et surveiller son cœur. Et voilà que le Génie remettait la question du mariage sur la table. Certes, ce n'était pas une mauvaise idée, elle éprouvait vraiment des sentiments pour lui, mais il y avait plus urgent : faire parvenir l'argent volé aux nécessiteux. Et puis, elle avait entendu dire que le mariage n'était pas une si bonne opération que ça. Une fois mariés, les hommes croyaient avoir tous les droits et devenaient terriblement *exigeants*.

Ils leur faisaient la cour, les invitaient au restaurant, et soudain, vous leur apparteniez. Avant d'avoir eu le temps de dire ouf, elle se retrouverait reléguée dans la cuisine à faire des gâteaux et à veiller à ce qu'il ne manque de rien. On lui avait raconté l'histoire d'une relation qui avait duré quarante ans sans nuage, mais dès que le couple avait emménagé ensemble, sur leurs vieux jours, l'homme avait soudain demandé à la femme de laver ses chaussettes et ses caleçons à 5 h 30 du matin. Très peu pour elle ! Le mariage attendrait encore un moment. En tout cas quelques mois… Mais quel prétexte pourrait-elle invoquer ?

— Voyons, mon cher Génie, tu sais bien que tu es l'homme de ma vie ! Mais si nous ne distribuons pas l'argent du braquage maintenant, peut-être que des services entiers d'hôpitaux devront fermer. Les infirmières et le personnel soignant doivent avoir plus d'argent. Il est indispensable de mettre en place cette histoire de bonus.

— Si je comprends bien, les infirmières sont plus importantes que notre mariage ? se plaignit le Génie.

— Mais non, pas du tout, voyons, protesta Märtha qui réfléchissait à la manière d'octroyer un bonus tout en réalisant Vintageville.

Ils devraient bientôt aller récupérer les millions qu'ils avaient planqués dans une descente de gouttière du Grand Hôtel. Ce n'était vraiment pas le moment de penser au mariage ! Sans oser regarder le Génie en face, elle tritura longtemps un pli de sa jupe avant de lever les yeux.

— On a un programme si chargé… Ce serait quand même dommage que nos millions finissent par rouiller dans la gouttière.

— Donc, une GOUTTIÈRE est plus importante que notre relation ?

— Mais non, cher ami, ce n'est pas ce que je voulais dire. Mais il faut bien qu'on aille chercher cet argent. Les collants d'Anna-Greta ne vont pas tenir éternellement, dit Märtha en se penchant vers lui pour l'embrasser.

— Alors de vieux COLLANTS sont plus importants que… Bon, ça suffit !

Il se leva d'un bond, donna un coup de pied à l'ordinateur et sortit en claquant la porte.

5

Un cigarillo à la main, Anna-Greta fonçait dans sa Ferrari. Le vent fouettait ses cheveux gris qui tourbillonnaient comme des serpentins derrière sa nuque. « Attention, Fifi Brindacier arrive, tralala lala ! », chantait-elle tout haut tandis que les boutiques de la Kungsgatan défilaient. Elle essaya de siffler, mais de la fumée pénétra dans sa gorge, et elle se mit à tousser. Pas facile de fumer en décapotable. Elle écrasa le cigarillo dans son cendrier et se concentra sur la conduite.

Märtha nous a dit de faire profil bas après le casse, mais on peut tout de même s'offrir une balade en Ferrari, se dit Anna-Greta. Elle avait enfin la possibilité de réaliser un des rêves de sa vie. Par précaution, elle avait acheté la voiture d'occasion sur Blocket et ne s'était pas donné la peine d'envoyer les papiers à la préfecture. Ainsi pourrait-elle faire des virées incognito dans le pays pendant quelques mois encore. Ensuite, elle serait obligée de se séparer de ce bijou, mais d'ici là, elle se serait bien amusée. À son âge, il était grand temps de se faire plaisir ; de plus, ce véhicule était indispensable à son image. Elle se rendait en effet chez un avocat à la réputation douteuse, qui venait de se faire exclure de l'ordre des avocats. Elle s'était discrètement renseignée sur Internet et avait trouvé ce qu'elle cherchait en la personne d'un certain Nils Hovberg, dont le cabinet se trouvait à Östermalm. Parmi tous les manteaux en poils de chameau ou en vison qui peuplaient ce quartier de Stockholm, on y trouvait aussi des créatures comme elle, qui cultivaient le secret, en d'autres termes des individus louches qui voulaient mettre leur argent en sûreté dans des paradis fiscaux. Anna-Greta jeta un coup d'œil au sac de sport posé sur le siège passager. Pour un pot-de-vin, ça devrait suffire, vu la quantité de billets qu'elle y transportait. Pour cette fois en tout cas…

L'avocat Hovberg était l'homme de la situation, presque une référence dans ce domaine. Elle avait découvert qu'il s'était spécialisé dans le Panama et les Caraïbes et qu'il était chaudement recommandé par d'obscurs inconnus, sur Flash Net et d'autres sites peu fréquentables. D'ailleurs, il avait le plus beau site Web. Certaines lignes de sa page d'accueil avaient particulièrement attiré son attention : *Nous sommes le meilleur cabinet d'avocats du pays pour les clients intéressés par l'international. Nous voulons investir notre temps et nos moyens dans votre projet pour que vous puissiez atteindre les objectifs élevés que vous vous êtes fixés. Les juristes de notre cabinet disposent de compétences très pointues concernant les versements de sommes à l'étranger et nos conseillers savent s'adapter aux spécificités de vos demandes.*
Anna-Greta repoussa le cendrier sous le tableau de bord et fredonna tout bas. Une ligne surtout

avait achevé de la convaincre : *Nous connaissons bien les pays au régime criminel et les procédures en affaires dans les domaines que vous choisirez pour votre business. De cette manière, nous sommes en mesure de garantir tous vos investissements.*

Elle adorait Internet ! Ça paraissait prometteur. Elle gara la voiture dans la Grev Turegatan, referma la capote et saisit la nouvelle canne que Märtha lui avait achetée. On pouvait y fixer une petite bouteille d'eau et une sonnette, pratique quand on voulait qu'une personne s'écarte pour vous laisser passer. Elle l'avait tout de suite adoptée, même si elle regrettait un peu l'ancienne, que le Génie était en train de réparer. Anna-Greta descendit avec précaution de sa voiture (qui était pourtant très basse) et saisit son sac de sport à roulettes tout neuf. Elle resta un moment sur le trottoir et prit plusieurs grandes inspirations avant de faire les derniers mètres. Le cabinet d'avocats se trouvait au 93 de la Grev Turegatan. Il s'agissait maintenant de présenter sa requête de la manière la plus sérieuse possible.

Une secrétaire l'introduisit dans un bureau où était assis un homme de petite taille au visage rond et aux mains d'enfant. Il se leva quand elle entra et la salua d'une courbette et d'une poignée de main ferme. Elle se retrouva dans un authentique fauteuil Bruno Mathsson, devant une grande table en chêne.

— En quoi puis-je vous aider, chère madame ? demanda-t-il en lorgnant le sac de sport.

— Mon mari vient de décéder, dit Anna-Greta en sortant son mouchoir, et j'aimerais faire quelque chose de louable avec l'héritage.

— Voilà qui est généreux de votre part… Vous avez les documents ?

Anna-Greta sortit un faux papier d'identité, l'attestation de décès de ce mari inventé de toutes pièces et une alliance en or avec les noms d'Oskar et d'Anna-Greta gravés à l'intérieur. Elle la trouvait très réussie. Le Génie avait vieilli l'anneau en le frottant avec de la cendre et de la pâte dentifrice avant de la noircir au sulfure d'hydrogène, ou un composé chimique de ce genre. La bague paraissait avoir au moins cinquante ans.

— Je ne sais pas si vous avez aussi besoin de mon alliance. Je préférerais la garder en souvenir, ajouta Anna-Greta qui renifla un peu puis se moucha bruyamment.

— Non, je n'en ai pas besoin. Et si vous me disiez en quoi je puis vous être utile ?

Anna-Greta se mit à parler de son pauvre mari dont le plus grand rêve avait été d'ouvrir des maisons de soins pour les personnes âgées et les pauvres. Mais pour éviter que tout l'argent ne finisse dans les caisses de l'État, il avait voulu qu'elle ouvre une société de soins domiciliée aux Caraïbes avec une filiale à Stockholm. Il avait calculé que, de cette façon, les impôts seraient moins importants et l'argent irait à ceux qui en avaient vraiment besoin.

L'avocat leva les yeux et passa les doigts sur ses sourcils broussailleux.

— Et de combien d'argent s'agit-il ?

— Oskar a économisé toute sa vie. Il était très pingre au quotidien et ne s'offrait jamais rien, ni à moi non plus, d'ailleurs. Et comme nous n'avons pas eu d'enfants, ça a fini par faire une jolie somme. Ajoutez à cela l'héritage de sa mère qu'il n'a jamais dépensé. Sur son lit de mort, il m'a demandé de vendre ses actions, ses antiquités, tout son mobilier, sans oublier une ferme à Vetlanda. Autant vous dire que ça fait pas mal de cash.

— Nous parlons donc bien de millions ?

— 15, déclara Anna-Greta, car elle ne voulait pas indiquer le montant exact qu'ils avaient dérobé à la Nordeabank.

— 15 millions… répéta l'avocat. Vous ne pouvez pas sortir cet argent sans prévenir les impôts.

— Je sais, mais j'ai entendu dire que vous étiez précisément le genre de personne qui peut arranger ça.

— C'est vrai. Je comprends mieux ce qui vous amène.

L'avocat rit, appuya sur une touche de son ordinateur et fit pivoter l'écran pour qu'elle puisse regarder elle-même. Ensuite, il parla longtemps, montra différents graphiques et proposa une solution astucieuse après l'autre. À l'issue d'une longue discussion, Anna-Greta prit le sac de sport et le posa sur la table.

— Voici une petite avance pour vos services. Je pense qu'on peut se mettre d'accord. J'ai besoin de votre aide pour créer la société de soins que souhaitait mon mari, dit-elle en inclinant la tête et en se passant la langue sur les lèvres comme elle avait vu les femmes sensuelles le faire au cinéma.

— Mais voyons, madame… dit l'avocat qui palpait déjà le sac.

— Oh, c'est juste pour votre cagnotte café, dit Anna-Greta en riant. Soyez gentil, aidez-moi, mon époux aurait été si heureux.

Elle reprit son mouchoir et se mit à pleurer. On

aurait pu croire qu'elle avait fait ça toute sa vie, tant les larmes lui vinrent facilement. Ce fut tout juste si elle parvint à articuler :

— Vous ne savez pas ce que c'est que de perdre un compagnon comme lui. Pendant cinquante-trois ans, nous avons été inséparables. Oskar était un homme si bon, je veux absolument exécuter ses dernières volontés. Une société de soins aux Caraïbes, et ensuite rien qu'une petite, toute petite filiale à Stockholm.

— Oui, je comprends, répondit l'avocat Hovberg en faisant mine d'être touché par les larmes d'Anna-Greta. Ne vous inquiétez pas, je vais vous arranger ça.

— Et pour finir, le plus important : la moitié des 15 millions doit aller au Secours populaire. Je veux qu'ils aient une petite pièce tous les mois.

— Je comprends.

— La moitié de 15 millions, ça fait 7,5 millions que vous pouvez répartir sur plusieurs mois. Bon, eh bien, merci beaucoup.

Elle rangea son mouchoir, se leva et sortit en laissant là le sac de sport, qui contenait 1 million de couronnes en billets usés. Le Génie les avait savamment vieillis.

6

Le gang des dentiers buvait de la tisane dans la cuisine. Stina avait insisté pour qu'ils la préfèrent au café : elle avait elle-même préparé cette décoction spéciale, censée accentuer leur perspicacité et être bonne pour la santé. Les autres avaient accepté sans rechigner.

La cuisine était assez grande. Ils n'avaient pas encore eu le temps de l'aménager à leur goût, mais pour l'instant, elle faisait l'affaire. Les murs étaient peints en blanc, les encadrements des portes et des deux fenêtres à meneaux en bleu clair. Les placards, hauts et étroits, avaient récemment été dotés d'un éclairage intégré, et sur le plan de travail, une machine à café jouxtait une centrifugeuse. Au milieu de la pièce trônait une table massive en acajou entourée de chaises blanches avec accoudoirs ; le tapis usé du sol s'accordait mal avec le reste, mais comme il provenait de la maison du Génie à Sundbyberg, personne n'avait osé protester.

Märtha et ses amis avaient posé sur la table des scones tout chauds ainsi que de la marmelade d'oranges, et chacun buvait dans les tasses bleu ciel de chez Gustavsberg en attendant qu'Anna-Greta fasse le compte rendu de sa visite au cabinet de l'avocat. Elle les avait prévenus qu'elle avait beaucoup de choses à leur raconter. Elle finit de manger, enleva les miettes tombées sur son corsage en dentelle et les regarda en souriant. Par réflexe, elle prit un cigarillo qu'elle mit entre ses lèvres.

— Maintenant, ça roule ! Bientôt, nous pourrons utiliser l'argent de Nordea, déclara-t-elle avec fierté, le visage rayonnant. (Son cigarillo pendait au coin de sa bouche.) Ah, si vous aviez vu la mine de Hovberg quand je lui ai donné le sac de sport avec tous les billets à l'intérieur ! Je crois que le poisson est bien ferré.

— Qu'est-ce que tu veux dire par « ça roule » ? s'enquit Stina.

— Tout un sac de pot-de-vin ? dit le Génie, éberlué.

— Oui, l'avocat Hovberg est notre investissement pour l'avenir, répondit Anna-Greta en cherchant son briquet.

Elle s'interrompit quand elle se souvint que ses amis lui avaient interdit de fumer, et toussa. Les autres la regardèrent avec inquiétude.

— Ne me dis pas que tu as recommencé à fumer ? Fumer tue, rappela Märtha.

— Non, pas du tout, c'était seulement pour parfaire mon personnage devant l'avocat. Comment une vieille dame peut-elle sinon montrer qu'elle fait le poids ?

— Très juste, approuva le Râteau.

— Hovberg va nous aider à créer notre société. Ensuite, nous transférerons 15 millions de couronnes offshore aux Caraïbes, et nous aurons une carte Visa pour récupérer l'argent ici à Stockholm. Il sait exploiter les moindres failles dans les lois et les règlements entre les différents pays. Alors 1 million en dessous-de-table, ça ne me paraît pas exagéré.

— Un million ? Quand on peut s'acheter une société sur Internet pour 20 000 couronnes ? s'étrangla le Râteau.

— Peut-être, mais je me suis adjoint les services d'un avocat qui va nous aider *sur le long terme*, rétorqua Anna-Greta, un léger rouge aux joues. Il va s'occuper de nos affaires ici et aux Caraïbes, et il est tenu au secret professionnel.

— Et si on perd tout notre argent ? s'inquiéta Stina, complètement désemparée.

— Ne t'inquiète pas, dit Märtha en se voulant rassurante. J'ai confiance en Anna-Greta, elle sait ce qu'elle fait.

— Mon Dieu, j'espère vraiment. Bientôt 15 millions de couronnes partiront dans le cyberespace en un claquement de doigts… dit le Génie avec un soupir, en faisant un geste las vers le plafond. Je ne comprends pas. Comment l'argent que nous avons pris dans une chambre forte à Kungsholmen va-t-il se retrouver aux Caraïbes ?

— L'avocat Hovberg sait faire ça. Là-bas, ils ne posent pas de questions sur l'origine des fonds. Ils sont contents de récupérer l'argent sur des comptes bancaires de chez eux et ferment les yeux sur le reste, poursuivit Anna-Greta. Il va créer une société de soins de santé fictive aux îles Caïmans.

— C'est ça. Un truc imperméable. Personne ne peut mettre le nez dans ce qui se passe là-bas, dit le Râteau.

— De là, nous ferons transférer l'argent aux aides

à domicile et aux services de soins sans éveiller le moindre soupçon. En outre, il m'a promis de veiller aux versements mensuels pour le Secours populaire. Et s'il manque à sa parole, je le dénonce aux autorités sur-le-champ. J'ai des preuves.

Elle leur montra les clichés qu'elle avait pris. En sortant du bureau, elle était parvenue à le prendre en photo au moment même où il sortait quelques billets du sac de sport pour les fourrer dans sa poche.

— Oh, ce n'était pas gentil de faire ça, Anna-Greta, fit remarquer le Génie.

— Il faut toujours prendre ses précautions, répliqua cette dernière, ravie.

Elle était d'humeur à boire une coupe de champagne, mais elle ne trouva sur la table que sa tasse de tisane.

— Ah, oui, c'est vrai, une tisane, dit-elle en considérant le liquide jaunâtre. Si on boit une tasse entière de ce breuvage, on pourra avoir un peu de champagne en récompense ? lança-t-elle avant de pousser un hennissement si tonitruant que les autres durent la calmer.

Märtha avait écouté Anna-Greta en silence. Cette histoire de faire transférer l'argent d'un compte à un autre dans les Caraïbes lui paraissait un peu tirée par les cheveux. Mieux valait qu'ils aient eux-mêmes de l'occupation, car à leur âge, rien n'était pire que l'inaction et l'ennui. Si seulement ils pouvaient combiner leur action de bienfaisance avec l'ouverture d'un restaurant ! Ce serait une première étape dans leur projet de Vintageville... Elle leva les yeux et considéra ses amis. Oui, il était temps d'agir, avant qu'ils se relâchent complètement et deviennent tous des loques.

7

L'eau scintillait dans le Sveaviken, et les habitants de Djursholm faisaient leur paisible promenade dominicale le long du Strandvägen. Mais pas le gang des dentiers. Märtha avait entraîné ses amis dans une marche sportive avec bâtons, une *power walk*, comme elle disait, et pressait le pas. Du fait des séances de yoga de Stina, elle leur imposait moins de cours de gymnastique, mais les obligeait à sortir plus souvent pour se livrer à ce genre d'activités.

— Ça va ? cria-t-elle aux autres un peu à la traîne. Balancez davantage les bâtons ! C'est bon pour le cœur et les poumons. Vous verrez, on évacue deux fois plus d'énergie !

— Je croyais qu'on faisait ça pour *avoir plus* d'énergie ? pesta le Râteau qui avait du mal à suivre. En plus, c'est dimanche. Le dimanche, c'est fait pour se reposer.

— Mais tu auras tout loisir de le faire après, répliqua Märtha en élevant la voix. N'oublie pas que la marche avec bâtons épargne davantage les genoux et le dos que la course à pied.

— Si tu crois que j'avais l'intention de faire du jogging ! maugréa le Râteau.

— En outre, on utilise plus de groupes musculaires. Ce sont surtout les muscles des jambes, du ventre, du dos, des bras et de la poitrine qui travaillent.

— Ce serait bien si tu pouvais t'en tenir à un seul groupe musculaire. Parce que là, on a des courbatures partout, gémit le Râteau.

— Ça prouve seulement que tu manques d'entraînement.

— Non, là, j'en ai ma claque ! hurla-t-il.

Anna-Greta rattrapa Märtha et lui posa la main sur l'épaule.

— Chère Märtha, tu as le droit de marcher un peu moins vite. Tu sais, on n'aime pas quand tu commandes comme ça.

Märtha s'arrêta.

— C'est vrai, tu as peut-être raison. Les mots me sont sortis de la bouche trop vite. Je devrais réfléchir avant de parler.

— Tu n'es pas la seule dans ce cas, si ça peut te rassurer, répondit Anna-Greta avec un sourire.

— Bon, je trouve que nous avons fait assez d'exercice pour aujourd'hui. Et si on allait manger un morceau ? lança Stina en s'appuyant sur ses bâtons. Je me demande s'ils ont des plats sains, à l'auberge de Djursholm.

— Ah, voilà enfin une bonne idée, on va manger ! s'écria le Génie. Que diriez-vous d'un bon plat avec du porc, des pommes de terre, des saucisses avec une bonne couche de beurre et du lard ? Ensuite, on pourrait prendre quelque chose avec plein de mayonnaise bien huileuse ? Et pour couronner le tout, des gâteaux ou des tartes, qu'en dis-tu, Stina ? Après ça, on s'affalera sur le canapé pour digérer.

Il regarda Märtha du coin de l'œil pour voir sa réaction. Mais sa bien-aimée n'avait pas entendu, ou du moins le feignait. Pas un trait de son visage ne bougea.

— À propos de restaurant, dit-elle tout à coup. Ça tombe bien. Je pensais justement à cette Vintageville où il fera bon vivre pour les personnes âgées. Mon rêve serait de faire une vraie Cité de la Joie avec des spas, des théâtres, des salons de coiffure, des serres, des terrains de pétanque et des lieux de restauration pour nous, les seniors.

— La Cité de la Joie ? Super ! Combien de maisons de joie doit-il y avoir pour que ça devienne toute une Cité de la Joie ? se demanda le Râteau en faisant un clin d'œil au Génie.

Märtha fut vexée, les autres éclatèrent de rire.

— La Cité des Rêves, alors, suggéra-t-elle. Nous pourrions commencer par mettre sur pied un restaurant. Ce serait la première étape, on lancerait le reste après.

— Tu as oublié les salles d'entraînement, Märtha. Tu es sûre que tu ne confonds pas ? la taquina le Râteau.

— Un restaurant ? Excellente idée, s'exclama Stina, ravie. Ça pourrait s'appeler le Restaurant Pancho et être adapté aux personnes âgées. Beaucoup de fruits, des produits bio, ce genre de choses.

— Oui, de la vraie nourriture pour panthères ! renchérit Märtha.

— Moi, j'ai envie d'un bœuf du matelot[1], dit le Râteau. Et le restaurant s'appellera Vent force 7.

— Et pourquoi ne pas l'appeler le Facile à mâcher ? suggéra le Génie en donnant un coup de coude au Râteau.

Les deux hommes eurent un petit rire étouffé.

— Mais, le Génie, qu'est-ce qui te prend ? protesta Märtha. Allons nous asseoir et discuter, dit-elle en indiquant, un peu plus loin, un banc vert.

— Si on s'assoit, alors je veux bien participer, répondit-il.

Le gang des dentiers s'installa sur le banc et se reposa un moment. D'ici, ils avaient vue sur la Germaniaviken et les villas de luxe le long du Strandvägen. Sur la rive se dressait ici et là une ambassade ou une vieille demeure à plusieurs étages. Quand Anna-Greta allait à l'école mixte de Djursholm, les professeurs, les bibliothécaires et les fleuristes avaient encore les moyens d'habiter ces belles villas. À présent, la ville était surtout réservée aux riches.

— Vous vous souvenez des plats tout préparés qui sortaient du micro-ondes à la maison de retraite du Diamant ? dit Stina.

— Oui, quel mépris envers les personnes âgées ! s'écria Anna-Greta.

— À nous au contraire de leur donner le meilleur ! répondit Stina en sortant son poudrier pour rectifier son rouge à lèvres.

Elle avait les pensées plus claires quand elle se

---

1. *Sjömansbiff* est un plat traditionnel de bœuf avec des oignons et des pommes de terre, le tout cuit dans de la bière (l'eau douce étant autrefois une denrée rare sur les bateaux).

maquillait, affirmait-elle quand les autres lui reprochaient de ne penser qu'à son apparence.

— Nous allons proposer de la nourriture pour gourmets, et ce sera un restaurant où on se sentira comme chez soi. L'idéal serait de trouver un local près de l'eau, avec une jolie vue.

— Excellente idée, Stina ! fit Anna-Greta. Je connais la plage de Hornsberg, à Kungsholmen. Il y avait à une époque une ancienne entreprise de bitume et une brasserie, mais tout a été abandonné. Les terrains sont toujours à vendre, là-bas. Et on a vue sur l'eau.

— La plage de Hornsberg, parfait ! s'écria Märtha.

— Oui, il y a encore quelques locaux vides à louer, enchaîna Anna-Greta. On pourrait souscrire un contrat pour un de ces bâtiments.

Märtha sortit un stylo et un carnet de son sac banane.

— Si nous ouvrons un restaurant, il faudra qu'il y ait de l'animation sur place. Est-ce que vous avez un concept pour ça ?

Tous prirent plaisir à cogiter, le regard tourné vers les mouettes volant au-dessus de l'eau, énonçant leurs idées au fur et à mesure que Märtha les notait dans son carnet. À la fin, elle en avait noirci presque toutes les pages. Elle leva les yeux.

— Bon, vous voulez savoir à quoi va ressembler notre restaurant de rêve ?

Ses amis hochèrent la tête. Même le Râteau semblait avoir envie d'écouter. Märtha feuilleta ses notes et lut à haute voix :

— Tous les employés auront de bons salaires et

de bonnes conditions de travail, accès facile pour les déambulateurs et les fauteuils roulants...

— On doit aussi pouvoir y accéder avec une canne, interrompit Anna-Greta, et tous acquiescèrent.

— Il n'y aura pas de musique d'ambiance, mais pour que tout le monde soit content, il y aura des écouteurs à chaque table, comme dans l'avion, pour que chacun puisse écouter son artiste préféré, poursuivit Märtha.

— C'est bien. Comme ça, ceux qui sont durs d'oreille pourront mettre le volume à fond, ajouta Anna-Greta.

— Et chaque table sera équipée d'un mixeur, de sorte que, si quelque chose est trop dur à mâcher, il suffira de mettre les morceaux dans le bol et d'appuyer sur un bouton, lança le Génie.

Il y eut un silence ; tous regardèrent le Génie pour voir s'il plaisantait. Mais comme il affichait une mine sérieuse, ils se mirent à rire et hochèrent la tête.

— Pourquoi pas, à condition que ça ne fasse pas un boucan de tous les diables, dit Anna-Greta qui avait du mal à entendre quand il y avait trop de bruit autour d'elle. Et il ne faut pas que la nourriture éclabousse partout.

— D'accord, dit Märtha en tournant une page de son calepin. Ah, j'aime beaucoup ta proposition, Stina. Cette idée que le restaurant doive avoir une table de speed dating pour les célibataires.

— Exactement. Une table pour faciliter les rencontres entre âmes seules. Il peut s'agir de veuves ou de veufs, de vieux garçons et de vieilles filles, dit-elle d'un air enjoué. Ils auront droit à de belles chaises et à de la nourriture épicée, érotique. Et sur la table, il n'y aura qu'une salière et un poivrier, de sorte qu'ils seront obligés de se parler pour se passer le sel. Qu'est-ce que vous en dites ?

— C'est extra, Stina, dit Märtha.

— Quelle belle proposition, enchérit Anna-Greta, de nouveau célibataire. Il pourrait aussi y avoir des soirées de speed dating certains soirs de la semaine. Chaque invité recevrait un numéro sur un bout de papier que nous mettrions dans un bol en verre. Ensuite nous tirerions deux numéros, et les personnes ayant ces numéros se lèveraient pour faire connaissance, expliqua-t-elle, le regard déjà rêveur.

Anna-Greta s'était lassée de son petit ami Gunnar, qui ne parlait que d'ordinateurs et de boulot et manquait totalement de culture générale. La vie ne pouvait pas se réduire à des maths et à de l'informatique. Il y avait aussi l'art, la musique et la littérature, bref, *la culture*. Mais pour lui, à part les chiffres, le club de foot AIK et le club de hockey de Brynäs... Non, il était temps qu'elle ait un nouvel homme dans sa vie. Alors ces soirées de speed dating dans leur futur restaurant tombaient à pic !

— Et ce restaurant aura les meilleurs cuisiniers et le meilleur personnel en salle de toute la Suède ! Mais nous n'embaucherons que des personnes âgées, annonça Märtha.

— Quelques serveuses plus jeunes, ça ne serait pas de refus, lancèrent de concert le Râteau et le Génie.

Il s'ensuivit une brève discussion, puis on trouva un compromis : les employés devraient avoir plus de soixante ans. Bien sûr, leur âge ne serait pas précisé sur les papiers, pour que cela ne passe pas pour une mesure discriminatoire répréhensible. Et comme l'exception confirme la règle, quelques jeunes femmes pourraient être embauchées dans certains cas, ajouta Märtha avec emphase pour rassurer ces messieurs.

— Et la nourriture, alors ? demanda Märtha, contente de les voir tous prêts à s'engager.

— Moi, je veux une quiche au lard avec de la confiture d'airelles[1], dit le Râteau en jetant un regard vers l'auberge. (Il commençait à avoir un petit creux.)

— Non, il faut nous montrer modernes et proposer de la nourriture végétarienne, saine et bio, dit Stina.

— Je n'entrerai pas dans ce restaurant s'ils n'ont pas des boulettes de viande, du chou farci, des saucisses et de la purée de navet, protesta le Génie.

— Bien sûr, que nous proposerons la meilleure nourriture qui soit, déclara Anna-Greta. Et nous baptiserons le restaurant Au plaisir des gourmets.

— Le restaurant Au plaisir où vos désirs sont des ordres, renchérit Stina. Mais si nous voulons ouvrir un restaurant, il va falloir travailler. Il est grand temps de retrousser nos manches.

---

1. *Fläskpannkaka* : encore un plat traditionnel. Genre de quiche lorraine, avec dés de porc croustillants ou lardons, servie dans un plat à clafoutis, et toujours accompagnée de confiture d'airelles.

8

Les murs gris de la salle à manger, les longues tables en bois, étroites et usées, et les rideaux verdâtres délavés devant la fenêtre dataient des années 1950 et n'avaient rien de chaleureux. Mais dans cette prison de haute sécurité, l'aménagement intérieur n'importait pas : seul comptait l'internement. Ici étaient incarcérés certains des détenus les plus dangereux du pays, et l'argent allait davantage aux systèmes d'alarme dernier cri et aux barbelés qu'au bien-être des prisonniers.

C'était l'heure du déjeuner et quelques détenus allèrent se servir de harengs et de purée. D'autres choisirent du bifteck de chevreuil avec des airelles, mais la plupart prirent une pizza. Sous la lumière vacillante des néons, le bruit des couverts et des chaises qui raclaient le sol se mêlait aux jurons et aux rires. Le volume sonore était plus élevé que d'habitude. La Suède venait de remporter un match de foot de qualification et tous se congratulaient. Seul Kenta Udd regardait la télévision d'un air distrait. Autour de lui, tout n'était que tatouages, regards sombres et jeans. Tous des criminels. Lui-même avait fait beaucoup d'allers et de retours en prison et commençait à en avoir assez de la vie carcérale. C'est ce qu'il pensait à l'intérieur, mais une fois dehors, il avait une fâcheuse tendance à se retrouver en mauvaise compagnie et revenait toujours à la case départ. Comme il était grand et baraqué, on l'appréciait dans les milieux criminels. Il savait se battre et faire comprendre aux gens qu'ils avaient intérêt à rembourser leurs dettes... Le problème, c'était qu'il mettait parfois trop de cœur à l'ouvrage, et retournait alors derrière les barreaux. Mais maintenant, il avait rencontré une fille sur Internet, une fille bien. Ils s'étaient déjà vus plusieurs fois pendant ses permissions. Il espérait qu'elle pourrait l'arracher à l'univers de la criminalité et lui permettre de devenir M. Tout-le-monde, d'ouvrir un atelier de réparation de voitures, une pizzeria ou autre chose. Elle était douée en cuisine, alors l'idée de la pizzeria lui plaisait bien. Ils pourraient l'ouvrir ensemble... Le commentateur sportif se mit à crier, et Kenta leva les yeux.

— Putain, quel but ! Et la talonnade de Zlatan ! cria un prisonnier.

— Pas mal, mais c'est quoi ces passes de merde qu'on lui fait ? lança un détenu que Kenta ne reconnut pas, un nouveau.

— Il peut pas juste attendre qu'on lui file la balle, faut qu'il aille la chercher ! dit Kenta.

Il poussa un gros rot et se leva. Il aimait la bouffe, et se dirigea vers le comptoir pour se resservir. Cette fois, même s'il savait que la viande ou le poisson auraient été meilleurs pour lui, il prit de la pizza. Deux énormes *calzone* pour finir son déjeuner, voilà qui le calerait. Il allait se rasseoir quand il sentit un coup de coude.

— Eh, tu critiques pas Zlatan, t'as compris ?

Le nouveau lui lança un regard dur. Il n'était là que depuis quelques jours. C'était un type massif d'une trentaine d'années, au corps musclé et tatoué jusqu'au cou, comme le laissait voir son tee-shirt.

— Ce mec en fout pas une, bordel !

— C'est un des meilleurs joueurs du monde, d'accord ?

— Oui, si tu veux… marmonna Kenta en se rasseyant.

Vesslan le suivit et prit place à côté de lui. Il avait un regard perçant, les cheveux courts en brosse et un anneau à l'oreille.

— Johan, Johan Tanto, dit-il en lui tendant la main. Mais tout le monde m'appelle Vesslan. Je jouais au foot, avant.

— Ah, OK… Kenta, Kenta Udd, répondit celui-ci en soutenant le regard du nouveau.

Le type avait un drôle de surnom, Vesslan, « la belette » : malgré tous ses muscles, il était assez souple pour se faufiler dans n'importe quel tuyau en ciment.

— T'es là depuis longtemps ? demanda-t-il.

— Quelques années, je me barre dans un mois.

— Pour quoi tu t'es fait coincer ?

— Un manque de bol.

— Oh, arrête ! Pour quoi ?

— Trafic de stups, ce genre de choses, répondit Kenta sur un ton évasif.

— Le truc classique, quoi. On procure la coke aux gens de la haute, mais on se fait coffrer, et pas eux, dit Vesslan en s'essuyant la bouche du revers de la main.

— Et toi ?

— J'ai simplement cogné un type un peu fort. Il voulait pas casquer, cet enfoiré. Un truc de resto.

— Ah, racket et chantage en échange d'une protection ?

— Quand on paie pas, faut pas s'étonner si on a des ennuis, ensuite. Mais le mec a refusé, alors je l'ai tabassé. (Vesslan engloutit sa nourriture et continua à parler la bouche pleine.) Le mec gueulait, alors je lui ai arrangé le portrait. Mais j'ai oublié une des caméras de surveillance.

— *Shit happens.*

— T'aurais vu la tête du type, on aurait cru qu'il avait clamsé. (Vesslan devint soudain sérieux.) Il va falloir que je me calme un peu.

Kenta l'observa avant de couper un bon morceau de *calzone* et de l'enfourner. Le morceau était si gros qu'il faillit s'étouffer.

— T'as pris combien d'années ?

— Quatre, mais j'ai pas l'intention de moisir ici.

— C'est difficile de s'enfuir.

Kenta Udd fit une nouvelle tentative avec sa pizza en se montrant moins vorace.

— Il y a toujours les perm'. Ah, s'ils croient que je vais pourrir ici ! Et toi, tu sors, la vache ! T'as un plan, une fois dehors ?

— Je pensais ouvrir une pizzeria. Blanchir du fric. Même si on risque d'en baver au départ.

— Une pizzeria ? (Vesslan l'observa un instant en silence.) Tu veux dire un restaurant, donc aussi une protection ? Écoute, je m'y connais là-dedans, c'est le cas de dire. (Il se leva pour se resservir mais s'arrêta, son assiette à la main.) Si tu te débrouilles pour me faire sortir d'ici, je t'aiderai. Pas de bombes incendiaires, pas d'emmerdes, je te le promets. Je te laisse réfléchir.

Kenta le regarda longuement. Vesslan paraissait du genre actif et déterminé, un type qui ne restait pas les bras croisés, quelqu'un qu'il valait mieux avoir de son côté. S'il aidait le mec à se faire la belle, peut-être qu'il pourrait enfin retrouver une vie normale, même si ce n'était pas facile de fréquenter des gens qui bossaient normalement, et encore moins dans le milieu de la restauration. Mais s'il se mettait bien avec Vesslan, il aurait peut-être droit à sa protection gratis.

9

Penché sur son ordinateur, le commissaire Per Jöback jouait à Candy Crush. C'était, selon lui, une manière de se purifier le cerveau. De cette façon, ses cellules grises pouvaient travailler en paix, et de nouvelles idées lui venaient pour résoudre les affaires criminelles dont il avait la charge. Il avançait bien, maintenant qu'il jouait au moins une heure par jour. Il n'aurait jamais cru qu'un jeu vidéo pourrait autant le passionner ! Ses amis disaient qu'il était devenu accro, allégation qu'il balayait du revers de la main. Dans ses périodes de jeu les plus intenses, il se demandait si c'était le genre de plaisir que procurait l'héroïne, sans oser le dire tout haut. Lui savait quand même se contrôler !

Il entendit des pas dans le couloir, puis on frappa à sa porte. Il leva les yeux à contrecœur.

— Entrez !

— Tu as de la visite, annonça Jungstedt, son collègue. C'est encore lui.

— Oh, non, pas Blomberg ?

— Eh si, et il apporte une brioche tressée.

— Dis-lui que je ne suis pas là !

— Trop tard. Amusez-vous bien ! lança Jungstedt, moqueur, au moment même où Blomberg apparaissait avec un large sourire sur le pas de la porte.

L'ex-commissaire Ernst Blomberg avait été un expert en matière d'informatique et venait de prendre sa retraite. Pas mal d'histoires circulaient sur son compte. On disait qu'il avait été un bon hacker, mais un piètre chef. Quand il était parti à la retraite, il avait eu droit aux cadeaux habituels, mais personne ne l'avait regretté. Certains éprouvaient néanmoins un peu de compassion envers cet homme qui avait perdu une grosse somme dans de mauvais placements et vivait désormais dans un studio de Sundbyberg, avec des fins de mois difficiles. Il passait son temps à rendre visite à tous les commissariats du pays pour proposer ses services en free-lance. Il fallait bien compléter sa pension.

— Quel plaisir de te voir, Jöback ! lança Blomberg en sortant une Thermos de son sac. (À sa dernière visite, il s'était plaint de la machine à café de Jöback, et avait donc pris ses précautions.) Je ne te dérange pas, j'espère ? J'ai apporté du bon café bouilli comme autrefois, on va passer un bon moment, dit-il en tapotant la Thermos avec un rire joyeux. Bon, comment ça va ici ?

— Merci, mais nous avons beaucoup à faire, se plaignit Jöback, qui regretta aussitôt sa phrase.

— Alors vous avez peut-être besoin d'effectifs supplémentaires ? J'ai mené pas mal d'enquêtes et je suis encore dans le coup côté informatique. Tu n'as qu'à dire oui. Je pourrais hacker un peu pour vous...

— Merci, c'est bon à savoir, mais notre budget est très limité.

— Et le braquage de la Nordeabank ? Ne me dis pas que vous n'avez pas besoin de renfort ? Ça avance ?

— Un casse assez incroyable, une bande internationale, pour sûr, alors nous avons prévenu Interpol. Voilà ce qui arrive quand la Mafia débarque en Suède.

— La Mafia ? Oh, je ne crois pas. Il s'agit ici de braqueurs ordinaires. Que viendraient faire des bandes internationales dans un petit pays comme le nôtre ? Non, elles récupèrent beaucoup plus d'argent à l'étranger.

— C'est là que tu te trompes, Blomberg. Pense à la bande des militaires. Eux ont bien écumé des petites banques de la cambrousse. On a affaire à une bande qui s'intéresse aux petits pays comme le nôtre.

— Qui sait ? Prends donc un peu de brioche. Elle sort du four. C'est fou ce qu'on arrive à faire une fois qu'on est à la retraite. J'ai même planté des fleurs et commencé un potager.

Blomberg fit un large sourire, prit son canif et coupa de larges tranches. Jöback adorait la brioche, et Blomberg le savait.

Le commissaire hésita. S'il acceptait de goûter à sa brioche, Blomberg y verrait un signe d'encouragement et reviendrait à la charge. Il allait devoir se montrer héroïque.

— Désolé, mais je dois faire attention à ma ligne, s'excusa-t-il.

— Allez, rien qu'un petit bout ! Ne me dis pas que j'ai fait de la pâtisserie pour rien. Je me faisais une telle joie de prendre un café avec toi et de discuter des dernières enquêtes. Je pourrais peut-être apporter un nouvel éclairage qui résoudrait tel ou tel cas. On acquiert quand même un peu d'expérience, avec les années. Ah, quel plaisir d'être de nouveau ici à bavarder avec d'anciens collègues, dit Blomberg en s'emparant d'une grosse tranche de brioche.

Cet enfoiré va manger un quart de brioche et je ne pourrai pas le mettre dehors tout le temps qu'il mastiquera, pensa Jöback sans pouvoir s'empêcher de saliver.

Il avait passé toute la journée au boulot et aurait bien eu besoin d'une tasse de café et d'un bout de cette brioche dont la bonne odeur lui titillait les narines. Au fond, il n'avait qu'à en prendre un petit morceau. Un tout petit. Qu'est-ce que ça changerait ?

— Oh, une petite tasse de café, ça ne peut pas te faire de mal, dit Blomberg d'une voix enjôleuse.

Il sortit deux mugs en plastique de son sac, dévissa le bouchon de la Thermos et versa le café avant de tendre un mug à Jöback.

— C'est du bon vieux café Lyx, et tout chaud avec ça !

La bonne odeur de la brioche se mêla à l'arôme du café. Elle contenait du beurre et de la cardamome, et Blomberg l'avait saupoudrée de beaucoup de sucre. Le regard gourmand de Jöback ne lui avait pas échappé.

— Tiens, un petit bout. On ne peut pas manger sain tout le temps.

Jöback finit donc par céder. Il n'aurait qu'à prétendre partir ensuite en voyage pour un mois, ou donner des ordres à l'accueil pour qu'on ne laisse plus monter Blomberg. Qu'il rentre chez lui, ce vieux commissaire à la retraite, et qu'il y reste !

— Les enquêtes, tu sais, dit Blomberg, un bout de brioche à la main, en renversant un peu de café trop chaud, on perd pas de temps sur des fausses pistes. Quand je travaillais sur...

— Pas nous, non. Nous avons plusieurs fers au feu. Ah, elle est vraiment bonne, ta brioche, admit Jöback.

Il reprit une grosse bouchée et laissa tomber un peu de sucre sur la table.

— Cette histoire de bande internationale, vous en êtes sûrs ? Et si c'étaient des Suédois ?

— C'est impensable, voyons !

— Même si on croit avoir plusieurs pistes, il arrive qu'on s'enferre dans ses manières de penser. Je me souviens d'une enquête où tous étaient persuadés que...

— Ne t'inquiète pas, on n'est pas sur une seule piste, on n'exclut encore rien à ce stade.

— Et le gang des dentiers ? Vous avez enquêté de ce côté ?

— Les septuagénaires qui avaient dévalisé une banque dans le Småland ? Le gang des vieillards ? Non, nous pensons à une bande d'envergure plus internationale.

— Non, pas eux, je pense aux autres, là, ceux qui ont dérobé des tableaux au Musée national l'année dernière.

— C'est de l'histoire ancienne, ça. Et les tableaux ont été restitués. Ah, la vache, ce qu'elle est bonne, ta brioche !

Jöback prit une dernière bouchée, posa les mains sur les accoudoirs et fit mine de se lever.

— C'étaient des retraités très futés, surtout cette femme, là, cette Märtha. On ne peut pas les exclure, elle et ses amis. Peut-être qu'ils...

— Non, des petits vieux comme eux n'auraient pas

91

la force de s'attaquer à une banque. T'es gentil, mais on sait faire notre boulot. Allez, reprends ta brioche et donnes-en aux filles de l'accueil. Ça leur fera plaisir. J'ai encore du travail, alors on continuera cette conversation une autre fois, dit Jöback en vidant sa tasse de café et en appuyant sur quelques touches de son clavier.

— T'es drôlement bien équipé, dis donc. De mon temps, les ordinateurs étaient beaucoup plus gros. Plus lents, aussi.

— C'est possible, mais...

— Si jamais t'as des problèmes pour accéder à certains sites, n'hésite pas ! répéta Blomberg qui se cala dans le fauteuil sans paraître vouloir partir. Et au fait, le bandy[1] en salle, comment ça va ? Tu as marqué des buts ?

— Comme je te l'ai dit, le travail m'appelle, dit Jöback avec un soupir.

Il se leva et lui tendit la main.

— Mais j'ai encore du café ! Tu n'en veux pas ? demanda Blomberg en tendant la Thermos. Tu sais, à propos de ce gang des dentiers, je peux te dire que...

Le commissaire Jöback jeta le mug en plastique dans la corbeille à papier et se dirigea vers la sortie.

— C'était gentil de passer, bonne journée, dit-il en ouvrant en grand la porte.

— Mais je peux vous rendre plein de services, insista Blomberg en se levant à contrecœur. Enquêtes sur le terrain, formation en informatique, ce que vous voulez ! Je suis un battant, tu sais...

— Je garde ça dans un coin de ma tête. On te fera signe. Et merci encore pour la brioche.

---

1. Ancêtre du hockey sur glace.

Le commissaire Jöback parvint enfin à faire sortir Blomberg et poussa un soupir de soulagement quand il eut enfin débarrassé le plancher. Il devrait y avoir une loi pour interdire aux retraités de revenir sur leur ancien lieu de travail plus d'une fois par mois. Il retourna à son bureau. Il allait lui montrer, à ce Blomberg qui croyait toujours tout mieux savoir que les autres ! Bientôt, il coffrerait les malfaiteurs qui avaient attaqué la Nordeabank. Les membres du casse Pavarotti seraient bientôt sous les verrous !

10

Les eaux sombres du Riddarfjärden brillaient dans la nuit. La rumeur étouffée de la ville leur parvenait de loin. La silhouette de l'hôtel de ville se dressait, imposante, au nord-est et, le long des quais qui menaient vers Norr Mälarstrand, les bateaux se balançaient au bout de leurs amarres. D'ici, on entendait les bruits de la circulation au carrefour de Slussen. Deux hommes vêtus de noir s'éloignèrent de la route et entrèrent dans le Rålambshovspark. Vesslan s'arrêta et attendit que Kenta le rejoigne.

— Nous allons traverser le parc puis prendre le Smedsuddsvägen en direction de Marieberg, dit-il en indiquant le chemin.

Il faisait froid et humide, une nuit d'août avec pleine lune.

— OK, dit Kenta Udd en se dépêchant de le suivre.

Vesslan avait été réglo. Il n'était pas rentré de sa première permission et s'était planqué chez Kenta, dans son studio de Fredhäll. Il fallait une piaule à son pote et, en échange de son soutien pour le nouveau restaurant, Kenta avait accepté de l'aider. Désormais propriétaire d'une pizzeria, il pouvait dormir sur ses deux oreilles. Contre une planque et de la bouffe, Vesslan avait tenu sa promesse et découragé toute tentative de racket. Kenta risquait gros à héberger un criminel, mais dans la vie, c'était toujours donnant, donnant. Il leva les yeux. Ils étaient presque arrivés au pont.

— Là, tu vois ?

L'ombre d'une embarcation se devinait sous le Västerbron. C'était un vieux bateau de pêche qu'on avait rehaussé d'un étage, avec de grandes fenêtres. Le restaurant Galax. Kenta inspira l'air frais et frissonna. L'endroit avait obtenu quatre étoiles dans le journal local, mais le propriétaire n'avait pas trouvé bon de payer. Il avait refusé de se faire taxer et engagé lui-même des gens pour veiller à sa sécurité, malgré les pressions exercées par Vesslan et ses acolytes. Tant pis pour lui. Ce genre de type mettait le bazar dans le business. C'était un paria, une mauvaise herbe, et son restaurant allait disparaître une bonne fois pour toutes.

Kenta et Vesslan échangèrent un rapide regard et s'approchèrent avec prudence. Chacun portait un sac à dos ; celui de Kenta lui brûlait les épaules, mais Vesslan marchait trop vite pour qu'il ose s'arrêter. Il haletait. La vache, il commençait à les sentir, ces kilos en trop qu'il avait pris en tôle. Il jeta un regard inquiet autour de lui : personne en vue. Il était 4 h 15 du matin, et la plupart des gens dormaient. On voyait bien de loin en loin un fêtard, quelques personnes qui partaient déjà au boulot ou qui rentraient de leur job de nuit, mais ici, sur le Smedsuddsvägen, tout était silencieux et désert. Bien peu osaient s'aventurer dans l'obscurité par les temps qui couraient.

— Chut ! dit Vesslan.

Il stoppa net, leva la main et épia le restaurant. Ils restèrent immobiles un bon moment. Kenta n'en menait pas large.

— Fausse alerte, reprit Vesslan.

Il remit en place son sac à dos et continua d'avancer.

Ils progressèrent en silence ; arrivés sous le pont, ils eurent une bonne vue d'ensemble. Le bateau était dans la pénombre, il n'y avait pas un chat sur le pont et les rideaux ouverts laissaient deviner des tables et des chaises. Il semblait n'y avoir personne à bord, mais, pour s'en assurer, Kenta et Vesslan s'attardèrent un moment sous la voûte à guetter le moindre signe de vie. Le bateau se balançait très doucement, aucune lumière, aucune alarme rouge n'était allumée. *Le propriétaire doit être un imbécile*, se dit Kenta tandis qu'il parcourait du regard le pont et la cheminée où GALAX s'affichait en grosses lettres. Ou alors il avait un système d'alarme bien caché. Drôle de nom, d'ailleurs, pour un restaurant, mais facile à retenir. Et beaucoup de gens venaient manger ici. L'endroit était réputé pour son atmosphère agréable et sa cuisine raffinée, sa sole et son saumon délicieux servis avec des sauces faites maison. Depuis deux ans, ce restaurant était toujours plein à craquer et piquait des clients aux autres. Et le type n'avait pas voulu redonner un centime ? Un tel comportement méritait une punition. Vesslan détacha son sac à dos et sortit les pare-battages[1].

— Le jerrycan !

Kenta ouvrit son sac et Vesslan en extirpa le bidon.

---

1. Protection servant à amortir les chocs entre deux bateaux ou entre un bateau et un quai, un ponton.

Il jeta un rapide coup d'œil autour de lui puis remplit les pare-battages d'essence en veillant à former une longue mèche au sommet. Il rendit le bidon à Kenta, qui se hâta de le remettre dans son sac à dos. Merde, ça puait l'essence, il faudrait qu'il s'en débarrasse le plus tôt possible. Vesslan mit les pare-battages dans un sac en plastique et sauta à bord. Une fois sur le pont, il les accrocha et relia les mèches les unes aux autres avec une ficelle goudronnée. Puis il sortit un briquet, l'alluma et approcha la flamme de la ficelle. Quand le feu prit, il retourna vite sur le pont arrière et sauta à terre. Il fit signe à Kenta, et tous deux s'enfuirent, le dos courbé. Le propriétaire du Galax n'avait pas voulu embaucher de personnel de la mafia pour faire la plonge ni acheter sa viande et son alcool auprès des « bons » fournisseurs.

Il n'aurait à s'en prendre qu'à lui-même.

11

Le gang des dentiers attendait dans la rotonde avec impatience mais sursauta en entendant arriver le véhicule. Tous se levèrent avec une rapidité surprenante pour leur âge et s'approchèrent de la fenêtre. Le bruit du moteur amplifia, puis diminua, et ils aperçurent le camion-toupie près de la grille. Le chauffeur s'arrêta et fit marche arrière pour passer le portail.

— Tu crois vraiment que c'était une bonne idée, ma petite Märtha ? Notre décision n'était-elle pas un peu hâtive ? dit le Génie en jetant un regard tendu à sa fiancée.

Celle-ci se pencha vers l'avant pour mieux voir. L'énorme camion était en train de reculer dans le jardin du voisin. Bosse Béton arrivait avec une heure de retard, et l'attente n'avait pas été de tout repos. Maintenant qu'il était là avec le ciment, il était trop tard pour changer d'avis. Déjà sur place, le Râteau en tenue de travail aidait le chauffeur à manœuvrer pour se garer le long de la piscine. Stina, qui jouait son épouse, faisait elle aussi de petits signes en jetant autour d'elle des coups d'œil apeurés, comme si le voisin, parti en croisière autour du monde, pouvait rentrer de voyage à tout moment.

— Tôt ou tard, la protection de la piscine se serait abîmée et nous aurions été démasqués. Nous n'avions pas le choix, dit Märtha.

— Mais de là à choisir l'entreprise Bosse Béton ! Tu crois vraiment qu'on peut leur faire confiance ? s'inquiéta Anna-Greta en agitant les mains.

— Ne te fais pas de mauvais sang, ils n'ont que de la main-d'œuvre étrangère. Les Polonais rentrent chez eux au bout de quelques mois et ils ne caftent pas, puis l'entreprise embauche une autre équipe, lui expliqua Märtha pour la rassurer.

— Et si le voisin revenait tout à coup ? soupira le Génie. C'est devenu stressant, d'être gangster. Il se passe toujours des choses imprévues.

— Oui, mais il faut bien prendre des risques de temps en temps. On ne peut pas laisser le camion-poubelle rouiller là. Sans compter les ordures qui restent à l'intérieur, et la puanteur…

— On y a peut-être été un peu fort avec le hareng fermenté, mais ce qui est fait est fait, déclara Märtha en joignant ses doigts sur son ventre, l'œil toujours rivé sur le jardin du voisin. L'ennui, avec les casses, c'est que la police finit toujours par être à vos trousses et qu'on est obligé de nettoyer les traces derrière soi.

— Avec du ciment ?

— Il faut bien, maintenant qu'ils ont intensifié leurs recherches.

Märtha se faisait du mouron, à juste titre. Ils avaient aperçu des voitures de police dans les environs, et chaque fois qu'ils voyaient une Volvo marquée POLICE sur les portières, la tension montait d'un cran. Alors ils s'étaient mis à boire en quantité non négligeable, pour calmer leurs nerfs, ce qui les obligeait à aller aux toilettes toute la nuit. À la fin, Märtha avait jugé qu'il était temps d'agir. Mais que faire ? Le Râteau lui en avait donné l'idée.

« Je me souviens quand je transportais du ciment de Portland, dans ma jeunesse, avait-il raconté un soir sous la véranda. Oui, j'avais embarqué dans un cargo qui transportait du ciment entre Portland et New York. Vous ne pouvez pas imaginer à quel point c'était angoissant : on avait toujours peur de rentrer dans un autre bateau. On aurait coulé direct ! Comme tous ces navires qui ont disparu dans le Triangle des Bermudes.

— Oh, c'est terrible ! avait dit Stina. Quand je pense que tu as été à bord d'un de ces machins dangereux !

— Oui, j'ai même l'intention d'écrire mes mémoires, avait poursuivi le Râteau, l'air important. À mon âge, il est temps de raconter son expérience avant de tout oublier. Et comme je l'ai dit, tout le monde n'a pas eu la chance d'accumuler autant d'expériences que moi.

— Tu as dit "ciment" ? avait répété Märtha, songeuse. Combien de tonnes ce genre de cargo peut-il transporter ?

— Oh, on avait des chargements de plusieurs tonnes, voire plus…

— Ah bon. Nous aurions seulement besoin de quelques tonnes pour la piscine… Nous allons recouvrir le camion-poubelle de béton. Nous allons tout recouvrir et n'aurons plus d'inquiétudes à avoir de ce côté-là », avait annoncé Märtha.

Sur ces mots, elle s'était levée pour disposer un tas

de bonnes choses sur le chariot de service. Outre les tasses avec du thé fumant, elle avait sorti la liqueur de baies arctiques et les biscuits. Ensuite, le gang des dentiers était resté sous la véranda jusqu'à minuit. Elle avait noirci des pages de son carnet et le Génie avait utilisé sa calculette pour vérifier, chiffres à l'appui, la solidité de la combinaison piscine-ciment. Par souci de sécurité, ils avaient dès le lendemain mesuré la piscine avec précision pour être certains de la quantité de ciment requise. En soulevant une partie de la protection, ils remarquèrent que l'eau avait changé de couleur, à cause des ordures, de la moisissure et de la rouille.

« Vous voyez bien. On ne peut pas rester les bras croisés », avait dit Märtha.

Cela étant, il leur fallut toute une semaine pour se décider à frapper un grand coup. Le projet était pour le moins risqué. Mais à une cinquantaine de mètres de leur maison, dans la piscine du voisin, se trouvait une preuve de plusieurs tonnes. Une preuve qu'il fallait éliminer.

12

Bosse Béton recula sur les derniers mètres pour se garer le long de la piscine, mit le frein à main et coupa le moteur. Il descendit de la cabine conducteur et écarquilla les yeux.

— Putain, c'est quoi, ce truc ? dit-il en montrant du doigt deux tuyaux noirs qui ressortaient sous la protection de piscine.

— C'est là qu'on va mettre le ciment.

— Mais pour quoi faire, bon sang ?

— C'est secret, oui, un bunker, vous savez, dit le Râteau. La sûreté du royaume et tout ça.

— Vous voulez que je verse le ciment dans ces tuyaux ?

— Oui. Vous voyez les branchements ? Vous n'avez qu'à raccorder votre tuyau et mettre la pompe en marche. Mes amis s'occuperont du reste, dit le Râteau en montrant le tuyau de raccordement que le Génie avait installé au bord du bassin.

Sous la couverture de protection du bassin, ce tuyau avait plusieurs ramifications pour permettre au ciment de se répartir uniformément dans toute la piscine.

— Ce bunker doit pouvoir abriter au moins dix personnes, alors c'est un sacré boulot.

— Ah, il faut habiter Djursholm pour avoir une idée pareille. Les abris antiatomiques municipaux ne leur suffisent pas, il leur faut toujours un truc à eux, marmonna Bosse Béton en secouant la tête.

Il remonta dans son camion, remit le moteur en marche, sortit le tuyau et tenta de le raccorder. En vain. Il essaya avec deux autres tuyaux, puis un plus petit, jusqu'à ce que ça fonctionne enfin. Heureusement, car le malaxeur était déjà à l'œuvre.

— Vous n'allez pas le regretter ? Vous êtes vraiment sûrs de vouloir que je déverse le ciment là-dedans ?

— Oui, bordel. Et plus vite ça sera, mieux ça vaudra. D'autres types attendent pour pouvoir intervenir.

— Bon, dit Bosse Béton qui appela ses hommes, manœuvra son joystick et activa le système.

Sur ce, le ciment commença à couler du tuyau, et un bruit d'aspiration retentit lorsque la masse grise descendit dans l'autre conduit. Au bout d'une demi-heure, ils avaient vidé la citerne du camion.

— C'est bien, plus que deux chargements, dit le Râteau en lui proposant une chique. Nous avons deux bétonnières qui tournent à plein dans la cave, et nous avons besoin du reste aussi rapidement que possible. Les maçons vont bientôt prendre le relais.

Bosse Béton hocha la tête. Il s'agissait ici de livrer sans poser de questions, du moment qu'on le payait au noir. Ses Polonais étaient sérieux. Ils travaillaient comme des dingues et ne réclamaient pas d'indemnités de congés payés, de quote-part patronale ni rien de tout ça, tant qu'on leur donnait leur argent. D'autres, installés en Suède, étaient plus difficiles. Ils s'arrêtaient pour déjeuner, prenaient des pauses-café et terminaient leur journée à 17 heures. Ses hommes, eux, restaient jusqu'à ce que le travail soit terminé. Il sortit son portable, passa un bref coup de fil et se tourna vers le Râteau.

— Le reste du ciment ne va pas tarder.

Le Génie, Märtha et Anna-Greta, derrière la fenêtre, avaient été si accaparés par ce spectacle qu'ils en avaient oublié de déjeuner. Assister à toute la scène en sachant ce qu'il y avait au fond de la piscine était une vraie torture. Plusieurs fois, Märtha avait failli descendre pour leur donner des ordres, mais le Génie l'en avait par chance empêchée.

« BB, c'est l'affaire du Râteau, avait-il dit.

— BB ? Pourquoi tu me parles de bébé ? Il n'a pas mis Stina enceinte, au moins ?

— Je te parle de Bosse Béton, voyons. C'est l'affaire du Râteau, et tu dois rester en arrière-plan. »

Après que deux autres camions-toupies eurent livré leur chargement, le ciment souleva la couverture de protection de la piscine.

— Oh, là là, gémit Anna-Greta.

— Pas de panique, le ciment doit brûler, c'est tout, expliqua le Génie.

— Allons retrouver le Râteau pour l'aider à tout ranger, dit Märtha.

D'un pas rapide, ils se rendirent sur la propriété voisine. Le Râteau et Stina regardaient fixement ce qui avait autrefois été une piscine.

— Ah, vous avez bien fait de venir, s'exclama le

Râteau, une chique coincée sous la lèvre supérieure. Dès que Bosse et son équipe seront partis, nous enlèverons la protection.

— Tu n'y penses pas ! Le ciment est encore tendre. Attention, le mit en garde le Génie, il ne s'agit pas de couler un corps dans le béton…

— Rappelle-toi que c'était jadis une piscine, dit le Râteau en s'essuyant avec son mouchoir. (Il ne se calma que lorsque Bosse Béton et ses gars furent partis pour de bon.) Ah, je me sens mieux, ces types-là me rendaient nerveux.

L'après-midi était bien avancé, et une douce brise soufflait.

— Tu es sûr qu'ils ont gobé cette histoire de bunker ? demanda Märtha.

— J'ai l'impression. J'ai parlé de la Russie, en disant qu'on vivait une période agitée. Et j'ai noyé le poisson en évoquant les essais nucléaires des années 1950, comme quoi on ne sait pas ce que l'avenir nous réserve.

— Ça, c'est bien vrai, enchérit Anna-Greta.

— Enfin, les Polonais sont partis, dit le Râteau en agitant son mouchoir au vent comme un petit drapeau. Vous avez vu ? On dirait la voile d'un trois-mâts.

À cet instant, un coup de vent emporta son mouchoir qui tourbillonna et disparut vers le tuyau.

— Oh, non, mon mouchoir préféré ! s'écria le Râteau.

Dans sa précipitation pour le ramasser, il trébucha et vint heurter de la tête le lion en béton qui trônait près des marches. Son front s'écrasa sur les pattes avant de l'animal et il vit trente-six chandelles. Il s'effondra au même moment où son mouchoir, aspiré par le tuyau, tombait dans le ciment.

— Le Râteau ! hurla Stina.

Mais le Râteau ne l'entendit pas. Il s'était évanoui.

Lorsqu'il revint à lui, très gêné, il fit mine de se sentir bien et refusa catégoriquement de voir un médecin. Un homme comme lui n'était jamais malade, il ne voyait pas la nécessité d'encombrer les urgences pour si peu. Trébucher sur un Père Noël en plastique et se cogner la tête, ce n'était pas la fin du monde ! Pourtant, quand il commença à se sentir mal et à être pris de vomissements, il accepta d'aller aux urgences. Stina parvint à le faire monter dans un taxi et à l'emmener à l'hôpital de Danderyd. On était vendredi soir, et elle avait entendu dire qu'il n'y avait pas pire moment que la veille du week-end pour aller à l'hôpital, mais ils n'avaient pas le choix. Le Râteau allait mal et elle n'osait pas attendre le lundi, jour où les médecins libéraux seraient de retour.

Elle détestait les hôpitaux. Les gens toussaient, le teint pâle, l'air découragé, et un gamin enrhumé courait dans tous les sens et éternuait tellement qu'elle craignit de tomber elle-même malade.

— Nous avons une urgence ! dit Stina en alpaguant la première blouse blanche qui passait.

C'était une jeune femme aux beaux yeux sombres et aux longs cheveux noirs. Son badge portait l'inscription CAMILLA, INFIRMIÈRE.

— J'arrive, je dois juste… s'excusa-t-elle en s'éloignant à la hâte, si bien que Stina n'entendit pas la fin de sa phrase.

Elle prit un numéro et s'assit avec le Râteau dans la salle d'attente et examina la pièce tout en tripotant nerveusement le bout de papier. Murs gris clair, meubles usagés, quelques tables couvertes de magazines. Une vague odeur de produit nettoyant flottait dans l'air.

Le Râteau avait cessé de vomir mais paraissait groggy, comme s'il avait été sonné dans un ring de boxe. Quand l'infirmière réapparut, Stina bondit de son siège et lui barra la route :

— Quand j'ai appelé pour prévenir, on m'a dit que nous devions venir ici le plus vite possible. Il est très mal en point.

— Mais non, je vais très bien, intervint le Râteau en jetant un regard intéressé à la jeune infirmière.

— Chut ! fit Stina en lui donnant une bourrade dans les côtes. (Elle se retourna vers la jeune femme.) Il a reçu un coup violent au front ; ça peut être dangereux, il me semble.

— *Ohé, ohé, matelot, matelot navigue sur les flots*, chanta le Râteau.

— Nous allons nous occuper de lui, mais je suis toute seule pour le moment. Nous sommes en sous-effectif, alors… Le médecin va l'examiner…

À cet instant, la porte s'ouvrit, et trois jeunes gens complètement soûls firent leur entrée. Ils criaient, hurlaient, et deux d'entre eux devaient se soutenir pour ne pas tomber. Ils avaient le visage et les mains en sang, les vêtements en piteux état. L'un d'eux avait reçu un coup au nez et pissait le sang, un autre avait la lèvre supérieure éclatée.

— On veut voir un médecin. Tout de suite ! bafouilla le jeune homme à la lèvre explosée.

— Il est occupé.

— Putain ! Il est où, le médecin ? éructa son camarade.

— Eh, on n'a qu'à entrer là, dit celui à la lèvre fendue en titubant vers la porte où était inscrit CONSULTATION MÉDECIN.

Il s'avança et manqua de faire tomber de son brancard une femme âgée, dans le couloir, qui attendait d'être recousue. Elle s'était ouvert la main.

— Un bassin, j'ai besoin d'un bassin, gémit la femme.

— Oui, j'arrive tout de suite, répondit l'infirmière en essayant de repousser les garçons.

Le jeune homme à la lèvre éclatée se mit à vomir.

— Hé, l'infirmière, qu'est-ce que tu fous ? Nettoie ça, putain !

— Asseyez-vous, on va s'occuper de tout, répondit l'infirmière sur le ton le plus aimable possible en posant une main sur l'épaule du jeune homme. Le médecin ne va pas tarder.

Elle parvint à faire asseoir les trois garçons et retourna auprès de Stina.

— Un traumatisme à la tête, donc. Je vais prévenir le radiologue. Le médecin sera là d'un instant à l'autre. Vous pouvez l'attendre ici au calme.

— J'ai trébuché sur un Père Noël... expliqua le Râteau.

— Il a l'esprit confus, dit Stina. Et si c'était une hémorragie cérébrale ?

— Puis je suis tombé sur les pattes d'un lion, poursuivit le Râteau en montrant son front.

— C'était une sculpture en pierre, une statue de lion, précisa Stina. Il a besoin d'être soigné, il a vomi.

— *Ohé, ohé, matelot, matelot navigue sur les flots*,

entonna de nouveau le Râteau. Non, plutôt, tous les Pères Noël du monde, donnons-nous la main et trinquons !

L'infirmière réagit :

— Un traumatisme crânien, c'est ça. Il faut tout de suite vérifier... dit-elle en se dirigeant vers la salle de consultation.

La porte s'ouvrit, et le chirurgien de garde apparut.

— Je vais encore devoir attendre longtemps, infirmière ? Il faut recoudre la patiente ici et j'ai besoin d'aide. Je vous l'ai déjà dit il y a une demi-heure.

— Oui, oui, j'arrive, je suis toute seule, ce soir, je ne peux pas être partout...

— Il faut que je suture maintenant ! dit le médecin. Pas hier, pas demain, mais maintenant !

— Il faut d'abord s'occuper de lui ! protesta l'infirmière. Traumatisme crânien !

Le médecin parut décontenancé, rentra dans son bureau et ferma la porte. Le Râteau commença à perdre patience.

— Suturer ici, suturer là. Qu'est-ce qu'on fout ici, bordel ? Tu vois bien qu'ils n'ont pas de temps pour nous, marmonna-t-il. (Il poussa un grognement, se leva, mécontent, et fit tomber les revues de la table par maladresse.) Allez, on rentre à la maison. Un homme, un vrai, il se soigne tout seul.

Sur ce, il sortit son peigne pliable de sa poche et chercha des yeux un miroir. D'un pas mal assuré, il se dirigea vers les toilettes et alluma la lumière ; Stina le rattrapa.

— Il faut y aller doucement, le Râteau, les traumatismes crâniens, ce n'est pas à prendre à la légère, dit-elle en lui attrapant le bras. Allez, viens t'asseoir avec moi.

— Mais je n'ai rien, je te dis ! lui assura le Râteau.

Il se peigna pour rectifier sa raie au milieu, et aperçut dans la glace un énorme bleu, une bosse et le sang coagulé qui avait formé des traînées.

— Oh, là là, au secours ! s'écria-t-il.

On entendit un bruit sourd. Il s'était de nouveau évanoui.

Toute la nuit, Stina veilla sur lui, entre les analyses et les radios. Au matin, un spécialiste vint enfin avec un message rassurant. On ne détectait rien sur les radios, mais il avait subi un traumatisme crânien et devait impérativement demeurer au calme les prochaines vingt-quatre heures.

— Mais je n'ai pas le temps de me reposer ! répondit le Râteau en rectifiant son bandage autour de la tête.

— Voyons, mon ami, dit Stina. Il le faut !

— Si je le fais, c'est pour toi, uniquement, marmonna-t-il en prenant sa main et en lui caressant la joue.

Elle était restée à son chevet toute la nuit, elle l'avait soutenu, en vraie amie. De fait, il n'allait pas si bien que ça et appréciait qu'elle soit près de lui. Il la regarda, l'air pensif, et sentit une douce chaleur l'envahir. Oui, Stina était vraiment une personne bien, sur qui on pouvait compter. Ah, s'il avait été en meilleure forme, il se serait bien laissé séduire…

— Et si votre état empire, n'hésitez pas à nous appeler, dit le médecin.

— Ce ne sera pas le cas, décréta le Râteau en se dirigeant vers la porte.

Sur le seuil, il manqua de se laisser tomber sur les genoux de l'infirmière. Elle sentait bon l'amande et la violette, et était moins stressée, maintenant.

— Le pansement vous va bien, dit-elle avec un sourire.

Le Râteau faillit s'évanouir une troisième fois sous l'effet du compliment. *Ah, les infirmières !* pensa-t-il. Comme *elles travaillaient dur...* La prochaine fois qu'ils distribueraient le butin d'un casse, il faudrait absolument que ce soit pour les aides-soignantes, les infirmières et tous les bas salaires dans l'assistance aux personnes.

Le lendemain, le Râteau dormit longtemps et n'entendit pas Anders, le fils de Stina, apporter un chargement de gravier et deux tonnes de terre qu'ils étalèrent avec beaucoup d'application sur le béton. (En tout cas, il sembla ne rien entendre.) Pour terminer, tous sauf le Râteau déroulèrent le gazon déjà prêt qu'ils avaient acheté chez Plantagen. C'était délicat, et cela leur prit du temps, mais avec l'aide d'Anders, ils y parvinrent. Ils reculèrent de quelques pas pour considérer leur œuvre, puis ils firent le tour de l'ancienne piscine et se congratulèrent du regard. Aucun visiteur ne pourrait deviner ce qui était dissimulé sous cette pelouse, et ils se sentirent rassurés. Sauf Stina, qui se faisait du souci pour le Râteau. De retour dans leur maison, elle prit un livre, s'assit dans un fauteuil et le veilla. Quand il fut enfin sur pied, quelques heures plus tard, il eut du mal à accepter de devoir s'appuyer sur elle, il voulait marcher tout seul ! Il réussit à descendre rejoindre les autres à la cuisine, mais tous remarquèrent sa pâleur inhabituelle et son air misérable, tout le contraire de ce qui le caractérisait d'ordinaire.

— Mais si, je vais bien, leur assura-t-il en s'asseyant avec toutes les peines du monde.

Il resta silencieux un long moment, à regarder la propriété voisine par la fenêtre. Après avoir bu une tasse de café et mangé un pain au lait, il posa les mains sur les hanches et déclara d'une voix ferme :

— Vous savez quoi ? Nous devons écrire au voisin. Il faut bien lui expliquer d'une manière ou d'une autre pourquoi son jardin a changé depuis son départ.

13

Märtha avait passé beaucoup de temps à la bibliothèque à peaufiner la lettre pour Bielke. Qu'écrire à
un voisin que l'on ne connaît pas et dont on vient
de remplir de ciment la piscine adorée ? « Pardon » ?
« Toutes nos excuses, le chargement de béton a été
déversé au mauvais endroit » ? Ou bien : « Je promets
de ne pas recommencer » ? Non, ça n'allait pas. Et
Märtha eut une inspiration subite. Dans certains cas,
rien ne vaut la bureaucratie.

Elle rit en son for intérieur, puis alla se chercher
un biscuit au chocolat et une tasse de café, s'installa
devant l'ordinateur et se mit à rédiger. Une demi-heure
plus tard, elle avait terminé.

— Voilà, dit-elle d'un ton enjoué en cliquant sur
Imprimer.

Au moment où la feuille A4 sortait de l'imprimante,
le Génie entra dans la pièce. Elle lui tendit la feuille.

— J'ai essayé plusieurs versions. Que penses-tu
de celle-ci ?

Le Génie fit descendre ses lunettes sur son nez et
entreprit de lire :

Avis au propriétaire de la propriété I :374
Sise Auroravägen 4, Djursholm

En raison de graves problèmes sanitaires sur le terrain appartenant à la propriété I :374, la commune s'est vue dans l'obligation d'intervenir en urgence.

Votre piscine a été envahie depuis un certain temps par des parasites ; la bactérie pathogène Planctus mytos truxis a en particulier proliféré de manière inquiétante. Compte tenu du fait que cette bactérie et d'autres organismes détectés dans votre piscine sont connus pour propager des maladies, nous avons dû demander l'intervention du service de l'environnement.

Plusieurs courriers de notre part sont restés sans réponse, et personne ne nous a ouvert lorsque nous sommes venus vous voir. Nous avons donc dû prendre les choses en main. Vu l'état avancé de délabrement de votre piscine, nous avons hélas dû recourir à des mesures radicales. Par voie de conséquence, la piscine a été nettoyée, remplie de ciment et recouverte d'une pelouse artificielle. Le coût de ces travaux s'élève à 280 000 couronnes.

Dès que vous aurez réglé cette question avec votre compagnie d'assurances, nous vous prions de verser la somme due au compte courant 0537-8896929, le bénéficiaire étant le Bureau de la propriété et de la voierie de Djursholm. Précisez bien sur le talon l'objet du paiement.

Avec nos considérations distinguées,
Bettan Olsson
Responsable de l'environnement, commune de Danderyd

Le Génie remonta ses lunettes sur son front et rit tout haut. Il caressa Märtha sur la joue.

— Tu n'as vraiment peur de rien, toi ! Ce sont les références de notre compte. D'abord tu détruis la piscine du voisin, ensuite tu veux te faire dédommager !

— Oui, mais c'est ainsi, de nos jours. Les communes créent devant ta maison une route dont tu ne veux pas, que tu n'as jamais réclamée, et en tant que propriétaire de la maison, tu dois la financer, que tu le veuilles ou non. Nous sommes en plein dans l'air du temps, le Génie.

— Vu sous cet angle, marmonna-t-il en jetant un regard par la fenêtre.

En effet, la vue avait nettement embelli : sur les indications du Râteau, Stina avait disposé de splendides vasques de fleurs le long de l'ancienne piscine et mis au milieu de la pelouse une table, un parasol et d'élégants meubles de jardin Mornington. On aurait pu croire qu'il en avait toujours été ainsi.

— Oh, je plaisantais. Nous ne pouvons pas donner notre numéro de compte, sinon ils retrouveront notre trace, dit Märtha en pouffant. C'est vrai que ça fait joli, mais il y aura quand même du grabuge quand le voisin reviendra. Tu ne penses pas que ce serait une bonne idée de partir quelque temps pour que personne ne fasse le rapprochement avec nous ? En tout cas jusqu'à ce que les choses se tassent ?

— Mais ne devions-nous pas nous marier ? demanda le Génie dont le sourire se figea.

— Si, mais si on se retrouve derrière les barreaux, nous serons séparés pendant plusieurs années. Nous allons rester ensemble, n'est-ce pas ? dit Märtha en l'enlaçant. Nous allons poster cette lettre, puis partir en voyage. Il faudra faire profil bas pendant quelque temps. On n'a qu'à considérer ça comme un voyage de noces, hasarda-t-elle.

— Tu crois vraiment à ce que tu dis ? Et l'argent dans la descente de gouttière, hein ? Tu ne devais pas aller le récupérer ?

— Ah oui, c'est vrai, admit-elle. Il faudra un moment à tous les comptes aux Caraïbes pour être opérationnels et, comme je l'ai dit, le système de soins est en crise. Nous avons quand même 5 millions, là-haut, nous devrions en faire profiter certaines personnes.

— C'est bien ce que je disais : une gouttière est plus importante que ce qu'il y a entre nous, soupira le Génie.

— Mais mon ami, c'est toi-même qui as proposé qu'on aille récupérer cet argent, et tu as entièrement raison. Dieu sait combien de temps les billets tiendront, là-dedans. Allons reprendre cet argent, et nous partirons ensuite. Nous pourrions aller dans un endroit agréable, où il ne viendrait à l'esprit de personne de venir nous chercher, et où nous aurions du temps l'un pour l'autre.

Mais quand elle leva les yeux, le Génie avait disparu.

Ce soir-là, il l'évita et ne descendit pas dîner. L'homme de sa vie, qui d'habitude se montrait empressé, attentif et bon, boudait. Märtha sentit l'inquiétude gagner les autres convives et comprit qu'elle devait se montrer plus gentille avec lui, et marquer un grand coup pour lui faire retrouver sa bonne humeur. Elle réfléchit. Pourquoi ne pas le nommer chef de l'opération Gouttière ? Voilà qui l'occuperait intelligemment. Avoir la responsabilité d'un projet et s'activer pour quelque chose qui avait un sens, voilà ce qui pouvait redonner goût à la vie.

Märtha mit le sujet sur le tapis dès le lendemain, au moment de la tisane. À 20 heures, ils s'étaient installés sous la véranda. Le vieux lustre en cristal répandait une lumière chaude et trois grosses bougies brûlaient sur la table. Le gang des dentiers venait de dîner et, même sans dire grand-chose, le Génie leur avait au moins tenu compagnie. Dehors, le vent soufflait dans les arbres, et une tuile bougeait sur le toit comme si elle menaçait de tomber. Comme d'autres villas de Djursholm du tournant du siècle, leur vieille maison demandait à être entretenue. Mais pour l'heure, ils avaient plus urgent à faire.

— Nous devons récupérer l'argent que nous avons caché dans la gouttière avant qu'il ne s'endommage, annonça Märtha en reposant sa tasse de tisane. Personne ne sait combien de temps peut tenir un collant.

— Oh, mes collants sont d'excellente qualité, avec talons et orteils renforcés, précisa Anna-Greta d'un air pincé.

— Et j'avais tout soigneusement enroulé dans un sac noir en plastique, ça devrait encore tenir quelque temps. La descente se trouve juste en dessous du balcon de la suite de la Princesse Lilian. Nous pouvons y aller et récupérer l'argent. Croyez-moi, ces 5 millions sont pour ainsi dire déjà entre nos mains, ajouta le Râteau.

— Mais seuls des présidents et des stars habitent

là-bas ! N'oubliez pas que nous parlons du Grand Hôtel. On ne nous laissera pas entrer comme ça.

— Poutine et Obama n'ont qu'à repêcher les collants la prochaine fois qu'ils viendront à Stockholm, plaisanta le Râteau.

Tous prirent part à la discussion, sauf le Génie, qui jusqu'ici n'avait presque pas ouvert la bouche. Märtha tourna sa cuillère dans sa tasse et l'observa du coin de l'œil. Cela ne lui ressemblait pas.

— Le Génie, qu'est-ce que tu en dis ? Le personnel du Grand Hôtel ne nous laissera pas accéder à la suite, mais nous devons récupérer cet argent.

— Hum, dit le Génie.

— Tu as certainement une idée…

Il resta longtemps silencieux, le temps de manger trois biscuits à l'avoine.

— Je sais, annonça-t-il tout à coup tandis que son visage s'éclairait. Nous n'avons pas besoin de passer une nuit à 80 000 couronnes au Grand Hôtel. Nous allons louer un camion-nacelle.

— Un camion-nacelle ? s'écrièrent-ils en chœur.

— Oui, nous allons en louer un, faire semblant d'avoir à changer la descente de gouttière, retirer la partie sous la suite de la Princesse Lilian et la rapporter à la maison. Ensuite, l'argent sera à nous.

— Fantastique, le Génie ! On se demande où tu vas chercher tout ça. Mais tu crois que ce sera aussi simple ? demanda Märtha.

— Bien sûr. Il y a toutes sortes de camions-nacelles articulés, et le permis pour manœuvrer ces engins s'obtient en une journée.

— Dans ce cas… dit Märtha en sortant son carnet et un stylo. Vous savez quoi, je crois que nous allons laisser les hommes s'occuper de cette affaire. Nous autres, nous resterons en bas pour vous assister de notre mieux.

Le Génie et le Râteau échangèrent un bref regard, acquiescèrent et se levèrent pour se diriger vers le meuble-bar. Le Génie hésita longuement entre différentes bouteilles de cognac, et se décida pour la plus chère.

— Une gorgée, et nous saurons comment nous y prendre.

Et ce fut bien le cas. L'opération Gouttière devint le projet personnel des mâles.

Le compte à rebours de l'opération Gouttière commença. Le Génie et le Râteau prirent ce projet très à cœur. Comme le Râteau se plaignait de maux de tête, la plus grande partie du travail incomba au Génie. Pendant plusieurs jours, il parut déborder d'énergie. D'une voix assurée, il annonça au loueur, à Solna, qu'il avait besoin d'un camion-nacelle pour un travail délicat de remise en état au Grand Hôtel. Le vieil établissement traditionnel attendait dans le secret le plus absolu une visite importante venue de l'autre côté de l'Atlantique, d'où l'urgence de la demande. Il put ainsi louer ce camion sans difficulté, et Märtha ne trouva pas de mots assez flatteurs pour le féliciter. Comme les autres gentlemen ne s'estimaient pas de taille à relever le défi, Stina envoya son fils Anders prendre des cours de conduite à Oskarshamn, et il obtint vite son permis. Une seule journée de formation auprès de l'entreprise Motiver lui fit croire qu'il serait bientôt capable de manœuvrer n'importe quel camion-nacelle dans le monde entier. Il se sentait pousser des ailes, au point que Stina en conçut quelque inquiétude.

— Mais mon garçon, tu crois vraiment que tu pourras démonter cette gouttière du haut de cette nacelle et redescendre avec sain et sauf ?

— Pas de problème. Je sais exactement comment faire, répondit-il.

— Ce n'est pas le tout de manœuvrer la nacelle, tu dois aussi accomplir un travail, là-haut, lui rappela Märtha.

— Oh, ce ne sera pas très compliqué. Il suffit de faire marcher ses méninges, répondit Anders.

Il recevrait une somme rondelette une fois les millions récupérés, ce qui avait de quoi le booster. Comme d'habitude, il était au chômage et grappillait tout ce qu'il pouvait à gauche et à droite.

— Mais tu ne dois pas t'entraîner un peu, d'abord ? s'étonna Stina.

— Pour quoi faire, maman ? Ce sera un jeu d'enfant !

Anders paraissait très sûr de lui, ce qui acheva de rendre Stina nerveuse. Les hommes qui prétendent « savoir tout faire » provoquent toujours un sentiment d'inquiétude chez les autres.

Tôt ce dimanche matin, il n'y avait presque aucune circulation et peu de monde devant l'hôtel. Dans la nuit, les retraités avaient bouclé la zone autour du Cadier Bar de l'hôtel avec des cônes en plastique orange de balisage pour chantiers et accroché un panneau TRAVAUX EN COURS. C'était vrai, même si le travail en question était un peu particulier. Anders devait vite démonter la partie de descente qui contenait l'argent, la remplacer par une gouttière en métal identique et redescendre sur le plancher des vaches. De là, la gouttière serait chargée dans la camionnette, et ils repartiraient à Djursholm, tandis qu'Anders rapporterait le camion-nacelle au loueur. Comme son propriétaire avait proposé ses services sur le site Blocket, ce ne devait pas être un entrepreneur sérieux, et il n'y aurait pas de facture. Tout commençait sous les meilleurs auspices. En outre, Anders avait pris connaissance du diamètre de la descente, des raccords et de la longueur du tronçon à changer. Tout avait été soigneusement préparé.

Le soleil brillait sur un de ces petits matins de fin d'été où l'air est limpide et rend les couleurs éclatantes. À l'intérieur de la camionnette, pour se donner du courage, le gang des dentiers chantait *Oxdragarsång* d'Evert Taube, une chanson qui parlait d'amour et de voyage (même si, dans le cas présent, ils avaient troqué les bœufs de la chanson contre une camionnette). Ensuite, tous se sentirent regonflés à bloc. Impossible de ne pas être de bonne humeur et optimiste par un matin comme celui-ci. Le Génie posa une main rassurante sur celle de Märtha.

— Ne t'inquiète pas, on va régler ce problème, et on aura un souci en moins, ma petite Märtha.

— Si tu savais comme j'ai hâte que tout soit terminé. Mais je me sens rassurée quand c'est toi qui diriges les opérations.

Le Génie serra fort sa main, et Märtha se sentit toute chose. Quelle chance de pouvoir compter sur quelqu'un comme lui quand la situation se corsait ! La mission était difficile et, en cas d'échec, ils retourneraient tous à la case prison.

— Ah, Anders est arrivé, dit le Génie en pointant le doigt sur un gros camion avec une nacelle. Il n'y a plus qu'à passer à l'action !

Après être allé chercher le camion-nacelle à Solna, Anders s'était rendu au Grand Hôtel pour se garer près du Cadier Bar. Quand il aperçut la camionnette, il descendit et leva le pouce pour leur dire que tout allait bien. Les cônes de balisage étaient en place et la pancarte aussi, même si elle était un peu de guingois. Outre la camionnette avec Stina et ses amis, la rue était déserte. Les ferries qui desservaient Vaxholm tanguaient doucement et, de l'autre côté de la baie, le château royal se reflétait dans les eaux argentées. L'air enjoué, Anders contempla son Ruthman 270, un camion-nacelle dont il avait entendu dire beaucoup de bien lors de sa formation. Le système avec la nacelle au bout du bras semblait solide et fiable.

— Comment ça va ? demanda Stina quand elle s'extirpa de la camionnette avec les autres et vint vers Anders. Tu seras prudent, j'espère ? Tu ne risques pas d'être coincé ou de dégringoler d'un coup ? demanda-t-elle en jetant des regards angoissés vers la nacelle pendant au bout du long bras articulé.

— Pas de problème, maman. C'est une super grue. On peut la monter tout droit et la déplacer latérale-ment, et la nacelle peut aussi tourner sur elle-même. C'est le top, répondit-il en fixant la ceinture du tableau de manœuvres autour de sa taille.

— Belle ceinture, dis donc ! le complimenta le Génie en la caressant.

Aussitôt, le moteur de la nacelle se mit en marche.

— Non, arrête ! s'écria Anders, paniqué.

— Oh, c'était pour plaisanter. Tu vas travailler discrètement, hein ?

— Bien sûr. Avec une nacelle qui s'élève à plus de vingt mètres, je vais être le plus invisible possible…

— Je parlais du bruit. Si tu accélères doucement, ça s'entendra moins.

— C'est ça, je vais mettre toute la grue en mode silencieux, marmonna-t-il en montant dans la nacelle.

Il fit quelques pas à l'intérieur, mais heurta la rambarde de protection ; le tableau de bord se coinça, le joystick se baissa, le moteur accéléra, et Anders disparut dans les airs.

— Oh, mon Dieu, dit Anna-Greta en joignant les mains.

Stina n'osa même pas regarder.

Anders en eut des sueurs froides. Il monta beaucoup trop haut ; quand le bras articulé fut presque entièrement déplié, il put enfin reprendre le contrôle de la bête. Un peu sonné, il s'approcha du bord et eut un choc en se rendant compte de la hauteur à laquelle il se trouvait. Soudain, la tête lui tourna. Oh, non, le vertige ! Dire que pas une seconde il n'avait pensé à ce problème !

Il évita de regarder en bas et tenta de se concentrer. Les collants d'Anna-Greta devaient se trouver dans le deuxième tronçon de gouttière à partir du toit, à lui de manœuvrer pour s'en approcher au plus près. Les doigts tremblants, il saisit le joystick et fit avancer la nacelle. La gouttière était bien plus rouillée qu'il ne l'avait cru d'après son repérage aux jumelles. Il pensa aux collants d'Anna-Greta, qui ne devaient pas avoir bonne mine. Encore heureux qu'il y eût les sacs-poubelles autour, solidement fermés par les nœuds marins du Râteau. Ça devrait suffire.

Il se colla au maximum au raccord de gouttière, immobilisa la nacelle et se pencha pour défaire le tuyau. Ses mains enserrèrent fermement le conduit, et il essaya de toutes ses forces de le faire tourner. En vain. Nouvelles tentatives, toutes soldées par un échec. La gouttière était trop rouillée. Anders sentit monter la panique. Il ne pouvait pas embarquer toute la gouttière ! Et s'il tentait de défaire deux tronçons à la fois ? Ainsi, il devrait quasiment arriver à la hauteur du balcon de la suite de la Princesse Lilian. Qu'avait-il appris lors de sa formation ? Faire de petits mouvements, et surtout, rester « calme et serein ».

Lentement, très lentement, il dirigea la nacelle vers le rebord du toit, décrivant comme une danse. Si la suite de la Princesse Lilian n'était pas occupée ce week-end, tout devrait marcher comme sur des roulettes. Il manœuvra pour arriver sous la saillie du balcon, respira profondément et saisit la gouttière. Même scénario. Il eut beau tourner de toutes ses forces, elle ne bougea pas d'un pouce. Plusieurs hommes et tous les produits antirouille du monde n'y auraient rien changé ! Ces gouttières auraient dû être remplacées des années plus tôt.

Heureusement, il avait un plan B. Il avait emporté une invention du Génie : une longue canne à pêche avec une ligne fixe et plusieurs hameçons spéciaux. « Si tu n'y arrives pas, pense à cette astuce de pêcheur ! », lui avait dit ce dernier en lui tapant dans le dos. Anders aurait préféré éviter ça. Aller pêcher dans une gouttière, ce n'était pas vraiment son truc.

Il s'éleva encore un peu. *Pourvu que les éventuels*

clients de la suite ne se réveillent pas ! Un coup d'œil en bas, où les autres avaient tous le visage tourné vers lui, et il fut de nouveau pris de vertige. L'estomac lui remonta dans la gorge ; il tenait à peine sur ses jambes et se cramponna à la rambarde. Anders prit le temps de respirer plusieurs fois pour se calmer et manœuvra la nacelle pour s'approcher de la partie supérieure de la gouttière. Un mètre et demi au-dessus, il s'arrêta, prépara la canne à pêche et introduisit la ligne dans le conduit jusqu'à sentir quelque chose de mou et d'un peu inégal. Ce devait être le fameux paquet dans les collants… Merveilleux ! Il entreprit de ferrer le sac et de remonter la ligne. Tout à coup, il entendit un bruit et vit une jeune femme aux seins nus, en petite culotte, sur le balcon de la suite de la Princesse Lilian. Elle cria à quelqu'un, à l'intérieur :

— Chéri, il y a quelqu'un qui pêche dans la gouttière !

— Très bien, mon amour, reviens te coucher. Inutile de te ridiculiser davantage.

— Arrête, je t'assure que c'est vrai. Il y a vraiment un type qui pêche dans la gouttière. Avec une vraie canne à pêche.

— Et il a attrapé des poissons ? dit la voix en éclatant de rire. Allez, tu as encore trop bu…

— Mais viens voir toi-même !

— J'espère pour lui que ça mord. Que dirais-tu de quelque chose de bon pour le petit déjeuner ? Tu sais préparer du maquereau ?

— Ce que tu peux être bête !

— Du brochet, alors ?

— Espèce d'idiot !

Anders entendit des pas précipités et comprit que la

femme était rentrée dans la chambre. Et si elle était allée chercher son compagnon ?

Anders remonta aussitôt la ligne et posa la canne à pêche sur le sol de la nacelle. Mieux valait fiche le camp au plus vite. Il appuya sur le joystick, mais au lieu de descendre, la nacelle se mit à vaciller tel un essuie-glace.

— C'est quoi, ce bordel ?

— Je t'avais dit qu'il y avait un homme qui pêchait dehors !

— Pêcher ? On a affaire à un monstre marin, tu veux dire !

Anders parvint enfin à faire redescendre la nacelle jusqu'au sol. Dans un dernier effort, il stabilisa les mouvements de l'engin avant qu'il ne se pose à l'arrière du camion. Plus mort que vif, il posa enfin le pied par terre.

— Qu'est-ce qui s'est passé ? voulut savoir Märtha.

— Euh, la machinerie s'est déréglée, dit-il en haussant les épaules.

— Ce n'était pas une erreur de manipulation ?

Anders poussa un juron, se mit au volant du camion et démarra. Il baissa la vitre.

— Il faut se tirer en vitesse !

— Toi qui étais si sûr de toi… Qu'est-ce qui n'a pas marché ? demanda Stina, mais Anders avait déjà remonté sa vitre.

— Et voilà 2 000 couronnes envolées avec le camion-nacelle. Sans parler des millions toujours dans la gouttière, soupira Anna-Greta.

— Ah, ces engins sont toujours un peu retors. Allez, on rentre à la maison pour boire une tasse de

thé et manger des scones. Tous en voiture ! lança
Märtha en se mettant au volant.

— Moi, je vote pour un café avec une larme de
cognac, dit le Râteau en montant à l'arrière.

Le Génie se taisait. Les deux hommes s'étaient
chargés de cette mission, et voilà que c'était un fiasco.
Lui qui aurait tant voulu montrer à Märtha de quoi
il était capable ! Celle-ci lui jeta un regard dans le
rétroviseur et vit sa mine sombre. Elle fit demi-tour
et roula en direction de NK et du Sveavägen. Ensuite,
elle déclara :

— Ce n'est pas nous, c'est la jeunesse qui a failli.
Alors rentrons à la maison et planifions une autre
tentative. Tout finit toujours par s'arranger ; on n'y
arrive pas forcément du premier coup.

Le Génie ne dit rien, mais en son for intérieur, il
était bouleversé. Il sentait plus que jamais pourquoi
il appréciait tant Märtha. Quoi qu'il arrive, elle trouvait des paroles réconfortantes. Pour sûr, même le
jour du Jugement dernier, elle attendrait dans la bonne
humeur de voir ce que cette expérience lui réserverait.

— Parfois, un échec ne fait pas de mal, dit-il en
joignant les mains sur son ventre. Ça permet de se
creuser un peu la tête pour trouver d'autres idées.

— C'est bien mon point de vue, enchérit Märtha
d'une voix chaude et bienveillante. Et vous savez ce
que je crois ? La prochaine fois, le Râteau et toi trouverez la solution ultime.

— C'est possible. Mais pas tout de suite. Un changement de décor nous ferait peut-être le plus grand
bien. Nous n'avons pas trop chômé, ces derniers
temps, déclara le Génie.

127

— Oui, pourquoi ne pas aller à Göteborg ? suggéra le Râteau.

Märtha les regarda dans le rétroviseur. Un changement d'environnement et la nécessité de se mettre au vert ne signifiaient pas donner un coup d'arrêt à leurs projets. Au contraire, cela leur offrirait de nouvelles perspectives, qui sait, et si en plus cela faisait plaisir au Râteau, pourquoi pas ?

14

Tandis que le train traversait la Suède, Märtha et ses amis jouaient aux cartes. Comme l'enquête de police était toujours en cours, ils auraient dû se montrer plus discrets, mais ils étaient bien trop contents d'être enfin partis. La situation était devenue de plus en plus stressante. Sur le chemin du retour du Grand Hôtel, Märtha avait failli heurter une voiture de police ; sans un cri d'avertissement du Génie, cela aurait pu très mal se terminer. Le soir, aux infos, ils avaient appris que la police avait fait venir des renforts et intensifié ses recherches. Voilà qui était peu rassurant. À force de ne penser qu'à trouver de l'argent, Märtha en avait oublié qu'ils faisaient l'objet d'un avis de recherche. Elle ne se considérait pas comme une criminelle, mais comme une justicière. Elle et ses amis tentaient de rétablir les fondements d'une société plus heureuse, comme dans les années 1980, à condition de ne pas se faire prendre par la police. Qui aiderait les pauvres et les exclus du système s'ils se retrouvaient sous les verrous ?

Le Génie faisait grise mine depuis l'opération avortée, même si Märtha avait tout essayé pour le consoler. Elle avait acheté des perruques pour tout le monde et, légèrement grimés, ils s'étaient rendus en ville. Par deux fois, elle l'avait accompagné au magasin Clas Ohlson pour qu'il puisse y observer les dernières innovations techniques, puis dans des brocantes et au Secours populaire, à la recherche de vieux outils encore en bon état. Ils avaient aussi fait un tour à une foire de motos, où elle avait attendu patiemment qu'il étudie engins et moteurs. Elle savait que si le Génie pouvait passer un peu de temps à bricoler ses drôles de machines, il redeviendrait le joyeux compagnon qu'elle connaissait. Elle prit même un taxi pour acheter au magasin Delselius de Gustavsberg ses viennoiseries préférées. Que ne ferait-on pas pour remettre son ami de bonne humeur ?

Quand tout le monde fut de nouveau d'attaque, Märtha proposa de partir pour Göteborg. Cela serait surtout bien pour le Râteau. Sa commotion cérébrale l'avait beaucoup affaibli, malgré ses efforts pour n'en rien laisser paraître, et le soir, il allait se coucher très tôt. Dans le train en route vers sa ville natale, il retrouva enfin un peu d'énergie.

Il se mit à tricher dès le début de leur partie de *bluffstopp*. Des cartes disparaissaient tout le temps, et cela ne s'améliora pas quand ils passèrent à la canasta puis au bridge. Ils retrouvèrent des cartes dans l'allée centrale, sans pouvoir s'expliquer comment elles étaient arrivées là. Comme le Râteau gagnait sans arrêt, chacun se fit sa petite idée, mais personne ne dit rien tant il semblait ravi. Il allait bientôt revoir son fils unique, Nils, âgé de quarante-deux ans, qui vivait à Göteborg. Le Râteau et son fils avaient la même façon de penser, se comprenaient, et parlaient peu, mais bien. Nils, capitaine sur des cargos et des tankers, passait le plus clair de son temps en mer, et ils ne se voyaient pas souvent. Mais pour l'heure, il était chez lui, et le Râteau se faisait une joie de le retrouver. Il l'avait beaucoup négligé dans son enfance et son adolescence, étant lui-même en mer, mais avait essayé sur le tard de rattraper le temps perdu. Nils habitait toujours dans son quartier bien-aimé de Majorna, et il avait promis à son père de lui prêter sa petite maison de vacances. Qui aurait l'idée de chercher des retraités malfaiteurs dans un coin pareil ? Le gang des dentiers comptait passer au moins deux semaines sur la côte ouest, le temps que le Râteau se rétablisse pour de bon.

« Bien sûr, que t'auras un endroit où habiter, papa. T'auras aussi un jardin. Tu y seras très bien ! », l'avait assuré Nils.

Märtha avait prévenu en marmonnant qu'il serait difficile de passer d'une villa de Djursholm à plusieurs étages à une petite maison de type cabanon, mais le Râteau avait affirmé que la côte ouest était magnifique, ce qui rendait la question de la maison secondaire. D'ailleurs, avaient-ils vraiment le choix ? À la radio, on disait que la police suivait de nouvelles pistes. Sous peu, avait déclaré un certain commissaire Jöback, ils émettraient des avis de recherche.

« Nous sommes en passe de résoudre cette affaire », avait-il annoncé avant d'évoquer une nouvelle bande de malfrats qui sévissait dans le pays et avait jusqu'ici échappé à leurs radars.

Quelqu'un les avait-il vus avec leur camion-nacelle devant le Grand Hôtel et avait prévenu la police ? Ou Bosse Béton s'était-il montré bavard ? Märtha se souvenait que le Génie, Anna-Greta et elle avaient commis l'imprudence d'aller chez le voisin regarder la piscine se remplir de ciment. On les avait donc vus tous les cinq ensemble. Certes, ils avaient fait disparaître la preuve flagrante, mais on ne saurait penser à tout. De plus, l'odeur de hareng fermenté dans la cave n'était toujours pas partie.

Il leur sembla donc judicieux de s'éloigner un peu, et la côte ouest n'était pas une mauvaise idée.

Le train s'arrêta soudain, et les lumières s'éteignirent.

— Que se passe-t-il ? Problème d'aiguillage, de câbles tombés, ou un autre train qui recule ?

— Ou des flammes sur les voies à cause de la chaleur, suggéra Anna-Greta.

— Ou des feuilles mortes sur les rails ? hasarda Stina.

— À moins que ce ne soit une tempête de neige ou des commutateurs givrés, marmonna le Râteau.

— Ne sois pas si négatif, dit le Génie. Si tout le système de signalisation est bloqué, on peut s'estimer heureux si on arrive à destination.

— La prochaine fois, je prendrai le bateau ! Au moins, comme ça, on est sûr d'arriver, l'interrompit le Râteau, furieux d'être mis en retard.

Tous regrettèrent d'avoir pris le train plutôt que l'avion, jusqu'au moment où Märtha ouvrit son grand sac à main fleuri et en sortit des gobelets en plastique, des cacahuètes, des chips, des bâtonnets de carottes et différentes sauces. Elle fit durer le suspense encore quelques secondes, l'air malicieux, puis brandit enfin une bouteille de Ronar, un vin mousseux espagnol.

— Dans la vie, il faut savoir saisir les occasions de faire la fête. Alors nous allons fêter le fait d'avoir parcouru tous ces kilomètres en train sans avoir déraillé.

— Si nous fêtons chaque mètre franchi par le train, nous serons fin soûls en arrivant à Göteborg, dit le Râteau.

— Oh, on ne vit qu'une fois, déclara Märtha en levant son verre pour trinquer.

Huit heures plus tard, les retraités un peu guillerets atteignirent la gare centrale de Göteborg où Nils vint à leur rencontre. Grand et élancé, les gestes rapides et le regard vif, il portait un blouson en cuir et un tatouage sur un poignet. Avec quelque effarement, il fit la connaissance de ces vieux fort enjoués qui avançaient comme des escargots, chantaient à tue-tête des hymnes de marins et des chansons à boire, et pestaient contre la société des chemins de fer. Il comprit vite que le Râteau et ses compagnons n'avaient encore rien mangé (les coupures d'électricité à bord avaient été nombreuses), et les emmena directement dans un restaurant de Majorna, près des jardins de Slottsskogskolonin[1].

Les retraités, qui avaient une faim de loup, prirent place dans un coin, à une table avec nappe et bouquet de fleurs. Ça sentait bon la cuisine maison. Märtha avait saisi un menu au passage, avant même de s'asseoir. Tous commandèrent du poisson, sauf Stina qui avait envie d'une salade grecque, et de l'eau gazeuse. Ils mangèrent en silence, mais, dès leurs assiettes terminées, la question du logement ressurgit. Le Râteau

---

1. Anciens jardins pouvant évoquer, de loin, nos jardins ouvriers. Quartier devenu aujourd'hui très recherché, certaines maisons sont davantage de petites villas que des cabanons.

voulait savoir comment ils allaient se partager les chambres.

— Ce n'est qu'une maison de jardin, papa. Vous pensez habiter là tous ensemble ? s'inquiéta Nils.

— On n'est pas difficiles, tu sais. On peut se serrer un peu, répliqua son père, qui avait encore un verre dans le nez.

— Se serrer, c'est vraiment le terme, reprit Nils. Ce n'est pas si grand que ça, alors à mon avis, il vaut mieux que…

— Mais nous ne sommes pas n'importe quels vieux. Nous sommes capables de plein de choses, figure-toi. Comparé à une maison de retraite, ton logement sera du grand luxe. Et puis, ça ne sera jamais pire que sur un voilier… Quand je naviguais sur l'Atlantique, nous vivions à huit dans une cabine de quelques mètres carrés. On dormait serrés comme des sardines sur des matelas de paille ! Tu aurais dû voir, quand la tempête venait, ça…

— Je peux vous réserver des chambres d'hôtel, proposa Nils.

— Non, on a hâte de voir où on va habiter, maintenant, coupa le Râteau en chassant cette suggestion du revers de la main.

Il était fier de Göteborg et de son quartier de Majorna, et avait bien l'intention de le faire découvrir à ses amis. Bien sûr, qu'ils allaient habiter dans la baraque de Nils ; c'était ça ou rien. S'ils voulaient échapper à la police, il faudrait bien qu'ils supportent quelques contrariétés…

15

Dans les vergers et potagers de Slottsskogskolonin, ce coin de Slottsskogen où s'alignaient des rangées de maisonnettes de différentes couleurs, ça sentait l'automne et le temps des récoltes. Les arbres étaient flamboyants et les allées de gravier accueillaient déjà les premières feuilles mortes. Les groseilliers, framboisiers ou autres cassissiers n'avaient plus de fruits, et on apercevait déjà ici et là des pommes et des prunes. Certains jardins étaient à l'abandon, envahis de mauvaises herbes, d'autres étaient une splendeur avec pelouses bien entretenues, arbres fruitiers et plates-bandes. Partout, des maisons pittoresques aux encadrements de portes blancs, avec des fenêtres à croisillons. L'endroit respirait le calme. Nils s'arrêta près d'une clôture peinte en blanc et montra la maison du doigt.

— Vous n'avez pas idée comme les maisons ici sont demandées. Faut dire qu'il y a l'eau courante et le tout-à-l'égout, alors certains vivent ici pendant l'été. Soyez les bienvenus ! dit-il en ouvrant le portail.

Une allée au gravier fraîchement ratissé menait à une petite maison rouge avec un mât de drapeau.

Il y avait un toit à deux versants, des boiseries peintes en blanc, et une terrasse vitrée avec une table et des chaises. À l'extérieur se trouvaient un hamac et un cellier assez grand. Dans le jardin poussaient des pommiers, quelques pruniers et des arbustes fruitiers. Des plates-bandes soignées couraient le long de la clôture.

— C'est tout ce qui reste de notre maison de vacances ? demanda le Râteau, déçu.

— Je t'avais prévenu, papa, que j'avais vendu l'ancienne et que la nouvelle était très, très petite.

— Petite, d'accord, mais on n'est pas non plus des Pygmées, gémit le Râteau en grattant sa barbe collier.

Il avait dit ça tout bas, refusant d'admettre qu'il n'avait pas écouté son fils.

— Comment tu avais vu les choses, le Râteau ? Tu vois bien qu'on ne tiendra jamais tous ici ! s'écria Märtha.

— Ne t'inquiète pas. Ce genre de maison a l'air minuscule de l'extérieur, mais c'est plus spacieux qu'il n'y paraît, répondit-il en se voulant rassurant.

— Tu crois peut-être aussi aux anges ? le taquina Märtha.

Nils glissa la clé dans la serrure, ouvrit la porte et les laissa entrer les premiers. Tout de suite à droite se trouvait un coin cuisine avec un réfrigérateur, un petit fourneau, un plan de travail et un évier. La salle à manger permettait tout juste d'accueillir une table, quelques chaises, un canapé convertible et un fauteuil. Ils devinèrent un grenier. Des tapis lirettes couvraient le sol et une vieille pendule murale était accrochée au-dessus du canapé.

— Il y a tellement d'espace qu'on entend l'écho,

136

dit le Génie en marchant d'un pas vacillant vers la table à manger.

Il n'avait pas du tout compris pourquoi ils étaient venus à Göteborg. Lui-même avait rarement quitté sa ville natale de Sundbyberg, et s'ils devaient se mettre au vert, ils auraient pu le faire là-bas ! En fait, il pensait surtout au mariage, alors que Märtha avait bien autre chose en tête. Combien de temps lui faudrait-il encore attendre ?

— Effectivement, il n'y a pas vraiment de place pour dormir, dit Stina en promenant un regard dans la pièce.

— Moi, je peux dormir dans un branle, suggéra le Râteau. Le genre de hamac qu'on avait souvent à bord. On les roule dans la journée, ça fait plus de place.

— Oui, pourquoi pas. Il y a deux lits dans le cellier et un au grenier. En tout, il y a donc la place pour coucher trois personnes, dit Nils.

— Le grenier ? dit Märtha en regardant l'ouverture dans le plafond. Tu as l'intention de me catapulter là-haut ?

— Ne monte donc pas sur tes grands chevaux, ma petite Märtha. Tu n'as pas besoin de grimper cet escalier raide.

Le Râteau examina les marches de plus près et constata que lui non plus ne pourrait pas l'escalader, sans compter son problème de prostate qui l'obligeait à se lever souvent la nuit pour aller aux toilettes. Tant pis, il dormirait dans le cellier.

Pour des raisons évidentes, la visite de la maison ne dura pas des heures, et les vieux amis s'assirent sur le canapé. Nils brancha la machine à café, et bientôt une bonne odeur flotta dans la pièce.

— Ça me rappelle les scouts. Plein de monde sous la même tente, déclara le Génie, qui dut replier la jambe quand Nils tendit la main pour saisir la cafetière.

— Sauf qu'ici, il n'y a pas des piquets pour tenir le tout, et que ça ne risque pas de s'envoler au premier coup de vent, ajouta Märtha.

En réalité, elle ne savait pas sur quel pied danser. Quelle idée de venir ici ! Ils avaient pensé donner de l'argent aux nécessiteux et ouvrir un restaurant, et voilà qu'ils se retrouvaient dans une cabane de jardin à Göteborg ! Quelque chose lui avait échappé. En tout cas, c'était l'occasion de faire des progrès en jardinage. Leur Vintageville aurait aussi des serres, alors autant étudier un peu les plantes et les cultures. C'était le seul point positif qui lui venait à l'esprit pour l'instant, et elle s'y cramponna. À part ça en effet, il n'y avait rien de réjouissant à s'entasser à cinq dans quelques mètres carrés.

Quand le café fut prêt, Nils leur distribua des mugs en plastique. Toutefois, ils continuèrent à faire triste mine, car la différence entre une villa à Djursholm et une maison de vacances, de même qu'entre une maison de vacances « normale » et un cabanon de jardin, était colossale.

Mais après le café, Anna-Greta reprit du poil de la bête.

— J'ai pensé à une chose, dit-elle en posant son mug. Nous sommes ici pour nous faire oublier quelque temps et éviter la police. Mais vous ne croyez pas qu'on attirera l'attention si on reste ici, justement, cinq petits vieux entassés les uns sur les autres ?

Il y eut un silence ; chacun prit le temps de réfléchir.

138

Anna-Greta n'avait pas tort, et Märtha sentit une tension dans l'air.

— Chers amis, nous avons au moins l'assurance que jamais la police ne viendra nous chercher ici, affirma-t-elle dans l'espoir de détourner leur attention. (Sur ce, elle chercha dans son sac le reste du sachet de réglisse extraforte auquel ils avaient goûté dans le train.) Je suggère que nous dormions là cette nuit, et nous aviserons demain.

Tous acquiescèrent. La réglisse et le café aidant, l'atmosphère se détendit. Nils alla chercher des draps et des sacs de couchage, et quand, autour de minuit, il quitta son père et ses amis, il les entendit chanter une version à plusieurs voix de *Nu grönskar det i dalens famn...* et *Sov du lilla vide ung*[1]... le tout rythmé par Märtha et le Génie qui tapaient avec les cuillères sur des moules à gâteau. Cela ne dura pas très longtemps ; ils fredonnèrent encore un peu la berceuse, puis le calme s'installa. Nils sourit. Tout finirait bien par s'arranger.

_____

1. La première chanson date de 1933 (texte d'Evelyn Lindström sur un air d'une cantate de Bach) et la seconde est une berceuse traditionnelle encore plus ancienne (1869) sur un poème de Zacharias Topelius et une mélodie d'Alice Tegnér.

16

Au milieu de la nuit, Anna-Greta fut réveillée par le vacarme causé par un tremblement du sol sous la véranda. Pourtant, elle n'osa pas allumer la lampe frontale posée à côté d'elle sur l'oreiller. Et si c'était un cambrioleur, ou la police ?... Elle tenta d'identifier ce drôle de bruit. Ce n'étaient pas les forces de l'ordre ; on aurait plutôt dit que quelqu'un creusait un tunnel sous la maison. D'après tous les films d'aventures qu'elle avait vus, on pouvait creuser un tunnel n'importe où et ressortir très loin. Mais pourquoi se donnerait-on cette peine pour déboucher ici, dans un jardin ? Le son s'amplifia, puis une forte respiration et un grattement suivirent. Toute tremblante, Anna-Greta regretta d'avoir proposé de dormir seule dans la véranda. Et si c'était un voleur ? Pas très rassurée, un peu étourdie, elle se leva du canapé, s'approcha de la vitre et scruta les ténèbres, sans rien voir. Elle saisit sa lampe frontale et finit par en trouver le bouton. Mieux valait se munir d'abord d'une sorte d'arme. Le tisonnier du barbecue, par exemple. Elle alluma enfin la lampe et aperçut quelque chose de sombre et de grand courir sur la pelouse et disparaître derrière la clôture. Un blaireau !

Ouf ! Mais peut-être y avait-il aussi des rats ? Elle aurait été plus rassurée avec un homme pour la protéger… Elle repensa à Gunnar, son ami hacker, avec qui elle avait passé des heures devant l'ordinateur pendant presque toute une année. Au début, elle avait été enchantée, mais ensuite… Jamais il ne voulait aller au cinéma ou au théâtre, encore moins à l'opéra ou à une exposition. Jamais elle ne l'avait vu avec un livre entre les mains. Il était tout bonnement d'un ennui assommant. Certes, il lui avait appris beaucoup de choses et ils s'entendaient bien, mais son petit côté prof avait fini par l'horripiler, d'autant qu'il faisait tout pour la freiner, voire la stopper net. Leurs étreintes s'étaient espacées, et les prétextes multipliés. À la fin, elle ne supportait même plus qu'il l'enlace. Comment en étaient-ils arrivés là ? Si au moins il avait essayé de changer… Mais le silence s'était insinué entre eux. Au bout du compte, il rendit visite à son neveu de plus en plus souvent, pour des périodes de plus en plus longues. Quand il ne revint pas, Anna-Greta en fut presque soulagée. Mais la leçon fut amère : elle avait découvert la joie de partager sa vie avec quelqu'un, et désormais, cette présence lui manquait. Le Génie et Märtha, Stina et le Râteau formaient des couples, alors qu'elle était toute seule. Vivre tant de choses sans avoir personne à qui les raconter… Si elle ne voulait pas finir en vieille fille acariâtre, elle devait prendre le taureau par les cornes.

Elle retira ses pantoufles et se recoucha. Il lui fallait quelques heures de sommeil, car son programme du lendemain était chargé. Ayant remarqué que la cabane avait un accès à Internet haut débit, elle voulait vérifier que le cabinet d'avocats avait fait son travail et que les transferts d'argent étaient bien arrivés sur le compte des Caraïbes. Qu'il aurait été bon d'avoir quelqu'un avec qui parler de tout ça ! La responsabilité d'autant d'argent était bien lourde, même si les autres la soutenaient et l'encourageaient. Elle s'étira et bâilla. Le clerc de l'avocat Hovberg avait l'âge d'être à la retraite. Était-il marié ? Et puis il existait les sites de rencontre sur Internet. Songeuse, Anna-Greta remonta la couverture sous son menton, se passa langoureuse-ment la langue sur les lèvres – histoire de s'entraî-ner – puis s'endormit. Elle ne tarda pas à ronfler très fort. Dans ses rêves, elle fit la connaissance d'un jeune retraité stylé qui l'aima telle qu'elle était : une vraie asperge, pas spécialement bien habillée, avec pas mal d'années au compteur, et surtout beaucoup trop intelligente pour la plupart des hommes. Mais cela n'effraya pas le beau retraité, pas plus que son rire de cheval, et il l'embrassa longuement, avec fougue. Elle dormit à poings fermés de minuit jusqu'au petit matin.

Quand les membres du gang des dentiers, le dos raide, courbatus, se réveillèrent le lendemain, le soleil brillait. C'était une journée d'automne radieuse, qu'on aurait aimé voir se prolonger à l'infini. Märtha et ses amis s'assirent dans la véranda avec leurs tasses de café et admirèrent les maisonnettes bien entretenues alentour. La vie ici ne manquait pas de charme, bien qu'il soit un peu compliqué d'aller au bloc sanitaire commun pour prendre une douche ou se refaire une beauté. Toutefois, étant à la retraite, ils pouvaient prendre leur temps, surtout qu'ils n'avaient pas de nouveau casse en vue dans l'immédiat. Märtha but son café et chantonna tout bas avant de lancer :

— Vous savez quoi ? Je crois qu'on va rester ici une semaine ou deux. C'est l'occasion de se reposer un peu, de lire et de jardiner, le genre d'activités des vrais retraités. Ça se passera très bien, vous verrez.

— Pourquoi pas ? J'ai très bien dormi, dans le grenier, dit Stina.

— Et le convertible était confortable. Je peux d'ailleurs gérer nos comptes d'ici, renchérit Anna-Greta en brandissant le modem haut débit.

— Moi, j'ai de quoi faire dans le jardin, dit le Râteau, avec les salades, les radis et le reste.

— Alors je pourrai faire un peu de cuisine végétarienne, intervint Stina, qui avait acheté un livre intitulé *Plus âgé mais en meilleure santé*. Pour le repas, je peux vous servir des betteraves et du fromage de chèvre avec du miel et des noisettes. En mangeant beaucoup de légumes verts, nous vivrons mieux et plus longtemps, conclut-elle en jetant un regard au Râteau.

Elle essayait toujours de faire des activités avec lui pour éviter qu'il ne flirte avec d'autres, et ici, au moins, ils pourraient jardiner ensemble.

— Et moi ? protesta d'une petite voix le Génie, qui se sentait exclu.

S'ils restaient quinze jours ici, cela repousserait le mariage d'autant. Et qu'allait-il faire pendant tout ce temps dans cette maison de poupées ? De la dentelle ? Non merci. En plus, on ne le laissait pas dormir dans la même chambre que Märtha. La nuit, le Râteau et lui étaient confinés dans le cellier pour laisser la maison à ces gentes dames. Mais le Râteau ronflait à réveiller un mort et parlait dans son sommeil. Rester ici ne serait pas une partie de plaisir.

— Deux semaines… Le risque, c'est qu'on se tape sur les nerfs, avança-t-il prudemment.

— Oh, on s'y habituera vite, répliqua Märtha. De toute façon, on est mieux ici qu'en prison. On va essayer de passer le temps agréablement. Que dirais-tu de lire un bon livre, le Génie ? Et on pourrait jouer au Monopoly…

— Quand il existe des jeux vidéo, grommela-t-il en se levant pour retourner dans le cellier.

Le Râteau le suivit des yeux. Le Génie n'allait pas fort, ce n'était pas son genre de râler comme ça. Il fallait réagir, l'inciter à inventer quelque chose, n'importe quoi du moment que ça lui rende sa bonne humeur. Il se gratta longtemps la barbe, puis eut une idée.

Ce serait un vrai défi pour le Génie. Et une invention pour le plus grand plaisir de tous…

17

Le Génie resta plusieurs jours à l'écart. Il mangeait avec les autres mais retournait dans le cellier dès qu'il le pouvait, au point que Märtha en conçut de l'inquiétude. Elle mit sa veste et se dirigea vers le cellier.

Quand elle frappa à la porte, personne n'ouvrit. Une drôle d'odeur lui parvint, qu'elle ne reconnut pas. Elle frappa encore, sans plus de résultat, puis enfonça plusieurs fois la poignée. Le Génie entrebâilla la porte avec l'air d'un petit garçon pris sur le fait.

— Euh, tu viens me rendre visite ? Je ne pensais pas… Oui, c'est un peu le bazar, ici, dit-il, assez gêné. Je suis occupé, on pourrait peut-être remettre ça à plus tard ?

Il voulut refermer la porte, mais Märtha l'en empêcha du bout du pied.

— Mais que se passe-t-il, ici, bon sang ? s'écria-t-elle en entrant dans l'étroite pièce.

Des vêtements et des chaussures traînaient par terre, ainsi qu'un jeu vidéo et les foulards du Râteau. Sous le lit s'empilaient les bouteilles de jus de fruits vides, à côté d'un seau, de tuyaux et d'une boîte à outils. L'odeur surtout était effroyable. Quelle mauvaise idée d'avoir installé deux vieux gentlemen dans un espace aussi réduit ! Tout était bizarre, ici. Le lit où avait dormi le Râteau était devenu un plan de travail provisoire, avec un évier et un tuyau d'arrosage fermé par un robinet. Elle vit une plaque électrique, une casserole avec un couvercle maintenu par du ruban adhésif, et un seau en plastique. Un tuyau transparent reliait la casserole au seau, lequel était équipé d'un système d'évacuation avec une sorte de pince, comme lorsqu'on fait du jus de fruits.

— Mais cher ami, qu'es-tu en train de faire ?

Le Génie recula, l'air honteux. Il n'avait encore jamais essayé de produire de l'alcool. La première fois, le charbon actif n'avait pas fonctionné, de sorte qu'il avait dû filtrer le liquide à travers deux miches de pain bio de Stina, mais sans succès. Ça sentait fort. Il avait eu beau fourrer les pains imbibés d'alcool dans des sacs épais et bien les fermer, l'odeur continuait de flotter dans l'air. Il avait entendu dire que certains ivrognes ayant de la bouteille, c'est le cas de le dire, utilisaient des miches de pain pour purifier l'alcool, et avait espéré que cela ferait partir l'odeur. Mais Märtha reniflait partout d'un air soupçonneux.

— Ne me dis pas que tu t'es mis à fabriquer de l'alcool ?

— C'est-à-dire que… Vous autres, vous avez tous trouvé de quoi vous occuper agréablement, alors j'ai pensé que je pourrais produire de la liqueur de pommes. Il y a tellement de fruits, ici, dans tous ces jardins… J'ai construit une sorte d'alambic.

Il se pencha et tira un récipient en verre de sous le lit. C'était le bol d'un vieux mixeur que Stina avait utilisé pour faire des smoothies. Quant à l'appareil lui-même, il l'avait bricolé. Dans la partie inférieure du bol se trouvait une soupape dont partaient de fins tuyaux, comme les bras d'un poulpe, qui se terminaient par des robinets.

— Regarde ! dit le Génie en sortant plusieurs verres à liqueur qu'il plaça sous les tuyaux.

Il versa de l'eau dans le récipient et ouvrit la soupape ; le liquide coula dans les tuyaux puis fut réparti dans tous les verres en même temps.

— Tu vois comme ça va vite !

Märtha prit un verre et l'approcha de son nez. Un verre à liqueur rempli de flotte. Voilà donc à quoi il s'occupait quand il refusait d'aider à faire la vaisselle et prétendait avoir mal à la tête ! Elle ne put s'empêcher de rire. Le Génie semblait si fier de lui qu'il était difficile de lui en vouloir. Au contraire, cela lui fit chaud au cœur. Même fâché, il trouvait l'énergie nécessaire pour inventer quelque chose de positif. Comment ne pas aimer un tel homme ?

— Tu n'as pas de scrupules moraux vis-à-vis de ça, j'espère, ma petite Märtha ? Tu sais bien que c'est une vieille et noble tradition, en Suède. Ce serait quand même dommage de laisser pourrir toutes ces pommes, dit-il en indiquant le mixeur. Je voulais voir si je pouvais inventer un appareil qui conviendrait à ce genre de maisonnette avec verger. Ici, on peut voir tout ce que font les voisins, alors qu'avec ça, on peut discrètement se faire plaisir avec un petit extra dans le café.

— Et où as-tu mis l'alcool ? voulut savoir Märtha.

— Au début, ça ne marchait pas bien, mais j'ai fait une nouvelle tentative, répondit-il en montrant trois bidons en plastique. Maintenant, je vais diluer l'alcool avec de l'eau pour que ça fasse du 40 %. Avec ça, on pourra produire une excellente liqueur. Tu n'as qu'à me dire laquelle tu veux.

— Comme c'est amusant ! De la liqueur de bette-rave, peut-être, ou pourquoi pas de mangue et banane ? Qu'en pense le Râteau, d'ailleurs ? demanda Märtha.

Elle s'aperçut soudain que le lit de ce dernier avait disparu.

— Mon Dieu, mais où dort le Râteau ?

— Là-haut, répondit le Génie en indiquant un hamac roulé, suspendu au plafond. Il fait semblant d'être en mer, et ses ronflements s'entendent moins.

— Bon, dit Märtha, l'essentiel est que vous alliez bien.

Encouragé, le Génie se pencha en avant et l'embrassa.

— Assieds-toi donc près de moi pour qu'on puisse parler un peu, dit-il en lui faisant de la place sur le lit. Comment vas-tu, mon amie ?

— Ça va, même si tu me manques quand tu habites ici, dans le cellier.

— Ah, vraiment ? s'écria-t-il avec un regard plein d'espoir. Tu sais, tu me manques aussi. Terriblement, même. J'ai réfléchi à une chose. Que dirais-tu si on se mariait ici, à Göteborg ? Nous pourrions organiser sans problème la cérémonie dans la Slottsskogskolonin.

— Peut-être, oui, répondit Märtha. Mais pas avant que nous ayons distribué l'argent de la banque, natu-rellement…

— Et puis il y a cette histoire de gouttière, ajouta le Génie.

— Ah, c'est vrai, j'avais oublié.

— L'argent du casse et la gouttière. Autant dire que ce ne sera pas pour demain...

— Hein ? fit Märtha.

Elle s'en voulut de se montrer si peu réceptive à sa proposition ; pour se faire pardonner, elle s'inclina vers lui pour lui donner un petit baiser.

Mais le Génie s'était de nouveau refermé comme une huître. Il se leva et sortit. Il avait besoin de réfléchir à sa relation avec Märtha. Pour l'instant, elle n'évoluait pas dans le bon sens.

Le Râteau et le Génie ne savaient pas trop ce qu'ils allaient faire de leur premier essai raté de production d'alcool. L'odeur du tord-boyaux était si forte qu'ils décidèrent d'emballer les miches de pain dans des sacs en papier recyclé, et de les enterrer. Selon leurs calculs, les sacs devaient supporter du pain frais bio un peu mou, et se désagréger de manière écologique. Ainsi, personne n'aurait vent de leur distillation personnelle d'alcool – illégale –, et même Nils ne remarquerait rien. Aussitôt dit, aussitôt fait. Les deux gentlemen sortirent dans le jardin, creusèrent un trou pour les pains et y versèrent le reste du tord-boyaux avant de recouvrir le tout de terre et de feuillage. Puis ils remirent les pelles dans la remise et retournèrent au cellier. Ils prirent soin de refermer soigneusement la porte avant d'ouvrir une trappe dans le sol qui donnait accès à leur entrepôt clandestin. Une vingtaine de petites et grandes bouteilles d'eau minérale gazeuse Ramlösa y étaient joliment alignées, dont le contenu titrait à environ 40 % d'alcool. Le Génie en prit une, dévissa le bouchon et versa le contenu dans le mixeur. Ensuite, il brancha de nouveau tous les tuyaux, sauf deux, ouvrit la soupape et laissa l'alcool remplir les verres.

— Ça aurait peut-être été aussi vite de remplir les verres directement, mais si on est nombreux, ça fait gagner du temps, dit le Génie en tendant un verre à son camarade.

— Oui, c'est vrai. La prochaine fois, on laissera couler librement dans tous les tuyaux, comme ça, on pourra boire un verre après l'autre sans avoir besoin de reremplir chaque fois. Par contre, ça fera un peu plus de vaisselle, dit le Râteau, un sourire aux lèvres, en claquant de la langue pour mieux savourer le breuvage translucide. Et puis il va falloir ajouter des saveurs ; pour l'instant, ça n'a aucun goût.

— On verra ça demain. L'alcool, ça reste de l'alcool. À ta santé ! dit le Génie.

Il but d'un trait en renversant la tête en arrière puis, avec un « aaaah » de satisfaction, il déploya la table pliante pour y poser son verre. Le Râteau ouvrit un sachet de chips (qu'il avait caché à Stina) et le tendit au Génie.

— De l'alcool et des chips, mon Dieu que c'est bon ! dit-il en crachant sa chique et en en prenant une grosse poignée.

Les hommes burent toute la soirée en mangeant les chips et parlèrent bateaux, motos et aventures amoureuses. Vers le petit matin, devenant sentimentaux, ils se jurèrent une amitié éternelle. Il fallait qu'ils se serrent les coudes : depuis qu'ils avaient quitté la maison de retraite, les femmes avaient une fâcheuse tendance à vouloir prendre un peu trop les commandes.

— Rien ne vaut une discussion entre hommes, dit

le Râteau en passant un bras autour des épaules du Génie.

— C'est vrai, acquiesça son camarade, mais les femmes sont bien aussi, dit-il en repensant soudain à Märtha.

— À faible dose, précisa le Râteau.

— Oui, naturellement, à faible dose, marmonna le Génie, le visage de Märtha toujours à l'esprit.

Le lendemain, Märtha se réveilla tôt. Quand elle alla prendre sa douche, elle découvrit une grande tente blanche dressée sur le gravier entre la salle des fêtes et la piste de danse du quartier. La fête des récoltes à Slottsskogskolonin se tenait le premier dimanche de septembre. Pas question de rester enfermés à la maison, cela paraîtrait suspect. Il faudrait sortir et se mêler aux autres, même si cela comportait des risques. L'idéal serait d'avoir quelque chose à vendre, pour mieux se fondre parmi les autres propriétaires des maisonnettes. Ils pourraient chiper à Nils quelques pommes, tomates et betteraves rouges, mais ça ne suffirait pas. Il fallait quelque chose de plus.

Quand Märtha fut prête, elle réveilla les autres ; tandis que ses camarades partaient se doucher, elle fit un raid dans la maison. Elle ne trouva pas grand-chose, à part les taies sur lesquelles Anna-Greta avait brodé des fleurs, quelques disques vinyles qu'ils avaient en double, quatre longs pains faits par Stina, et ce concentré d'airelles rouges qu'elle-même avait acheté chez le voisin. Au départ, ce jus était censé être pour eux, mais elle découvrit aussi plusieurs bouteilles de Ramlösa sous la trappe du plancher, dans le cellier. Pourquoi ne pas préparer une boisson rafraîchissante et la vendre ? Il faisait beau et les visiteurs auraient soif. Et même si Märtha était enrhumée, elle mettrait des gants en plastique pour ne contaminer personne. Il s'agissait de faire vite avant le retour des autres. Elle regroupa son extrait d'airelles, les bouteilles de Ramlösa, plus quelques bouteilles vides trouvées sous le lit du Génie, puis elle s'installa dans la cuisine pour concocter son mélange. *Des biscuits au citron seraient un bon accompagnement*, se dit-elle en en ouvrant quelques paquets. Elle rangea ensuite le tout dans quatre cageots qu'elle installa dehors. Dès que ses amis rentreraient, elle prierait le Génie de porter le tout à la brocante.

— Une fête des récoltes ? marmonna le Génie une heure plus tard en revenant de la tente pour la brocante avec un chariot. Je préfère me balader au port.
— Tu as dit le port ?
Le Râteau eut un regard songeur vers la barrière de Slottsskogskolonin. Il avait un peu perdu le sens de l'équilibre après sa commotion cérébrale (et ses écarts de la veille), mais un tour au port, ça ne se refusait pas.
— Il suffit de prendre le tram. Allez, viens ! On ira voir le navire de la Compagnie suédoise des Indes orientales.
La veille, le Râteau avait beaucoup parlé du navire *Göteborg* et des conditions de vie des marins d'autrefois, et le Génie voulait voir une réplique de ce bateau du XVIIIe siècle. À cette époque, les artisans étaient très compétents, peut-être pourrait-il y apprendre quelque

chose. Et puis il n'avait rien contre l'idée de changer un peu d'air. Il n'aimait pas les grands rassemblements, et en fit part à Märtha.

— Tout est prêt, mon amie. Ta table est à côté de la femme qui vend des gaufres. J'ai déjà posé les cageots dessus. Par contre, pour la brocante, tu te débrouilleras seule. Le Râteau et moi allons au port.

Il ne lui en avait pas parlé avant, ne lui avait pas demandé son avis et, pour une fois, lui annonçait simplement ce qu'il avait l'intention de faire. Et Märtha n'aurait rien à dire. Tout à coup, il se sentit fier, comme s'il avait accompli un acte remarquable : reprendre les rênes de sa vie. C'était peut-être une bonne chose de montrer davantage de force de caractère ?

— Tu ne veux pas… avec moi… ? commença-t-elle avant de laisser sa phrase en suspens et de maîtriser sa surprise. Mais bien sûr, voyons, cher ami. Alors comme ça, vous allez au port ? Bon, amusez-vous bien, mais promets-moi de ne pas grimper au mât.

Ensuite, elle commanda un taxi, car elle ne tenait pas à ce que les deux hommes marchent trop longtemps et se fatiguent inutilement. Ils risqueraient de tomber et se casser le col du fémur. Ces derniers temps, ils avaient pas mal négligé les cours de gymnastique.

Après leur avoir dit au revoir, elle retourna dans la petite maison et réfléchit à ce que le Génie avait dit. Il semblait lui témoigner moins d'intérêt ; elle avait pourtant cru qu'il apprécierait d'être à ses côtés, de fouiner à la brocante et de faire le tour des jardins. Mais en fait, il avait l'air tout heureux de partir avec le Râteau. Peut-être devait-elle y mettre du sien si elle ne voulait pas le perdre. On a tôt fait de s'habituer à ce qu'on a et d'oublier de témoigner de l'affection à ceux qui nous sont chers. Et le Génie était unique ; personne, dans le monde entier, n'était comme lui.

18

À 11 heures commença la grande fête des récoltes, et jardins et vergers se remplirent de visiteurs. Jeunes et vieux se pressaient et remplissaient leurs cageots de différentes variétés de pommes, de prunes et de poires, vendues avec des myrtilles et des airelles. On trouvait aussi des tomates, des concombres, des oignons, et on s'arrachait ces denrées. Il y avait beaucoup de fleurs en cette période de l'année, mais Märtha, qui n'avait pas la main verte, n'avait pas la moindre idée de leurs noms (en revanche, elle était incollable sur les fleurs en plastique, sachant déceler au premier coup d'œil la camelote de celles qui tiendraient longtemps). Jardins, champignons et légumes n'étaient pas son truc ; elle aurait dû s'y intéresser, dans la perspective de Vintageville, mais ce serait pour plus tard. Elle préféra faire un tour dans la brocante. Ici aussi, on avait l'embarras du choix : livres, ustensiles pour la maison, porcelaine, puzzles, bandes dessinées. Elle parcourut les titres des cassettes VHS, des DVD et des CD. Elle aurait pu y passer des heures si elle n'avait pas dû vendre leurs boissons. Autant s'y mettre tout de suite.

Elle salua la femme du stand d'à côté, huma la bonne odeur de gaufres et de confiture de fraises, et aligna ses bouteilles. Quelle chance d'être aussi proche d'une vendeuse de gaufres ! Ses bouteilles partiraient vite. De fait, elle eut à peine le temps de les poser sur la table que les gens se pressaient déjà pour en acheter. Elle n'eut même pas l'occasion de se servir un verre pour goûter. Le Génie avait cloué à son stand dès potron-minet une pancarte vantant des BOISSONS BIO, et les clients attendaient qu'elle commence la vente. Rien ne vaut un bon jus de fruits à base d'airelles avec une pointe de gingembre pour « la petite touche exotique », comme on aurait dit à la télévision.

La première cliente fut la râleuse de service, Amanda Skogh, connue pour fourrer son nez partout. Nils les avait prévenus : elle était difficile, mieux valait se montrer aimable avec elle. Märtha s'y efforça, et Skogh lui acheta une bouteille entière. Puis ce fut le tour d'un groupe de choristes de Masthuggskyrkan, avec le vicaire. Märtha, qui adorait la musique chorale, discuta un bon moment avec eux, et après leur avoir vendu un disque et deux des oreillers brodés d'Anna-Greta, elle proposa qu'ils chantent tous ensemble *Calle Schewens vals*. Cela créa une telle ambiance que, à la fin, chaque choriste acheta une bouteille. Après y avoir goûté, certains demandèrent pourquoi la boisson était si forte ; Märtha répondit que la recette lui venait de sa grand-mère maternelle, qu'elle contenait pas mal d'épices spéciales, et que ça n'avait rien à voir avec la pisse de chat qu'on achetait en boutique.

— Vous comprenez, tout est bio, chez nous, affirma-t-elle.

Ensuite, quatre novices du monastère de Vadstena s'arrêtèrent devant le stand de Märtha. Elles visitaient les jardins à la recherche de plantes médicinales du Moyen Âge importées ici par les moines au XVe siècle. Märtha, incompétente dans ce domaine, regretta de ne pouvoir les aider, mais leur vendit trois taies d'oreiller, deux disques de chants religieux, et les convainquit de lui acheter un peu de sa boisson bio rafraîchissante. Encore quelques bouteilles de vendues ! Quand le chœur de Masthuggskyrkan revint pour lui en acheter d'autres, son stock diminua encore. Les affaires marchaient bien, et, deux heures plus tard, Märtha n'avait presque plus rien à vendre. Elle aperçut alors Amanda Skogh qui tanguait dans l'allée, une gaufre à la main, en chantant à tue-tête. Elle saluait tout le monde et proposait à chacun de goûter à sa gaufre, agitait les bras, exécutait des pas de danse et braillait si fort que tous la fixaient, stupéfaits. À peine eut-elle disparu que le chœur de Masthuggskyrkan arriva d'un pas chaloupé. Le vicaire chantonnait en tripotant la poitrine des sopranos, les ténors et les basses rivalisaient à qui chanterait le plus fort. Derrière eux venaient les quatre novices, leurs têtes de poupée inclinées. Toujours vêtues de manière très décente, elles sautillaient derrière les basses aux voix si pleines, remontaient leurs jupes en gloussant et avaient un mal fou à avancer droit. Tout se figea autour d'eux, et les visiteurs s'interrogèrent. Les gens d'Église avaient-ils, à l'instar des élans dans la forêt, mangé trop de baies fermentées, ou étaient-ils réellement soûls ?

— Et que faites-vous ce soir ? s'enquit la jolie

petite novice Yvonne en faisant un clin d'œil au vicaire.

Les autres novices voulurent intervenir, mais trop tard : la jeune femme lui avait déjà pincé les fesses. Märtha fut un peu étonnée : était-ce toujours ainsi lors de la fête des récoltes ? Alors qu'elle se disait avoir rarement vu pareil chaos, un drôle de bruit retentit et un blaireau apparut dans l'allée, des fragments d'airelles au coin de la gueule ; il tituba et tomba à la renverse sur le bas-côté. Märtha n'y comprenait rien ; elle secoua la tête et décida qu'il était grand temps de rentrer. Avec pour tous invendus un seul disque, *Gulli-Gullan* de Jokkmokks-Jokke[1], et une dernière bouteille, elle trouvait avoir assez fait pour la journée.

— Je vais garder ça pour nous, dit-elle une fois de retour en mettant sur la table la boisson aux airelles et une corbeille pleine de gaufres. Maintenant, on va lubrifier un peu nos gosiers !

Les deux hommes n'étaient pas encore rentrés, alors les femmes s'installèrent sous la véranda pour boire et manger. Le hamac se balançait, le soir tomba doucement. Bientôt, elles se mirent à chanter gaiement à deux voix *Nu grönskar det i dalens famn* et *Jag vet en dejlig rosa*[2].

Quand le Génie et le Râteau revinrent, tard dans la soirée, ils entendirent de loin des exclamations et des

_____

1. Nom d'artiste (d'après le nom d'une localité en Laponie) d'un chanteur compositeur d'origine sami dont le tube *Gulli-Gullan* est paru en 1963.
2. « Je connais une rose merveilleuse » : chanson traditionnelle suédoise datant du XVIe siècle et qui a connu de multiples versions.

éclats de rire. Les gens dansaient et chantaient sur le gravier, des voix gaies s'élevaient de tous les jardins. En ouvrant le portail, ils aperçurent le vicaire flirter derrière un buisson avec une soprano gloussante. Les basses et les ténors du chœur se baladaient en fredonnant. Quand le Râteau et le Génie arrivèrent au café, ils eurent un autre choc : un groupe de novices ronflait, la tête sur la table.

— Mon Dieu ! s'écria le Râteau.

— Comme tu dis, renchérit le Génie. En tout cas, Il n'est pas là, Lui. On ferait mieux de rentrer chez nous.

Quelque peu sonnés, ils remontèrent Morotsgången ; de chaque côté, les propriétaires ivres leur faisaient des signes pour leur proposer de boire un verre avec eux. Mais les deux hommes déclinèrent l'invitation le plus poliment possible. Une fois près de leur propre barrière, ils s'arrêtèrent : quelqu'un avait creusé les plates-bandes à l'endroit où ils avaient caché les miches de pain.

— Mon Dieu ! répéta le Râteau.

— Ça sent le tord-boyaux, déclara le Génie.

Ils se dépêchèrent de dissimuler le trou. À l'instant même où ils eurent terminé, ils aperçurent Märtha, une bouteille vide à la main ; ses deux amies chantaient et se cramponnaient l'une à l'autre pour ne pas tomber.

— Oh, comme c'est bon ! Rien ne vaut une boisson d'airelles faite maison, balbutia Märtha.

Stina éclata de rire, aussitôt suivie par les hennissements d'Anna-Greta.

— Pourquoi… demanda Märtha au Génie en le regardant d'un œil vitreux, pourquoi tu ne m'as pas dit qu'il y avait de l'alcool dans les bouteilles ?

— Quoi ? Qu'est-ce que tu as fait ?

— Oh, rien de spécial. J'ai juste mélangé un peu d'extrait d'airelles rouges et quelques épices avec de l'eau pétillante Ramlösa, rit-elle. Dieu que c'était bon ! J'ai tout vendu en moins de deux.

— L'alcool ! s'exclamèrent le Génie et le Râteau.

— Mais non, la boisson aux airelles !

Sur ce, les trois femmes furent prises d'un tel fou rire que toute conversation devint impossible, et qu'il fallut les aider à rentrer à l'intérieur de la maison.

19

Le lendemain, toute la Slottskogskolonin fit la grasse matinée. Un tel silence était inhabituel pour un dimanche de septembre. On n'entendait que les chants d'oiseaux, et quelques ronflements qui s'élevaient par les fenêtres ouvertes. À l'étage réservé aux visiteurs de la maison paroissiale, le chœur de Masthugg avait la gueule de bois. Le vicaire s'était fait surprendre par son épouse en compagnie de la première soprano ; elle l'avait ramené *manu militari* à la maison. Il s'était confondu en excuses mais, banni de la chambre à coucher, avait dû passer la nuit sur le canapé du salon, aussi dur qu'inconfortable, où il n'avait pu fermer l'œil. Les novices, qui n'avaient jamais autant bu de soda de toute leur vie (faut dire qu'il était drôlement bon), s'étonnèrent d'être restées sur place : elles avaient prévu de prendre le train pour Vadstena le soir même. De plus, elles avaient affreusement mal à la tête sans pouvoir se l'expliquer ; malgré force génuflexions et prières, ça cognait dans les tempes. Elles en avaient même oublié de se renseigner sur les plantes médiévales. Rien ne s'était passé comme prévu, mais en tout cas,

Dieu était le plus grand, et la boisson rafraîchissante aux airelles était délicieuse.

Le gang des dentiers n'osait pas sortir. Comme les gens, au lieu d'acheter, n'avaient fait que danser et chanter, les propriétaires n'avaient jamais aussi peu vendu que cette année. Entre leurs légumes invendus, leur mal de crâne et leur maigre recette, tous faisaient grise mine. Chez Nils aussi, l'heure des comptes avait sonné.

— Mais ma petite Märtha, tu n'as pas remarqué qu'il y avait de l'alcool dans les bouteilles ? demanda le Génie dans un soupir, en secouant la tête.

— Je suis enrhumée et je n'ai pas eu le temps de goûter avant. J'ai déjà demandé pardon !

Märtha s'en voulait de sa négligence mais avait du mal à garder son sérieux : la soirée avait été très gaie, et cette fête des récoltes resterait dans les annales. Toutefois, mieux valait ne pas faire de vieux os ici : ils deviendraient vite l'objet de toutes les conversations. Cinq personnes âgées qui s'entassent dans vingt-six mètres carrés, comment ne pas trouver ça louche ? Le gang des dentiers devait être recherché en Suède et à l'étranger. Märtha observa ses amis autour de la table. Il fallait s'en aller, mais où ? Ils venaient de passer deux semaines cachés ici ; ils avaient écouté les nouvelles chaque jour sans plus entendre parler du braquage de la Nordeabank. Cela l'inquiétait. Soit la police faisait profil bas, soit elle avait des affaires plus urgentes à régler. Peut-être pouvaient-ils rentrer à Djursholm ? Ils ne se sentaient plus aussi en sécurité, ici, à Slottsskogskolonin.

— Écoutez-moi, commença-t-elle, mais un éclat de rire de Stina l'interrompit aussitôt.

— Ah, c'était trop drôle ! Si vous aviez vu les novices chanter en soulevant leurs robes ! Je n'ai jamais rien vu de tel, dit-elle en les mimant.

Märtha donna quelques coups de salière sur la table.

— Il est temps d'agir, reprit-elle, nous ne pouvons pas rester planqués ici indéfiniment. Nous devons distribuer l'argent du braquage. Où en sommes-nous avec l'avocat, Anna-Greta ?

— Hovberg ? Il vient de m'envoyer un mail pour me dire qu'il avait réussi à créer une société fictive aux îles Caïmans. Il ne lui reste plus qu'à la mettre en relation avec sa filiale suédoise. Ensuite, nous pourrons enfin distribuer l'argent.

— Et il faut ajouter le fric que t'as gagné hier avec la boisson, ajouta le Râteau en souriant. Pourquoi ne pas donner l'argent aux employés mal payés des services de santé ? Les infirmières doivent absolument être mieux rémunérées. Elles sont en permanence débordées, aux urgences.

— Tu penses peut-être en particulier aux brunes de l'hôpital de Danderyd ? lança Stina en fronçant les sourcils.

— Tous les bas salaires doivent être augmentés, intervint Märtha. J'ai l'intention de continuer sur la voie criminelle tant que nous ne vivrons pas dans une société plus juste, où chaque personne pourra vivre dignement de son salaire ou de sa retraite.

— Oh, là là, tu veux de nouveau changer *toute* la société ? dit le Génie. Mais ceux qui travaillent bien, c'est un peu normal qu'ils aient un meilleur salaire que les autres, non ? Le salaire doit être en fonction de l'engagement et de la prestation. Les médecins, par exemple, ont une grande responsabilité, et…

— Tu veux dire quoi, au juste ? s'étonna Märtha.

— Je veux dire que… commença-t-il.

Il s'interrompit en voyant le Râteau lui faire un signe d'avertissement, puis reprit :

— J'ai une idée. Nous allons distribuer l'argent discrètement. Au Tullmuseet, j'ai vu comment s'y prendre. On n'a qu'à acheter des tas de livres, découper l'intérieur et y mettre l'argent. Après, on les enverra à toutes les infirmières du pays.

— On pourrait mettre les billets dans des bibles. Ce serait pas mal, non ? renchérit Stina.

— Une manière littéraire de faire passer de l'argent en douce, sourit le Râteau en lui caressant la joue. Mais il y a au moins soixante-dix mille infirmières en Suède, alors ça risque d'être un peu compliqué.

À partir de là, on discuta de la meilleure manière de distribuer l'argent de façon amusante. Ce n'était pas une mince affaire.

20

Ça sentait bon la pomme et les feuilles mortes, et les nuits étaient fraîches. Combien de temps allaient-ils encore rester terrés là ? Anna-Greta lut le dernier mail reçu. L'avocat Hovberg précisait que plusieurs transferts avaient été effectués vers les Caraïbes, et que la filiale suédoise était prête à recevoir les fonds. Sous peu, ils pourraient aller chercher leur carte Visa. Les membres du gang des dentiers étaient en passe de devenir des investisseurs en capital risque. Cette sensation était déplaisante, et ils avaient hâte de se débarrasser de l'argent. Il était temps de rentrer ! Anna-Greta referma l'ordinateur, puis se ravisa et le rouvrit. Et si Carl Bielke, leur détestable voisin, était de retour ? Mieux valait s'en assurer. Avait-il un compte Facebook ? Ce serait facile à vérifier.

Elle tapa de nouveau son code d'accès ; les dossiers, documents et photos réapparurent sur l'écran. Elle s'était inscrite sur Facebook assez récemment, en choisissant le pseudonyme d'Eva von Adelsparre, et y avait retrouvé des amis d'enfance vivant à Djursholm ainsi que d'anciens ou nouveaux voisins. Presque tous l'avaient acceptée comme amie ; avec un nom comme

Adelsparre, ils croyaient qu'elle était une ancienne camarade de classe de Samskolan, une de ces élèves dont on a oublié le nom au fil des ans. Depuis, elle passait au moins une heure par jour à suivre l'actualité de ces nouveaux amis. C'était amusant de voir où les gens habitaient, qui ils fréquentaient, et à quoi ressemblaient leurs maisons de vacances et leurs bateaux. Beaucoup d'habitants de Djursholm possédaient des résidences luxueuses dans l'archipel, mais leurs villas en Espagne ou sur la Côte d'Azur, leurs yachts ou leurs Ferrari, ça, c'était vraiment quelque chose ! Ils menaient la grande vie, ses anciens camarades d'école, leur monde n'était pas celui du commun des mortels !

Anna-Greta prit un biscuit au citron et se connecta donc sur Facebook. Beaucoup avaient posté des nouvelles. Elle déroula la page d'accueil. Certains avaient cueilli des champignons, d'autres avaient posté des vidéos humoristiques… Mais elle devait rester concentrée. Elle inscrivit « Carl Bielke » dans l'onglet de recherche et croisa les doigts. Une page s'ouvrit ! Oui, c'était bien leur voisin, le navigateur autour du monde qui avait un camion-poubelle dans sa piscine. Le cœur d'Anna-Greta accéléra. Était-ce possible ? Mais oui ! Carl Bielke avait posté une photo de lui-même, souriant, sur un yacht somptueux qui devait valoir des millions ! Le genre de bateaux que seuls pouvaient s'offrir les membres de la famille royale, les cheiks et les milliardaires. Et l'eau n'était pas bleu foncé comme dans la Baltique, mais avait les reflets verts de la Méditerranée. Bielke avait posté plusieurs photos, et elle finit par reconnaître le port de Saint-Tropez, où elle avait effectué un séjour linguistique dans sa jeunesse. À cette époque, ce village de pêcheurs n'était pas aussi connu que maintenant, où toute la jet-set s'y donnait rendez-vous. Que fabriquait Bielke là-bas, lui qui était censé faire le tour du monde ? C'était bien son bateau, puisqu'il écrivait « mon yacht ».

Poussée par la curiosité, Anna-Greta passa en revue les messages plus anciens. On ne voyait que lui. L'année précédente, il s'était fait photographier sur un voilier à Cannes et sur un grand yacht à moteur à Nice. C'était le genre de bateaux qu'on pouvait louer ; quand elle cliqua sur le lien, elle vit à bord une piscine, des salons et chambres à coucher de grand luxe. Pour la coquette somme de 10 000 euros par semaine ! Sur le pont, des jeunes femmes souriantes et des hommes d'équipage en uniforme blanc prenaient la pose. Et s'il tenait un blog ? De fait, au bout d'un moment, elle trouva un blog où il vantait ses bateaux de luxe et ses voiliers. Anna-Greta nota le nom des fabricants et ouvrit leurs sites Internet. Le yacht de Saint-Tropez valait plus de 500 millions de couronnes ! Comment avait-il les moyens de s'offrir ça ? Elle en fut si choquée qu'elle avala de travers, et un bout de biscuit au citron se coinça dans sa gorge. Au fond, Märtha, elle et les autres n'étaient que des amateurs. Le butin dérobé à la banque par le gang des dentiers n'était rien en comparaison de ça.

Dans son élan, Anna-Greta passa en revue différents yachts et bateaux de croisière, et découvrit que certains coûtaient 700 millions, voire plus ! Ce qui revenait à soixante-dix braquages à 10 millions chacun. Comment ses amis et elle avaient-ils pu passer à côté de ça ? La femme d'ordre et l'ancienne banquière ressurgirent en Anna-Greta, qui se demanda si Bielke avait déclaré sa fortune. En quelques clics, elle fut sur le site du Trésor public. Elle nota les numéros de téléphone dont elle avait besoin et fit quelques exercices pour s'éclaircir la voix avant d'appeler.

— Excusez-moi de vous déranger, il s'agit d'un certain Carl Bielke, domicilié au 4, Auroravägen à Djursholm. Je dois lui vendre une maison. Auriez-vous la gentillesse de m'indiquer ses revenus ? C'est si terrible de se faire rouler…

Ensuite, elle appela le Länsstyrelsen[1] et l'huissier de justice. Pendant que les sonneries retentissaient, elle se sentait fière de sa démarche. Gunnar lui avait appris beaucoup de choses, et elle regrettait parfois son absence. Mais elle se débrouillait maintenant si bien avec l'ordinateur qu'elle n'avait plus besoin de demander, de ruser, de complimenter. Quelques coups de fil plus tard, elle avait terminé. Elle se releva si vite qu'elle renversa la cafetière et l'assiette de biscuits au citron.

— Mes amis ! s'écria-t-elle. Bielke, vous savez, notre voisin ? Vous ne devinerez jamais quel escroc c'est !

Elle alla chercher le Génie et le Râteau au cellier et déclara avoir des informations importantes à leur communiquer. Tous se réunirent autour de la table pour l'écouter. Non sans fierté, presque avec une pointe d'arrogance, Anna-Greta leur fit part de ce qu'elle avait découvert sur Internet avant de détailler les revenus du fraudeur Carl Bielke, ses biens et ses yachts en Méditerranée. Ses camarades furent stupéfaits. Chacun se demanda par quels moyens Bielke avait pu se soustraire au fisc. Anna-Greta, en grande forme, gesticulait.

---

1. L'administration du comté (l'équivalent d'une préfecture).

— Il possède des milliards, mais a quasiment tout placé aux îles Caïmans pour ne pas avoir à payer d'impôts, expliqua-t-elle.

— Quel manque de civisme ! dit Märtha.

— J'en connais d'autres qui… marmonna le Génie.

— Bien fait pour sa pomme s'il a un camion-poubelle dans sa piscine ! dit Stina.

— Si on peut aider l'État à récupérer ces millions-là, nous ferons une bonne action, déclara le Râteau. Ça permettra d'avoir davantage à donner aux services de soins et aux autres. Ses biens valent plus que plusieurs braquages.

— On peut considérer nos casses comme de l'argent de poche ! renchérit Anna-Greta.

— Banque braquée, cagnotte café renflouée, dit Stina.

Tout occupés à discuter, ils faillirent manquer les nouvelles. Toutefois, la radio ne dit pas un mot sur le braquage de la Nordeabank, et ils hésitèrent entre la joie et la déception.

Pendant quelques jours, Märtha et ses amis tournèrent en rond dans la petite maison sans pouvoir se décider à rentrer chez eux. Le Râteau se promena, observa les différents jardins, et discuta de plantes et de cultures avec leurs propriétaires. Il caressait de nouveau le rêve d'avoir une serre, et décida d'en installer une dès le printemps dans le jardin de Djursholm. S'ils réussissaient à créer cette Vintageville dont parlait Märtha, il pourrait lancer une association de jardinage, dont chaque membre construirait sa propre serre. Ce serait très amusant ! Le Râteau se sentait bien au milieu de tous ces jardins, il reprenait des forces. Mais le Génie, lui, s'assombrissait de jour en jour. Il n'avait pas d'atelier pour travailler à ses inventions, et trouvait qu'il s'était éloigné de Märtha. Jadis, après chaque dispute, ils se réconciliaient toujours avant d'aller se coucher, mais vu qu'il habitait à présent dans le cellier, c'était devenu impossible. Plus de conversations intimes, plus de moments où il pouvait la prendre dans ses bras. Il lui avait demandé sa main et se retrouvait assis, tout seul, sur un lit relégué au cellier. Ça avait assez duré. Il était trop à l'étroit, rester ici était de la folie. Le lendemain, le Génie demanda une réunion. Märtha s'inquiéta : à son regard, elle comprit que c'était du sérieux.

Avec une certaine nervosité, elle dressa la table pour le café et sortit les gâteaux à l'avoine de Stina, puis alluma la radio pour écouter le journal. Au moment où elle allait verser le café, on frappa à la porte. Ils se regardèrent, inquiets. Oseraient-ils répondre ? La porte s'ouvrit en grand et Nils entra, le blouson de cuir ouvert, les yeux brillants.

— Vous êtes là ! s'écria-t-il en ouvrant les bras. La police arrive !

21

La police ? Un vent de panique les gagna, et Märtha se leva, prête à s'enfuir. Le Génie aussi bondit sur ses pieds, prêt à sortir, mais il se ravisa, fit demi-tour et passa un bras autour de Märtha.

— Nous ferions mieux de nous cacher, mon amie, dit-il en jetant un rapide regard par la fenêtre. Nous trouverons certainement une bonne planque dehors. Je vais m'occuper de toi.

— Mais non, du calme ! J'ai de bonnes nouvelles, dit Nils en s'asseyant sur le canapé, tout heureux de sa plaisanterie. La police a coffré trois vieux bonshommes pour le casse de la Nordeabank. Ils ont entre cinquante et soixante-dix ans et se font appeler la bande des croulants. Comme vous, quoi !

— Merveilleux ! dit Stina en embrassant le Râteau.

— La bande des croulants ! Ce n'est pas parce qu'on a plus de cinquante ans qu'on est un croulant ! protesta le Râteau.

— C'est eux qui se sont fait arrêter ? dit Märtha en regardant les deux hommes de son gang avec un sourire. La technique que nous avons employée est donc un peu datée ?

— Comment ça ? Tu as bien vu que ça a marché ! répliqua le Génie.

— Pardon, pardon, ce n'est pas ce que je voulais dire ! C'est juste que nous n'avons pas utilisé d'armes, précisa-t-elle.

— Hum, fit Anna-Greta. Tant que ces croulants seront sous les verrous, nous pouvons travailler à plein régime. On peut lancer notre restaurant Pancho !

— Ce sera magnifique, s'écria Stina dont le visage s'éclaira. Je peux préparer des menus et réfléchir un peu à l'aménagement intérieur. Si on s'y met tout de suite, tout sera prêt avant Noël. Ce sera la première étape de la création de Vintageville.

— De la Cité de la Joie, rectifia le Râteau.

— Quoi qu'il en soit, je crois qu'il faut que nous rentrions dès demain à Stockholm.

— Je suis d'accord. La police va vite se rendre compte de sa méprise, et nous serons de nouveau en danger, dit Märtha. Mais entre-temps, nous pouvons accomplir pas mal de choses.

— Une ville à l'ancienne avec un bal musette, par exemple, suggéra le Râteau.

— Mais d'abord, il faut fêter ça, dit le Génie.

— Avec de l'eau du robinet et un peu de concentré d'airelles ? Ou pourquoi pas avec de la Ramlösa ? suggéra le Râteau en grimaçant. Mais il n'en reste plus une goutte, Märtha a tout vendu.

— Nous pourrons fêter ça plus tard, pour l'instant, il faut faire profil bas, rappela Stina.

— Dans une autre vie, je serai un teckel. Ça sera plus facile pour faire profil bas… blagua le Râteau.

— Ce ne sont pas les bouteilles de champagne qui

manquent à Djursholm, dit Märtha pour motiver ses troupes.

À la vue de leurs visages souriants, elle comprit qu'elle les avait convaincus. Il était temps de rentrer à Stockholm. La capitale les attendait.

L'ancien commissaire à la retraite Blomberg était assis sur son canapé Manchester marron de chez IKEA et jurait tout haut. Il avait fini sa bière, et le bol de chips était vide. Il venait d'entendre au journal télévisé que les responsables du casse de la Nordeabank avaient été arrêtés.

— Quels guignols ! La bande des croulants ? Pourquoi pas les Dalton, tant qu'ils y sont ? Ces blancs-becs de Kungsholmen font vraiment n'importe quoi ! s'emporta-t-il en faisant fuir son chat, Einstein, qui sauta du canapé pour se réfugier dans la penderie.

Le commissaire Jöback et son lieutenant n'avaient pas trouvé mieux que d'arrêter la bande des croulants. Ce n'était pourtant pas les gangs criminels qui manquaient. Avaient-ils un pois chiche à la place du cerveau ? Les membres de la bande des croulants avaient toujours utilisé des armes, jamais ils n'auraient braqué une banque sans leurs pistolets. Et voilà qu'on les avait arrêtés sans avoir trouvé la moindre douille sur place ! Les coupables devaient plutôt être dans la veine du gang des dentiers, le genre de vieux qui réussissaient leurs casses sans se servir d'armes. D'ailleurs, ça faisait un moment qu'on n'avait plus entendu parler d'eux. Ils devaient se tenir à carreau pour l'instant, mais donneraient certainement de leurs nouvelles quand l'argent viendrait à manquer. C'était souvent comme ça, avec les criminels. Et le braquage de la Nordeabank était assez unique en son genre. Que ce soit le choix de la charge explosive ou la manière dont la mèche avait été fixée, tout trahissait les méthodes d'autrefois. Une chance qu'il puisse encore consulter les archives à Kungsholmen, cela lui avait permis de lire les rapports détaillés.

Devait-il se rendre au commissariat pour leur faire part de ses théories ? Il était conscient que ses visites importunaient Jöback et son équipe. Ils ne semblaient pas respecter son immense savoir, jamais ils ne lui proposaient de venir boire un café et grignoter un gâteau, c'était toujours à lui de tout apporter. Tant pis pour eux ! À moins qu'ils n'offrent une récompense pour tout renseignement permettant d'arrêter les malfaiteurs, autant garder ses hypothèses pour lui. Ce Jöback essayait de se montrer aimable, mais il cachait mal sa suffisance et son arrogance. Et dire que ce freluquet n'avait que quarante-huit ans, un morveux, pour ainsi dire. Blomberg réfléchit. S'il ouvrait un bureau de détective ? Il pourrait faire des filatures, recueillir des informations et les vendre très cher à la police. Ou mieux encore, interpeller lui-même les escrocs. Depuis qu'il était ado et avait lu *L'As des détectives* d'Astrid Lindgren, il rêvait d'avoir sa propre agence de détective. Au lieu de ça, il était entré dans la police, et avait été heureux d'exercer ce métier. Mais aujourd'hui, la retraite lui pesait. Pourquoi ne pas réaliser ce vieux rêve ?

Il devait d'abord mettre la main sur les petits vieux du gang des dentiers. Peut-être pourrait-il les coincer pour des vols commis plus tôt à Stockholm ? S'il y parvenait, il aurait l'assurance que la police lui confierait autant de missions extraordinaires et bien payées qu'il en voudrait. Certes, d'autres pouvaient avoir fait le coup, mais les vieux qui s'attaquaient aux banques n'étaient pas légion.

Soudain, Blomberg se sentit d'excellente humeur. Il se leva, se rendit à la cuisine, ouvrit la porte du réfrigérateur et contempla ses bouteilles de bière avant d'en choisir une forte, puis sortit un paquet de harengs frais pour Einstein. À partir de maintenant, ces petits vieux seraient sa priorité absolue. Tout le reste passerait au second plan.

22

Une fois à la maison, Märtha et ses amis se repo-
sèrent quelques jours. Anna-Greta avait organisé le
voyage, acheté les billets sur son iPhone, et en explo-
sait presque de fierté. Mais le séjour mouvementé
à Slottskogskolonin puis le trajet avaient mis à mal
leurs organismes, de sorte qu'un peu de calme avait
été nécessaire. À leur âge, ils étaient moins résistants.
Märtha n'avait même pas eu le courage de faire de la
gymnastique, même elle accusait le coup. Mais après
avoir fini la semaine en jouant aux jeux vidéo, en
lisant, là-haut dans la rotonde, et en se promenant dans
Djursholm, ils reprirent des forces. Le lundi matin, le
gang des dentiers se réunit à la bibliothèque. Märtha
annonça qu'ils allaient enfin distribuer l'argent. Restait
à trouver par quel biais.

— Nous avons décidé de donner cet argent aux
services des soins aux malades, dit-elle en se balançant
sur son rocking-chair, un biscuit à la main.

Sur la table était posé un plateau avec des verres
à eau de différentes couleurs et une carafe de boisson énergisante au gingembre recommandée par Stina.

À côté, une coupelle avec des gâteaux au blé complet, les biscuits « concassés », comme les appelait le Râteau.

— Mon idée de les cacher dans des bibles n'était donc pas si bonne que ça, admit Stina. Pourtant, ça m'aurait fait plaisir de les apporter en personne ; on aurait aussi pu y ajouter quelques fleurs.

— Le problème, c'est qu'on ne peut pas aller voir des milliers de personnes en Suède avec un bouquet à la main. Le temps d'arriver, les fleurs seraient déjà fanées, objecta le Râteau.

— Il faut voir la réalité en face, dit Anna-Greta.

— Je sais. Nous allons organiser une tombola, annonça Märtha, ravie.

— Une tombola ? répéta le Génie. T'es sûre que c'est une bonne idée ?

— Ça s'appellera « Prime de salaire pour ceux qui n'en reçoivent pas », et les participants devront nous donner leurs noms, adresses et e-mails.

— Dès que nous aurons leurs adresses, nous pourrons vérifier leurs revenus annuels au Trésor public pour être sûr qu'aucun gros salaire ne se sera glissé dans notre liste. Ensuite, nous enverrons directement l'argent aux gagnants, dit Anna-Greta. Ni vu ni connu !

— Mais comment mettre les gens au courant de la tombola ? s'enquit le Génie.

— On pourrait passer une annonce dans *Le Quotidien du médecin* et dans le magazine *Santé*, suggéra Märtha.

— Il ne reste plus qu'à trouver un bon texte pour l'annonce, dit Stina, décider du nom de cette tombola puis des conditions de participation.

— D'accord, dirent-ils d'une seule voix avant de

se caler dans leurs fauteuils, de fermer les yeux et de réfléchir.

Seul le Râteau s'endormit aussitôt. Anna-Greta se leva, ouvrit l'ordinateur et prit note des suggestions des uns et des autres. Ensuite, elle les imprima et distribua une feuille à chacun.

— Il y a beaucoup de bonnes idées, commenta-t-elle. « Moins de primes, plus de primes ; Prime accélérée ; Prime ailée ; Prime cadeau ; Prime bingo[1] »…

— Prime bingo, ça nous plaît, dirent Stina et Anna-Greta.

Le Génie et Märtha trouvaient pour leur part que la tombola devait s'appeler « Prime pour ceux qui n'en ont pas eu ».

Deux voix de chaque côté. Le Râteau devait les départager ; ils le réveillèrent d'un coup de coude dans les côtes.

— Hein ? Prime bingo ? dit le Râteau en se frottant les yeux. Vous n'avez qu'à appeler ce machin « Kobingo[2] » ! lâcha-t-il avant de tapoter le coussin du fauteuil et de refermer les yeux.

À la fin, tous se mirent d'accord sur « Prime bingo » ; après avoir discuté du Bingoloto à la télévision et s'être demandé si le Kobingo était une forme de maltraitance des animaux, ils sortirent leurs stylos.

— Je sais, dit Märtha. Nous allons passer une annonce avec une photo de personnes que nous visons, celles qui travaillent pour un salaire de

---

1. Le bingo est un jeu de société très populaire, surtout parmi les personnes âgées.

2. Bingo complètement farfelu avec des vaches qui font leurs besoins.

misère à l'hôpital, dans les centres de soins et les services d'aide à domicile, et nous écrirons dessous : « Tombola-prime rien que pour toi ».

Il y eut un murmure d'approbation. Anna-Greta chercha sur Internet une image adéquate et finit par trouver une photo de groupe représentant des infirmières, du personnel soignant et des gardiens sur un perron d'hôpital. Elle rédigea un texte demandant aux participants de laisser leurs noms et adresses pour qu'on puisse leur envoyer leurs gains.

— Chers amis, tout cela est bien beau, mais on n'ira pas loin avec notre maigre argent, soupira Märtha. Il faut voir plus grand et trouver un moyen de se procurer de l'argent sans braquer une nouvelle banque. Je pensais à Bielke…

— Nous pouvons lancer un parti politique et percevoir des fonds pour notre campagne. On récolterait une masse d'argent, suggéra le Génie.

— Pas bête. Les sommes arriveront sans qu'on ait à bouger le petit doigt, enchérit Anna-Greta.

— Et bonjour les ennuis ! Sortons, intervint le Râteau, j'ai une faim de loup. Arrêtons de bavasser et allons manger.

Märtha se leva et prit Anna-Greta par le bras.

— Tu as raison, le Râteau. Il ne faut jamais prendre de grandes décisions le ventre vide. Nous devons aussi nous laisser le temps de la réflexion : après tout, nous aurions besoin de millions, au bas mot.

23

La soupe aux pois chiches cuisait à gros bouillons, laissant s'échapper une délicieuse odeur. Anna-Greta ajouta dans la casserole les carottes, le jambon et quelques branches de thym. Puis elle y versa un peu de punch. Märtha se pencha au-dessus de la casserole, huma et goûta[1].

— Ça sent bon, mais ça manque peut-être un peu de sel et de poivre, dit-elle en claquant la langue.

Elle reposa la cuillère. Anna-Greta hocha la tête, ajouta des condiments, saupoudra de marjolaine et goûta à son tour.

— Je crois que c'est bon, là. Avec du pain croustillant et du fromage, naturellement. Il ne reste qu'à dresser la table.

Elle reposa la casserole sur la plaque électrique. Märtha ouvrit le placard et commença à sortir les assiettes en porcelaine. Anna-Greta la regarda avec un grand sourire. Elles avaient passé plus d'une heure ensemble dans la cuisine, à mijoter littéralement quelque chose.

---

1. Il s'agit de l'*Ärtsoppa*, un plat traditionnel suédois.

— De grandes tâches nous attendent, déclara Märtha une fois assise, des tâches que, sans toi, Anna-Greta, nous ne pourrons pas mener à bien. Il faut à tout prix que nous trouvions de grosses sommes.

Elle posa son menton sur ses mains et pria Anna-Greta de faire un compte rendu des transferts de fonds effectués et de ce qu'elle avait découvert sur Bielke. Elle la laissa parler sans l'interrompre une seule fois. C'était une des grandes qualités de Märtha : savoir s'effacer et écouter les autres. Toutes deux s'installèrent ensuite devant l'ordinateur, regardèrent les yachts à vendre et les prix de location. Après s'être renseignés sur les chalets, les maisons de campagne, les aménagements intérieurs et les piscines privées, les membres du gang des dentiers étaient stupéfaits par le luxe étalé sur ces sites. Les yachts dans les ports de Cannes, Antibes ou Saint-Tropez étaient de véritables palaces flottants. Connaître l'identité de leurs propriétaires relevait toutefois du parcours du combattant. Presque tous ces bateaux de luxe appartenaient à des sociétés, dont le yacht à quelque 600 millions de leur voisin, à Saint-Tropez, avec plusieurs cabines et une piste d'atterrissage pour hélicoptère. Sans les connaissances pointues d'Anna-Greta en informatique, jamais ils n'auraient pu remonter jusqu'à la société créée par le voisin : Aurora Yacht Inc., domiciliée à Georgetown, aux îles Caïmans.

— Pas étonnant qu'il ne soit jamais chez lui, avec la vie qu'il mène ! dit Märtha en pointant le doigt sur la photo du yacht.

— Si nous pouvions mettre la main sur ce bateau, cela nous donnerait les fonds nécessaires pour lancer notre Vintageville, ou au moins le restaurant, renchérit

Anna-Greta. Reste à savoir comment. Cela pourrait bien être le plus grand défi que nous ayons eu à relever jusqu'ici.

— Nous pourrions demander à Nils de piloter le bateau. Le fils du Râteau est marin, non ?

— Voilà une bonne idée.

— Ensuite, nous devons faire du yoga et de la gymnastique pour tenir le coup à bord si ça tangue trop, avertit Märtha.

Anna-Greta acquiesça avec un enthousiasme plus modéré.

— Si nous volons les biens d'un fraudeur fiscal, nous ne porterons tort à personne et pourrons faire beaucoup d'heureux, poursuivit Märtha. Bielke possède trois yachts de luxe, alors un de plus ou de moins, ça n'a pas grande importance. Comme il ne les déclare pas aux impôts, il ne pourra pas se plaindre aux autorités.

— Oh, ce sera de nouveau le vol parfait ! Tu es un génie, s'écria Anna-Greta.

Märtha s'imagina déjà arpenter les quais de Saint-Tropez et voler des bateaux, sous un soleil brillant, le vent lui caressant le visage... Le gang des dentiers passait à la vitesse supérieure.

— La vie est un cadeau rare et chaque jour nous ouvre de nouvelles possibilités, dit-elle en écartant les bras.

— Sauf qu'on a un petit problème, objecta Anna-Greta. Pour obtenir de l'argent, nous devrons le vendre, ce bateau.

Märtha alla chercher le pain et posa les derniers couverts sur la table.

— Ne t'inquiète pas, nous trouverons une solution.

Ce ne sont pas les acheteurs qui manquent. Et si nous mangions ? Une chose à la fois. Pas de vol réussi si on mange mal et si on prépare son coup à la va-vite.

— Tout à fait d'accord, et avec un verre de punch pour accompagner la soupe, nous réussirons à convaincre le Génie et le Râteau, dit Anna-Greta en allant chercher les verres ad hoc.

— Nous aurons du mal avec le Génie, soupira Märtha. Il veut tout le temps qu'on se marie.

— Félicitations ! s'écria Anna-Greta.

— Mais les hommes veulent toujours nous dominer. On se sent comme du bétail qu'on cherche à enfermer dans un enclos.

— Pourquoi ne pas proposer au Génie de vous marier sur les bords de la Méditerranée ? Il te suivra à Saint-Tropez. Ce pourrait être un mariage si romantique !

— Dans ce cas, il faudra bien faire les choses. Mais je ne veux pas jouer avec ses sentiments.

— On ne peut pas tout avoir, dans la vie, il faut parfois faire des compromis, dit Anna-Greta.

Elle se précipita dans la cuisine. La soupe aux pois menaçait de déborder, et elle retira vite la casserole du feu. Ensuite, elle ajouta encore un peu de thym et remua avec la spatule.

— Tu sais, Bielke échappe à toute imposition et il a trois bateaux d'une valeur de plus de 1,5 milliard de couronnes[1]. Son yacht le plus luxueux mouille à Saint-Tropez et n'attend que d'être volé. Ce sera un mariage magnifique, Märtha !

Il y eut un profond silence. Märtha se mit à tourner

_____

1. Soit l'équivalent de 162 millions d'euros.

autour de la table de la cuisine comme un lion en cage. Elle était clairement perturbée, et Anna-Greta s'en voulut de l'avoir mise dans un état pareil. Au dixième tour de table, elle se planta devant son amie et l'empêcha de passer.

— Voyons, Märtha, ce n'était qu'une suggestion.

— Oui, je sais. Voler un yacht sur la Côte d'Azur est une bonne idée en soi, mais s'il faut que je me fasse passer la bague au doigt pour ça… Nous devrions d'abord terminer ce que nous avons commencé ici et distribuer l'argent avant de commettre vol sur vol. Si notre butin ne va pas aux nécessiteux, nous ne serons que de vieux escrocs comme les autres. Si nous louons un local au lieu d'en acheter un pour le restaurant, nous pourrons donner l'argent dès maintenant. Et si nous récupérons l'argent de la gouttière du Grand Hôtel, cela suffira au loyer, à l'aménagement intérieur et aux salaires du personnel. Quand tout sera sur les rails, nous pourrons refaire de grands coups, comme voler des yachts.

— Hé, c'est pas bientôt prêt, en cuisine ? Je meurs de faim ! cria le Râteau depuis la pièce voisine.

— Si, tu peux venir ! répondit Märtha en ouvrant la porte. Nous étions en train de planifier un peu la suite.

— Oh, ça n'augure rien de bon, glissa le Génie au Râteau.

— Nous n'avons rien à cacher, on envisage de nouvelles actions, c'est tout, répondit Märtha en adressant un clin d'œil au Génie.

Anna-Greta enleva ses lunettes des années 1950, souffla dessus et les essuya soigneusement avec un mouchoir.

— Tu sais, tu me fais penser à ces criminels persuadés qu'ils ne se feront jamais prendre.

— Exactement. Crois-moi, on ne se fera *jamais* prendre, répondit Märtha.

— Hum, rétorqua le Génie.

24

Il n'y avait pas un chat dans la rue qui disparais-
sait sous la bruine, mais derrière l'imposante façade
en brique, la lumière brillait. Au commissariat de
Kungsholmen, le département d'enquête faisait des
heures sup'. Le commissaire Jöback et ses hommes
s'étaient réunis.

— Nous voilà revenus à la case départ, soupira
Jöback en se grattant l'oreille avec un coton-tige. Qui
a eu l'idée d'arrêter la bande des croulants, bon sang ?
Alors qu'ils sont adeptes du vol à main armée !

— La bande des croulants ? Je crains que ce ne
soit toi qui... commença son collègue Jungstedt.

Il s'interrompit en voyant le regard de Jöback.

— Toujours est-il que si leur système d'alarme
avait été plus perfectionné, on n'en serait pas là
aujourd'hui, grommela le commissaire en jetant le
bâtonnet à la poubelle. Plus de 10 millions de couronnes se sont volatilisées, et nous séchons lamen-
tablement.

— Et la femme qui nous a appelés juste après le
braquage ? Celle qui a aperçu Elton John et Margaret
Thatcher devant la Nordeabank quand elle sortait son

chien ? Elle pourrait être un témoin important, déclara Jungstedt.

— Une femme de plus de soixante-dix ans ? Tu plaisantes ? Les vieilles bonnes femmes, non merci.

— Mais elle a aussi parlé de Pavarotti.

— Il est mort !

— Les voleurs pouvaient très bien porter des masques. Comme pour le carnaval, tu sais…

— Non, ils ont dû se déguiser en policiers, ce n'est pas pareil, rectifia Jöback.

Il croisa les mains sur son ventre et laissa échapper un bâillement.

— Et le braquage Gorby, t'as oublié ? Les types s'étaient laissé enfermer dans la banque SE à la fin de la journée pour vider les coffres. Le lendemain matin, ils sont ressortis les armes à la main, déguisés en Gorbatchev.

— Gorbatchev, ah oui ! La vieille a dû y penser, et son imagination a fait le reste. La place des bonnes femmes est à la cuisine. Qu'elles ne se mêlent pas des enquêtes de la police !

— À propos de cuisine, quand Blomberg est venu avec sa brioche, il a parlé de ce gang des dentiers qui avait dérobé des tableaux au Musée national… commença Jungstedt.

— Oh, eux, coupa Jöback. Décrocher des tableaux de petit format dans un musée est une chose, pénétrer dans une salle des coffres en est une autre. Comment veux-tu que des petits vieux fassent sauter une banque ?

— À ta place, je n'en serais pas si sûr…

La discussion fut interrompue par des coups frappés à la porte ; l'assistant de laboratoire Knutson fit son entrée. Il tenait à la main une pochette plastique transparente qui contenait un petit morceau de bois de couleur sombre.

— Les analyses des échantillons de la banque sont terminées et confirment ce que nous pensions.

— Ah ? dit Jöback.

Il fit pivoter son fauteuil et attrapa un nouveau coton-tige.

— L'éclat de bois provient d'un objet en noisetier.

— Un objet en noisetier ? répéta Jöback en se nettoyant le conduit auditif.

— Selon nous, ça provient de la poignée d'une canne.

— Une canne ? Donc, la banque aurait été dévalisée par Pavarotti, avec une canne, alors qu'il est déjà mort.

Le sarcasme était clairement perceptible dans sa voix.

— Non, ce genre de canne à poignée ouvragée est plutôt réservé aux femmes âgées.

— Comme Margaret Thatcher, peut-être ? Elle est morte aussi, dit Jöback en jetant son coton-tige et en croisant les bras derrière la nuque.

Jungstedt jeta un regard compatissant à l'assistant de laboratoire, qui s'était sans doute attendu à un meilleur accueil.

— Qui dit canne dit personne âgée. Il est donc évident que des vieux sont impliqués dans le casse. Pourquoi pas le gang des dentiers ? Je trouve que nous devrions contacter Blomberg et écouter ce qu'il a à nous dire. Il connaît bien cette bande.

— Mais non, la canne doit appartenir à une cliente de la banque…

— Sauf que cet éclat de bois présente la particularité d'avoir été soumis à une forte déflagration.

— Si vous voulez me faire croire qu'il a traversé l'air comme une fusée, je vous arrête tout de suite.

Knutson fit mine de ne pas avoir entendu. Il enfila des gants en coton et sortit l'éclat de bois de la pochette plastique pour que tout le monde puisse bien le voir.

— Il semble avoir heurté quelque chose à pleine vitesse, puisqu'on a retrouvé des restes de béton dans le bois. Et dans les rayures et les dommages causés au bois, nous avons retrouvé des restes microscopiques de déchets. C'est incompréhensible. Ce bout de bois était par terre à l'intérieur de la banque.

Jöback pianota des doigts sur la table en fredonnant presque.

— Ça me paraît compliqué, votre histoire. Je vois mal comment ça aurait pu arriver. Non, ça n'a rien à voir avec notre enquête.

— Mais nous pouvons faire appel à des services extérieurs. Pourquoi ne pas laisser Blomberg se charger de ça ? Un éclat de bois venant de la poignée d'une vieille canne, voilà qui devrait l'occuper un petit moment, suggéra Jungstedt, que la perspective d'enquêter sur cette piste ténue n'enthousiasmait guère.

— Faudrait pas qu'il revienne au galop avec sa brioche tressée…

— Mais non. Ce sera un bon moyen de le tenir à distance. Nous lui dirons que nous ne voulons pas de ses nouvelles avant qu'il ait résolu l'affaire, et que, d'ici là, on ne lui confiera pas d'autres tâches.

— Ah, Jungstedt, tu es un génie. Comment n'y

avons-nous pas pensé plus tôt ? Ainsi, nous serons débarrassés de lui. Hourra !

Jöback partit d'un grand rire, se leva et fit signe à l'assistant de laboratoire de sortir. Puis il se tourna vers Jungstedt.

— Pour moi, ce n'est ni la bande des croulants ni celle avec les masques de Gorbatchev qui ont fait le coup. Cela étant, il se peut qu'il y ait une once de vrai dans la déclaration de la bonne femme. Les voleurs portaient peut-être des masques de Pavarotti et de Margaret Thatcher, cette fois-ci.

— Chez Buttericks, ils doivent avoir gardé une trace des masques vendus les derniers six mois, et à qui.

— Je sais. Nous allons envoyer Blomberg chez Buttericks, fit Jöback avec un petit sourire. Il pourra s'amuser avec les costumes de voleurs et toutes les farces et attrapes.

— Oh, Blomberg est plus malin qu'il n'en a l'air. Ce serait une erreur de le sous-estimer.

— Lui, malin ? Tu rêves. Non, on va lui confier les corvées, et nous, on s'occupe de ce qui est important.

— Et s'il réussissait à coincer les braqueurs ?

— Blomberg ? N'importe quoi, dit Jöback en riant si fort qu'il renversa la boîte de cotons-tiges.

Jungstedt se mit à genoux pour l'aider à les ramasser. Il n'arrivait pas à cerner le nouveau patron. Jöback semblait tout prendre à la légère, et surtout les tuyaux venant de dames âgées. Jungstedt décida de faire cavalier seul. Le commissaire était libre de ses choix, mais lui n'avait pas l'intention de devenir la risée de tous. Dans l'intérêt de sa carrière, il devait arrêter les braqueurs de la Nordeabank, un point c'est tout. Tant pis s'il devait pour cela voler dans les plumes de son chef. Il saisit le dernier coton-tige, se redressa et quitta la pièce. Assis derrière son bureau, il contempla son téléphone un long moment, puis il souleva le combiné et tapa le numéro de Blomberg. Ce dernier était sans aucun doute beaucoup plus futé que Jöback.

25

— Ah, la gouttière ?

Anna-Greta reposa sa tasse et regarda Märtha. Les amis venaient de finir leur repas et s'étaient assis dans la rotonde pour prendre le thé. Dehors, il faisait encore jour. Le vent soufflait et une brique menaçait de tomber, à en croire le bruit qu'elle faisait.

— Oui, il est temps d'aller récupérer l'argent, reprit Märtha avec un soupir, en reposant son tricot. Personne ne sait combien de temps les collants d'Anna-Greta tiendront.

— Tu nous as déjà fait le coup une fois, fit remarquer le Génie.

— Je sais, et malheureusement nous avons joué de malchance. Mais ce n'est pas une raison pour abandonner. Tant de personnes ont du mal à joindre les deux bouts, de nos jours. Certaines femmes qui ont travaillé toute leur vie reçoivent une retraite si modeste qu'elles peuvent tout juste survivre ! Elles ne parviennent plus à payer leur loyer. Comment faire quand on gagne juste quelques centaines de couronnes[1] de plus que les chômeurs ?

---

1. Soit l'équivalent de quelques dizaines d'euros.

Un murmure accueillit ses paroles : tous prirent les propos de Märtha très au sérieux. Le Génie comprit qu'il n'avait plus droit à l'échec. Comment espérer sinon regagner l'estime de sa bien-aimée ? Même le Râteau afficha une mine grave. Pas question de perdre encore la face. Il fallait tout planifier avec grand soin.

— Je compte sur vous, dit Märtha en embrassant le Génie sur la joue.

Si jamais les hommes se fourvoyaient encore… Au fond d'elle-même, elle bouillait, mais ne voulait rien en laisser paraître.

Ils se préparèrent pendant deux semaines avant de passer à l'action.

Märtha et ses amis attendaient avec impatience devant la villa de Djursholm que le fils de Stina vienne les chercher. Le jour n'était pas encore levé ; s'ils n'avaient pas dû aller récupérer les millions dans la gouttière, ils seraient bien restés au chaud dans leur lit, au lieu de se livrer à quelques exercices de yoga et de petit-déjeuner pour tenir le coup. Anders arriva, et ils s'entassèrent dans la voiture. Aucune expérience scientifique ne permet de savoir combien de temps 5 millions de couronnes en billets peuvent survivre dans deux vieux collants coincés dans une gouttière – et il serait difficile de demander ce genre d'expertise sans éveiller les soupçons. Le gang des dentiers ne pouvait que croiser les doigts. Il fallait agir vite et le plus discrètement possible. Pour ne prendre aucun risque inutile, ils avaient embobiné le veilleur de nuit et le gardien de jour posté devant l'entrée du Grand Hôtel.

Märtha avait parlé du cinquantième anniversaire de

l'association de pompiers volontaires retraités « City », au cours duquel une surprise était prévue pour ses membres. Son mari et ses collègues en avaient fait partie pendant quarante ans et seraient heureux d'être mis à l'honneur en remerciement de toutes ces années au service de la société. Cela ferait peut-être un peu de bruit dans la rue, mais ça serait rapide ; Märtha avait promis que les membres du comité « City » disparaîtraient aussi vite qu'ils étaient arrivés. Pour venir à bout des réticences du personnel de l'hôtel, elle s'était effondrée sur son déambulateur, en sanglotant à chaudes larmes : sans ce petit plaisir, la vie ne valait plus la peine d'être vécue ! Avaient-ils un cœur de pierre pour ne pas vouloir rendre service à une vieille femme ? Les vigiles avaient hésité, décontenancés quand Märtha avait fait semblant de s'étouffer.

« Il s'agit de sécurité incendie, nous allons simplement tester une nouvelle lance. L'installation ne coûte rien, et si votre établissement veut l'acquérir par la suite, nous vous offrirons 20 % de remise. Rien n'est plus important que la sécurité incendie ! Et puis ce serait un grand honneur pour nous de tester notre équipement moderne juste devant le Grand Hôtel, avait-elle achevé.

— Faudra voir ça avec la direction », avait répondu l'homme le plus âgé en mettant les mains dans le dos.

Son uniforme, d'une grande élégance, semblait tout droit sorti du rayon homme de Nordiska Kompaniet.

« Mais c'est que je l'ai promis à mon mari ! Ça ne durera qu'un tout petit moment, s'il vous plaît ! Nous essaierons de faire le moins de bruit possible, avait supplié Märtha, la tête inclinée, la voix brisée en un sanglot dont les vieilles dames fragiles ont le secret.

— Hum... »

Les vigiles avaient d'abord paru peu convaincus, mais quand elle s'était mise à renifler dans son mouchoir imbibé de jus d'oignon, pleurant comme une madeleine, même l'homme à la belle tenue de Nordiska Kompaniet avait fini par craquer. Märtha s'était mouchée, les avait remerciés pour leur confiance et avait répété que l'exercice serait rapide et presque silencieux.

Stockholm dormait encore ; à part des travailleurs de nuit, une poignée de noctambules et quelques ombres malintentionnées, les rues étaient quasi désertes. Anders se gara près du Musée national et laissa descendre le gang des dentiers. Tous portaient la lourde tenue noire des pompiers et s'étaient gonflés à bloc le temps du trajet. Le Génie et le Râteau déroulèrent un ruban de signalisation de police entre deux cônes qu'ils placèrent à l'entrée du quai Södra Blasieholmskajen. Puis ils accrochèrent un écriteau jaune et noir portant l'inscription ATTENTION. Ils avaient longtemps discuté pour savoir s'ils devaient préciser « Attention, enquête en cours » ou bien « Attention, explosifs », mais rien ne leur avait paru satisfaisant. Ce serait donc « Attention » ; libre à chacun d'imaginer ce qui pouvait être dangereux. Pour faire plus d'effet, le Génie avait suggéré de construire une sorte de robot semblable à ceux dont se servent les démineurs. Tous avaient jugé l'idée excellente et lui avaient laissé carte blanche. Il avait donc chantonné un certain temps dans l'atelier et en était ressorti avec un faux robot fabriqué à partir d'une vieille voiture télécommandée cachée sous le couvercle d'un aspirateur noir Siemens. Cela paraissait très crédible. De son côté, Stina avait confectionné avec l'imprimante de l'ordinateur un panneau annonçant : ATTENTION, EXPLOSIFS. C'était un écriteau de réserve au cas où les gens s'approcheraient de trop près. De même, ils n'utiliseraient le robot que si la police, un chauffeur de taxi ou quelque pilote de ferry se mettait à poser des questions. Le Génie avait juré ses grands dieux de ne sortir son « Siemens spécial » qu'en cas d'absolue nécessité.

— Nous y sommes, il ne reste plus qu'à passer à l'action, dit Anders, une fois le périmètre de sécurité circonscrit.

Le gang des dentiers se tenait à côté de la vieille bouche d'incendie près des ferries reliant l'île de Vaxholm.

— Tu es sûr que la pression de l'eau n'abîmera pas les billets ? s'inquiéta Märtha en voyant le Génie, le Râteau et Anders dérouler la lance d'incendie.

— Märtha chérie, on ne peut pas faire sortir les collants de la gouttière avec de l'air comprimé, on est obligés d'utiliser de l'eau. Encore une chance qu'on ait cette bonne vieille bouche d'incendie. On n'a plus qu'à visser l'embout, expliqua le Génie.

— Ça m'a l'air parfait, renchérit Anders en tapotant légèrement le dessus de l'appareil vert foncé. Vérifions encore les embouts et le bon fonctionnement de l'appareil.

Anders, debout derrière le Génie, se pencha en avant et examina avec soin la lance d'incendie.

— On va tout déchirer avec ça ! dit-il gaiement.

— Comment ça ? dit Stina, perplexe.

— Je veux dire que ça va éclabousser un max, répondit Anders.

— Comment ça va avec les embouts ? s'enquit le Génie.

— Hein ? marmonna le Râteau.

— Les embouts. Nous devons raccorder le tuyau, répondit le Génie.

— Ah oui, c'est vrai, grommela le Râteau.

En effet, pour éviter d'avoir à transporter un seul tuyau trop lourd, ils avaient acheté des bouts de différentes longueurs qu'ils pensaient raccorder ensemble pour former une seule grande lance. Aucun d'eux n'ayant la forme physique d'un vrai pompier, ils n'avaient pas trouvé d'autre solution. Les hommes remontèrent donc leurs manches et assemblèrent de leur mieux les différentes parties avant d'essayer de visser le dernier embout à la bouche d'incendie.

Märtha, qui avait reculé d'un pas, observait l'action avec circonspection. Elle arpenta le trottoir devant le Musée national et s'obligea à laisser les hommes travailler en paix. C'était leur tour d'avoir le premier rôle. Jusqu'ici, elle avait toujours été l'instigatrice, celle qui planifiait tout, comme le vol des tableaux de Renoir et de Monet dans ce musée même.

Elle jeta un regard à la façade et à l'escalier du bâtiment et esquissa un sourire. Il s'en était passé, des choses, ici. Mais cette fois, le Génie et le Râteau étaient à la manœuvre, et elle se tenait à leur disposition au cas où ils auraient besoin de ses conseils. Même si tous ne lui en étaient pas reconnaissants… Elle s'approcha, entendit les hommes soupirer et user de toutes les forces, sans résultat. Ils devaient avoir un problème. Elle ne put s'empêcher de s'avancer.

— Il vaut mieux qu'on ouvre bientôt les vannes pour éviter que quelqu'un ne se prenne les pieds dans ce tuyau, dit-elle en indiquant la lance qui s'étalait comme un serpent dans la rue.

Le Râteau et le Génie grommelèrent, déjà en sueur, pour essayer de mettre en route l'appareil.

— Le jet d'eau va propulser mes collants hors de la gouttière à toute vitesse ! s'écria Anna-Greta dans un hennissement.

— Chut ! firent les autres. Essayons de ne pas attirer l'attention.

— Oui, bien sûr, dit Anna-Greta avec sa voix de stentor en tâchant de retenir son rire.

Une fois qu'Anders, le Génie et le Râteau eurent enfin réussi à assembler les différentes longueurs de tuyau et fixé l'ensemble à la bouche d'incendie, ils s'approchèrent de la gouttière et introduisirent l'extrémité du tuyau dans l'ouverture. Le jour se levait lentement sur Stockholm, et les premières personnes sortaient dans la rue, mais tout était calme devant le Grand Hôtel, et un chauffeur de taxi qui se dirigeait vers eux fit demi-tour en voyant que l'accès était barré.

Avant d'ouvrir l'eau, ils durent reprendre leur souffle, épuisés par ce dur travail. Les vieux malfaiteurs jetèrent un regard sur la façade du Grand Hôtel, où la fameuse gouttière ressortait contre le mur clair.

— Et si le tuyau fuit ? s'écria soudain Stina.

— Pourquoi veux-tu qu'il fuie ? Ce genre de tuyau ne fuit pas, voyons, répondit Anders sur un ton rassurant, bien qu'il n'en sût rien.

— Si tu le dis. Bon, on y va ? demanda Märtha d'une voix moins ferme que d'ordinaire.

Le Génie hocha la tête et se posta à côté de la

bouche d'incendie ; Anders et le Râteau enfoncèrent le tuyau dans la gouttière et levèrent le pouce en l'air.

— Vous allez quand même faire attention ? demanda Stina en se massant le nez, un geste qui trahissait sa nervosité.

Mais les hommes ne répondirent pas. Un drôle de chuintement retentit, et quand la lance d'incendie fut complètement déroulée, Anders et le Râteau enfoncèrent davantage l'embout. Soudain, il y eut une terrible poussée à l'intérieur de la gouttière, et les hommes furent pris de court. Le tuyau fut aspiré dans le conduit dans un vacarme épouvantable. Le vigile à l'entrée du Grand Hôtel s'avança, l'air consterné.

— C'est bizarre ; sur le plan purement physique, ça ne devrait pas être possible, fit remarquer le Génie.

Le bout du tuyau resté sur le trottoir se tortillait comme un serpent fou furieux. Un homme en pyjama froissé qui avait passé la nuit sur le pont d'un ferry se frotta les yeux.

— Qu'est-ce que vous foutez, bordel ? cria-t-il en s'approchant du quai pour mieux voir les fauteurs de troubles. Où sont mes lunettes ? dit-il avant de trébucher et de s'effondrer. Aïe, putain !

Il cria si fort, les mains sur un de ses genoux, qu'il fit s'envoler les mouettes.

— Coupez l'eau, coupez l'eau ! hurla Märtha.

Le Génie, paniqué, tourna la poignée de la bouche d'incendie dans le mauvais sens. L'eau jaillit avec une telle force qu'il eut du mal à garder le tuyau entre les mains. L'indicateur d'eau s'affola puis s'immobilisa. Le bruit s'amplifia, et le tuyau gonfla au point de menacer de rompre.

— Mais que se passe-t-il ? cria Märtha en courant

vers la bouche d'incendie. Vous ne vous êtes pas trompés de gouttière, au moins ?

— N'importe quoi ! se défendit le Râteau qui luttait pour tenir le tuyau.

— Mon Dieu ! Si les billets s'abîment... Arrêtez l'eau, voyons ! s'époumona Anna-Greta.

— Si tu crois que c'est facile d'arrêter un déluge, pesta le Râteau en prenant le tuyau sur son épaule pour éviter qu'il ne balaie tout sur son passage.

Stina, avec son élégance habituelle, tenta de s'asseoir dessus.

— C'est le jour du Jugement dernier, s'exclama-t-elle en joignant les mains.

Quelque chose de noir jaillit, et une véritable fontaine s'éleva dans le ciel. Des cascades d'eau retombèrent sur le faîte, entraînant des bouteilles vides qui roulèrent du toit. Un gros sac noir toucha le mât dressé près de la suite de la Princesse Lilian, rebondit sur la toiture en cuivre et se retrouva bloqué contre la gouttière arrondie.

— Ne me dites pas qu'il est coincé ! gémit Märtha en mettant sa main en visière.

— Zut, il va falloir faire gicler encore plus d'eau, déclara le Génie qui paraissait beaucoup s'amuser. Allez, Anders, encore un coup !

Les hommes déplacèrent le tuyau et le dirigèrent sur le départ de la gouttière. Le sac-poubelle noir se décrocha et, sous la pression, se mit à tressauter.

— Vous croyez que ça va marcher ? Je vais refaire une petite prière, murmura Stina en joignant de nouveau les mains.

— Tu sais, la pression de l'eau d'une lance d'incendie peut déplacer une voiture, répondit le Génie.

Enfin, le sac noir fut propulsé en l'air et atterrit par terre.

— Hourra ! Ça y est, on a récupéré les 5 millions de couronnes ! s'exclama Anna-Greta à la vue du sac-poubelle qui s'était écrasé sur le sol.

— Chut ! firent les autres.

— À supposer qu'il reste quelque chose des billets, poursuivit Anna-Greta.

Les hommes coupèrent l'eau ; à peine eurent-ils détaché l'embout qu'Anna-Greta se précipita vers le sac pour en avoir le cœur net.

26

Ils réussirent à interrompre leur amie, en échange de la promesse qu'elle serait la première à compter l'argent. Tandis que les autres montaient dans le véhicule, Märtha alla voir le portier de nuit et le vigile pour les remercier de leur aide. Ah, son mari avait été si heureux ! Jamais elle n'oublierait un service d'hôtel aussi exceptionnel. Elle leur souhaita une bonne journée, leur prédit une promotion, puis leur fit une courbette et prit congé. Mais au moment où elle s'éloignait avec son déambulateur, ils l'arrêtèrent.

— C'était quoi, ce drôle de bruit ?

— Oh, c'était juste la nouvelle pompe à incendie, les rassura Märtha. Modèle Argo 3219. Mais elle n'a pas tenu ses promesses ! Nous allons tout de suite faire une réclamation. Heureusement que nous avons pu nous en rendre compte aujourd'hui. Quel bruit épouvantable !

— C'est le moins qu'on puisse dire, renchérit le gardien de nuit en désignant la façade.

Des clients, furieux d'être réveillés aux aurores, avaient ouvert les fenêtres à presque tous les étages et criaient, gesticulaient, tendaient le majeur vers eux.

— Eh bien, les choses ne se passent pas toujours comme prévu, mais si tout le monde était aussi gentil et serviable que vous, la paix régnerait sur Terre, dit Märtha en faisant une nouvelle courbette avant de s'éloigner avec son déambulateur.

Les vigiles la suivirent du regard puis levèrent les yeux vers la façade de l'hôtel en secouant la tête. Elle avait beau être aimable, cette vieille dame, ils devraient quand même en référer à la direction et à la police. Dieu sait ce qui leur passerait par la tête la prochaine fois !

Märtha arriva à la voiture et fit coulisser la porte arrière.

— On est au complet ? Alors vite, filons, il n'y a pas une minute à perdre !

— On t'attendait, dit Anders en chargeant le déambulateur.

Dès qu'elle fut assise, ils partirent à petite vitesse, pour ne pas éveiller les soupçons. Anders était au volant d'une voiture de service prévue pour le transport de personnes à mobilité réduite, et une conduite trop sportive aurait été louche. Il dépassa la gare Östra, prit la route qui passait devant la Tekniska Högskolan et s'arrêta enfin dans la forêt de Lill-Jansskogen. Vite, il descendit et échangea les plaques d'immatriculation avant de poursuivre vers Djursholm.

— Vous ne trouvez pas que ça sent bizarre ? demanda Anders.

Une odeur inquiétante envahissait l'habitacle ; tous se regardèrent, mal à l'aise. Märtha eut fort à faire pour empêcher Anna-Greta et les autres de déchirer aussitôt le sac.

— Nous devons nous montrer prudents. Attendons d'être dans un endroit sûr où nous pourrons nous occuper des billets, rappela le Génie.

Anna-Greta dut donc s'interrompre au moment où elle avait déjà réussi à ouvrir le sac-poubelle et s'apprêtait à défaire le nœud du sac intérieur.

— Bon, d'accord, dit-elle avec l'air d'une petite fille prise sur le fait.

— Les collants peuvent avoir été renforcés au niveau des orteils et des talons, mais on ouvrira ce sac dans les règles, décréta Märtha.

Anna-Greta baissa les yeux.

Anders enfonça l'accélérateur ; quand ils franchirent le pont de Stocksund et prirent la bifurcation vers Danderyd, Märtha vit dans le rétroviseur Anna-Greta glisser en douce une main dans le sac.

— Anna-Greta ! Oh, la vilaine ! Je croyais qu'on s'était mis d'accord pour attendre ?

— Je sais, mais ce sont mes collants, protesta Anna-Greta, avec tout de même un peu mauvaise conscience.

Arrivés à la villa de Djursholm, ils passèrent devant le jardin de Bielke et virent à travers la haie de lilas que des feuilles mortes étaient tombées sur la pelouse couvrant l'ancienne piscine.

— Si elle n'avait pas été remplie de béton, nous aurions pu cacher les billets dans la piscine, dit le Génie.

— Il ne s'agit plus de les cacher, maintenant que nous les avons récupérés, répliqua Anna-Greta.

— Mais de les distribuer à ceux qui en ont besoin, précisa Stina.

— Oui, quoi qu'il arrive, nous devons veiller à ne

jamais devenir avares ! Promettez-moi ça, tous ! dit Märtha en levant l'index.

— Amen ! dit le Râteau.

La voiture garée, ils ouvrirent la porte de la cave et traînèrent le sac-poubelle dans le sauna. Enfin, ils purent respirer, et Märtha alla chercher le champagne.

— Voilà une bonne chose de faite, dit-elle en distribuant les flûtes. Je propose qu'on fête ça tout de suite. Si jamais les billets ont été abîmés par des insectes ou la moisissure, on aura au moins bu un verre.

Le Râteau examina l'étiquette et brandit la bouteille pour que tous puissent la voir.

— J'aime bien ta philosophie. Un champagne Henriot brut millésimé, rien que ça !

— Je suis d'accord avec Märtha. Il faut toujours prendre du bon temps d'avance. Si ça foire, on s'est privés pour rien, et si tout se passe bien, rien ne nous empêche de fêter ça encore une fois, dit le Génie.

Tous applaudirent et levèrent leurs verres quand le Râteau fit sauter le bouchon. Il esquissa même une petite révérence en les servant.

— À notre santé ! s'écrièrent-ils tous avant de boire une gorgée.

En réalité, ils n'avaient cure du champagne. Tels des enfants le soir de Noël, ils brûlaient de découvrir l'état des billets de banque.

— Bon, et si on regardait, maintenant ? demanda Stina.

À peine avait-elle prononcé ces mots libérateurs qu'Anna-Greta attrapa des ciseaux de cuisine. Elle fit un trou dans le plastique, dont s'échappa aussitôt une odeur de renfermé et de moisi évoquant un mélange de compost, d'œufs pourris et d'excréments. Mais cela ne sembla pas l'incommoder le moins du monde ; en quelques coups de ciseaux, elle réussit à dégager ses collants du dernier sac-poubelle. Tous se jetèrent dessus, sauf le Râteau, qui se demandait si ses nœuds marins avaient tenu un an. Ils n'avaient pas bougé, mais la ficelle avait pris une teinte vert-de-gris qui fit retomber sa bonne humeur.

— Les collants ne se sont pas déchirés ! s'exclama Anna-Greta.

Elle défit les nœuds et lança les billets en l'air, tel l'oncle Picsou dans sa baignoire pleine de pièces d'or. Les billets se déposèrent sur le sol et les bancs du sauna.

— Qu'est-ce que ça pue ! s'écria Stina en se bouchant le nez.

— Qu'est-il arrivé à celui-ci ? demanda le Génie en brandissant le deuxième collant, couleur de cendres et d'une longueur anormale.

Jamais personne n'avait vu un collant aussi long : il semblait s'être détendu pendant son séjour dans la descente de gouttière.

— Alors, qu'est-ce qu'on attend pour les ouvrir tous les deux ? fit Anna-Greta dans un état presque second. Il doit y avoir 2,5 millions dans ce collant-ci. Il était presque neuf, alors les billets ont dû être mieux protégés. En tout cas, il sent moins.

— Moins les pieds, peut-être ? la taquina le Râteau en prenant une pastille à la menthe.

— Tiens les billets en l'air pour qu'on puisse les voir. Le collant semble être sec, fit remarquer Märtha en touchant le Nylon.

— Évidemment. Je sais faire des nœuds, dit le Râteau.

Il fit tournoyer le collant au-dessus de sa tête en projetant des billets partout. Märtha poussa un cri, mais se calma en se rappelant que la porte du sauna était fermée ; les billets ne risquaient donc pas de s'envoler.

Le sol était à présent couvert de billets de 500 couronnes, et les amis étaient aussi excités que s'ils avaient commis un nouveau casse. Le Râteau eut une poussée de tension et dut discrètement prendre les cachets qu'on lui avait donnés à l'hôpital ; il s'était bien gardé de le dire à quiconque, y compris à Stina. Prendre des comprimés, très peu pour lui. Un marin se devait d'être toujours d'attaque, et un loup de mer comme lui n'avait pas besoin de médicaments : cela ne collait pas avec l'image qu'il avait de lui-même. Par chance, personne ne le vit ouvrir sa petite boîte ni se mettre trois comprimés blancs dans la bouche. Il avala, toussa un peu – ni vu ni connu.

Les membres du gang des dentiers passèrent le restant de la journée au sauna, à examiner les billets : certains avaient noirci ou présentaient des bords écornés, d'autres étaient humides et sentaient mauvais, mais la plupart avaient tenu le choc dans les collants renforcés d'Anna-Greta. Märtha et ses amis ne pouvaient détacher leurs yeux des quelque 10 000 billets de 500 couronnes étalés au sol ; ils les touchaient et les examinaient un à un. Le Génie chantait *Se Sundbyberg och sedan dö*[1], d'Ulf Peder Olrog, tandis que les autres se contentaient de fredonner *Money, Money, Money in the rich man's world*[2]. Une fois les billets triés et

---

1. « Voir Sundbyberg et mourir » : chanson très populaire d'Ulf Peder Thorvaldsson Olrog (1919-1972).
2. Chanson d'Abba, le fameux groupe suédois, datant de 1976.

regroupés par liasses, ils ressortirent le champagne, s'assirent et trinquèrent de nouveau.

— Quand je vois le coup que nous avons réussi à faire, je me demande si nous ne devrions pas être voleurs à plein temps, dit Märtha en levant son verre.

— Je croyais qu'on l'était déjà ? fit remarquer le Génie.

Il y eut un silence, puis Märtha reprit la parole :

— Bon, nous avons plus urgent à faire que de disserter sur cette question philosophique. Comment va-t-on distribuer à ceux qui en ont besoin ces milliers de billets de 500 couronnes à l'odeur de moisi ?

— Le personnel soignant à domicile et dans les hôpitaux ne doit pas recevoir de l'argent moisi, décréta Stina.

Tous approuvèrent, même si cela mit un bémol à leur joie : que faire de 10 000 billets de 500 couronnes qui sentaient mauvais ? Ceux qui recevraient ces boules puantes se poseraient forcément des questions. Il fallait y remédier d'une façon ou d'une autre.

— Écoutez, on va les laisser sécher dans le sauna. Nous avons du vinaigre ? On en mettra dans plusieurs bols qu'on posera à côté des billets, ça fera partir l'odeur, proposa Stina, experte en astuces de grand-mère.

— Mais nous devons aussi les cacher, objecta Anna-Greta.

— Personne n'aura l'idée de venir chercher l'argent dans un sauna qui sent le vinaigre, rétorqua le Râteau.

— C'est vrai, enchérit Märtha.

Elle disparut et revint au bout d'un moment avec deux grands sacs à linge.

— Quand le plus gros de l'odeur sera parti, nous

fourrerons les billets là-dedans et mettrons les sacs dans la buanderie. Ce sera une bonne cachette.

— Où as-tu déniché ces sacs ? C'est exactement le genre qu'utilisent les blanchisseries, dit Anna-Greta.

— Tu as raison : je les ai trouvés chez Bielke, dans la réserve. On n'a qu'à les lui emprunter le temps qu'il faut.

— Pauvre Bielke. On ne pourrait pas laisser ses affaires en paix ? demanda le Génie.

— C'est seulement un emprunt de quelques jours, décréta Märtha. Maintenant, on met le sauna en marche et on va se reposer. On a besoin de rattraper un peu de sommeil, après toutes ces émotions.

Les autres acquiescèrent en bâillant à s'en décrocher la mâchoire. Enfin, ils allaient pouvoir dormir un moment. Le Génie régla le sauna sur soixante degrés, Stina et Anna-Greta recouvrirent les billets de deux grands draps bleu clair IKEA aux motifs de lapins, puis chacun regagna sa chambre, satisfait de cette escapade nocturne. Ils avaient récupéré leurs 5 millions et pourraient jouer les Robin des bois dès que l'argent aurait séché. Rien ne les mettait plus en joie que de distribuer de l'argent aux nécessiteux. Les cinq retraités allèrent s'allonger, et bientôt tout le monde ronflait et rêvait, le sourire aux lèvres, de braquages et de bonne cuisine. Personne ne savait que le thermostat ne fonctionnait plus…

— Ils se foutent de moi !

Le commissaire Blomberg à la retraite poussa un juron en parcourant encore une fois le SMS qu'il venait de recevoir. Jöback et son équipe lui avaient déjà demandé de faire des recherches complémentaires relatives au braquage de la Nordeabank. Et voilà qu'ils le priaient d'aller au magasin Buttericks pour savoir qui avait acheté récemment des masques de Margaret Thatcher, Elton John, Pavarotti et Brad Pitt ! Il crut voir rouge : lui confier le travail d'un stagiaire ! Ils plaisantaient ? L'humiliation lui noua la gorge. Son chat Einstein, sentant le désarroi de son maître, sauta sur ses genoux, lui gratta un peu les cuisses puis posa sa tête en ronronnant. Son cher Einstein avait vraiment un sixième sens. Ils se mettaient le doigt dans l'œil s'ils croyaient qu'il allait faire ce boulot merdique ! Il chercherait vite fait sur Internet, un soir, des infos sur les masques et les prix, et ça s'arrêterait là. Et il se ferait payer, parce qu'ils l'avaient offensé ! Et puis il devait pouvoir déclarer des rentrées d'argent, sans quoi il aurait tôt ou tard des ennuis avec le fisc. Il lui fallait des recettes, pas que des dépenses !

Blomberg retourna à ses rapports de la journée. Depuis qu'il avait lancé son affaire de détective privé, il veillait à recevoir chaque jour des infos des différents postes de police de Stockholm, et chaque matin il scannait les incidents survenus dans la nuit. Il s'installa devant son ordinateur, un sandwich à la main. Il allait boire sa deuxième tasse de café quand un drôle de message venant de la police de Norrmalm attira son attention. Selon un veilleur de nuit du Grand Hôtel, une association d'anciens pompiers volontaires, dénommée « City », avait testé une lance d'incendie dans la rue sur le coup des 5 heures du matin. Mais les essais de ce genre avaient toujours lieu en pleine journée, et Blomberg n'avait jamais entendu parler de cette association. Il tapa « pompiers City » dans Google et tomba sur ce texte :

Ça brûle dans une maison abandonnée et seuls les pompiers LEGO City peuvent éteindre le feu ! Sautez de votre voiture de pompiers et déroulez l'échelle pour atteindre le toit carbonisé et les parties en flammes ! Éteignez le feu d'en haut et sciez ensuite une ouverture dans la porte avec votre scie ultrapuissante pour éteindre les flammes avec la lance d'incendie... Les pompiers sont toujours prêts à partir au feu ! Contient trois pompiers avec différents accessoires.

Le camion de pompiers City était un modèle de construction de Lego ! Un fan de pompiers avait dû faire une farce aux employés de l'hôtel, ou alors, il y avait une action criminelle là-dessous. Blomberg reposa sa tasse de café d'un geste sec. Le Grand Hôtel n'était qu'à un jet de pierre du Musée national où plusieurs vols graves avaient été commis par le passé. Un seul petit tableau de la collection correspondait, au bas mot, à l'équivalent du salaire de toute une vie de labeur, alors rien d'étonnant à ce que les criminels s'attaquent aux œuvres d'art et aux antiquités. Et si cette bande de faux pompiers préparait une attaque contre le musée ? L'esprit de Blomberg s'échauffa. Les caméras de surveillance de l'hôtel avaient certainement filmé la scène ! Il fallait qu'il visionne ces images. Puis il se souvint de son vieux copain Eklund, pilote d'un des ferries desservant l'île de Vaxholm. Peut-être avait-il vu ou entendu quelque chose ? Blomberg chassa le chat, sortit son portable et composa son numéro. Eklund répondit presque aussitôt ; après avoir parlé de la pluie et du beau temps, Blomberg entra dans le vif du sujet.

— S'il s'est passé quelque chose cette nuit devant le Grand Hôtel ? Et comment ! cria Eklund. Une bande de fêlés m'a réveillé à 5 heures du matin ! Et devine quoi ? C'était un groupe de vieux qui balançait de la flotte partout avec une lance d'incendie ! Ils devaient vraiment débloquer. J'ai essayé de les arrêter, mais j'ai trébuché et je me suis blessé au genou.

— Aïe, ça fait mal, ça.

— Ah oui ! Et le pire, c'est que je n'ai toujours pas compris ce que ces idiots faisaient.

— À quoi ils ressemblaient ?

— Ils étaient cinq. Quatre me tournaient malheureusement le dos, je n'ai pas pu voir leurs visages. Mais ils portaient le genre d'uniformes noirs de pompiers. Et puis il y avait une vieille dame qui faisait les cent pas devant le Musée national avec un déambulateur.

— Une vieille dame avec un déambulateur ?

— Oui, elle avait l'air d'être le chef de la bande. Les vieux ont raccordé une lance à la bouche d'incendie, et alors je te dis pas le bordel ! T'aurais dû voir ça ! Ils ont introduit la lance dans la gouttière à côté du Cadier Bar, tu sais, et là, quel boucan ! Je n'ai pas tout vu, j'étais bloqué à cause de mon genou, mais je les ai aperçus partir dans une voiture de transport pour personnes à mobilité réduite.

— De personnes à mobilité réduite ? (Le pouls de Blomberg se mit à battre plus vite.) Alors ça devait vraiment être des croulants ?

— Ça, oui ! La bonne femme avait son déambulateur, et les autres marchaient comme des escargots, courbés en deux. À eux tous, ils avaient plusieurs centaines d'années, pour sûr.

Blomberg eut une sensation de déjà-vu. Ces petits vieux avaient donc traîné près du Musée national au petit matin. Ils devaient préparer un coup, c'était la seule explication plausible. Oui, c'était même clair comme de l'eau de roche. Ils comptaient sans doute utiliser la lance d'incendie pour s'introduire dans les lieux. En brisant une fenêtre, par exemple. La puissance du jet d'eau était impressionnante. Blomberg, son téléphone toujours à la main, se leva et tourna en rond dans la pièce en tentant de réfléchir posément. Il repensa au vol des deux tableaux du Musée national, un Monet et un Renoir, d'une valeur de 30 millions de couronnes. L'affaire n'avait jamais été élucidée. Ses collègues avaient enquêté longtemps sans jamais mettre la main sur les auteurs du crime. Idem pour le gang qui avait dévalisé la Handelsbank peu de temps après. Dans les deux cas, les caméras de surveillance avaient filmé des personnes âgées, dont une dame d'un âge avancé. Lui-même la croyait impliquée dans le vol, mais en l'absence de preuves, il n'avait pas pu l'interpeller. Et si c'était encore elle ?

Blomberg leva les yeux vers le plafond. La bande des croulants était pour l'heure sous les verrous, et il n'y avait jamais eu de femmes parmi eux. De même pour le gang des masques. Voilà que la police se retrouvait avec trois affaires non élucidées, mais apparemment commises par des personnes âgées : le vol au Musée national, le braquage de la Handelsbank et celui de la Nordeabank. Et si c'était la même bande qui était impliquée ? Une nouvelle bande qui compterait des éléments féminins, d'un certain âge, dans ses rangs ? Un gang de retraités.

— Est-ce qu'ils portaient des masques ? demanda Blomberg qui transpirait d'excitation.

— Non, pas que je sache. Mais comme je te l'ai dit,

ils se déplaçaient lentement. À mon avis, ils devaient avoir plus de soixante-dix ans.

— Je passe te voir pour en discuter, déclara Blomberg avant de raccrocher.

Il se sentait soudain tout revigoré. Des petits vieux qui se livraient à de drôles de manœuvres sur le coup de 5 heures du matin ? C'était presque trop beau pour être vrai. Sous peu, ils seraient sous les verrous.

Tôt le lendemain matin, tous les membres du gang des dentiers se réveillèrent d'excellente humeur. Après toutes ces tergiversations, l'opération Gouttière avait enfin été couronnée de succès. Le Râteau trouva que ça méritait une goutte d'alcool dans le café, mais Stina se récria : il ne fallait pas abuser. Elle avait l'intention de donner un cours de yoga dans la matinée, alors mieux valait boire le smoothie aux fruits qu'elle leur avait concocté pour leur donner de l'énergie, un mélange de citron vert, d'orange, de pomme et de banane.

— Ou alors on fait une bonne séance de gym, et après, ce sera liqueur aux baies arctiques pour tout le monde, lança Märtha pour motiver les troupes – elle trouvait Stina parfois trop obsédée par la santé.

Son amie la fusilla du regard.

— Tu sais, il n'y a rien de tel que le yoga pour assouplir le corps, répliqua-t-elle.

— Mais la gym rend souple aussi et améliore la condition physique, assena Märtha.

— Les filles, ça suffit maintenant ! Avant de lever les jambes à droite et à gauche, il faut d'abord ranger ce qu'il y a dans le sauna, non ? C'est quand même plus important que vos petites querelles. 5 millions de couronnes, c'est pas rien, rappela le Génie.

— Oui, tu as raison, dit Märtha. On va d'abord mettre les billets dans les sacs à linge. Ensuite, on pourra faire notre séance de gymnastique…

— Ou de yoga, précisa Stina.

— Allez au sauna, vous autres, pendant que je débarrasse la table du petit déjeuner, proposa Anna-Greta qui commençait déjà à rassembler les tasses. Je vous rejoins après.

Les autres hochèrent la tête, se levèrent et se dirigèrent vers la cave. Dès qu'ils ouvrirent la porte située en haut de l'escalier, ils eurent un mauvais pressentiment. Une forte odeur de vinaigre leur monta aux narines. Qu'est-ce que cela signifiait ?

— Il a dû y avoir un problème, marmonna Märtha en se hâtant de descendre.

En arrivant en bas, elle vit que la petite fenêtre carrée avait pris une teinte rose ; une fois la porte du sauna ouverte, il s'en dégagea un terrible relent de vinaigre très âcre. Elle toussa et recula.

— Qu'est-ce qu'il y a ? demanda le Génie.

Par mesure de sécurité, il ouvrit la lucarne de la cave avant de refermer la porte du sauna.

« Grands dieux ! » fut tout ce qu'il parvint à dire avant de battre en retraite.

Une fois que la fenêtre et la porte de la cave furent grandes ouvertes, créant un bon courant d'air, ils s'approchèrent de nouveau du sauna et, après moult hésitations, osèrent y jeter un coup d'œil. Même au bout d'un quart d'heure, la température à l'intérieur dépassait toujours les soixante-dix degrés, et l'air était poisseux et acide. Il avait dû se produire quelque chose d'imprévu, de *très* imprévu.

— Le thermostat… dit le Génie. Il devait être cassé, il n'a pas du tout fonctionné comme il était censé le faire.

Le vinaigre s'était évaporé dans les bols, et l'air humide et chaud, chargé de vinaigre, avait goutté sur les draps bleu ciel, formant des taches brunes asymétriques. Les lapins faisaient une drôle de tête. Märtha s'approcha pour voir l'état des billets, mais hésita.

— Quelque chose me dit que des surprises désagréables nous attendent, les avertit-elle d'une petite voix mal assurée. Les draps venaient de chez IKEA et étaient *très* bon marché.

— Exactement. Voilà ce qui arrive quand on veut à tout prix faire des économies… dit le Râteau en tirant un drap vers lui.

Les billets s'envolèrent dans toutes les directions.

— Ça m'apprendra. Nous voilà avec des billets qui sentent le vinaigre et qui, en plus, ont une sale gueule, constata le Râteau en repoussant du pied quelques billets brunâtres.

— Les billets sont décolorés ! Et on dirait que le motif des lapins s'est décalqué dessus ! s'écria le Génie.

— Oh, non, regardez, des petits lapins ! s'écria Stina en tenant deux billets à contre-jour. 5 millions pleins de lapins !

Märtha, le Génie et le Râteau passèrent en revue la liasse de billets, tandis que Stina essayait de refréner ses larmes.

— Si nous mettons les billets sous verre, nous

pourrons peut-être les exposer au Musée d'art moderne, suggéra Märtha pour détendre l'atmosphère.

— Dans ce cas, je propose qu'on encadre aussi les collants d'Anna-Greta, dit le Râteau.

— Ce n'est pas drôle du tout, répondit Stina entre deux sanglots étouffés.

— Alors, comment ça va, en bas ? cria Anna-Greta depuis la cuisine.

N'obtenant pas de réponse, elle devina qu'il y avait un problème et prit soin de disposer une bouteille d'aquavit Fläder et cinq verres à liqueur sur un plateau avant de rejoindre ses amis.

— Que diriez-vous d'un petit remontant, hein ? Nous l'avons bien mérité, annonça-t-elle.

— « Mérité », c'est vite dit, répondit Märtha en lui montrant quelques billets.

— Mon Dieu, que s'est-il passé ? s'exclama Anna-Greta qui faillit en lâcher son plateau.

— Regarde, dit Märtha en lui mettant un billet sous le nez.

Anna-Greta posa le plateau sur une marche et examina le billet en silence, pendant si longtemps que les autres commencèrent à s'inquiéter. Soudain un son gronda dans son estomac, gagna en puissance et jaillit comme un coup de tonnerre :

— UN LAPIN ?!?

— C'est IKEA, soupira Stina.

— Les draps étaient en soldes, expliqua le Génie.

Anna-Greta s'agenouilla (elle y parvenait sans problème grâce aux cours de yoga de Stina) et toucha les liasses de billets.

— Hum. C'est la couche supérieure qui a le plus pâti, mais ce n'est pas si grave.

— Que dis-tu ? s'étonna le Râteau. Nous venons d'anéantir 5 millions !

— Pas du tout. Au contraire, cela nous enlève une grosse épine du pied.

— Je croyais que c'était tout l'opposé, dit Märtha.

— Non, c'est une façon absolument splendide – et inédite – de blanchir l'argent !

— Tu ne vas quand même pas fourrer des milliers de billets de 500 couronnes dans la machine à laver ? Ou tu penses seulement mettre le programme essorage ? dit le Râteau.

— Vous n'y êtes pas du tout. Nous allons contacter la banque de Suède. Selon la réglementation en vigueur en 2014 sur le remboursement des billets et des pièces, la banque est tenue d'échanger les billets abîmés.

— C'est vrai ? s'écria Märtha, aux anges.

— Même des billets avec des lapins ? s'étonna Stina en se mouchant.

— Enfin, ceux-là, on ferait mieux de les laver d'abord, dit Anna-Greta.

— L'émission sur le ménage, à la télévision, explique comment enlever les taches, intervint Stina. On y trouvera certainement de bons conseils.

— Je sais ce que nous allons faire : nous effaçons un ou deux chiffres, puis nous glissons les billets abîmés dans une enveloppe bien fermée et l'envoyons à la banque de Suède, à Broby. Si on s'en tient à un montant en dessous de 10 000, nous pourrons les échanger contre des nouveaux. Ça prendra un peu de temps, mais quelle importance ?

— On pourra échanger les billets ? demanda Stina, à deux doigts de s'évanouir.

— Exactement, dit Anna-Greta. Ils mettront même directement l'argent sur le compte qu'on leur indiquera. La banque de Suède y est obligée par la loi – sauf si l'argent provient d'un délit ou d'une activité criminelle, bien sûr, mais nous n'avons pas besoin de le leur dire.

Sur ce, Anna-Greta leur tint un petit exposé sur la manière de faire disparaître des taches grâce à de l'acétone et de l'eau, à condition de ne pas se tromper dans les dosages. Tous tombèrent d'accord pour laver les billets de différentes manières pour qu'on ne puisse pas les soupçonner de tous venir de la même source. De même, ils devraient poster leurs enveloppes pour la banque de Suède dans différentes boîtes pour que la banque ne fasse pas le rapprochement entre les envois. Les deux sacs à linge de la buanderie seraient tout simplement leur petite banque secrète – sans frais dissimulés ni autres entourloupes – où ils pourraient piocher en fonction de leurs besoins.

— Exactement comme le versement d'un salaire, résuma Anna-Greta.

— C'est mieux que notre retraite, fit remarquer Märtha. Avec cet argent, on aura au moins de quoi vivre même si on est des vieilles dames. Pensez un peu à toutes ces femmes qui *n'ont pas assez* pour vivre de leur pension.

Tous reconnurent que mieux valait être un escroc qu'un pauvre retraité. Surtout que, avec autant d'argent, on pouvait s'autoriser à en distribuer à d'autres. Maintenant, il était envisageable de chercher un local destiné au restaurant pour personnes âgées.

— Nous commencerons par le restaurant, cela nous

permettra d'accumuler un peu d'expérience, puis nous pourrons poursuivre notre projet de Vintageville.

— Une ville moderne pour seniors qui deviendra un modèle pour le reste de la Suède, dit Anna-Greta.

— Pour le reste du monde, corrigea Märtha. Nous allons montrer la voie.

— Mon Dieu, voilà que Märtha remet ça, marmonna le Râteau.

— Eh oui, dit Märtha.

28

Seuls les billets au contact des draps avaient été décolorés, mais cela en faisait un certain nombre. Les jours suivants, le sauna devint un étrange séchoir où pendaient les billets de 500 couronnes, retenus sur une corde par des pinces à linge. Tous avaient un peu gratté les numéros des billets, les écornant parfois au passage, selon les consignes données par Anna-Greta. Tant que les billets étaient intacts aux deux tiers, la banque de Suède devait les remplacer. Pourtant, Anna-Greta avait du mal à abîmer, voire à déchirer un bout de vrai billet de banque.

Ça sentait fort l'acétone et le vinaigre, mais petit à petit, les billets eurent fière allure. Certains étaient un peu roses aux coins, d'autres présentaient d'étranges motifs, mais les animaux à longues oreilles étaient devenus méconnaissables.

Après avoir travaillé dur, ils purent trier les billets selon les motifs imprimés, les teintes et l'usure. Tant pis si quelques-uns sentaient encore légèrement le vinaigre, l'odeur finirait par partir. Märtha et ses amis, remontés à bloc, mirent les billets dans les sacs à linge, fourrèrent des vêtements sales par-dessus et les posèrent dans la buanderie. Ils les enverraient au fur et à mesure à la banque de Suède.

Märtha put enfin se détendre et parler d'avenir avec Anna-Greta. L'avocat Hovberg l'avait prévenue que la carte Visa et la société étaient prêtes, les transferts mensuels au Secours populaire de la ville se faisaient déjà sans encombre. Cette institution très méritante gérait des écoles et soutenait ceux qui étaient dans le besoin. Mais distribuer l'argent soi-même était bien plus amusant. Quand les premiers versements de la banque de Suède tombèrent sur leur compte à la Handelsbank, le gang des dentiers se mit à la recherche d'un lieu pour ouvrir leur restaurant Pancho.

Par une fraîche journée d'automne, la bande d'amis se rendit dans le quartier de Hornsberg, à Kungsholmen, afin de chercher un endroit adéquat. Ils commencèrent par se promener près du pont d'Ekedal, longèrent le quai et passèrent devant un lieu de baignade et plusieurs restaurants. Ils étaient presque arrivés à Kristineberg, mais partout les locaux étaient déjà loués ou beaucoup trop petits.

— J'ai comme l'impression qu'on s'y prend un peu tard, soupira le Génie qui, à l'instar des autres, se sentait gagné par la fatigue. Si on attendait qu'il y ait un local à vendre ?

— Attendre ? Non, on n'a pas de temps à perdre, s'exclama Märtha. Il existe forcément un local libre. Pourquoi on ne demanderait pas au café, là-bas ? D'habitude, le personnel de ce genre d'endroits sait ce qui se passe dans les alentours. D'ailleurs, une tasse de café nous ferait le plus grand bien.

— Autant se faire un noyau de clients dans le coin

où nous projetons de créer notre Cité de la Joie, renchérit Anna-Greta.

— Alors va pour ce café, acquiesça le Râteau en se donnant un coup de peigne.

Le local n'était pas grand ; quand ils franchirent la porte, ils furent accueillis par la bonne odeur du café fraîchement passé. Les tables étaient couvertes de petites nappes blanches et les chaises en bouleau rappelaient les années 1950. Ils s'assirent, si fatigués qu'ils n'eurent pas l'énergie de faire la conversation. Après un double expresso et une boule au chocolat[1] chacun, ils retrouvèrent des forces. Märtha se leva alors et s'approcha du propriétaire.

— Nous sommes à la recherche d'un local à louer. Vous ne connaîtriez pas quelque chose dans le coin ?

— Non, je n'y connais rien. Pour ça, il faut parler avec Johan. C'est lui qui gère tout.

— Johan, quel Johan ?

Le propriétaire du café ne répondit pas tout de suite et lança la machine à expressos avant de se retourner vers Märtha.

— Johan Tanto. Sa famille et lui possèdent plusieurs restaurants, ici. Un type bien. Il a aidé un pote à ouvrir une pizzeria.

Märtha obtint le numéro de téléphone, appela et convint d'un rendez-vous pour le lendemain, devant le café.

---

1. Les *chokladboller* ont l'air de grosses truffes au chocolat recouvertes de noix de coco, mais ce sont des boules à base d'avoine, de graisse, de sucre et de chocolat qu'on sert souvent dans les cafés. (Autrefois, cela s'appelait *Negerboll*, soit « tête de Nègre ».)

Le jour suivant, le gang des dentiers se rendit à pied jusqu'à Hornsberg. Il pleuviotait, le ciel était gris, les températures avaient chuté, mais l'on voyait ici et là des gens dehors.

— Ce Johan a-t-il la trentaine ? voulut savoir Anna-Greta à la vue d'un jeune homme qui allumait une cigarette devant l'entrée du café.

Il portait un pull noir, un manteau d'hiver gris et était tête nue. Autour de son cou, on devinait un collier.

— Il n'y a qu'à demander, ça ne coûte rien, répondit le Râteau qui fit un pas en avant pour lui tendre la main. Johan ?

Le type fit oui de la tête, éteignit sa cigarette et se présenta : Johan Tanto. Il avait des cheveux blonds ébouriffés, une boucle d'oreille et un tatouage qui dépassait de son col. Autrefois, seuls les criminels et les marins portaient des tatouages, songea Märtha, mais à présent, c'était monnaie courante. Comment s'y retrouver ?

— J'ai cru comprendre que vous cherchiez un local. Nous en avons un là-bas ! dit-il.

Sans attendre de réaction, il se dirigea vers le quai.

Le gang des dentiers peina à le suivre car le type marchait vite. On aurait dit une belette, tant ses mouvements étaient vifs.

— C'est ici, déclara-t-il en s'arrêtant devant une grande péniche. Avant, c'était un restaurant, le Vinci, puis c'est devenu une salle d'exposition. Mais ils ont déplacé leurs activités à Södertalje. Nous pensions que ça serait bien que ça redevienne un restaurant. C'est un endroit très chouette et on peut l'utiliser de plein de façons.

— Une péniche ! dit Stina, déçue.

Elle s'était imaginé un restaurant chic, un maître d'hôtel qui s'inclinait devant les clients, un bar scintillant de mille feux… Toutefois, la péniche avait l'air en bon état. La coque était peinte en vert foncé, le pont arrière un ton plus clair, et le bastingage et les flancs en gris. Le vieux bateau était amarré le long du quai ; l'homme déverrouilla un petit portail et il n'y eut plus qu'à monter à bord. Stina remarqua que la passerelle était large, avec des garde-corps bien stables, et qu'il n'y avait pas de différence de hauteur notable entre le quai et le bateau.

— On est obligés d'avoir un accès pour handicapés, maintenant, expliqua Johan en suivant le regard de Stina. Mais c'est une bonne chose.

Il tourna la clé dans la serrure et recula d'un pas pour les laisser entrer.

— La péniche est très bien amarrée. Il y a largement la place pour faire un bon restaurant à l'intérieur. Mais c'est sûr, ça exigera pas mal de travail d'aménagement.

— Aucun problème, c'est exactement ce que nous voulons, dit Stina en contemplant les murs nus.

L'air rêveur, elle imaginait enfin ses aquarelles sur les cimaises. Märtha fredonnait dans son coin. L'intérieur de la péniche offrait de grandes surfaces vides, mais rien n'interdisait de mettre des cloisons ni d'installer des tables et des banquettes. Il y avait même assez d'espace pour des fauteuils, des canapés et un bar.

— Où a-t-il navigué autrefois ? demanda le Râteau.

— En Méditerranée, une fois, pour transporter du charbon, répondit Johan. Ensuite, le bateau a été acheté par un habitant d'Åland qui en a fait un restaurant, et c'est comme ça qu'il s'est retrouvé ici.

Märtha prit une grande inspiration et huma l'air. Elle qui d'ordinaire était sensible à l'humidité ne fut pas gênée du tout et trouva même qu'il faisait bon. *Ce serait parfait pour des personnes âgées souvent frileuses, avec des problèmes de souffle*, pensa-t-elle. La péniche était d'ailleurs équipée de mains courantes et de rampes pour fauteuil roulant. Ce serait un eldorado pour les seniors. Difficile de trouver mieux !

Ils se rendirent dans les cuisines, et Stina nota qu'il y avait deux gazinières, un vrai îlot de cuisine, des placards à foison, beaucoup de surfaces de débarras et deux lave-vaisselle. Sans oublier un plan de travail format XL qui courait sur toute la longueur de la pièce.

— Cela paraît tout à fait magnifique, dit-elle.

Anna-Greta approuva, enchantée elle aussi. Même le Génie ne parut pas mécontent.

— Hum, ça n'a pas l'air mal. Je pourrais avoir un petit atelier avec un établi et des outils pour réparer si quelque chose se casse. En plus, j'aurais même la place pour bricoler des moteurs quand le restaurant ne sera pas ouvert.

— Ce sera bien, je le sens, dit Märtha en continuant son inspection.

À l'avant, il faisait un peu sombre, mais il suffirait d'installer un éclairage plus adapté. Encore qu'une lumière tamisée donnerait une petite touche romantique à leurs soirées de speed dating. Après un dernier petit tour, le gang des dentiers décida d'accepter. La location n'était pas chère, et le bateau semblait en bon état. Ils ouvriraient donc ici leur restaurant Pancho.

Le lendemain, en signant le contrat, au café, Märtha remarqua que Johan Tanto paraissait nerveux. Il n'arrêtait pas de tripoter sa boucle d'oreille.

— Vous avez l'air d'avoir fort à faire, dit-elle.

— Dans cette branche, ça bouge tout le temps, répondit-il de manière évasive en lui tendant vite le contrat, avec un regard perçant. Alors, bonne chance !

Il serra hâtivement la main de Märtha avant de la reconduire. Le Génie, qui l'avait attendue à l'extérieur, passa un bras autour de ses épaules.

— Tu sais, mon cœur, nous avons oublié une chose. Demander ce qui se passerait si la péniche coulait.

29

— Autorisation par-ci, autorisation par-là, ça n'a pas de sens ! Si j'avais su le nombre de formalités qui nous attendaient, jamais je n'aurais suggéré qu'on ouvre un restaurant ! s'écria Märtha, les cheveux en bataille et les joues en feu.

Elle brandit une liasse de documents, le souffle court.

— Prends tes médicaments, ma petite Märtha, la pria le Génie, inquiet.

Il ne la lâcha pas avant qu'elle ait sorti son flacon pressurisé et ait inhalé sa dose quotidienne d'Innovair. Elle se passa la main sur la bouche, se lécha les lèvres et rangea son antiasthmatique, puis reprit les documents.

— Tout ça parce qu'on veut ouvrir un restaurant ! Qu'est-ce que ce sera quand on voudra construire toute une ville ? grommela-t-elle.

Les membres du gang des dentiers étaient assis à une table escamotable à l'arrière de la péniche ; le Râteau trônait sur un vieux coffre de marin. Devant eux étaient disposés des formulaires, des croquis, des esquisses et des échantillons de couleur.

— Il faut que cet endroit ait l'autorisation de servir de la nourriture et de manipuler des produits alimentaires. Et bien sûr, il faut être titulaire d'une licence de débit de boissons, dit Märtha.

— Oh, ne t'embarrasse pas avec tous ces papiers. Nous n'avons pas vraiment été dans la légalité jusqu'ici, fit remarquer Anna-Greta.

— Il y a des pages et des pages sur l'alcool. Pour avoir le droit de servir des boissons alcoolisées, nous devons passer un test de connaissances sur la loi régissant l'alcool en Suède.

— Je me porte volontaire, dit le Râteau.

— Il ne s'agit pas de tester de l'alcool mais de connaître les lois, expliqua Stina.

— Dans ce cas, non merci, dit le Râteau.

— Le lieu de restauration doit être agréé comme établissement du secteur alimentaire et il faut déclarer son ouverture auprès de la direction pour la Protection des populations, poursuivit Märtha. Et quand on sert des boissons alcoolisées, il doit y avoir sur place une personne responsable qui connaisse bien la loi sur l'alcool.

— Mon Dieu, à nous cinq, nous comptabilisons presque un demi-millénaire – autant dire que nous avons bu de l'alcool pendant plus de quatre cents ans. C'est dire si nous en connaissons un rayon ! Nous pouvons affirmer avoir des personnes compétentes sur place, déclara le Génie, qui récolta aussitôt l'approbation de ses amis.

— Il y a aussi ça, reprit Märtha en sortant un autre document. La commission qui délivre le permis d'exploitation se réserve le droit de vérifier la situation personnelle et financière des propriétaires de l'établissement.

— Quoi ? Mettre le nez dans nos comptes ? s'exclama Anna-Greta en remontant sur son front ses lunettes style années 1950. S'ils savaient que nos revenus vont aux îles Caïmans...

— Si j'ai bien compris, nous prévoyons les impôts dès maintenant pour pouvoir donner encore plus d'argent après ? demanda Stina.

— Exactement. L'escroquerie, ce n'est pas notre genre, déclara Märtha.

— Zut, j'ai dû louper un épisode, marmonna le Râteau.

— Je t'ai entendu, le Râteau. Nous intervenons uniquement là où le gouvernement et le Parlement échouent, pas ailleurs, précisa-t-elle.

— Le gouvernement et le Parlement ? Rien que ça, Märtha ? Tu es sûre que tu ne veux pas devenir chef de l'ONU, tant qu'à faire ? répliqua-t-il, mais pas trop fort.

Le Génie sourit.

— Au diable la paperasse ! Je crois que je vais accrocher les documents dans l'entrée pour faire croire aux autorités que nous sommes en règle, trancha Märtha.

Tous trouvèrent cette logique géniale, et Anna-Greta sortit son ordinateur portable. Elle tapa la réglementation en vigueur dans une typographie très décorative, l'imprima, et le Génie encadra et accrocha le document dans l'entrée. Ils crurent alors en avoir assez fait pour la journée, mais Märtha enchaîna :

— Il est temps d'aborder la question de l'aménagement intérieur.

Tous s'installèrent sur le canapé et dans les fauteuils rouges et s'enfoncèrent parmi les coussins moelleux tandis que Märtha servait du thé au gingembre et de la liqueur de mûres arctiques. Ils ne regrettaient pas d'avoir acheté ce mobilier luxueux pour leurs futurs clients VIP. Les huit fauteuils en tissu velouté trônaient sur une petite estrade entourée de plantes en pot.

— Eh bien ? demanda Märtha en parcourant du regard la salle du restaurant.

— Je vote pour installer des maquettes de bateau au plafond, dit le Râteau. Il faudrait que ce soit des navires qui aient de la gueule, des voiliers jusqu'aux bateaux à aube. Et que ça sente la corde en chanvre goudronnée.

— Quelle idée amusante ! dit Märtha.

— Et si on mettait des billets de banque ? lança Anna-Greta. Ils seraient du meilleur effet sous verre, dans des cadres, accrochés ici et là aux murs. De toutes sortes et de différentes valeurs.

— Ça me rappellerait le boulot, je veux dire les casses et ce genre de choses. Non, laisse tomber, dit le Râteau.

— Stina, c'est toi l'artiste du groupe. Comment vois-tu les choses ? demanda Märtha en se tournant vers son amie.

Märtha, consciente qu'elle prenait trop de décisions seule, avait l'intention de laisser les autres prendre davantage d'initiatives, même si elle avait du mal à déléguer. Pourquoi ne pas proposer à Stina de s'occuper de l'aménagement intérieur ? Elle poussa les plans vers cette dernière.

— Stina, tu peux t'en charger ?

Sa joie fut telle que Märtha en eut chaud au cœur. Il n'en fallait pas plus pour que Stina puisse laisser libre cours à son âme d'artiste.

— Tout d'abord, je voudrais accrocher mes aquarelles, mais j'ai aussi une autre idée. Vous vous souvenez du sauna du Grand Hôtel qui baignait dans une lumière verte et où on diffusait une musique évoquant la jungle ? Pourquoi ne pas créer un paysage tropical mystérieux ? Pas une vraie jungle, bien sûr, mais un espace un peu romantique avec des tables placées entre des arbres, des arbustes et quelques animaux empaillés.

— Un muséum d'histoire naturelle délocalisé, c'est ça ? commenta le Râteau en prenant du tabac à chiquer.

— Je parle d'un environnement humain où l'on embrasse la nature.

— Bêêê… bêla le Râteau.

Märtha lui décocha un coup de pied dans le tibia afin de le faire taire. L'heure était à la diplomatie, et ce n'était pas le moment de taquiner Stina.

Pendant tout l'après-midi, le gang des dentiers discuta. Märtha en vint à regretter sa décision de laisser carte blanche à Stina, car cette dernière n'en démordait pas : ce serait la jungle et les animaux empaillés, un point c'est tout. Les autres eurent beau rétorquer qu'ils ouvraient un restaurant et non un zoo, Stina resta inébranlable. Au début, elle avait proposé douze animaux exotiques, dont un lion, un tigre et un éléphant, mais au bout de deux heures de négociations, ils avaient réussi à la convaincre de prendre des animaux un peu moins volumineux et davantage liés aux pays nordiques.

— OK, je suis d'accord pour un blaireau, un ours, un singe, un sanglier, un renard et un écureuil, dit-elle d'un ton ferme. Mais dans ce cas-là, nous devons aussi avoir des oiseaux.

— Et les hamsters ? intervint le Râteau. C'est mieux, ils ne prennent pas beaucoup de place.

Nouveau coup de pied dans le tibia.

— À condition qu'il y ait également l'odeur de la forêt et une lumière verte dans le restaurant. Pour avoir un éclairage écologique, précisa Stina.

— Ah, non ! Ça nous donnerait l'air malade ! se récria le Râteau.

Märtha suggéra alors de changer de thème tous les mois, par exemple la navigation le mois suivant, puis la botanique, et ainsi de suite. Le Râteau se calma, et la discussion put reprendre.

— Résumons, dit-elle. Ce restaurant sera aménagé de manière amusante et toujours renouvelée. Un eldorado pour les seniors.

— À condition que ça ne devienne pas une salle de jeux, soupira le Râteau.

— J'en ai soupé, de tes commentaires, le Râteau. Fais un effort, sinon je laisse tout tomber sur-le-champ, menaça Stina.

— Oh, ne te fâche pas, je plaisantais… balbutia-t-il.

— Tu n'as qu'à trouver mieux au lieu de toujours critiquer les autres !

— Mes amis, du calme ! Que diriez-vous d'une délicieuse tasse de thé au gingembre ? lança Märtha.

— Oh, non, pas encore du gingembre ! râla le Râteau.

Vu la tournure des événements, Märtha comprit qu'ils feraient mieux de rentrer à Djursholm. Stina pourrait faire un tour au Muséum d'histoire naturelle pour arrêter ses choix et les proposer ensuite aux autres.

— Demain, j'irai voir au musée ce qu'ils ont en stock, un point c'est tout, trancha Stina d'une voix ferme.

Ils échangèrent des regards étonnés. Autant la laisser aller au bout de son idée. Comme elle serait responsable de la cuisine du restaurant, autant qu'elle décide aussi de la décoration intérieure.

Le lendemain, non sans un pincement au cœur, Märtha regarda Stina partir avec Anders et sa sœur Emma au Muséum d'histoire naturelle pour voir si la direction pourrait leur confier en dépôt certains des animaux qui restaient dans les réserves.

— Si vous emportez quelque chose, faites attention de ne pas ramener de parasites, leur recommanda-t-elle.

Elle n'aimait guère l'idée d'univers tropical de Stina et avait un mauvais pressentiment. Mais pour une fois qu'elle déléguait une tâche, elle s'efforça de ne pas intervenir.

Le lendemain, en fin d'après-midi, Stina et ses enfants s'approchèrent du quai avec une remorque. Curieuse, Märtha souleva la bâche verte et sursauta en découvrant tout un bestiaire, du blaireau au renard en passant par un jeune élan et un daim. Heureusement, aucun ours ! Mais un loup empaillé.

— Ils n'avaient pas d'ours en bon état. Celui qu'ils m'ont proposé était si malingre que je n'ai pas osé l'emporter, cette pauvre créature, dit Stina.

— Il n'a pas dû avoir assez de myrtilles à manger, répliqua le Râteau.

— Alors à la place, tu as pris le loup ? C'est vrai qu'un loup, ça a toujours des fans, répondit Märtha pour se montrer encourageante.

Elle examina l'animal au pelage gris moucheté de blanc. Au début, Stina avait voulu placer un gros ours dans l'entrée ; cet animal-ci prenait certes moins de place, mais…

— Tu penses vraiment qu'on doit l'avoir dans l'entrée ? demanda-t-elle.

— Oui, pour souhaiter la bienvenue à nos clients, dit Stina.

— Avec un loup ? s'étonna le Génie.

— On pourrait lui adjoindre un panneau BIENVENUE !

Les autres suggérèrent une décoration de livres, avec des citations d'écrivains célèbres aux murs, mais Stina resta inflexible, et ils finirent par céder, sans savoir qu'ils laissaient ainsi entrer le loup dans la bergerie…

30

Dieu qu'elle était mignonne, la serveuse engagée par Stina ! Tel un tourbillon, Bettan, une rousse aux formes voluptueuses, faisait résonner son rire sur la péniche. Elle n'était plus très jeune, mais tellement féminine ! Le Génie s'enfonça dans son fauteuil et ferma les yeux pour refaire surgir dans son esprit la silhouette de Bettan – la voilà qui dansait devant lui, il crut même entendre son rire perlé sur le pont. Il s'abîma dans cette contemplation et sortit seulement de sa rêverie quand des cheveux lui tombèrent dans le col. Il se souvint qu'il était chez le coiffeur ; il s'agissait de bien se tenir.

Les membres du gang des dentiers se faisaient teindre les cheveux de temps en temps pour avoir l'air plus jeunes, s'imaginant ainsi brouiller les pistes. Quand on est recherché par la police après un casse, il faut faire attention à soi et penser à tout. Aucun d'eux n'avait envie de se retrouver derrière les barreaux. Même si on était mieux en prison qu'en maison de retraite, ils étaient trop habitués à la liberté. Ils mangeaient bien, faisaient souvent de l'exercice et menaient une vie agréable, bien que parfois un peu mouvementée. Et comment pourraient-ils redistribuer l'argent s'ils étaient incarcérés ?

— Vous êtes sûr, pour la crête ? demanda le coiffeur en peignant les cheveux bruns du Génie vers le haut.

Il avait demandé une coiffure de jeune, très courte sur les côtés et formant une crête sur le haut du crâne.

— Oui, c'est parfait, confirma-t-il.

— Et la barbe ?

— Ma barbe ?

— Une barbe poivre et sel négligée n'est pas très seyante pour les hommes d'un certain âge.

— Eh bien, teignez-la, mais ne la rasez pas, répondit le Génie, déterminé.

Il était fier de vivre avec son temps et pensait à la serveuse rousse. Bien des jeunes femmes appréciaient les hommes avec une barbe, et lui ne trouvait pas du tout que ça fasse vieux.

— Si vous tenez à la garder, je vous conseillerais de la tailler.

— Ah, non, elle doit rester naturelle, répondit le Génie.

Il n'aimait pas qu'on lui dise ce qu'il avait à faire – Märtha suffisait… Mais ce jour-là, il se sentait l'âme rebelle. Lui qui avait toujours trouvé que Märtha et lui allaient bien ensemble se posait à présent des questions. Elle avait accepté sa demande en mariage, mais repoussait sans cesse la date de la cérémonie. Un jour, c'était le butin qu'il fallait distribuer, un autre le restaurant… Après, disait-elle. Mais le restaurant était le projet de Stina. Sa petite Märtha ne pouvait-elle jamais se détendre un peu ? Il passa l'index sur sa bague de fiançailles. Jamais il n'avait été plus heureux que le jour où elle avait accepté sa demande. Pourtant, aujourd'hui, il commençait à se lasser d'attendre. Peut-être n'était-elle pas du genre à se marier ? Et s'il l'envoyait balader et rompait les fiançailles ? Il y a un mois, quand la rousse avait débarqué et lui avait souri, son cœur avait bondi, et il lui avait souri en retour. Il s'était soudain senti apprécié ; cela ne lui était pas arrivé depuis longtemps. *L'amour n'est pas un état définitif, il a besoin d'être entretenu*, songea-t-il. Märtha se mettait le doigt dans l'œil si elle croyait que tout était acquis. L'amour, comme un muscle, fond si on ne l'entretient pas. Pendant un moment, il avait pensé à la mettre en garde, mais cela n'avait plus autant d'importance : sa vie avait changé depuis l'arrivée de Bettan, qui prenait chaque jour plus de place dans son cœur.

Des hommes d'un certain âge qui sortaient avec des femmes plus jeunes, cela avait toujours existé, il suffisait de se promener en ville ou d'aller au cinéma pour voir ce genre de couples. Certes, il s'agissait souvent d'hommes assez aisés, mais Bettan ne savait rien de sa situation financière et ne paraissait pas y accorder d'importance. Elle s'intéressait à lui tel qu'il était, et lui avait même demandé le droit de monter avec lui sur sa vieille moto, garée comme décoration sur le pont arrière. Titillé en son for intérieur, il n'avait pas osé répondre qu'il était un peu vieux pour chevaucher un tel engin.

— Voilà, ça fera 700 couronnes, dit le coiffeur.

Il retira la cape des épaules du Génie et en brossa quelques cheveux près du col, puis regagna sa caisse en souriant.

Le Génie se passa plusieurs fois la main sur les

joues, se leva avec la vivacité d'un jeune homme et le suivit. Ah, oui, l'argent. Ça lui était complètement sorti de l'esprit !

— Je paierai par Internet, dit-il sur un ton nonchalant avant d'enfiler son manteau et de sortir.

— Attendez ! J'ai besoin de mettre votre carte dans la machine ! cria le coiffeur, mais le Génie était déjà loin.

D'ailleurs, il n'avait pas de carte de crédit.

— C'est quoi cette tête ? s'écria Märtha quand il rentra sur le bateau, un peu plus tard. Pourquoi tu n'as pas fait raser cette barbe par le coiffeur ?

— Ça me regarde, répondit le Génie qui se caressa le menton et continua son chemin.

D'un pas assuré, il se dirigea vers la cuisine, dans une odeur de shampoing et mousse coiffante. Il jeta un regard autour de lui. Bettan était-elle déjà arrivée ? En descendant l'escalier, il se cogna à elle et faillit en tomber à la renverse.

Il baissa les yeux.

— Comme vous êtes beau, déclara Bettan avec une œillade. Vous paraissez si jeune, avec cette barbe.

— Vous trouvez ? bredouilla-t-il en rougissant jusqu'aux oreilles.

Il passa la main sur les poils de sa barbe tout juste teinte et se mit à rire sans plus pouvoir s'arrêter. C'est fou comme on peut se sentir bien dans son corps au moment où on s'y attend le moins.

31

Les semaines passèrent, et le jour de l'inauguration approchait à grands pas. Tous attendaient, en vain, que Stina les informe des détails. Ouvrir un nouveau restaurant était une affaire si sérieuse, selon elle, qu'il valait mieux qu'une seule personne soit aux commandes.

Pour calmer l'impatience des uns et des autres, Märtha leur rappela que ce restaurant avait été, dès le départ, le projet de Stina, et qu'ils ne devaient pas trop s'en mêler. Ceux qui ont des responsabilités supportent mal les critiques – elle était bien placée pour le savoir –, et Stina avait une grande expérience dans la restauration. Quand elle était femme au foyer, elle avait appris tout ce qui se sert dans les grands dîners. Il est vrai qu'elle avait eu du personnel à sa disposition, dans son appartement d'Östermalm, mais elle connaissait encore par cœur les menus les plus appréciés.

« Nous servirons à nos hôtes des produits bio de grande qualité, sans pour autant verser dans le fanatisme, avait-elle annoncé quand ils avaient discuté du menu ; elle savait bien qu'elle devait y aller à petits pas.

— Ouf, on échappe au fanatisme, tant mieux »,
avait dit le Râteau en prenant une chique.

Stina avait ensuite sorti des recettes d'une chemise
en plastique et leur avait présenté différents plats, tous
bons pour la santé, avec beaucoup de verdure. Elle
n'avait prévu que des menus végétariens, des assiettes
diététiques et de la nourriture obéissant au régime
paléolithique. En gros, il ne s'agissait que de salades.

« Mais ce n'est pas une serre, ici ! avait fulminé
le Râteau. Un restaurant, ce n'est pas pour que les
clients y meurent de faim.

— Ces régimes d'amaigrissement à base d'algues
et de lentilles sont très bien, chère Stina, mais il faut
que les gens aient aussi autre chose à se mettre sous
la dent ! avait renchéri Märtha avec un petit rire forcé,
consciente d'avoir laissé trop de champ libre à son
amie.

— Non ! Cinq jours dans la semaine, nous mange-
rons vegan et végétarien, avait martelé Stina. Pensez
un peu à ces pauvres animaux et aux mauvais traite-
ments qu'on leur fait subir.

— Mais il y a des poules qui courent en liberté…
avait objecté Märtha.

— Et aussi des bœufs, avait marmonné le Râteau.

— Des produits bio et des légumes, c'est bien,
Stina, mais nous devons aussi manger du poisson et
de la viande, avait enchaîné Anna-Greta d'un ton qui
n'admettait pas de contestation. Alors maintenant, on
va décider ensemble des menus ! »

Stina protesta d'abord, mais ils finirent par engager
un cuisinier réputé et convinrent du menu « Super
nourriture ». Tous complimentèrent le chef (sauf le
Génie, jaloux de le voir de temps en temps pincer les

fesses de Bettan), et ils concoctèrent une carte composée de vingt-deux plats avec salades, légumes, fruits et fruits à coques, baies et hamburgers végétariens. Cependant, le problème n'était pas résolu pour autant : Stina avait décidé d'appliquer la même philosophie à la décoration intérieure qu'à la cuisine.

Pendant un week-end où ils étaient censés se reposer, elle était venue en douce à la péniche avec Anders et Emma, et quand ses amis arrivèrent, le lundi matin, la péniche était méconnaissable.

Toute la décoration était dans les tons verts. Stina avait déjà déclaré que les murs devraient respirer l'écologie, et voilà qu'elle avait mis ses propos à exécution. En cachette, elle avait peint une série d'aquarelles dans différentes nuances de vert, les avait gaiement accrochées, et du plafond pendaient des lampes ayant la forme de feuilles démesurées. Stina n'y était pas allée avec le dos de la cuillère : le restaurant ressemblait à une jungle presque impénétrable. Stupéfaits, Märtha et ses amis s'étaient promenés au milieu du feuillage en contemplant sa création. Des nappes brillantes à motif de tournesols couvraient les tables, l'assise des sièges imitait la mousse verte, et des sentiers quasi forestiers serpentaient entre les tables. Pour que l'illusion soit parfaite, des haut-parleurs diffusaient des chants d'oiseaux.

— Le végétal donne une vraie sensation de printemps, dit Märtha en voulant se montrer positive.

— Oui ! Il faut que nous ayons différentes sortes d'oiseaux, pépia aussitôt Stina. Des perruches le lundi, des mésanges bleues le mardi, des mouettes le mercredi et des mésanges charbonnières le jeudi.

Nous pourrions avoir des pinsons le vendredi, des piverts le samedi et…

C'en fut trop pour Anna-Greta.

— Pas question d'avoir une volière tous les jours ! Sans deux jours de silence par semaine, je me retire tout de suite de ce projet !

Tous sursautèrent, peu habitués à ce qu'Anna-Greta s'emporte ainsi. Stina en fut si effrayée qu'elle accepta de revoir ses exigences à la baisse : il n'y aurait pas d'oiseaux le week-end (même si elle avait prévu pour l'inauguration une présentation de toute la faune ornithologique en Suède ; elle s'était bien gardée d'en avertir ses amis).

Quoi qu'on pense des chants d'oiseaux dans un restaurant, cette idée était dans la droite ligne de la décoration intérieure : un bois de sapins et de feuillus, avec des alcôves un peu romantiques tapissées de miroirs du sol au plafond, prolongeant la sensation d'être dans une véritable forêt. Des troncs d'arbres avaient été disposés entre les tables où, ici et là, surgissait un buisson. Un blaireau, un renard et un chevreuil pointaient leurs museaux là où l'on s'y attendait le moins, et un écureuil aux aguets ou un pivert perché sur une branche surplombaient les tables. Quant au loup, Stina l'avait installé dans le carré VIP ; dans l'entrée, elle avait disposé un petit bar à shots, pour que les clients, à peine le pied posé sur la péniche, prennent tout de suite un petit remontant.

— C'est pour faire entrer les gens plus vite ? demanda le Râteau.

— Bien sûr, répondit Stina avec un sourire en continuant à leur faire la visite. C'est exotique, vous ne trouvez pas ? ajouta-t-elle.

Son visage irradiait tellement de bonheur que personne n'eut le cœur de lui dire le fond de sa pensée.

— Nous pourrions baptiser le restaurant « Vive le végétal », suggéra le Râteau pour avoir l'air d'abonder dans son sens.

— Voyons, mon ami, nous devons trouver quelque chose de plus tendance. J'y ai longtemps réfléchi. Que diriez-vous de « SilverPunk » ?

Il y eut un silence de mort. « SilverPunk » ?

— Mais c'est un restaurant pour personnes âgées, objecta le Génie.

— Punk ? Est-ce qu'on n'est pas plutôt passé au hip-dop, aujourd'hui ? fit remarquer Anna-Greta.

— Au hip-hop, tu veux dire ? rectifia le Râteau. Non, je trouve que le restaurant devrait s'appeler « SilverSailors ». N'oublions pas que ce bateau a navigué, autrefois.

— C'est possible, mais ce lieu sera comme un bar à cocktails où se mélangeront toutes sortes de gens, des cheveux argentés et des coiffures punk. Alors « SilverPunk » est parfait, expliqua Stina. Ce restaurant permettra à différentes générations de se rencontrer.

Au début, ils avaient pensé appeler le restaurant « Pancho », mais Stina avait raison : ce serait bien aussi avec des clients plus jeunes. Ils firent un dernier tour d'inspection. Märtha essayait de déplacer son déambulateur sur les sentiers qui serpentaient entre les arbres, tout en se posant des questions sur les alcôves romantiques, dans les coins. N'étaient-elles pas un peu trop romantiques, justement ? Cachés derrière toute cette végétation, les gens se laisseraient peut-être aller à des comportements inconvenants… Elle allait faire une remarque à ce sujet quand Stina pointa le doigt vers la table prévue pour le speed dating.

— Il y a douze sièges, et on pourra bien voir le visage des uns et des autres pour flirter. En plus, il y a assez d'espace autour de la table pour se déplacer si on a une touche avec quelqu'un. Ici, pas de musique qui dérange : on doit pouvoir se parler. Vous comprenez, ça peut être assez animé.

— Je n'en doute pas une seconde, dit le Râteau.

— Et qui fera le service ? Bettan ? s'enquit le Génie avec une indifférence feinte.

Märtha lui jeta un regard soupçonneux.

— Oh, on verra ça plus tard, répondit Stina.

Stina leur fit signe d'approcher de la table de speed dating, qui bénéficiait d'un éclairage chaleureux et doux. Elle y étala des cartons d'invitation peints à la main pour qu'ils puissent les admirer.

— Je pense inviter des personnalités du monde de l'économie, des artistes, des acteurs, des écrivains et bien entendu des rappeurs venant des banlieues. Rien que des gens qui comptent dans leur domaine et qui ont des relations. Alors on aura aussi de la presse, et l'endroit deviendra à la mode.

— Attends, objecta le Génie. Tu crois que c'est intelligent de faire venir la presse alors qu'on est recherchés par la police ? Il faut d'abord tester la cuisine et vérifier que tout fonctionne. La cuisinière et la machine à café peuvent se casser, le cuisinier peut mettre trop de sel dans la nourriture. Mieux vaut faire des essais avant d'inviter le gratin.

— Et avant d'ouvrir les portes à tout le monde, nous devons aussi goûter chaque plat de la carte et vérifier que le personnel en cuisine et en salle est sur la même longueur d'onde, déclara Anna-Greta.

— Absolument, renchérit le Génie, ravi à l'idée d'avoir plusieurs occasions d'aller en cuisine pour discuter nourriture et appareils culinaires avec Bettan.

Stina s'inquiéta :

— Mais alors, comment ferons-nous venir les gens jusqu'ici ?

— Je sais : la tombola et le personnel de soins. Nous avons leurs adresses, dit Märtha en pensant à tous ces gens qui, à domicile ou à l'hôpital, aidaient ceux qui souffraient. Nous allons les inviter à des soirées gratuites sous prétexte de tester la nourriture, et nous leur filerons leurs premiers bonus en cash quand ils repartiront. Ça réglera le problème de la distribution d'argent.

— Bonne idée ! dirent-ils tous en chœur.

Le lendemain, le gang des dentiers envoya des invitations à plus de cent personnes de la liste, non sans une certaine nervosité. Pour la première fois, leurs aptitudes d'entrepreneurs étaient mises à l'épreuve. S'ils réussissaient à faire marcher un restaurant, ils pourraient alors étendre leurs activités et envisager toute une Vintageville.

— Le restaurant SilverPunk sera déterminant pour notre avenir, décréta Märtha.

— Hum, murmurèrent-ils tous en hochant la tête, l'air grave.

32

On avait déroulé le tapis rouge, allumé les bougies parfumées (aux senteurs de forêt) et, de chaque côté de la passerelle, disposé de grands pots de fleurs. Une enseigne au néon portant le nom RESTAURANT SILVERPUNK brillait sur le toit, annonçant qu'ici on n'allait pas s'ennuyer. De la fumée s'échappait de la cheminée, et une douce lumière verdâtre brillait derrière les fenêtres. Les amis s'étaient mis sur leur trente et un pour accueillir les invités. En robe longue et veste en fourrure, Märtha faisait les cent pas sur le pont arrière en ne cessant de surveiller le quai. Les mains derrière le dos, le Râteau, en blouson de cuir noir, pantalon noir, chemise à jabot rouge et foulard autour du cou, jetait des regards à la dérobée pour voir s'il n'arrivait pas de jeunes filles. Et le Génie, dans un complet veston un peu élimé des années 1950, fouillait dans ses poches à la recherche d'un tournevis. Quelque chose pouvait toujours tomber en panne au dernier moment, alors autant parer à toute éventualité. Anna-Greta arborait un large chapeau à voilette et tanguait sur de hauts talons, menaçant à tout instant de se casser la figure.

— Attention à ne pas te fracturer le col du fémur ! cria Märtha.

Anna-Greta saisit la canne que le Génie avait posée là, puis tourna si vite sur ses talons que ceux-ci creusèrent deux profonds trous dans le tapis rouge. Puis elle se souvint des exercices de yoga.

— Ne t'inquiète pas, Märtha, depuis que je fais du yoga avec Stina, j'ai plus le sens de l'équilibre, dit-elle sans regarder devant elle.

Arriva ce qui devait arriver : elle trébucha et tomba dans un pot de fleurs. Quand elle se releva, les fleurs avaient l'air un peu aplaties, mais elle redressa fièrement la tête :

— Bien fait pour moi, j'ai séché le cours de yoga de ce matin !

Stina, dans un élégant tailleur jaune, un châle autour des épaules, les ongles vernis de rouge, était incapable de rester en place. Excitée comme une puce, elle courait partout sur le bateau. Au bout d'un moment, ils entendirent un bruit de moteur.

— Vous avez vu la voiture, là-bas ? Ce sont les premiers invités qui arrivent, dit-elle d'une voix suraiguë en pointant du doigt une Volvo bleue qui se dirigeait vers eux.

Elle était dans un tel état d'excitation que Märtha avait hésité, le matin, à lui donner un calmant. Mais elle s'était souvenue que son amie était contre les cachets, et lui avait donc servi un verre de jus de carottes. Stina aurait bien eu besoin d'un coup de liqueur de baies arctiques pour calmer ses nerfs.

— J'ai décidé qu'à l'avenir nous n'aurions plus autant de fleurs dans l'entrée et que nous donnerions plutôt l'argent ainsi économisé à Médecins sans frontières, déclara Stina en désignant les pots. Les fleurs des posters ou des tableaux suffiront.

— Nous discuterons de ça plus tard, dit le Râteau qui, expert en jardinage, adorait les fleurs. Arroser des tableaux, ça ne fait pas très intelligent, ajouta-t-il en tripotant son foulard.

— Et comment ça va en cuisine, Stina ? demanda Märtha, qui avait jusqu'alors fait de son mieux pour ne pas mettre son nez là-dedans.

Les odeurs bizarres qui en montaient l'inquiétaient. Avant que Stina ait pu répondre, un bruit résonna dans l'escalier, et Olof, le cuisinier, surgit. Grassouillet et trapu, il avait le visage rougeaud et le cheveu rare. Pendant quarante ans, il avait travaillé dans la restauration et, fraîchement retraité, avait accepté ce travail pour ne pas quitter sa branche. Furieux, il brandit la carte du menu.

— Mais c'est quoi, ça ? Des lentilles et des flocons de pommes de terre ? Je croyais qu'on allait servir aux gens quelque chose de bon, moi ! Vous avez l'intention de leur interdire de goûter à de bons plats ou quoi ?

— Non, c'est un menu détox, vous comprenez… commença Stina qui s'interrompit aussitôt.

— C'est marqué ici que les clients n'ont le droit de boire ni café ni alcool, et que sucre, poisson, viande, volaille et plats cuisinés sont proscrits. Ça veut dire quoi, bordel ? s'emporta Olof qui jeta le menu par terre et le piétina avant d'arracher son tablier. Si c'est ça, trouvez-vous quelqu'un d'autre !

— Voyons, du calme ! Ça doit être un petit malentendu, dit Märtha. Ici, nous allons manger de la bonne, de la délicieuse nourriture !

— Comment ça, un malentendu ? Pour toi, la santé, c'est un malentendu ? protesta Stina. Ici, nous n'aurons que des produits bio.

— On ne va quand même pas manger de ces machins bizarres ultratendance, genre algues et bouillie de lentilles ? s'inquiéta le Génie. Moi, je veux du chou farci.

— Pas d'affolement ! Ce menu-ci correspond à une de nos soirées spéciales, pour ceux qui veulent essayer quelque chose de nouveau ou qui font un régime, le rassura Stina. Aujourd'hui, c'est différent.

— Dieu soit loué, murmura Märtha dont les battements de cœur redevinrent normaux.

— J'ai une idée. Pourquoi ne pas demander 1 000 couronnes pour une soupe de lentilles ? lança Anna-Greta en agitant sa canne. Moins il y aura à manger, plus nous demanderons cher. Vous me suivez ? C'est génial comme concept financier, et les clients perdront du poids par-dessus le marché !

— Le restaurant La Peau sur les os. Bravo ! s'écria le Râteau.

— Vous êtes vraiment une bande de cinglés, dit le cuisinier. La nourriture, c'est fait pour être mangé, il faut que ça soit bon et que ça nourrisse son homme, grogna-t-il. Et pour vos foutues soirées détox, vous vous débrouillerez sans moi, je vous le dis tout de suite.

— Mais Olof, voyons, dit Stina. J'ai dit que nous servirons de la nourriture qui satisferait tous les goûts.

— Mais ces trucs-là, ça n'a aucun goût ! C'est de la pisse de cheval, merde ! Et c'est quoi, ces graines d'oiseaux que j'ai trouvées dans la cuisine ?

— Pas la peine de se mettre dans un état pareil.

Les graines de sésame sont bonnes pour la… protesta Stina qui n'osa pas aller au bout de sa phrase.

— Votre bouffe de moineaux, vous pouvez vous la garder. Ce soir, j'ai préparé de la vraie nourriture. Les clients auront le choix entre des lasagnes en croûte de pignons de pin, du sandre grillé, du faux-filet aux oignons et des boulettes de viande servies avec de la purée. Il faut faire les choses bien !

— Des boulettes de viande ? Alléluia ! s'écria le Râteau, soulagé.

Même Märtha respira mieux. Elle s'était retenue d'aller voir ce qui se passait en cuisine – qu'il était difficile de déléguer ! Mais le Génie s'était proposé d'y jeter un coup d'œil plusieurs fois dans la journée et avait paru très satisfait, affirmant que la situation était sous contrôle.

Olof remit sa toque.

— Bon, je ferais mieux de retourner à mes casse-roles, dit-il en s'engouffrant dans l'escalier.

Märtha le vit s'éloigner. Ouvrir un restaurant était plus compliqué qu'elle ne l'avait cru. Licence d'exploitation, personnel, nourriture, livraisons, gestion des clients. Mon Dieu ! Quelle idée de se lancer là-dedans ! Mais il était trop tard pour faire marche arrière. Les invités arrivaient déjà.

L'un après l'autre, ils montèrent à bord, se débarrassèrent de leurs manteaux au vestiaire et furent conduits à leur table par le Râteau en parfait serveur. Au soulagement de Märtha, l'improbable décor sylvestre conçu par Stina semblait fonctionner. Les clients empruntaient les chemins sinueux sans s'accrocher aux buissons ni se prendre les pieds dans les troncs d'arbres. Certains jetèrent des regards surpris sur la table où trônait un grand panneau SPEED DATING, vers le carré VIP rehaussé sur une estrade, ou encore vers la scène où une pancarte manuscrite annonçait KARAOKÉ AVEC KNORR. Tous paraissaient enchantés d'être là : jamais ils n'avaient rien vu de tel. Une fois que tout le monde fut installé, Märtha prit la parole :

— Bienvenue dans notre restaurant SilverPunk ! Il est destiné à nous autres, les personnes d'un certain âge, qui n'avons pas tellement de lieux de rencontre, mais reste ouvert à tous. Comme son nom l'indique, la jeunesse est aussi la bienvenue. Nous espérons que cela permettra à différentes générations d'apprendre à se connaître.

Un murmure d'approbation parcourut l'assemblée, agrémenté de quelques coups de cannes sur le sol. Märtha se dirigea ensuite vers la table du speed dating et encouragea les veuves et les veufs, mais aussi les célibataires dans leur ensemble, à s'asseoir là. Ensuite, elle leur parla de la tombola et brandit un sac en papier vert doté d'un cœur rouge. Chacun de ceux qui avaient reçu une invitation personnelle par e-mail repartirait avec un de ces *goodie-bags*, annonça-t-elle. Puis elle appela le Génie, le Râteau, Stina et Anna-Greta à venir sur scène, les mit en rang et leva la main comme un chef d'orchestre. Et ses amis d'entonner *Bienvenue, joli mois de mai* pour mettre une bonne ambiance. Certes, ce n'était pas la bonne saison, mais cette chanson sonnait bien à plusieurs voix, et le terme « bienvenue » y était maintes fois répété.

À la fin, Märtha laissa la parole au maître d'hôtel, Stina, qui décrivit le menu et coupa de manière solennelle un ruban vert fixé symboliquement entre deux chaises, près de la cuisine. Ensuite, le cuisinier et le personnel en salle se présentèrent, sous les applaudissements. Quand Bettan, la serveuse rousse, fit son entrée, le Génie ne put retenir un large sourire qui n'échappa pas à Märtha. Son regard alla de l'un à l'autre, et elle plissa le front.

Après cette présentation, la soirée d'inauguration pouvait commencer. Le Râteau et les autres distribuèrent les menus, les clients commandèrent, et bientôt les conversations allèrent bon train. Märtha passait de table en table pour voir si tout se déroulait bien. Tout était comme dans un vrai restaurant, sauf que celui-ci leur appartenait. Elle se sentit envahie par une immense fierté : elle ne se contentait pas de faire de beaux discours, elle pouvait aussi transformer ses rêves en réalité. Si elle continuait sur cette lancée, sa Vintageville verrait peut-être le jour. Mais encore faudrait-il que le restaurant dégage des marges bénéficiaires : l'argent du braquage ne leur permettrait pas de tenir longtemps. L'aménagement de la péniche par Stina avait coûté une fortune, sans compter les salaires du personnel – pas question de les payer au noir.

De plus, Vesslan avait augmenté le loyer. Quand ils s'étaient décidés pour la péniche, ils n'avaient, dans leur enthousiasme, pas épluché le contrat. Avec l'aménagement de la cuisine, l'eau et l'électricité, le loyer était devenu 30 % plus cher que sur le contrat et, passé le 1er janvier, le propriétaire avait même demandé le double.

Märtha comprit que Vesslan n'était pas fiable et pouvait augmenter le loyer comme bon lui semblait. Il aurait donc été plus judicieux d'acheter le bateau. En compagnie d'Anna-Greta, elle était allée consulter le registre naval suédois pour se faire une idée du prix d'une telle embarcation, et en avait ensuite proposé un prix convenable. Elle avait alors fait une curieuse découverte : la péniche A39T n'était pas du tout la propriété de Vesslan, mais celle de la ville de Stockholm. Cet homme s'était donc permis de louer ce qui appartenait à la municipalité et avait encaissé l'argent, pendant qu'eux, les locataires, risquaient à tout moment de se faire virer ! Ce dernier point l'avait décidée à agir.

En poussant son déambulateur, Märtha s'était rendue à l'administration de Stockholm pour se porter acquéreuse de la péniche. Elle prétendit vouloir placer sa fortune dans un restaurant bio, le SilverPunk, et elle promit, si la péniche devait couler, de ne pas laisser l'épave sur place. L'employé des services administratifs, qui avait longtemps eu des problèmes avec de vieux bateaux sombrant près des quais, avait appuyé de son mieux la requête de la vieille dame et, peu de temps après, Märtha était devenue la propriétaire légale de la péniche.

Mais Vesslan et son comparse étaient venus les menacer. À mots couverts, ils avaient exposé ce qui arrivait à ceux qui ne payaient pas.

Märtha tenta de chasser le malaise qu'elle avait ressenti. Ce n'était pas le moment de ruminer ça. Ce soir, priorité à la fête.

33

Stina fut d'excellente humeur pendant toute la soirée. Si Olof, le cuisinier, était un peu difficile et pinçait trop souvent les fesses de Bettan, ses plats étaient délicieux et les clients semblaient ravis. Dans sa tenue jaune, Stina passait gracieusement entre les tables et veillait à ce que tout le monde se sente bien ; au fil des heures, elle en oublia qu'elle était en fait dans une de ses semaines d'abstinence. Quand Olof sortit une bouteille de champagne et en versa une coupe au personnel, elle en prit vite une pour trinquer. Elle adorait cette boisson claire et pétillante, et un soir comme celui-là se devait d'être fêté. Après un verre, elle eut l'idée d'offrir le champagne à tous les clients, et, après deux verres, il lui sembla qu'il était de son devoir de trinquer avec tous les clients.

Des seaux à champagne firent leur apparition et Stina, rayonnante, une flûte à la main, se mit à réciter des dictons. Elle enchaînait les maximes, dont elle avait une réserve inépuisable.

— « Si tu veux quelque chose que tu n'as jamais eu, fais quelque chose que tu n'as jamais fait » ; « Ne rien faire, c'est aussi faire quelque chose », déclamait-elle avec un petit rire en déambulant parmi les convives.

Elle se déplaçait de l'avant vers l'arrière du bateau ; à mi-parcours, elle confondit Fröding et Karlfeldt, Runeberg et Tegnér, et cita Elsa Beskow[1] au lieu de Strindberg. Puis elle entonna très fort *Mors lilla Olle*[2] car le texte « Le petit Olle à sa maman se promenait en forêt » convenait bien au thème de sa décoration intérieure. Puis elle trinqua encore, de plus en plus gaie.

Arrivée au milieu de la péniche, elle se rendit compte qu'elle avait oublié de brancher les enceintes. Elle prit discrètement la main du Génie, l'entraîna vers la sonorisation, au bar, et lui donna la liste des chants d'oiseaux qu'elle avait préparés. Il n'avait pas trop l'habitude des fichiers audio ni du streaming, mais après quelques essais, le chant de la mésange bleue remplit le salon, et Stina ferma les yeux, prise de l'illusion d'être en pleine forêt. Tout se passa bien jusqu'à ce que le Génie diffuse le cri rauque d'accouplement de mouettes ; il leur fallut un moment avant de comprendre de quoi il s'agissait. Par chance, la plupart des vrais oiseaux étaient plus au sud, voire en Afrique du Sud, sinon le restaurant aurait peut-être terminé en paradis pour volatiles en chaleur.

— Ah, le Génie, tu es formidable, dit Stina en levant sa coupe de champagne quand ce dernier lança un autre fichier audio. À ta santé !

---

1. Parmi toutes ces confusions, celle-ci est la plus drôle, puisque Elsa Beskow est un célèbre auteur pour enfants.
2. Chanson enfantine datant de 1895 où le petit Olle laisse un ours manger les baies de son panier et ne comprend pas que sa maman crie et chasse son nouvel ami.

Même Märtha se baladait parmi les clients, avec un verre de boisson pétillante sans alcool, et faisait tout pour maintenir l'ambiance à son maximum. Une dame élégante en robe à fleurs et chapeau blanc s'était assise dans une des alcôves en compagnie d'une femme plus jeune. Elle devait avoir dans les quatre-vingt-dix ans, et ses mains tremblaient, ce qui obligeait la jeune femme à lui couper sa nourriture.

— Bienvenue, dit Märtha.

— Merci, dit la dame. Comme c'est intéressant, ici !

Elle désigna un renard qui, sur sa gauche, avançait la tête derrière un tronc d'arbre. L'animal décharné avait un nœud rose autour du cou, ce qui lui donnait un air bizarre. Märtha s'en retrouva bouche bée. Si elle s'en était aperçue avant, elle aurait au moins enlevé le nœud.

— Stina, notre maître d'hôtel, adore la décoration, et nous lui avons laissé carte blanche. Elle avait envie de faire quelque chose qui sorte de l'ordinaire, expliqua Märtha. Les animaux nous apprennent beaucoup de choses sur la nature… Mais l'idée est de changer de temps en temps la décoration.

— C'est magnifique, vraiment, dit la dame. Mais je ne crois pas que je pourrai venir souvent, les aides à domicile ne nous laissent plus sortir.

— Comment ça ?

— La commune et les institutions privées ont des restrictions budgétaires, alors sans l'aide de ma fille qui vient parfois me voir, je ne pourrais jamais sortir de l'appartement. Mais Anne-Marie est adorable, et comme elle est infirmière, elle sait se mettre à notre place, nous autres, personnes âgées.

Sa fille hocha la tête, sourit à Märtha et coupa les lasagnes de sa mère en petites portions. Cette dernière semblait être atteinte de la maladie de Parkinson. Après avoir mangé, elle s'essuya la bouche de sa serviette verte et reprit :

— C'est assez terrible, à présent. Les administrateurs des services d'aide à domicile ont établi un modèle de calcul du temps à consacrer à chaque personne. Et cela fait bien peu de minutes, vous savez.

— Un modèle de calcul ?

— Oui : l'aide à domicile dispose désormais d'une liste de tâches avec le temps correspondant pour les effectuer.

— Mais ça dépend des circonstances, objecta Märtha.

— Bien sûr ! Mais ils ont décrété le temps qu'il faut pour faire les courses, le lit, passer l'aspirateur, doucher la personne, l'habiller, l'aider à manger, etc. Ces imbéciles ont encore réduit ce temps à une peau de chagrin, dit la vieille dame en serrant le poing. Tout ça pour économiser de l'argent. Par exemple, je n'ai droit qu'à cinq minutes par semaine pour enfiler mes vêtements.

Le sang de Märtha ne fit qu'un tour. Cinq minutes ? Ils tentaient donc par tous les moyens de faire des économies sur le dos des personnes âgées qui avaient besoin de soins ? Était-ce même légal ? Les municipalités essayaient-elles de faire des affaires comme n'importe quelle entreprise privée ?

— Ils sont devenus fous ?

— Fous, exactement ! Je n'ai plus droit qu'à une douche d'un quart d'heure par semaine. Qui sont les débauchés qui décident ça ? Pareil pour manger.

Ça ne doit pas excéder dix minutes. Il faut pourtant bien qu'on ait le temps de mâcher !

Märtha s'appuya contre le bord de la table. Elle avait beau savoir que ce genre de consignes existait, elle s'indignait chaque fois qu'elle entendait un témoignage en faisant état. À quoi ressemblaient les gens qui imposaient de telles règles ? Des capitalistes purs et durs prêts à faire sombrer le monde pour gagner des sommes qu'ils placeraient dans des sociétés offshore ? Et ce au sein même des municipalités ?

— Vous savez, les bureaucrates qui décident ça n'ont aucune idée de ce qu'est la vieillesse. Ils ont calculé que nous avons seulement besoin de cinq minutes aux toilettes, alors que c'est le temps qu'il nous faut rien que pour nous déshabiller. Ils s'imaginent que nos braguettes s'ouvrent et se ferment avec une télécommande ? enchaîna la femme en soupirant. Vous savez ce qui me fait tellement de peine ? Ce sont les auxiliaires de vie : elles aimeraient nous aider davantage, mais n'en ont pas le droit. Si elles restent avec nous plus longtemps que ce qui est indiqué sur leur planning, elles se font réprimander.

— Vous voulez dire qu'on leur reproche de faire preuve de gentillesse et de prévenance à votre égard ? dit Märtha, blême, le souffle court.

— Que vous arrive-t-il ? s'inquiéta la vieille dame.

— Oh, ce n'est rien. Juste une baisse de tension, répondit Märtha en se laissant tomber sur une chaise.

Elle était au bord des larmes. La société actuelle allait droit dans le mur. Les dirigeants semblaient avoir perdu tout contact avec la réalité. Braquer des banques pour pallier des injustices ne suffisait pas, il fallait repenser les fondements de cette société contemporaine. Où était l'individu, dans tout cela ? Les municipalités faisaient des affaires, les directeurs ne pensaient qu'à leurs bénéfices. Avaient-ils oublié que leurs décisions affectaient la vie d'êtres humains ? Märtha ouvrit son sac banane pour en sortir son inhalateur. Elle attendit d'avoir retrouvé son souffle pour se lever.

— Vous savez, une aide à domicile gagne en un mois ce qu'un entrepreneur gagne en une heure, ajouta-t-elle. En une heure !

— Je le sais, soupira la vieille dame.

— On a le sentiment que beaucoup de directeurs d'entreprise et d'hommes politiques ont perdu tout sens des réalités. Pour eux, tout est une question d'affaires, de cas, et non d'êtres humains. Ça ne peut pas continuer comme ça. C'est précisément ce que j'essaie de changer !

— Ça recommence, tu veux encore changer la société, râla le Râteau qui passait à ce moment-là. Bonne chance !

Märtha l'ignora et se retourna vers la femme et sa fille.

— Ce soir, c'est le restaurant qui vous invite. Et quand vous partirez, n'oubliez pas le *goodie-bag* près de la sortie. C'est un petit cadeau que vous ouvrirez une fois chez vous, dit-elle en remplissant leurs verres de champagne. Allez, à votre santé, et soyez les bienvenues !

Elle continua ainsi de table en table, veillant au bien-être de chacun. Comme les gens louaient la cuisine et se sentaient bien, elle se détendit, à peine contrariée par les drôles de chants d'oiseaux. Stina avait ses idées bien à elle, mais la cuisine et la décoration intérieure remportaient un franc succès. Elle finirait par s'habituer aux cris des cigognes ou autres oiseaux dont elle ignorait tout. Elle se dirigea vers le vestiaire, en nage et épuisée. Il lui fallait un peu d'air frais pour tenir le coup le reste de la soirée. Mais une fois arrivée, elle s'arrêta net : il y avait là un homme qu'elle n'avait encore jamais vu, une véritable armoire à glace. Il portait un blouson en cuir, les cheveux presque tondus, et il lui décocha un regard noir qui l'effraya. Elle allait le prier de s'éloigner quand elle sentit une main sur son épaule.

— Il faut que vous fassiez la connaissance de Kenta, mon camarade, dit Vesslan. C'est lui qui s'occupe du vestiaire. Alors, il y aura des frais de vestiaire…

Märtha écarquilla les yeux. Elle savait que la mafia et les gangs de motards rackettaient les restaurants en confisquant les revenus des vestiaires payants. Mais ici ? Quand il n'y avait que des retraités sur une péniche ? Elle vit rouge :

— Toi, espèce de salsifis, prends tes cliques et tes claques et dégage !

Sur ce, elle détacha son sac banane, le fit tournoyer une fois autour de sa tête et l'envoya avec une force terrible en plein dans les bijoux de famille de Kenta.

34

Les clients étaient partis, et le gang des dentiers s'installa dans la camionnette pour rentrer à Djursholm. Märtha mit la clé de contact et allait démarrer quand Stina lui tapota dans le dos.

— Tu crois vraiment que c'était la mafia ? demanda-t-elle en jetant un regard angoissé par la vitre arrière pour vérifier qu'il n'y avait personne.

Elle était morte de fatigue et son mascara avait coulé. La soirée s'était déroulée au-delà de ses espérances, la cuisine avait été à la hauteur et le service aussi. Son bonheur aurait été sans bornes sans ce type qui réclamait de l'argent pour le vestiaire. Cela avait gâché toute la soirée.

— La mafia ? Ça m'en a tout l'air, malheureusement, répondit Märtha. Faut se méfier de ces types-là. D'abord ils nous louent la péniche sans qu'elle leur appartienne, et maintenant ils reviennent à la charge et exigent l'argent du vestiaire. Je ne pensais pas que la mafia s'intéresserait à nous, des retraités. Se faire de l'argent en rackettant des vieux !

— Mais c'est ce que tout le monde fait ! fit remarquer Stina d'une voix stridente. T'as qu'à voir les banques et les prêts qu'ils veulent nous faire contracter, nous qui n'y connaissons rien.

— Hein ? Quoi ? s'enquit le Génie qui ne suivait pas ce qui se passait dans le monde bancaire.

— Les banques encouragent les vieux à hypothéquer leur appartement ou leur maison. Pour mieux profiter de la vie, comme dit la publicité. Mais au bout de dix ans, il faut rembourser le prêt, et le taux est si élevé que l'emprunteur n'en a pas les moyens. Il se trouve obligé de vendre sa maison, et il se retrouve SDF, expliqua Märtha.

— Mais c'est de l'escroquerie ! s'écria le Génie.

— Oui, ce que fait la mafia est, en un sens, plus honnête. Avec eux, on sait au moins à quoi s'attendre, dit le Râteau.

— C'est vrai, dit Stina. Mais Märtha, pourquoi avoir traité le mafieux de « salsifis » ?

— Ça m'est venu comme ça ; avec toute la verdure sur la péniche, je n'avais que les légumes à l'esprit.

— Et ton sac banane ? C'était vraiment nécessaire de lui en donner un coup dans les parties ? demanda le Génie.

— J'étais furax ! Ils volent l'argent que nous voulons donner aux pauvres et s'achètent des bracelets en or et des Mercedes. Si eux aussi redistribuaient autour d'eux… Mais ils se moquent bien des autres.

— Il n'a pas voulu frapper une vieille dame, murmura le Génie.

Cela les fit sourire : encore une fois, leur grand âge leur avait permis de se sortir d'une situation délicate.

— Mais je crains qu'il ne revienne, dit Stina.

— Nous avons déjà eu affaire à la mafia, et

jusqu'ici, nous avons toujours réussi à nous en tirer. Le tout est de savoir s'y prendre, répondit Märtha.

— À ta manière ? Alors les gars, attention au sac banane ! lâcha le Râteau en ricanant.

Une certaine gaieté revint sur leurs visages.

— Nous allons continuer avec le restaurant comme prévu et nous prendrons la décision dans un mois ou deux, déclara Märtha. D'autres restaurants ont survécu à la pression de la mafia, alors pourquoi pas nous ?

Il y eut un long silence, le temps pour chacun de réfléchir à ce qu'elle venait de dire. Puis Märtha enclencha la première, desserra le frein à main et roula en direction du pont d'Ekedal puis de Solna. Un quart d'heure plus tard, elle freina devant leur villa de Djursholm. En cette saison, le jardin du voisin paraissait bien triste : les plantes en pot étaient fanées, les buissons non taillés avaient poussé n'importe comment. Visiblement, personne ne s'en occupait. Et toujours pas de trace de Bielke.

— Dites, un camion-poubelle dans le béton chez le voisin et la mafia dans notre restaurant… Au moins, on ne s'ennuie pas, dit Anna-Greta en éclatant d'un rire communicatif.

Tous, malgré la fatigue, l'imitèrent de bon cœur ; ils décidèrent de prendre encore un verre avant d'aller au lit. Mais comme ils avaient bu assez de champagne, ils se rabattirent sur de l'eau glacée pétillante, avec des tartines de pain croustillant à la crème d'œufs de poisson. Ils étaient si épuisés qu'à cet instant, à cet instant seulement, ils se sentaient capables d'avaler n'importe quoi. Même une boisson sans alcool.

Le restaurant SilverPunk fut ouvert tous les jours de la semaine sauf le lundi. Certains se plaignirent de l'absence de grosses et grasses entrecôtes, d'autres burent parfois un peu trop, et le cuisinier continuait de pincer les fesses de Bettan, mais à part ça, tout se passait étonnamment bien. L'idée d'offrir un repas gratuit aux gagnants de la tombola s'était révélée bonne, puisque ces derniers recommandaient ensuite l'endroit à leurs proches et amis. Les 1 000 couronnes qu'ils avaient découvertes dans leurs *goodie-bags* à la sortie avaient aussi eu l'effet escompté. Le SilverPunk était toujours complet, et le week-end les gens faisaient même la queue sur le quai.

Mais une chose turlupinait Märtha : Vesslan était revenu. Quelques jours après que son comparse eut pris un coup de sac dans l'entrejambe, elle le revit au vestiaire. Cette fois, il désirait de l'argent, beaucoup d'argent, en échange de sa protection.

— Vous ne voulez quand même pas qu'il arrive quelque chose à votre restaurant ? lança-t-il en la regardant sans ciller.

Le cœur de Märtha s'affola, sa respiration se troubla, mais elle fit de son mieux pour n'en rien laisser paraître. Elle ne s'en ouvrit même pas au Génie. C'était elle qui avait entraîné ses amis dans cette histoire, elle se devait de savoir aussi régler ça. Alors elle dissimula son inquiétude.

Mais Vesslan ne lâcha pas l'affaire. Lui et son acolyte exigèrent d'être nommés fournisseurs du restaurant – en faux-filet d'origine non contrôlée, entre autres –, ce que Märtha refusa. Ensuite, ils réclamèrent encore plus d'argent pour le loyer, ce qui désormais n'avait plus aucun sens.

— Vous n'auriez jamais dû augmenter votre loyer, déclara Märtha en posant les mains sur les hanches. Ça nous a fortement contrariés, et du coup, nous avons acheté la péniche.

— C'est quoi, cette histoire ? Pas la peine de nous embobiner. Le loyer doit être versé au plus tard lundi prochain, sinon…

— La péniche appartenait à la ville de Stockholm, pas à vous. Nous paierons le loyer convenu jusqu'à la prise en possession effective, et ensuite, pas un centime de plus. Si ça ne vous convient pas, j'irai voir la police ! Tenez, voici la photocopie de l'acte de vente.

Märtha leur montra le contrat signé avec la ville de Stockholm, stupéfaite de son propre aplomb. Vesslan le lut, puis la regarda, bouche bée – sa chique en tomba à l'intérieur de sa chemise. Elle lui fit son plus beau sourire et lui dit d'une voix douce :

— Merci pour ces bons moments passés ensemble ; avant que nos chemins se séparent, puis-je vous offrir un peu de liqueur de baies arctiques ?

— Ce sirop pour vieilles dames ? Jamais de la vie, répondit Vesslan dont le regard s'était assombri, menaçant.

Il tourna les talons et sortit. Märtha en eut froid dans le dos.

— Que diriez-vous d'une seconde péniche pour faire deux fois plus de bénéfices ? suggéra Anna-Greta un soir qu'ils avaient dû refuser plusieurs clients par manque de place. J'ai vu que la municipalité possède d'autres bateaux à vendre, dont un qui a appartenu à l'entreprise Asfalt, ajouta-t-elle en montrant des photos imprimées depuis le site Internet de la ville.

— Ne me dis pas que nous allons réhabiliter une autre foutue péniche ! soupira le Génie.

— Pourquoi pas en tenue de camouflage… verte ? glissa le Râteau.

— Non, pas nous. Nous allons déléguer, dit Märtha. Et si nous mettons la nouvelle péniche à côté de la première pour en faire un café et un cinéma, cela fera moins de travail. Une étape de plus vers notre future Vintageville ! Nous montrerons ainsi à tous ceux qui veulent nous voir déguerpir que nous n'avons pas l'intention de nous laisser faire et que nous comptons nous établir ici pour de bon.

— S'occuper de deux péniches… Tu ne crois pas que tu es un peu trop optimiste, Märtha ? demanda le Râteau.

— Anders est toujours au chômage, ce serait l'occasion pour lui de se remettre en selle, répondit Märtha. Et Emma pourrait gérer l'autre bateau avec lui.

Même le Génie n'était pas emballé par l'idée, mais le lendemain, lors de la réunion dans la rotonde, le projet fut voté par trois voix contre deux. Le Génie et le Râteau faisaient grise mine. Encore une fois, la mafia des femmes l'avait emporté.

Ce soir-là, avant d'aller au lit, le Génie s'attarda dans la salle de bains, n'en finissant pas de se peigner et de se brosser les dents, au point que Märtha s'inquiéta.

— Tu ne vas pas bien, mon ami ? lui demanda-t-elle quand il entra dans la chambre à coucher en pyjama de flanelle froissée, la brosse à dents à la main.

— Märtha, j'ai réfléchi à une chose, dit-il en

arpentant la pièce et en agitant sa brosse à dents. Tu n'as donc aucune limite ?

— Ta brosse à dents, mon ami, fit remarquer Märtha.

— Je n'en ai rien à faire. TU N'AS DONC AUCUNE LIMITE ? Aucune limite du tout ?

— Limite ? répéta Märtha.

— Tu n'es jamais satisfaite ! Il faut toujours que tu te lances de nouveaux défis ! Tu ne pourrais pas te poser un peu et profiter de la vie ?

— Me poser un peu ? Pour quoi faire ? Pour compter les heures ?

— Pense à la méditation, par exemple. C'est bon pour les gens stressés.

— Je ne suis pas stressée.

— Oh, que si ! Bettan dit que la méditation permet de vivre dans l'instant présent. Ici et maintenant. Ça te ferait peut-être du bien ?

— Ah bon, tu tiens ça de Bettan ? Elle est si intelligente, cette poupée ! Tu sais quoi ? Je vis juste dans l'instant présent, ni demain ni hier !

— Mais la méditation, ma petite Märtha, ça aide à mieux vivre le présent !

— Je sais très bien où je me trouve. Tu le vois : je suis assise sur le bord du lit.

— Mais Märtha, il s'agit de trouver le calme intérieur, d'être apaisée !

— Rien que ça ? Tu peux parler, toi qui t'agites dans tous les sens avec ta brosse à dents alors que je suis tranquillement assise sur le lit, les mains sur les genoux, au repos.

Le Génie grogna et retourna dans la salle de bains, avec sa brosse à dents.

Quand il revint, au bout d'un moment, il se contenta de ronchonner. Il grimpa dans le lit, s'enroula dans les draps et se coucha sur le côté. Il sentait le Colgate et le gel douche.

— C'est vrai, le Génie, je pense à cette seconde péniche. Comment allons-nous la baptiser ?

— Hein ? Ne me dis pas que l'affaire est déjà conclue ? dit-il avant de gémir.

— Attends un peu ; bientôt, elle sera à quai. Plus de chiffre d'affaires veut dire plus d'argent à donner !

— Märtha ! Il y a quelques mois, je t'ai demandé ta main, mais au lieu de se marier, on a cambriolé une banque, versé du béton sur un camion-poubelle et ouvert un restaurant. Et voilà que tu veux acheter une nouvelle péniche. UNE PÉNICHE au lieu d'un mariage ! dit-il avec un soupir en prenant la main de Märtha et en secouant la tête. Ma petite Märtha, je crois que nous ferions mieux de rompre nos fiançailles.

— Mais non, voyons ! s'écria Märtha qui sentit une vague d'inquiétude lui parcourir le corps. Si c'est ce que tu ressens, je vais y réfléchir, bien sûr. (Elle lui caressa la joue.) Rien qu'une toute petite péniche ? hasarda-t-elle en croyant faire de l'humour.

Le Génie réagit par un autre gémissement et enfouit son visage dans l'oreiller. Märtha le regarda, étonnée. Il n'avait pas ri, pas même esquissé un sourire. Il faisait la tête pour de bon. Était-il malade ? Il avait le teint gris, ces jours-ci, et l'air un peu déprimé. N'avait-il pas assez de temps à consacrer à ses inventions ? Certes, elle ne lui avait guère parlé, ces derniers temps. Mais elle avait tellement de fers au feu… Si elle lui demandait de rafistoler le pont de la péniche ? D'habitude, il lui suffisait d'avoir un tournevis entre les mains pour aller mieux. Pourtant, il ne pouvait pas toujours s'attendre à ce qu'on fasse tout pour lui.

— Écoute, le Génie, ne fais pas cette tête ! Tu n'aimes pas que nous braquions des banques, mais quand nous ouvrons un restaurant en bons et honnêtes citoyens, tu fais aussi la tronche. Que dirais-tu d'un peu plus de gymnastique pour te sentir mieux ?

— De la gymnastique ? Ah, non ! s'écria le Génie qui prit l'oreiller et le jeta contre le mur.

Cette nuit-là, chacun resta de son côté du lit, le dos tourné vers l'autre ; à minuit, aucun d'eux n'avait trouvé le sommeil. Märtha tendit doucement la main et saisit celle du Génie.

— Pardon, mon ami, chuchota-t-elle dans le noir.

Mais le Génie ne répondit pas, retira sa main et fit mine de dormir.

Deux jours plus tard, Vesslan revint à la charge : il réclama de l'argent « s'ils ne voulaient pas qu'il arrive quelque chose au restaurant ».

Märtha en eut encore des palpitations, mais elle se garda bien de parler à quiconque des raisons de cette visite.

35

— Ah, cette foutue bonne femme ! Elle et sa bande
de déambulateurs, il va falloir s'en débarrasser, déclara
Kenta en tirant sur sa cigarette. Ça commençait à bien
marcher avec la pizzeria, et voilà qu'il m'arrive cette
tuile. Regarde, on croirait qu'il y a eu un bombarde-
ment, dit-il en désignant de sa cigarette le restaurant
vide.

Il discutait avec Vesslan dans un coin de sa pizzeria de Hornsberg, Bella Capri. Il avait pu reprendre
l'affaire parce que l'ancien propriétaire était devenu
trop vieux, et avait retapé les lieux avec de l'argent
emprunté à sa mère. Au début, les affaires avaient
été florissantes et les clients nombreux. Mais depuis
que les vieux avaient ouvert le SilverPunk, il perdait
chaque jour des clients. Le pire, c'était qu'ils servaient
de la bonne bouffe à un prix dérisoire. Les jeunes
aimaient traîner là-bas.

Il soupira.

— Ils surfent sur la tendance bio, putain ! J'ai
pourtant proposé une pizza végétarienne : personne
n'en a voulu.

— Ils se font un max de tune et ils refusent de

payer ce qu'on leur demande, merde ! s'exclama Vesslan en tambourinant sur sa bouteille de bière.

C'était bientôt l'heure de l'ouverture, mais ça ne changerait pas grand-chose : les premiers clients, s'il y en avait, ne venaient pas avant 18 heures, les jeunes esseulés et les vagabonds apparaissaient plus tard dans la soirée. Quand les vieilles dames avaient dit vouloir ouvrir un restaurant pour retraités, ils ne s'étaient pas méfiés, mais c'était soudain devenu l'endroit à la mode. D'ailleurs, SilverPunk, quel nom pourri !

— On ne pourrait pas les faire admettre de force dans des maisons de retraite ? poursuivit Kenta. On va envoyer un SOS. La vieille m'a mis un sacré coup, l'autre fois. Elle m'a pas raté…

Vesslan esquissa un sourire mais détourna le visage pour que son camarade ne le voie pas. Pendant toute une semaine, son pote avait à peine pu marcher et avait dû se priver de gonzesses.

— Fallait que ça m'arrive à moi, putain ! Je me demande ce qu'elle avait dans ce sac banane. Sans doute un gros trousseau de clés ou une boule de pétanque. Ça m'a fait un mal de chien, dit Kenta avec une grimace.

Le coup avait été si violent qu'il avait failli en tomber à la renverse. Se faire tabasser par une mamie ! Il avait vu rouge, mais il s'était retenu de lui envoyer son poing dans la figure : on ne frappe pas une personne âgée. Une seule beigne aurait pu la tuer. Encore heureux qu'il se soit maîtrisé.

— Je te dis qu'on doit se débarrasser de cette bande de déambulateurs ! Non seulement cette bonne femme s'est rendu compte que la péniche n'était pas à nous, mais en plus elle refuse d'employer des gens au noir pour faire le ménage, ne veut pas de nos fournisseurs pour la nourriture, refuse de casquer et nous jette du vestiaire ! Quelle bourrique ! dit Kenta en balançant ses cendres par terre.

Ses mains tremblaient.

— Et maintenant, ils vont acheter une péniche de plus, à ce que j'ai entendu dire, soupira Vesslan. Ah, les enfoirés.

— Enfoirés de déambulateurs !

— Il est temps d'en finir une bonne fois pour toutes. J'en ai ma claque, de ces vieux.

— Ça oui, putain. Comment on fait ? Comme d'habitude ?

— Pas de quartier, répliqua Vesslan.

Le commissaire Blomberg souleva Einstein de son clavier et posa le chat par terre. Heureusement que l'ordinateur était éteint, sinon ça aurait provoqué une belle pagaille. Quand cette créature se couchait sur les touches X et Z, la queue sur *Enter*, il lui fallait au moins une demi-journée pour tout effacer. La dernière fois, ce chat de malheur avait réussi, on se demande comment, à appuyer sur la touche *Delete*, supprimant du même coup quelques dossiers. Et Blomberg avait eu beau chercher, il n'avait pas pu les retrouver. Furieux, il avait cogné le disque dur contre la table, et vlan, d'autres dossiers étaient partis à la trappe. Il avait ensuite mis des semaines à récupérer du commissariat les rapports, les vidéos de surveillance et les notes importantes. À présent, il prenait la précaution de tout sauvegarder sur deux disques durs, car il ne pouvait pas se séparer de son chat. Il l'adorait : lui au moins était fidèle et sincère. Les chats faisaient ce qui leur passait par la tête, sans jamais se laisser dicter leur conduite. Ils ne remuaient pas la queue pour un oui ou pour un non, mais choisissaient leur maître avec soin.

Blomberg alluma l'ordinateur et tendit la main vers le chocolat. Ses doigts tâtonnèrent dans le sachet d'Aladdin, puis il comprit qu'il n'y restait que des fragments collés. Sur le sol, Einstein se léchait les babines. Oh, l'infâme ! L'espace d'une seconde, Blomberg fut tenté de se débarrasser de lui, mais dut admettre que c'était sa faute : il avait laissé le sachet ouvert sur la table. D'ailleurs, c'était tout aussi bien ainsi. Depuis qu'il était à la retraite, il avait pris beaucoup de poids. À cause du manque d'exercice et de son nouveau hobby, la pâtisserie. Il devrait un jour arrêter les brioches tressées.

Il chaussa ses lunettes, jeta un coup d'œil sur l'écran et parcourut les nouvelles de la nuit. Rien de particulier. Où en était l'enquête du braquage de la Nordeabank ? Toujours rien. Il avait exclu depuis longtemps la bande des croulants, le gang des masques et la bande Gorby. Que Jöback et les autres crétins, là-bas à Kungsholmen, continuent à se mettre le doigt dans l'œil. Lui savait qu'il fallait chercher ailleurs, mais où ? Il se sentait coincé dans une impasse. La conversation avec Eklund sur le ferry de Vaxholm n'avait rien donné, et le gang mystérieux n'avait pas commis de nouveaux casses susceptibles de mettre la police sur une quelconque piste.

Et les vidéos des caméras de surveillance ? Son ordinateur avait hélas été infecté par un virus, et Blomberg avait perdu toutes les données des vols précédents à Stockholm, qui lui auraient permis de comparer. Il ne lui restait que la séquence qu'il avait conservée sur son iPad, sans trop savoir pourquoi. Il alla le chercher et se la repassa. De nouveau, il vit une vieille dame appeler plusieurs fois de son portable devant la Handelsbank, le jour où cette banque avait été dévalisée. Il s'arrêta. Il lui semblait avoir remarqué une vieille dame ayant la même attitude sur les images de surveillance prises dans la Drottninggatan, tout près de Buttericks. Il retourna à son ordinateur et ouvrit le dossier. Oui, elle était là, le dos légèrement voûté, mais encore agile. Ne portait-elle pas des chaussures Ecco ? Buttericks était le seul magasin de Stockholm où l'on pouvait acheter des masques de Margaret Thatcher et de Pavarotti, c'est-à-dire les masques utilisés lors du braquage de la Nordeabank. Il plongea la main dans son sachet de chocolats, pour voir s'il n'en restait pas un tout dernier, puis se lécha les doigts en fixant l'écran. Hum… Cette petite vieille en chaussures Ecco était donc allée dans ce magasin la semaine précédant le casse et en était sortie avec un paquet. Il fit défiler les images au ralenti, se pencha en arrière et émit un sifflement. Eklund, du ferry de Vaxholm, lui avait parlé d'une vieille dame devant le Musée national. Et s'il s'agissait de la même personne ? C'était peut-être un peu poussé, mais qui sait ? Il allait lui apporter son iPad pour lui montrer les images. En revoyant la femme au ralenti, il eut bel et bien l'impression de l'avoir déjà vue quelque part. Ou toutes les vieilles dames se ressemblaient-elles ? Lui avait plutôt l'habitude de regarder les jeunes blondes.

Blomberg bâilla et se gratta la nuque.

La police n'avait toujours pas réussi à arrêter les braqueurs de la Nordeabank ni les voleurs des tableaux du Musée national. Ils devaient pourtant bien être

quelque part. Si seulement il pouvait les faire coffrer !
Quel triomphe ce serait ! Il clouerait le bec à Jöback
et à son acolyte une bonne fois pour toutes. Mais pour
réussir, il lui fallait enquêter sur le terrain. C'était
le seul moyen d'avancer. Pourquoi ne pas jeter un
coup d'œil aux associations de retraités, restaurants,
salles de bingo et maisons de retraite ? Cette bande
de truands âgés était forcément fourrée dans un de ces
endroits. Il les imaginait mal en discothèque ou dans
un lieu fréquenté par des punks ou des amateurs de
hip-flop (c'était pas ça, le dernier truc à la mode ?).
Blomberg étouffa un nouveau bâillement, se leva et
alla chercher une bière dans le frigo. Ou plutôt le
hip-bop ? Il saisit une Carlsberg, ôta la capsule qui
poussa une longue expiration, et se laissa tomber dans
son fauteuil préféré. Il saurait mettre la main sur cette
bande, il n'avait pas l'intention de lâcher le morceau.
Il but une gorgée, croisa les bras, puis se releva et
retourna à l'ordinateur d'un pas résolu. S'il voulait
obtenir des résultats, il n'avait pas d'autre solution
que de se mettre au boulot.

36

Dans le carré VIP, Stina, les pieds sur la table, tenait un grand bloc-notes devant elle. Elle avait les ongles vernis et sortait de chez la coiffeuse. Elle s'était aussi offert un ensemble pantalon rouge-blouse en soie, une tenue qu'elle jugeait adaptée à la « Jungle », comme le Râteau surnommait l'intérieur de la péniche. Ses amis étaient enfoncés dans les moelleux canapés en velours, eux aussi un carnet à la main, et sur la table s'étalaient les journaux locaux des dernières semaines. Tous épluchaient attentivement les petites annonces de rencontres. Le gang des dentiers souhaitait se faire une vue d'ensemble des âmes seules qui désiraient enrichir leur vie d'un partenaire : il s'agissait de créer un événement speed dating de grande qualité. Le Râteau déplia les *Nouvelles d'Östermalm*, s'éclaircit la gorge et lut à voix haute en prenant l'accent de Göteborg :

— « Homme baraqué bien sous tous rapports cherche femme ronde, seule exigence 55-80 ans. » Tu vois ! Pas besoin de gymnastique ! Homme baraqué bien sous tous rapports, hé hé…

— Mais s'il l'a écrit lui-même, protesta Märtha, ça n'a aucune valeur.

Le Génie sourit, se gratta la barbe (qui le démangeait beaucoup) et enchaîna en lisant dans les *Nouvelles de Södermalm* :

— « Salut aux belles de Stockholm. N'y a-t-il aucune femme ronde de 55-80 ans qui veuille d'un homme baraqué bien sous tous rapports pour une relation complice et plus si affinités ? », dit-il en contrefaisant sa voix.

Le Génie se tourna, triomphant, vers Märtha.

— « Femme ronde », haha, inutile de faire de la gymnastique, c'est ce que je disais. Détends-toi ! Fais de la méditation !

— « Homme baraqué bien sous tous rapports », tu vois bien que c'est le même type ! s'écria Anna-Greta avec un soupir.

— « Homme enveloppé, 45 ans, tendre, très grand, qui… »

— Il faut prendre soin de son apparence ! Comme si les femmes voulaient d'un homme grassouillet ! intervint Stina.

— Ou avec une barbe négligée, ajouta Märtha en lançant un regard aux joues mal rasées du Génie. (*Encore un coup de Bettan*, songea-t-elle, *il veut à tout prix avoir l'air d'un hipster pour lui plaire.*) Le Râteau, lui, au moins, prend soin de sa moustache, crut-elle bon d'ajouter.

— Mes amis, ne vous chamaillez pas. On est là pour travailler, rappela Anna-Greta. Vous avez trouvé d'autres personnes ?

Il y eut un silence, le temps pour chacun de se concentrer de nouveau sur leur tâche. Märtha leur avait laissé les coudées franches pour créer une « carte de speed dating » destinée à installer les personnes adéquates à la table réservée à cet effet. En répondant à un formulaire ciblé, on dévoilerait sa personnalité pour faciliter les rencontres. Ils avaient donc écumé les pages de ce genre de sites pour trouver l'inspiration : il fallait établir le meilleur formulaire possible sans jamais se moquer des candidats.

— « Homme 55 ans, gros et pauvre avec des problèmes d'alcool, cherche une femme gentille et agréable, de préférence 25-30 ans. Jeune et élancée, encore mieux », lut le Râteau. Qu'en penses-tu, Stina ?

— Ne vous dissipez pas ! dit Anna-Greta en les rappelant à l'ordre. C'est important, les questions. Nous devons faire se rencontrer des veuves et des veufs tout comme des personnes qui n'ont jamais été mariées.

— Les célibataires restent souvent célibataires, murmura le Génie en jetant un coup d'œil à Märtha.

— Je trouve que l'apparence compte, dit le Râteau. Taille, poids, couleur des cheveux… Pourquoi ne pas demander : « Vous êtes beau ou vous êtes moche ? »

— On ne peut pas écrire ça, protesta Stina.

— Tu sais bien qu'à nos âges, on n'est plus tout à fait ce qu'on appelle beau, dit le Râteau, la mine soudain attristée.

— N'oublie pas la beauté *intérieure*. Elle est plus importante que tout, rappela Märtha.

Le Râteau la remercia du regard ; il comprenait pourquoi elle disait ça. Elle essayait toujours d'être chic, mais ça ne marchait pas chaque fois. Son sac banane, par exemple…

— Je trouve que nous devrions demander d'indiquer la religion, dit Stina. C'est capital pour certaines personnes.

— Non, pas la religion, ça ne fait que des histoires, objecta le Génie.

— Ça provoque même des guerres, ajouta le Râteau.

— Nous devrions nous concentrer sur les qualités humaines, dit Märtha. Amour des animaux, respect des engagements, altruisme ou bien égocentrisme, enfin, vous voyez ce que je veux dire.

— Mouais… fit le Râteau en croisant les mains sur son ventre. La personnalité, le caractère, oui, ce serait bien si ça pouvait ressortir de nos questions, renchérit-il.

— Il faut absolument leur demander de préciser s'ils sont économes ou dépensiers, dit Anna-Greta.

— Et de cocher une case pour dire s'ils ont des dettes vis-à-vis du fisc. Ça devrait suffire, estima le Râteau.

— Est-ce qu'on pourrait leur demander s'ils sont du genre à voir le verre à moitié vide ou à moitié plein ? S'ils aiment relever des défis ou préfèrent laisser les choses telles qu'elles sont ? demanda Stina en agitant son stylo.

— Absolument, dit Märtha.

— Oui, et s'ils préfèrent le calme ou l'aventure. Ça en dit long sur une personne, déclara le Génie.

Un murmure d'approbation accueillit ces paroles ; il y eut un petit moment de silence pendant que tous réfléchissaient.

— À propos des qualités, dit Stina en levant les yeux de son carnet, il ne faut pas oublier l'humeur. Est-on ronchon et triste, ou bien gai ? Certains baissent tout de suite les bras, d'autres restent debout contre vents et marées. C'est à prendre en considération.

Nouveau murmure d'approbation et griffonnement de stylos sur les blocs-notes.

— Dans le même ordre d'idées, les candidats devraient indiquer s'ils sont de nature heureuse ou plutôt du genre angoissé, enchérit Anna-Greta. Certains peuvent traverser une crise mais rester optimistes quand d'autres s'effondrent totalement.

— Ah, bordel, on se croirait sur un divan de psy ! lâcha le Râteau. On ne pourrait pas faire ça plus simplement ? Pourquoi ne pas faire indiquer aux gens s'ils sont élégants et sexy ?

— Nous essayons d'avoir des exigences un peu plus élevées, répliqua Märtha d'un ton aigre.

— Non, vraiment, insista le Râteau. Simplifions encore plus. Les femmes n'ont qu'à cocher si elles veulent des sentiments ou si elles préfèrent se faire tout de suite gauler la mignardise…

— Oh ! s'offusqua Märtha.

— Voyons, qu'est-ce qui te prend ? GARDE LE CAP ! hurla Anna-Greta.

Saisi, le Râteau se redressa, cria « Oui, capitaine » et se tut.

La réunion dura toute la journée ; le lendemain matin, après une bonne nuit de sommeil, ils convinrent d'un formulaire qui couvrit une feuille A4, ou l'équivalent d'une page sur un iPad. Une nouvelle idée traversa alors l'esprit d'Anna-Greta.

— Nous avons une connexion Internet, n'est-ce pas ? Chaque place de la table de speed dating aura un iPad. Pourquoi ne pas attribuer à chacun d'eux une adresse e-mail propre ? On laisserait les participants remplir directement le questionnaire sur l'iPad, et l'envoyer. Par exemple, une femme cherchant un type intelligent et gentil recevrait directement la réponse du type qui correspondrait au profil.

— Comment ça marcherait ? demanda Stina.

Il y eut un silence ; tous les regards se tournèrent vers le Génie.

— Nous pourrions installer une lampe à chaque place et une loupiote rouge juste à côté des tablettes numériques, suggéra-t-il. Le speed dating le plus rapide du monde.

— Excellent ! Tu ne t'appelles pas le Génie pour rien, le complimenta Anna-Greta. Mais cela implique qu'on fixe les iPad, sinon on ne pourra plus s'y retrouver.

— Autre chose : s'il y en a beaucoup de gentils ? Un tas de lampes vont s'allumer en même temps, objecta le Râteau.

— Tant mieux ! Cela fera plus de choix, s'écria Anna-Greta. Ah, comme j'aime les tablettes numériques !

— Peut-être qu'en les frottant, tu feras apparaître ton prince, la taquina le Râteau.

— Nous allons créer une application pour les princes ! Qu'est-ce que t'en dis, le Râteau ? dit le Génie en riant avant de recevoir un coup de coude dans les côtes de la part de Märtha.

— D'accord. Les lampes sont un premier contact, mais ensuite, il faut qu'on puisse flirter sur un autre plan, dit le Génie.

— S'accoupler, tu veux dire ? demanda le Râteau.

— Non mais vous avez fini, vous deux ! s'exclama Märtha.

Le Génie se gratta la barbe et plissa le front.

— Écoutez. Si un homme, à une table, écrit qu'il

cherche une femme de bonne humeur, de taille moyenne, aimant faire des gâteaux, et qu'une femme écrit qu'elle est de taille moyenne, de nature gaie, et qu'elle aime faire de la pâtisserie, alors ils pourront continuer à communiquer par iPad. Elle pourra préciser quels gâteaux elle aime faire, et lui ceux qu'il préfère, poursuivit le Génie.

— Ah, la femme à la cuisine et l'homme les pieds sous la table ? persifla Stina. C'est quoi, ces clichés des années 1950 ? De nos jours, les hommes aussi cuisinent, je te signale. À ce propos, quand as-tu préparé un gâteau à Märtha pour la dernière fois ?

Le Génie en resta bouche bée. Il se gratta de nouveau la barbe puis fit une autre tentative :

— Je reviens à ce que je disais : les tablettes numériques et les places autour de la table auront le même numéro. Quand la lampe s'allume place 11, par exemple, on peut chatter directement avec la personne en question par iPad. Et si on sent des affinités, on appuie sur *OK*...

— Non, on lui propose de boire une bière. « Viens, chérie, on va s'en descendre une », lança le Râteau. Ça existe, ce genre d'applications ? Ce que je veux dire, c'est que quand on a une touche, on va prendre une bière pour faire plus ample connaissance. Et si on continue à trouver la femme à son goût...

— Ou le bonhomme, rectifia Anna-Greta.

— Oui, alors on mange un bon dîner ensemble, ici, sur la péniche, compléta le Génie.

— Et nous, nous demanderons un prix éhonté pour la nourriture. Formidable idée, le Génie ! s'écria Anna-Greta.

Tous le regardèrent avec admiration. Il rougit

jusqu'aux oreilles, et Märtha ne put s'empêcher de glisser sa main dans la sienne.

— Tu as inventé la première table de speed dating interactive au monde, dit-elle.

— Ah, putain, ce qu'on va s'amuser ! s'exclama le Râteau.

37

Plus qu'un jour. La soirée tant attendue du speed dating était annoncée pour le lendemain et Anna-Greta arpentait la péniche, le regard fixe. Pour la première fois de sa vie, elle avait créé seule un programme informatique et doté les tablettes numériques d'une application propre.

Le Génie et elle avaient élaboré un système qui fonctionnait à peu près comme un groupe Facebook. Les échanges du speed dating ne pourraient avoir lieu que sur le bateau et entre les participants. Quant au questionnaire, il ne serait pas diffusé ailleurs.

Ceux qui payaient pour monter sur la péniche recevaient le mot de passe des iPad et pouvaient en prendre un et se connecter. Ensuite, il fallait ouvrir l'application pour voir apparaître le questionnaire. Les participants devaient alors répondre aux vingt-cinq questions concoctées par le gang des dentiers : se décrire, et faire un portrait du ou de la partenaire qu'ils espéraient rencontrer. Le programme informatique détectait alors en un temps record celui ou celle qui correspondait le mieux à ces attentes, la lampe s'allumait auprès de la personne en question, et le flirt pouvait commencer.

— Ce sera formidable, s'exclama Anna-Greta. Appuyez sur un bouton et trouvez l'amour !

— Regardez comme ça fait joli, dit le Génie après avoir monté huit lampes de différentes couleurs à chaque place.

Anna-Greta avait insisté pour qu'il y ait plusieurs couleurs, chacune correspondant à une qualité personnelle. Si quelqu'un avait plus de cinq traits de caractère positifs, une lampe à l'éclat scintillant s'allumait. La lampe « or » !

— Et là, on comprend qu'on est tombé sur une personne exceptionnelle, conclut Anna-Greta en ouvrant les bras, l'air soudain rêveur.

— Mais si tout le monde veut faire la connaissance de la même personne ? s'interrogea le Râteau.

— Aucun problème. On attend que la personne soit de nouveau libre, ou on prend celle qui vient après, dit Stina. Nous avons aussi une lampe « argent ».

— Oui, et j'en ai mis une qui a un reflet bronze, compléta le Génie, pas peu fier d'avoir réussi à tirer tous les câbles sous la table de speed dating.

Il ne manquait plus que la visite d'un électricien qui vérifierait tout.

— Un reflet bronze ? Là, il suffit de se peigner les cheveux et de draguer comme d'habitude, marmonna le Râteau. On n'a qu'à baptiser le coin speed dating « Allons ramoner l'abricot ».

— Mais enfin ! Garde tes abricots pour toi ! Tu n'as toujours pas compris que nous cherchons à saisir les qualités *intérieures* ? s'exclama Stina avant de soupirer.

— Comment peut-on saisir concrètement quelque chose d'intérieur ? grommela le Râteau.

À cet instant, Bettan passa, avec sa chevelure rousse flamboyante. Elle était bien maquillée, sentait le parfum et se déplaçait en se déhanchant un peu. Le Génie avala sa salive et la suivit longtemps des yeux.

— C'est important de tenir compte des qualités intérieures. La beauté peut induire en erreur, expliqua Märtha d'une voix tranchante. Un physique avantageux peut séduire n'importe qui.

— On n'est que des hommes, dit le Génie.

Plus tard dans l'après-midi, après le passage de l'électricien qui vérifia l'installation et valida les branchements aux douze places de la table de speed dating, le gang des dentiers décida de la tester. En riant, Märtha et ses amis répondirent à toutes les questions et envoyèrent leurs réponses. Chaque fois qu'il y avait correspondance, une lampe s'allumait ; quand le Râteau en accumula tant que la lampe « or » s'alluma, il fut à deux doigts d'exploser de fierté. Märtha entra dans l'iPad ce qu'elle souhaitait trouver chez son partenaire, et une lampe s'alluma soudain chez le Génie ; elle se sentit un peu embarrassée. Presque en même temps, une lampe s'alluma devant elle ; en levant les yeux, elle croisa le regard du Génie. Ils baissèrent aussitôt le nez, gênés. Il y avait toujours de l'eau dans le gaz entre eux, mais au fond, ils s'appréciaient toujours beaucoup.

Les membres du gang des dentiers rédigèrent même de courts messages et les envoyèrent, histoire de vérifier que le système fonctionnait. Ensuite, ils apportèrent des couvertures, tirèrent un rideau indiquant

NE PAS DÉRANGER, et s'allongèrent sur les canapés en velours pour faire une bonne sieste.

Un peu plus tard, quand Bettan monta à bord avec de nouvelles décorations florales – le Râteau avait insisté pour qu'ils aient des fleurs fraîches tous les jours –, elle entendit des ronflements en provenance du carré VIP. Cela la fit sourire : ces vieux avaient de grandes ambitions, mais oubliaient que leur corps ne suivait pas. Ce n'était pas la première fois qu'elle les retrouvait endormis là. Tant mieux ; elle aurait la paix avant que Märtha ne vienne lui donner des ordres, que Stina ne mette partout son grain de sel et que le Génie veuille lui faire la conversation. Elle allait passer son chemin quand elle aperçut la table de speed dating qui semblait prête pour la soirée. Elle déposa les seaux avec les fleurs coupées, fit quelques pas et parcourut la table du regard. Douze iPad numérotés entourés de lampes étaient fixés autour de la table, chacun à une place. Elle ne put s'empêcher de sourire. Ces vieux étaient vraiment mignons. Organiser des soirées de speed dating à leur âge !

Piquée par la curiosité, elle s'installa à la place numéro 3, son chiffre porte-bonheur. Quel était le mot de passe de l'iPad ? Le Génie le lui avait donné, mais elle l'avait écouté d'une oreille distraite. Le nom du bateau, peut-être ? Elle essaya. Non. A39T, le numéro de la péniche alors ? Ça marchait ! Dire que c'étaient ces vieux qui avaient installé tout ça. La femme avec une canne, parfois un peu acerbe, semblait très douée. Cela forçait l'admiration. Bettan trouva l'application de speed dating et l'ouvrit. Il fallait répondre à vingt-cinq questions, ce qui la fit rire : indiquer si on était gentil, généreux, si on avait bon cœur, et une foule d'autres choses. Un peu plus loin, il fallait préciser si on était soupe au lait ou si l'on était d'un tempérament calme et pondéré. *Ce n'est pas idiot*, pensa-t-elle. Il lui était arrivé de s'amouracher d'un beau gosse, qui était d'humeur si exécrable qu'elle l'avait quitté au bout de quatre mois. Avec ce questionnaire, elle aurait détecté ça illico.

Pour s'amuser, elle commença à répondre aux questions et finit par remplir tout le formulaire. Une lampe rouge s'alluma de l'autre côté de la table, et Bettan recula d'un pas. C'était quoi, ce truc ? Pouvait-elle l'effacer ? Elle rouvrit le questionnaire et cocha des cases différentes. La lampe rouge ne s'éteignit pas, mais une autre, verte, se mit à clignoter. Si elle continuait, la pièce serait bientôt transformée en discothèque. Elle paniqua un peu : comment éteindre ces lampes ? Elle appuya sur quelques touches, mais rien n'y fit. Elle laissa tomber, espérant qu'elles s'éteindraient d'elles-mêmes, comme un ordinateur qui se met en mode veille. Avant de s'en aller, elle ne put résister à l'envie d'écrire pour s'amuser « *Hello darling, I love you !* » dans la rubrique *Divers*. Avec un sourire, elle envoya le message, sans trop savoir chez qui il arriverait. Bah, ça pouvait toujours faire plaisir à quelqu'un. Contente d'elle-même, elle ramassa les seaux de fleurs coupées et regagna la cuisine. Il était temps de les mettre dans des vases et de décorer le bateau.

38

— Stina, sérieusement. Tu crois que c'est le moment de commencer les décorations de Noël alors qu'on est à la mi-novembre ? dit Märtha le lendemain en faisant un geste vers le pont.

Stina avait installé sur le toit du restaurant un sapin de Noël avec des anges et des éclairages ainsi que des guirlandes scintillantes. Ici et là pendaient des boules de verre et des ampoules rouges, et au lieu des pneus habituels entre la péniche et le quai, elle avait accroché des pare-battages blancs et bleus. Avec les lampes clignotantes placées de chaque côté de l'entrée, près du carré VIP, le SilverPunk ressemblait davantage à une boîte de nuit qu'à un restaurant.

— Quel est le problème des décorations de Noël ?

— Excuse-moi, Stina, mais nous avons aussi les fleurs. Ces pare-battages colorés, tu ne trouves pas que ça fait un peu trop ?

— Mais c'est gai, avec les couleurs, non ? Un type en Mercedes s'est arrêté hier sur le quai, a pointé nos pneus du doigt et m'a demandé si nous ne voulions pas quelques jolis pare-battages à la place. J'ai accepté. Il m'a dit qu'il en avait acheté trop pour son propre bateau et qu'il n'en avait pas besoin. Ce n'était pas cher du tout et il les avait dans son coffre. Il a sorti une corde et m'a aidée à les installer.

— Oui, bien sûr, marmonna Märtha.

En son for intérieur, elle trouvait que Stina commençait à prendre un peu trop de libertés : elle décidait d'un tas de choses sans demander l'avis de personne. Elle-même avait toujours proposé ses idées à ses amis, mais Stina fonçait tête baissée. Déléguer était une bonne chose, pensa Märtha, mais on risquait de voir certains outrepasser leurs droits. Pourvu qu'il n'en allât pas de même pour son amie. Märtha ne fit pas d'autre commentaire et résolut de tenir Stina à l'œil. Par chance, cette dernière avait décidé de laisser le cuisinier seul aux commandes en cette soirée pas comme les autres, puisque Anna-Greta lui avait demandé de l'aider à surveiller la table de speed dating. Cela intéressait Stina au plus haut point. Faire se rencontrer des âmes seules désireuses de connaître les joies de la vie à deux : le sujet la passionnait tant qu'elle avait contacté les médias. Radio Stockholm et Mitt i Kungsholmen avaient évoqué cette nouvelle manière de rencontrer l'âme sœur, et le restaurant fut tout de suite complet pour le restant de la semaine. Mais l'excitation du grand soir avait rendu Stina quasi hystérique. Rien à voir avec son état de nervosité habituel. Märtha avait versé en douce un peu de rhum dans son café du matin, prétendant que c'était un café spécial de Colombie. Après deux tasses de ce breuvage (qu'elle avait trouvé si délicieux), Stina s'était détendue et avait retrouvé le sourire. Tant mieux : car, dès 18 heures, le restaurant était bondé. Le moment arriva enfin de lancer le speed dating.

Le commissaire Blomberg s'était bien habillé et s'admirait dans le miroir de l'entrée. Dans son costume gris en tweed, son pull bleu en lambswool, sa chemise bleu clair et la cravate assortie avec un motif de chats, il se sentait très élégant. Il avait ciré ses chaussures, coupé ses cheveux, s'était rasé la barbe. Il ne s'était toutefois pas mis de lotion capillaire, car il avait entendu dire que les femmes aimaient les hommes qui sentaient le mâle, et non le parfum. Il se montrerait tel qu'il était, un point c'est tout. Il se passa plusieurs fois les doigts dans les cheveux puis choisit un foulard qui allait avec son manteau gris. Du revers de la main, il enleva une pellicule de son col, puis mit sa chapka russe en fourrure. Le nouveau restaurant SilverPunk se trouvait non loin du commissariat de Kungsholmen ; comme l'endroit avait reçu quatre étoiles dans le journal local, il risquait fort d'y croiser d'anciens collègues, mais, désormais détective privé, il préférait rester incognito et travailler en paix. Et il y avait autre chose : selon l'article, le restaurant avait introduit un programme professionnel de speed dating, ce qui n'était pas pour lui déplaire, surtout qu'il pourrait faire passer la soirée en frais professionnels.

Il sortit en fredonnant et fit un détour avant de rejoindre l'arrêt de bus. Les experts de la santé préconisaient de ne pas choisir l'arrêt le plus proche, mais celui d'après, pour faire de l'exercice. Le bus venait de partir. En râlant, il remonta son col et baissa les cache-oreilles de sa chapka. Les lumières de la ville montaient haut dans le ciel au-dessus des toits, et l'on entendait au loin le bruit de la circulation.

Tout était comme d'habitude, mais lui avait changé de vie. Il était heureux de mener sa barque seul, mais il avait jadis été marié, et maintenant qu'il était à la retraite, la solitude lui pesait. Einstein et lui s'entendaient bien, cependant il lui manquait quelque chose... ou quelqu'un. Une femme, oui. Il finissait toujours scotché devant sa télé ou son ordinateur, ce qui n'arrangeait pas les choses. Et voilà que le SilverPunk l'avait fait sortir de sa tanière. Selon les journaux, la clientèle ciblée par ce nouveau lieu était des gens de son âge, des retraités, mais pas seulement. S'il y avait beaucoup de personnes âgées, peut-être trouverait-il une piste menant aux vieillards braqueurs. Chercher des escrocs et des femmes en même temps, c'était ce qu'on appelait faire d'une pierre deux coups !

Il changea de bus à la gare centrale et, après un trajet le long du canal Karlsberg, descendit à l'arrêt de Hornsberg (il ne prit pas la peine de descendre un ou deux arrêts plus tôt, jugeant qu'il avait fait assez de sport comme ça). Il flâna le long du quai et découvrit rapidement la péniche illuminée du SilverPunk, avec un splendide sapin de Noël sur le toit. Une foule de gens bien habillés s'y pressaient ; il avança et perçut des odeurs d'épices, de fromage et de légumes grillés. L'eau à la bouche, il sortit sa carte de police pour couper la file d'attente, puis se rappela qu'elle n'était plus valable. Et ne voulait-il pas entrer ici incognito ? En soupirant, il remit sa carte dans sa poche.

Une demi-heure plus tard, enfin à bord, il laissa son manteau au vestiaire, vérifia sa coiffure et commanda une bière au bar, d'où il put regarder les dames. C'était assez excitant. Plusieurs d'entre elles étaient tout à fait charmantes, et comme elles étaient soignées ! Elles devaient avoir lu des magazines féminins et regardé une foule d'émissions sur « Comment rester en forme », pensa-t-il. Beaucoup de femmes faisaient aussi du sport, des cinquantenaires et plus affichaient des corps de rêve ; leurs cuisses devaient avoir plus de muscles que de graisse... Il observa son billet d'entrée, qui incluait un tour à la table de speed dating, et fut aussitôt remonté à bloc. Avec une nonchalance feinte, il s'approcha, le cœur battant, de la table de style Piet Hein, et s'arrêta en découvrant les iPad qui y étaient fixés par une chaînette. C'était quoi, ça ? Il refit le tour de la table et examina les tablettes numériques. Elles servaient au speed dating ! Mais il n'allait quand même pas écrire ses souhaits sur un truc pareil ? Et à quoi servaient ces drôles de lampes ? De petites ampoules de diverses couleurs sortaient de trous pratiqués dans la table et entouraient les tablettes numériques. Les journaux avaient expliqué que les lampes s'allumaient en fonction des qualités qu'on recherchait chez l'autre et signalaient que le profil qu'on avait soi-même posté plaisait à quelqu'un. Il saisit son verre de bière et le vida d'un trait. Les choses pouvaient aller vite !

Quand Stina vit que tous les sièges de la table de speed dating étaient occupés, elle s'approcha et dit d'une voix forte :

— Mesdames et messieurs, soyez les bienvenus à notre première soirée speed dating !

Les joues rouges, elle repoussa ses longs cheveux souples qui lui tombaient sur le visage (elle n'avait toujours pas appris à fixer son postiche ; un jour, elle s'était même retrouvée avec toutes ses extensions dans la main). Elle jeta un regard autour d'elle et adressa des sourires chaleureux à la ronde, mais ceux qui la connaissaient bien percevaient sa nervosité. Sans s'en rendre compte, elle avait gratté le vernis à ongles de son pouce droit, et son postiche était un peu de travers, comme il fallait s'y attendre. Anna-Greta le vit, mais préféra ne rien dire – cela ne ferait que stresser encore plus Stina. L'activité était à son comble : tant de personnes avaient voulu prendre place à cette table qu'il avait fallu distribuer des tickets numérotés et limiter à un quart d'heure le temps avec l'iPad. Une fois le délai imparti écoulé, ils pouvaient rejoindre le coin du bar réservé à cet effet pour y boire une bière et discuter au calme avant de poursuivre, peut-être, par un dîner au restaurant.

Les premiers participants cafouillèrent un peu au début, mais dès que les premières lampes s'allumèrent, les appréhensions s'évanouirent. Un homme en costume de tweed, pull bleu en lambswool et cravate à motifs de chats avait fait plusieurs touches, et les lampes autour de lui n'arrêtaient pas de clignoter. Cela le mit d'excellente humeur ; son regard, tout d'abord méfiant, se fit pétillant. Il disparut pour discuter avec une femme dans le coin speed dating, mais revint et recommença. *Cet homme-là ne se contente pas de la première venue*, constata Anna-Greta, qui l'examina un peu plus attentivement. Quel genre d'homme était-ce ? D'habitude, on n'est pas si regardant. Ou voulait-il reluquer Bettan, qui passait en trombe quand elle rejoignait le bar ? Anna-Greta l'avait vu lever les yeux chaque fois que la serveuse aux formes voluptueuses se trouvait à côté de lui. Stina et elle échangèrent un regard en secouant la tête. Qu'avait donc cette femme pour que tous les hommes tombent comme des mouches ?

Blomberg n'avait pas eu envie d'inviter à dîner les deux femmes avec lesquelles il avait discuté. Il s'intéressait davantage à la serveuse. Dès qu'elle arrivait avec son plateau, roulant du popotin comme un bateau dans la tourmente, il en était troublé. Pourtant, elle n'était pas son genre de femme. Il avait besoin de quelqu'un avec qui parler, raisonner, échanger des idées et passer du bon temps. Ce speed dating qui tenait compte des qualités intérieures avait fait naître des espoirs en lui. Et quel plaisir de voir les lampes se mettre à clignoter ! Il était curieux de savoir qui était cette inconnue dont toutes les lampes s'étaient allumées. Sur son iPad s'était affiché le questionnaire de la personne de la place 3, et elle présentait toutes les qualités dont il pouvait rêver. Et il y avait de quoi être émoustillé, car un message, tout en bas, disait : *« Hello darling, I love you ! »* Quelqu'un l'avait donc remarqué, quelqu'un avait compris sa personnalité un peu complexe ? Mais qui ? Blomberg prit son courage à deux mains, leva les yeux… et découvrit, à la place 3, avec en main l'iPad numéro 3, un bonhomme grassouillet en pantalon à carreaux et veste grise, puant l'eau de toilette. Blomberg jeta un regard décontenancé autour de lui. Il devait y avoir un problème de connexion quelque part. Sa déception fut telle qu'il retourna au bar se consoler avec une bière. De là, il demanda à voir le responsable informatique du restaurant. Une grande femme avec une canne faisait de temps en temps le tour de la table pour contrôler les tablettes numériques. Était-ce elle ? Non, elle ressemblait davantage à Mary Poppins, mais avec une canne en guise de parapluie. Il l'arrêta quand elle passa devant lui.

— Euh, ces iPad, commença-t-il en tapotant sur son verre de bière. C'est un bon système, mais je crois qu'il y a une erreur sur le mien. Au début, ça allait, mais ensuite, au lieu d'une Marilyn Monroe, je suis tombé sur celui-là, expliqua-t-il en désignant l'homme rondouillard.

— Oh, grands dieux ! s'écria Anna-Greta en poussant un tel hennissement que Blomberg en lâcha son verre, qui se brisa au sol.

— En plus, il pue le parfum ! renchérit Blomberg en se penchant pour ramasser les débris.

— Ah, quelle horreur. Un homme, un vrai, ça doit sentir l'homme !

— Vraiment ? dit Blomberg qui leva les yeux, soudain intéressé.

Il faillit ajouter qu'il ne mettait quant à lui jamais de parfum, mais se ravisa et se redressa, deux gros morceaux de verre dans la main.

— Je suis désolé, je peux vous dédommager…

— Pour un verre de bière ? Vous plaisantez. C'est du pipi de chat !

— Pardon ?

— Je vais vous en donner un autre.

Sur ce, Anna-Greta se fraya un chemin vers le bar, remplit un nouveau verre de bière et le lui tendit. Avant que Blomberg ait eu le temps de réagir, elle avait ordonné au barman de nettoyer le sol et était partie réinitialiser son iPad.

— Alors vous êtes ici pour espionner un peu ? demanda-t-elle.

— Espionner ? Euh, je ne sais pas. Que voulez-vous dire ? demanda Blomberg, soudain mal à l'aise.

— Oui, avez-vous trouvé la compagne que vous cherchez ? dit-elle avec un clin d'œil complice.

— C'est-à-dire que… bredouilla Blomberg. C'était cette mauvaise connexion…

— N'y pensez plus, c'est réglé. J'avoue que je ne suis pas peu fière de ce programme informatique. Vous savez, j'aimerais que chaque personne autour de la table trouve chaussure à son pied. Une vraie chaussure d'amour… Avec l'iPad, on peut découvrir les qualités intérieures de quelqu'un, et au bar, on voit si l'aspect extérieur plaît et si la chimie opère. Pas mal, non ? Tout ça en une fois. Au moins, cela fait économiser du temps.

— Assurément, c'est moderne.

— La programmation a pris un certain temps, mais à la fin, j'ai réussi.

— C'est donc vous ! Je veux dire, vous connaissez l'informatique ?

Anna-Greta rectifia son chignon avec satisfaction.

— Oh, un petit peu, même si j'ai dû faire une erreur sur le vôtre. Je n'avais pas du tout l'intention de vous mettre en relation avec un vieux bonhomme ventru qui sent le parfum à trois kilomètres, répondit-elle en posant sa main sur son épaule et en riant si fort que Blomberg faillit de nouveau laisser tomber son verre.

Il se joignit à son hilarité, puis Anna-Greta remonta ses lunettes sur son front, essuya ses larmes et déclara qu'il était temps de se remettre au travail.

— Je me demande quand même ce qui s'est passé avec mon iPad, dit Blomberg.

— Quelqu'un a dû le bidouiller quand j'avais le dos tourné, répondit-elle.

— Bidouiller ?

— Oui : il faut tout remettre à zéro entre deux utilisateurs. Quelqu'un a pu, par mégarde, verrouiller le système, un vieux message peut avoir été sauvegardé.

— Quel dommage ! Il y avait marqué *« I love you ! »*

Anna-Greta pencha la tête sur le côté avec une certaine coquetterie.

— Nous avons tous besoin d'amour, n'est-ce pas ? Mais étant donné le nombre de lampes qui se sont allumées et ont clignoté à votre place, vous aurez sûrement droit à d'autres messages, vous verrez.

— Même la lampe dorée s'est allumée, dit Blomberg avec une certaine fierté, en sentant qu'il rougissait. Il n'y a plus tellement d'hommes libres de mon âge qui désirent des femmes mûres, je veux dire, précisa-t-il, bien conscient d'arranger un peu la vérité.

— Ah bon ! Tant mieux ! La plupart des hommes âgés ne veulent que de jeunes bimbos, vous savez, le genre Barbie. Mais ce n'est pas elles qui les rendront heureux. Une fois qu'ils ont obtenu ce qu'ils voulaient, ils ne savent pas de quoi discuter avec ces aguicheuses. Notre solution est bien meilleure. L'intérieur et l'extérieur, tout en un, dit-elle en lorgnant du côté de la table de speed dating, où les lampes s'allumaient sans arrêt.

Ah, elle savait parler, cette dame, pensa-t-il. Mais *I love you !* De toute évidence, seule une femme plus jeune pouvait avoir écrit ça. Et ça lui était destiné. Oui, ça ne faisait aucun doute. Une fille qui n'avait pas froid aux yeux. Certes, l'important, c'était le genre de personne qu'on était, mais…

Blomberg baissa les yeux sur ses mains.

— Il existe des couples heureux ayant une grande différence d'âge, parvint-il à dire.

— Quand l'homme est riche, oui.

Blomberg ne sut que répondre. Il but une gorgée de bière et considéra pensivement cette femme qui n'avait pas la langue dans sa poche. Elle ne semblait pas du genre à se laisser marcher sur les pieds. Une crainte l'envahit tout à coup : si l'iPad gardait en mémoire d'anciens questionnaires, qu'arriverait-il au sien ?

Il s'éclaircit la voix :

— Vous effacez, je pense, les réponses de la tablette numérique dès que quelqu'un quitte sa place ? Ce qui est arrivé à mon iPad ne devrait pas se reproduire, n'est-ce pas ?

— Évidemment. Ici, l'anonymat est garanti pour tous. Cela ne se reproduira plus. L'intégrité est l'alpha et l'oméga de notre démarche. À propos, vous avez une fort jolie cravate. J'adore les chats, dit Anna-Greta en se penchant pour caresser du doigt un des dessins.

— C'est vrai ?

— Oui, les chats sont des animaux merveilleux ! Adorables et dévoués, mais aussi avec une forte volonté. Grrr ! fit Anna-Greta en donnant pour rire un coup de griffe en l'air.

Blomberg ne put s'empêcher de rire. Elle n'était pas la plus belle créature de mère Nature, cette Mary Poppins. Non, elle était grande, avec du répondant, un côté coincé avec son chignon, mais il y avait en elle quelque chose d'attirant. Elle paraissait déborder de joie de vivre et d'optimisme et lui faisait un peu penser à sa mère ; c'était le genre de personne confiante dans ses capacités, qui savait prendre soin des autres. Ses cheveux étaient soignés et ses yeux brillaient d'un éclat vif. Il ne se dégageait pas d'elle non plus des odeurs de crèmes ou de parfum. Il fit tourner son verre de bière entre ses doigts et remua sur sa chaise.

— J'ai vu que vous n'avez pas arrêté de toute la soirée, mais peut-être avez-vous le temps de boire une bière ? Au fait, je m'appelle Ernst, Ernst Blomberg, dit-il en lui tendant la main.

— Anna-Greta, dit-elle en la lui serrant avec force comme pour chasser l'eau d'une éponge.

— Si jamais vous avez besoin d'un coup de main avec les ordinateurs, ajouta Blomberg, n'hésitez pas.

Anna-Greta respira profondément, l'air ravie.

39

Un bateau à moteur blanc à bandes bleues passa en trombe sur le Riddarfjärden, ralentit à peine dans le canal Karlsberg et reprit de la vitesse dès qu'il arriva sur le lac d'Ulvsunda. Il n'y avait pas beaucoup de bateaux à cette période de l'année, et avec un 250 H.Q. Evinrude, on pouvait vraiment foncer. Leurs foulards flottaient au vent ; pour une fois, Kenta et Vesslan semblaient contents.

— Cramponne-toi ! cria Vesslan.

Il décrivit une large courbe sur le lac avant de décélérer et de se ranger près du quai récemment construit en bas de Hornsberg. Vesslan jeta l'ancre et Kenta sauta à terre avec l'amarre qu'il attacha autour d'une bitte. La nuit commençait à tomber, le timing était parfait : sans fanaux, personne ne les verrait repartir. Vesslan sauta à son tour et s'alluma une cigarette. En silence, ils se dirigèrent vers le restaurant SilverPunk.

— T'en veux une ? fit Vesslan en lui tendant le paquet de cigarettes. T'as vu ? dit-il en montrant la phrase sur l'emballage. « Fumer tue. » S'ils s'imaginent que ça va nous faire arrêter ! Qu'ils aillent se faire foutre !

— Eh, ne les fume pas toutes. On a en besoin.

— Une ou deux, ça suffira pour les pare-battages.

— Bon, une seule alors, dit Kenta en prenant une Marlboro qu'il alluma à celle de Vesslan. Dis donc, reprit-il en indiquant la péniche. On va encore devoir mettre les pieds dans ces épinards ? C'est une vraie jungle, en bas. C'est vraiment pas cool, putain, on peut être reconnus !

— T'inquiète. On y va et on plaisante avec les vieux, comme ça tout le monde s'imagine qu'on est de bons potes. Et quand la péniche explosera, personne ne nous soupçonnera.

— Et si jamais quelqu'un restait à bord ? C'est vachement dangereux. Ça pourrait devenir un incendie mortel…

— Voilà pourquoi on va d'abord faire un tour pour vérifier. La bouffe n'est pas dégueu, non plus, et il y a aussi le speed dating. C'est super à la mode. On va peut-être baratiner quelques meufs. Ce serait pas un truc pour ta pizzeria ?

— Ah oui, putain, dit Kenta dont le visage s'éclaira. Le speed dating, voilà une idée qu'on va leur piquer.

— Mais t'as vu la queue ? dit Vesslan quand ils s'approchèrent. (Il jeta son mégot et toussa.) Pas question de poireauter ici.

Une longue file de vieux gentlemen et de femmes bien habillées, semblant sorties de chez le coiffeur, les empêchait d'entrer. Kenta éteignit sa cigarette, jeta un regard entendu à Vesslan, et tous deux forcèrent le passage.

— Hé ! Vous ne voyez pas qu'on fait la queue ? protesta un homme avec une casquette.

— Et alors ? répondit Vesslan.

Kenta et lui se frayèrent un chemin jusqu'au bar sans enlever leurs blousons.

— Deux bières fortes, lança Vesslan.

— Super endroit ! dit Kenta en jetant un regard alentour.

Ils observèrent le speed dating et rirent à la vue du couple assis dans le coin qui leur était réservé.

— Avoue qu'ils sont mignons, dit Kenta.

— Tu crois qu'ils y arrivent encore, les vieux, je veux dire ? demanda Vesslan en ricanant. Et les vieilles. (Il s'interrompit en apercevant Märtha.) Tiens, en parlant de vieille, voilà celle au sac banane. C'est le moment de passer aux choses sérieuses, dit-il en adressant un signe de tête à Märtha. Ce sera sa dernière chance, à cette foutue bonne femme.

— Fais gaffe à tes couilles !

Vesslan posa son verre et descendit de sa chaise de bar au moment où Märtha allait passer devant lui. Il lui barra la route.

— Il faut qu'on cause !

— Oh, volontiers. Une bière, peut-être ?

— Non, non, bordel, dit Vesslan dans un soupir.

Il ne supportait pas la gentillesse de cette femme, qui savait aussi cogner.

— Un gars sans bière, c'est comme une banque sans argent, répliqua-t-elle en faisant signe au barman.

Elle attendit qu'il ait rempli les verres puis les posa devant eux avec un bol de cacahuètes. Vesslan et Kenta échangèrent un bref regard.

— *Back to business*. Vous me voulez quoi ? dit-elle avec le sourire.

— C'est la péniche. On veut l'acheter.

— La péniche ? Ah, c'est dommage, elle n'est pas à vendre.

— On vous en donnera un bon prix.

— L'argent, c'est pas tout, les gars. Ici, au SilverPunk, on veut rendre les gens heureux. Il s'agit de qualité de vie, vous comprenez ? C'est autrement plus important que des pièces sonnantes et trébuchantes.

Qualité de vie ? Vesslan et Kenta se regardèrent sans comprendre.

— Mais votre bande pourrait avoir un restaurant à Söder, à la place. Du moment qu'on récupère la péniche, fit miroiter Vesslan.

Il voulait à tout prix faire déguerpir ces retraités rebelles. Comment avait-il pu être assez bête pour laisser s'installer cette bande de déambulateurs ? Jamais il n'aurait imaginé qu'ils oseraient lui résister ; il avait compté sur l'argent du loyer et du racket. Mais voilà qu'ils ne payaient plus. Il fallait qu'ils fichent le camp, et le plus vite serait le mieux.

— Söder ? Mais cher ami, quel intérêt ? dit Märtha en secouant la tête.

— Un restaurant sur la terre ferme, ça ne coule pas, alors que… hum… cette péniche n'est pas sûre. Ce n'est qu'un vieux rafiot.

— Et malgré ça, vous voulez l'acheter ?

Märtha essaya de ne pas se démonter, mais la menace sous-jacente ne lui avait pas échappé. La mafia voulait les éloigner pour de bon, quitte à couler la péniche. Mais son idée était d'établir Vintageville ici. Märtha réfléchit. Le Génie avait installé un système de pompes, alors ils ne craignaient rien, en principe, mais en cas de coupure de courant, ce serait autre chose. Toutefois, elle n'avait aucune envie d'obéir à ces petites frappes. Il fallait bien que quelqu'un tienne tête à la mafia. Escroquer, s'approprier des biens, racketter sans payer d'impôts… On ne pouvait pas les laisser continuer leur petit manège.

— Désolée, nous ne vendons pas. Vous trouverez certainement quelqu'un d'autre à qui louer ce restaurant de Söder. Ça ne devrait pas être difficile, dit-elle d'une voix douce, en jouant l'innocente.

— Vous savez, il peut se passer beaucoup de choses avec une péniche, répéta Vesslan, un peu agacé.

— Avec un restaurant à Söder aussi, rétorqua Märtha.

— Allez, quoi, merde ! dit Vesslan d'un air arrogant. En fait, vous n'avez pas trop le choix. (Avec son verre de bière, il donna un coup à celui de Märtha pour le faire tomber.) Allez, petite mémère, soyez raisonnable, vous comprenez…

— Petite mémère ? Quel toupet !!

Vesslan vit le fameux sac banane foncer sur lui avant de pouvoir faire quoi que ce soit. Une douleur violente à l'entrejambe le fit se plier en deux. Il en lâcha sa bière ; le liquide se renversa sur sa braguette et le verre roula sous sa chaise. Kenta voulut se jeter sur elle, mais Märtha lui fit un croche-pied. Sa chaussure gauche Ecco Saunter (cinq étoiles de satisfaction clients sur Internet) adhéra bien au sol, et Kenta trébucha puis tomba en avant.

— Il faut être gentil avec les vieilles dames, déclara Märtha avant de tourner les talons (en caoutchouc amortisseur), son sac banane à la main.

— Ah, putain ! gémit Vesslan.

Cuicui, cuicui, entendit-on dans les haut-parleurs du

plafond : le Génie venait de lancer la musique de fond du restaurant pour créer une ambiance romantique. Bettan adorait ces pépiements, une mésange bleue qui faisait sa cour, mais pas Vesslan.

— Silence, merde ! C'est quoi, cette volière, putain ?

— Mais regarde ces taches, tu t'es pissé dessus ou quoi ? dit Kenta en désignant sa braguette.

— C'est que de la bière, putain ! Ah, cette satanée bonne femme... C'est bon, je vais les faire dégager en moins de deux, ces vieux, tu vas voir ça !

Vesslan continua à jurer comme un charretier et se dirigea vers les toilettes en boitant, appuyé sur Kenta.

— T'es sûr ? demanda Kenta plus tard quand lui et Vesslan, un peu remis, sortirent du restaurant. On pourrait quand même encore essayer de leur faire entendre raison...

— S'ils nous avaient vendu la péniche, d'accord, mais maintenant... Il est temps de passer aux choses sérieuses. On fera un dernier tour d'inspection du restaurant après la fermeture, histoire de vérifier qu'il n'y a plus un chat à bord.

Dans le restaurant, l'ambiance était à son comble et ça sentait bon les légumes sautés au wok et les épices orientales. Plusieurs couples récemment formés avaient décidé de prolonger leur rencontre au restaurant et flirtaient ouvertement, tandis que le personnel de salle se faufilait au milieu des plantes avec des plats et des boissons. Le niveau sonore était élevé, et personne ne sembla faire attention aux deux hommes qui se promenaient entre les tables en balayant tout du regard.

Kenta remarqua que la majorité des clients avaient entre soixante-cinq et quatre-vingt-cinq ans, mais il y avait des jeunes. Comment s'y étaient-ils pris pour les faire venir ici ? Il soupira en pensant à sa pizzeria vide ; c'était vraiment injuste. D'un autre côté, il devait reconnaître que la déco en jetait. Il n'y avait de lignes droites nulle part, tout était en courbes douces, ce qui donnait un côté romantique au sentier forestier menant aux tables situées dans des alcôves douillettes. Rien à dire, ils avaient su créer ici une atmosphère particulière.

Vesslan essaya de noter tous les détails et réfléchit à la manière de passer à l'action. Il fallait qu'il n'y ait plus personne, ils devraient donc attendre la fermeture.

— Attention ! s'écria Kenta au moment où son camarade allait rentrer dans un sanglier.

Vesslan l'évita de justesse mais perdit l'équilibre et se rattrapa comme il le put à un tronc d'arbre ; dans sa chute, sa main vint s'empaler sur le bec d'un pivert empaillé du Muséum d'histoire naturelle. L'oiseau tomba sans bruit dans une plante verte, mais laissa son bec fiché dans la paume de Vesslan.

— Allez, on se casse de cette maison de fous ! hurla-t-il.

— On ne devait pas essayer le speed dating ? demanda Kenta, surpris. Si je veux faire ça aussi, il faut que je voie comment ça marche. Il y a encore longtemps à tenir jusqu'à minuit…

— Ça peut provoquer une septicémie, putain ! tonna Vesslan.

Il porta la main à la bouche pour essayer d'enlever avec ses dents les restes du bec.

— OK, direction l'hôpital, dit Kenta en jetant un regard inquiet à son camarade.

— Mais ils ne perdent rien pour attendre ! jura Vesslan.

Puis il toussa, cramoisi. Un bout de bec s'était coincé dans sa gorge.

40

L'hiver s'était abattu sur Djursholm. Dans les jardins et les parcs, la neige, rendue scintillante par la lumière des réverbères, avait déposé son manteau blanc sur les pelouses et le bitume. À travers la fenêtre de la tour, Märtha suivait les flocons qui tourbillonnaient et se déposaient au sol. Les chênes étaient couverts d'une fine couche nacrée, et l'herbe haute s'était inclinée, dissimulée sous une couverture immaculée.

Depuis combien de jours neigeait-il ? Märtha n'aurait su le dire. Elle était mal en point. Après le week-end de Noël, elle avait attrapé une bonne grippe qui refusait de la lâcher et ne faisait qu'accentuer ses problèmes d'asthme. Puis son cœur avait fait des siennes. Elle devrait consulter un médecin, mais attendre des heures aux urgences, non merci. La patience n'avait jamais été son truc. Et puis, c'était le meilleur moyen de tomber sérieusement malade. Tant de gens attrapaient des maladies nosocomiales et en mouraient alors qu'ils avaient été hospitalisés pour une affection bénigne ! Tout ça parce que la direction, pour des raisons budgétaires, lésinait sur la propreté. Pas question de courir des risques inutiles : elle soignerait sa grippe et ses palpitations cardiaques toute seule. D'ailleurs, prendre en charge soi-même sa santé et ne pas se bourrer de cachets était très moderne. On se fiait aux capacités d'autoguérison de l'être humain. C'était parfait pour elle, qui n'avait la force d'aller nulle part et ne pouvait que rester à tricoter sur le canapé. Elle était à peine retournée au restaurant depuis ce soir où elle en avait chassé Vesslan et Kenta, et avait laissé les autres prendre la responsabilité des opérations. Elle se félicitait de ses progrès pour déléguer. Pendant que les autres s'activaient, elle réfléchissait à de nouveaux casses tout en essayant, en cachette, de se soigner.

Elle avait discrètement demandé à Stina quelques conseils de santé, qu'elle appliquait de son mieux. Peut-être finirait-elle par trouver un traitement efficace ? Il était logique qu'elle eût des palpitations cardiaques, vu tout ce qu'elle avait à gérer. Et en premier lieu le problème du Génie. Ils se comportaient l'un envers l'autre en personnes civilisées, mais il lui cachait manifestement quelque chose. Elle regarda sa bague de fiançailles. Ils n'avaient pas rompu, même s'il en avait évoqué une fois la possibilité, mais depuis la soirée où il avait jeté son oreiller contre le mur, ils ne parlaient plus mariage, et il n'avait plus que Bettan à la bouche. Bettan ceci, Bettan cela – et il n'en était même pas conscient. Il avait l'air si heureux chaque fois qu'il remontait de la cuisine du restaurant, mais son regard semblait éteint dès qu'il quittait la péniche. C'était bien là le pire. Cette garce lui avait complètement tourné la tête. Ne se rendait-il pas compte qu'il se comportait de manière pathétique ? Le Génie était un vieil homme qui aurait remporté n'importe quel concours des rides... Mais si c'était ce qu'il voulait, grand bien lui fasse ! Märtha renifla si fort que son cœur se mit à battre de manière irrégulière. Ces palpitations l'inquiétaient. Une ancienne gymnaste et prof de gymnastique qui se faisait du souci pour son cœur ! Ce n'était pas possible. Stina ne lui avait-elle pas vanté les bienfaits du magnésium, bon pour éviter les palpitations cardiaques et les crampes dans les jambes ?

Märtha alla chercher son ordinateur, tira sa chaise de repos sur la terrasse et tapa « magnésium » dans le moteur de recherche. Elle parcourut les pages, l'air de plus de plus en plus convaincu. Stina avait visiblement raison, ce métal avait des vertus insoupçonnées. Elle décida de demander un peu de poudre de magnésium à son amie en prétextant des crampes aux jambes – pas la peine de trahir la vraie raison de son inquiétude. Märtha reposa l'ordinateur et se prépara une théière, sortit un peu de liqueur de baies arctiques et des pastilles d'eucalyptus, puis saisit la bible de santé de Stina, *L'Homme qui s'autoguérit*[1]. Elle prit deux coussins moelleux et s'emmitoufla avec des couvertures dans son fauteuil Bruno Mathsson. C'était le moment de se reposer un peu avec un bon livre et de jeter un coup d'œil au jardin de Bielke. Elle avait remarqué que le mobilier y avait été déplacé. Leur voisin était-il rentré ? À moins que ce ne fût quelqu'un de la commune ou un nouveau jardinier. Pourquoi Bielke reviendrait-il alors qu'il n'était pas

---

1. *Den självläkande människan* de Sanna Ehdin, livre paru en 2009 et ayant connu un grand succès.

rentré pour Noël ? C'était maintenant qu'il faisait chaud sur les îles Caïmans, et bientôt il pourrait naviguer en Méditerranée avec son yacht. Ah, ses bateaux de prestige ! Märtha tenta de se souvenir des paroles d'Anna-Greta. Son yacht luxueux enregistré aux îles Caïmans pour éviter toute taxation valait largement plus de 500 millions de couronnes. 500 ou 600 millions de couronnes faisaient une jolie somme ! Le Secours populaire n'avait reçu que bien peu de millions ; quant au bonus que le gang des dentiers avait offert au personnel soignant, c'était un simple billet de 1 000 couronnes par personne, autant dire trois fois rien. Cela aurait bien fait rire les directeurs des grandes sociétés et autres requins au parachute doré. Le gang des dentiers devait faire don de sommes beaucoup plus importantes. Et un yacht comme celui-là… Si seulement ils pouvaient mettre la main dessus ! Cela leur permettrait de laisser les casses de côté pour un certain temps. Ils redistribueraient plus d'argent et pourraient rester un peu au calme, ce qui serait bénéfique pour son cœur. Voilà un vol amusant à planifier, maintenant qu'elle avait délégué le plus gros du travail aux autres ! Märtha commençait à trouver le temps long et avait la bougeotte, et ça non plus, ce n'était pas bon pour son cœur…

Le projet SilverPunk avait été très amusant, mais le restaurant ne leur rapportait rien. Celui de la péniche café-cinéma était resté dans les tiroirs, puisque la nouvelle péniche, en trop mauvais état, devait d'abord être rénovée. Et une fois en activité, les marges dégagées seraient faibles. Märtha prit un biscuit au citron et versa quelques gouttes de liqueur de baies arctiques dans son thé. Pourquoi ne pas demander à

Anders et Emma de reprendre la gestion du restaurant ? Cela permettrait à ses amis et à elle de partir à Saint-Tropez (loin de Bettan) afin de s'atteler à leur nouveau projet ! Un grand projet. Voler un bateau de cette taille, que seules des personnes de sang royal, des rois du pétrole et des milliardaires pouvaient posséder, avec piste d'hélicoptère sur le pont, piscine, chambres de luxe et tableaux de prix aux murs, serait une vraie prouesse. Elle avait lu que certains étaient prêts à payer 10 000 euros par semaine pour louer un de ces palaces flottants. L'idée qui germait dans son esprit la mit en joie, et elle reprit un biscuit au citron. Se poser un moment serait salutaire pour réfléchir, on ne pouvait pas toujours foncer, dans la vie. Au fond, c'était peut-être pour ça qu'on tombait malade ? Le corps nous faisait comprendre qu'il fallait lever le pied.

Märtha quitta son fauteuil, alla chercher son bloc-notes et un stylo, et se sentit tout à coup beaucoup plus d'attaque. Anna-Greta avait aussi abordé le sujet, le jour où ils avaient mangé de la soupe aux pois chiches et au thym. Le Génie ne serait sans doute pas très chaud pour se lancer dans un nouveau vol, mais son avis en la matière lui importait peu. Elle réussirait à rallier les autres à sa cause. Et qui sait, peut-être parviendrait-elle à convaincre aussi le Génie qui, sur la péniche, manquait finalement d'occupation. Un petit voyage ne leur ferait pas de mal, à tous les deux ; ça lui mettrait autre chose en tête que Bettan et les femmes de la table de speed dating. Mais comment dérobe-t-on un yacht de plus de 500 millions de couronnes ? Elle commença à esquisser un plan. Ce serait difficile, mais quel défi !

41

Le soir était tombé et la péniche, comme d'habitude, était illuminée pour accueillir les clients. Le commissaire Blomberg allongea le pas. Il avait emporté une brioche à la cannelle : Anna-Greta avait laissé entendre qu'elle adorait les petits pains torsadés aromatisés. Ces dernières semaines, il était devenu un hôte assidu de la péniche, où il venait boire une bière et mettre un peu d'animation dans sa vie. Quelle excitation quand les lampes s'allumaient autour de son iPad, et que lui-même faisait s'allumer des lampes d'autres personnes ! Il pratiquait le speed dating tous les soirs et avait même dîné plusieurs fois avec des femmes semblant correspondre à ses critères. Il aimait aussi s'asseoir au bar pour regarder Bettan et les autres serveuses passer devant lui. Un verre de bière et un spectacle agréable, que demander de plus ? Et puis, il y avait Anna-Greta, bien sûr. De temps à autre, elle s'arrêtait au bar, et il lui avait une fois proposé de boire une bière avec lui. Ils avaient eu tellement de choses à se dire que le temps avait filé à toute vitesse. Elle lui avait demandé comment se passaient ses soirées de speed dating et avait paru intéressée par sa manière de voir la vie. Ils avaient évoqué une foule de sujets tout en évitant de parler de leurs boulots respectifs. Blomberg avait éludé la question en déclarant qu'il avait été consultant en formation (la police avait bien besoin d'être formée, et comme il s'estimait l'homme de la situation, ce n'était qu'un demi-mensonge) et qu'il venait de prendre sa retraite. En revanche, il ne révéla rien de l'agence de détective privé qu'il venait d'ouvrir. Cela devait rester secret. Ainsi, il pourrait soutirer à Anna-Greta de précieuses informations sur les clients du restaurant et, qui sait, obtenir une piste qui le mènerait au gang des vieux. D'ailleurs, elle non plus ne parlait pas trop d'elle-même : il savait seulement qu'elle avait travaillé dans une banque, habitait à Djursholm et s'intéressait depuis peu à l'informatique. Ils discutaient beaucoup d'informatique, de finance et de musique des années 1950.

« Vous devriez entendre certains des disques de ma collection, avait-elle dit un jour. Je vais en apporter ici, un jour.

— Très bonne idée. Le son d'un vinyle n'a rien à voir avec celui d'un CD ou de la musique téléchargée sur Internet », avait-il répondu avec un air de connaisseur.

Elle avait paru si ravie qu'il en avait eu chaud au cœur.

Le jour suivant, elle avait effectivement apporté un tourne-disque ; ils s'étaient installés dans une alcôve (celle du sanglier) dotée d'une prise électrique, avaient branché l'électrophone et écouté Duke Ellington et Chris Barber. Désormais, Blomberg venait toujours avec un disque qu'ils écoutaient ensemble ; un soir, il avait mis une sacrée ambiance en passant *Rock*

Around the Clock de Bill Haley. Elle s'était penchée en avant, les yeux plissés, pour lui dire :

« Vous savez quoi ? On va danser un rock ! »

Elle avait ensuite poussé son rire tonitruant, presque un hennissement, et levé le pouce. Elle débordait d'énergie, cette Mary Poppins, et il se réjouissait de la retrouver sur la péniche. Plusieurs fois, il avait été parmi les derniers à partir ; le lendemain, il s'était levé en fin de matinée. Par acquit de conscience, il avait envoyé à Jöback et son acolyte une note de frais, deux masques en latex de chez Buttericks, et leur avait signalé ses rondes d'inspection devant les banques de Stockholm. Il surveillait bien sûr en particulier les personnes âgées au comportement suspect, mais jusqu'ici, il n'avait rien remarqué. Son rôle de détective ne lui donnait pas beaucoup de travail, mais un jour ou l'autre, le gang des vieux commettrait sans doute une erreur, et il les coincerait. Et puis, les membres de ce gang finiraient bien par venir au restaurant. Le lieu était tellement à la mode que, tôt ou tard, la vieille dame qu'on voyait sur les images devant le Musée national y apparaîtrait. Elle devait être la meneuse de la bande. Il n'avait pas distingué son visage, mais elle avait une attitude et une manière de bouger bien à elle. Il la reconnaîtrait entre mille !

— Oh, une brioche tressée à la cannelle ! Quelle aimable attention ! Vous l'avez faite vous-même ? dit Anna-Greta en lui lançant son sourire le plus éblouissant.

— Je me suis mis à la pâtisserie il y a peu, ça sent si bon, répondit Blomberg en lui tendant la brioche.

Anna-Greta se pencha pour humer la bonne odeur.

— Ah, mais c'est magnifique ! Vous avez mis

beaucoup de cannelle et de sucre. J'adore ça ! Ah, vous êtes vraiment un homme exceptionnel !

— Voyons, ce n'est rien, dit Blomberg, flatté ; il se sentit rougir. Je sais aussi faire des brioches tressées à la cardamome. Maintenant que je suis à la retraite, j'ai le temps de faire un gâteau par-ci par-là.

— Il faut vite la manger, dit-elle en jetant un regard autour d'elle. Allons nous asseoir dans notre coin habituel. Vous avez apporté un disque ?

— Naturellement. Un peu de Frank Sinatra ne fera pas de mal au sanglier empaillé.

— Haha ! hennit Anna-Greta. Ce sera parfait. Et il nous faut du café, non ? (Elle demanda à Bettan de couper quelques tranches de la brioche et d'apporter du café.) Nous allons nous installer dans l'alcôve avec le tourne-disque pour travailler, expliqua-t-elle.

— Comme si je ne le savais pas, répliqua Bettan en s'éloignant.

Anna-Greta et Blomberg s'installèrent à leur place préférée. Une fois qu'ils furent assis, elle sortit un iPad qu'elle posa sur la table.

— J'aimerais vous parler d'une chose. Je crois qu'on peut encore améliorer le speed dating avec une nouvelle application.

— Formidable ! Faites-le donc !

Blomberg sourit, songeur. Quel plaisir de parler informatique avec Anna-Greta. En voilà une au moins qui s'y connaissait, pas comme ce Jöback et tous ses collègues.

Elle ouvrit le programme de speed dating, et Blomberg mit le disque de Sinatra. La voix chaude du crooner entonna *Fly Me to the Moon*.

— Pourquoi ne pas diffuser notre programme de

speed dating sur Internet et le rendre payant ? poursuivit Anna-Greta en montrant l'écran. Nous pourrions demander des frais d'inscription. Toute la Suède pourrait participer.

— Vous êtes si créative, Anna-Greta. On ne s'ennuie jamais, avec vous.

— Dès qu'il s'agit d'argent, oui, j'ai toujours des idées. Plus on en gagne, plus on peut en donner aux pauvres, vous comprenez. (Elle pointa le doigt sur des icônes qu'elle testait.) Regardez.

Blomberg observa l'écran. Trois applications apparurent sous forme de cœur, avec au milieu les mots *Amitié*, *Amour* et *Mariage*.

— Ça alors ! Comment avez-vous fait ?

— Rien d'extraordinaire, mais cela m'a pris du temps, bien entendu, répondit Anna-Greta d'un ton enjoué.

— Mais pourquoi avez-vous créé des applications différentes pour l'amour et le mariage ?

— C'est assez évident : tout le monde ne veut pas se marier. Certains recherchent juste une aventure, ça leur suffit.

Elle lui adressa un clin d'œil et lui donna un léger coup de coude. Blomberg fut troublé. Flirtait-elle ? À cet instant, Bettan apporta le café et une assiette de tranches de brioche. Elle fit elle aussi un clin d'œil à Blomberg et s'éloigna avec un petit rire.

— Servez-vous le premier, c'est vous qui l'avez faite, pépia Anna-Greta, radieuse.

Elle prit un morceau de brioche à son tour et en engloutit le tiers sans le quitter des yeux.

— Miam ! s'exclama-t-elle. C'est vraiment délicieux, bravo !

Sous la table, un genou vint toucher sa cuisse... et Blomberg lui fit un large sourire.

— Les hommes qui savent faire des gâteaux sont très séduisants, ne me dites pas que vous l'ignorez ! lança-t-elle en riant avant de presser son genou contre le sien.

Soudain, la lumière s'éteignit, et la péniche fut plongée dans l'obscurité. La voix de Sinatra ralentit, devint plus grave, puis disparut tout à fait.

— C'est terrible, s'écria Anna-Greta en glissant sa main dans celle de Blomberg.

Il y eut un tohu-bohu, des cris effrayés et des bruits de chaises quand les gens se levèrent pour rejoindre le pont. On apercevait de loin en loin les flammes de quelques bougies, mais eux restèrent dans le noir. Anna-Greta s'en étonna elle-même. D'habitude, elle serait la première à sortir, mais voilà qu'elle restait assise avec lui.

— Oh, le courant va revenir, la consola Blomberg en lui caressant timidement le dos de la main.

— Vous croyez ? murmura-t-elle en se rapprochant de lui.

La lumière revint, Sinatra reprit *Fly Me to the Moon* de plus belle, et Anna-Greta recula aussitôt.

— Ah, le courant est revenu, ou alors c'est le générateur du Génie qui a pris le relais. C'est notre solution de secours en cas de coupure, bredouilla Anna-Greta, le rouge aux joues. L'essentiel, c'est que nous ayons la lumière. Tout est redevenu comme d'habitude.

Mais tout n'était pas comme d'habitude, songea Blomberg. Là, dans le noir, il s'était passé quelque chose entre eux. La lumière s'éteignit de nouveau.

42

Stockholm et Kungsholmen étaient plongés dans l'obscurité. Ici et là, on apercevait de vagues lueurs aux fenêtres, mais en bas sur le quai, tout était désert et silencieux. Seules les étoiles éclairaient la voie. Le Génie alluma sa lampe frontale et se dirigea vers l'avant du bateau en compagnie de Stina, qui le suivait sur ses escarpins à hauts talons. Le courant ne serait pas rétabli tout de suite, semblait-il, mais peu importait, puisqu'il avait un générateur. Le faisceau de sa lampe frontale éclaira le pont, puis la caisse en bois avec les pièces pour fabriquer des feux d'artifice, et tomba enfin sur le placard du générateur. Il n'avait pas servi depuis un moment, mais un authentique Bauer était connu pour sa solidité. Le Génie sortit le bidon d'essence. Mieux valait le remplir. Restait à espérer que le générateur veuille bien démarrer… Il tourna le robinet d'arrivée d'essence, attendit un instant et appuya sur le bouton de mise en marche. Le moteur démarra au quart de tour.

— Quelle chance que je l'aie gardé en réserve. Maintenant, nous aurons de la lumière, annonça-t-il gaiement en s'essuyant les mains sur son pantalon.

— Merci le Génie ! Que ferions-nous sans toi ? dit Stina en voyant les lampes se rallumer sur la péniche. Mieux vaut peut-être fermer quand même pour aujourd'hui. Ce genre d'appareil ne doit pas pouvoir assurer l'électricité pour tout un restaurant ? demanda-t-elle en montrant le générateur.

— Oh, si, un Bauer, c'est puissant ! répondit-il en remettant le bidon d'essence à sa place avant de refermer le placard.

Ils se dirigèrent vers l'arrière du bateau ; quand ils furent à mi-chemin, le générateur toussota et s'arrêta. Ils se retrouvèrent de nouveau dans l'obscurité. Le Génie ralluma sa lampe frontale.

— Il se peut qu'il y ait de l'eau mêlée à l'essence, marmonna-t-il en retournant vers l'avant, Stina sur ses talons.

Il rouvrit le placard, éclaira l'intérieur et sortit le bidon d'essence. Il ne datait pas d'hier et portait des marques de rouille. Il faudrait qu'il en achète un nouveau, en plastique cette fois. Dans ce genre de vieux bidons, il suffisait d'un trou provoqué par la rouille pour que l'eau s'y introduise. Il s'apprêtait à rappuyer sur le bouton de démarrage quand le cuisinier arriva avec une lampe de poche.

— Encore heureux qu'on ait autant de salade, sinon les clients auraient protesté que les plats soient froids, dit-il avec une pointe d'ironie. Ah, ces putains de fournisseurs d'électricité ! C'est le black-out partout. Ils ont dit à la radio que ça durerait un bon moment.

— Aucun problème. Le générateur va prendre le relais. Je vais réparer ça vite fait, dit le Génie qui se pencha pour examiner l'appareil.

Aucun trou, aucune bulle d'air, pas d'eau. Ce devait

être autre chose. Puis il aperçut un tuyau qui pendait dans le vide ; il le fixa et relança sans problème le générateur.

— Ah, c'était ça, je n'avais pas bien vérifié. Je dois être plus rigoureux ! Bon, c'est reparti.

— Sauf que le restaurant est fermé. Je n'ai pas l'intention de servir du poulet cru, rouspéta le cuisinier.

— *Raw food*, la nourriture crue, c'est bon pour la santé. Un restaurant bio...

— Vos légumes, c'est bien joli, mais moi j'ai besoin d'avoir le courant pour cuisiner. L'électricité, vous connaissez ? Et si tout le monde allume des bougies en bas, on risque d'avoir un feu de forêt !

— Mais il y a le courant, à présent, fit remarquer le Génie. Nous ferions mieux de rejoindre les autres.

Dans le restaurant, le niveau sonore était élevé, surtout parmi ceux qui flirtaient à la table de speed dating. Le Râteau essayait de calmer les esprits en ébullition, mais sans succès. Il avait la chevelure en bataille et le visage en feu, et un vif soulagement se lut sur son visage quand il aperçut ses amis.

— C'est bien que vous ayez fait revenir la lumière, mais le speed dating ne marche pas. Il doit y avoir un bug dans le logiciel, dit-il.

— Ça ne fait rien. Nous devons fermer ; les clients n'auront qu'à revenir demain, dit Stina en regardant autour d'elle.

Elle mit les mains en porte-voix et cria vers le coin du speed dating :

— Malheureusement, nous devons interrompre la soirée en raison de la coupure de courant. Notre générateur ne peut pas produire d'électricité très longtemps. Revenez donc demain, nous resterons ouverts une demi-heure de plus.

Elle se rendit dans la partie restaurant et délivra le même message. Les gens finirent leur repas. Ils ne purent pas régler par carte bancaire, puisque le système ne fonctionnait pas, mais Stina les assura qu'ils pourraient payer le lendemain. Sans faire d'esclandre, les clients récupérèrent leurs manteaux au vestiaire, sauf ceux du coin speed dating : certains hommes audacieux, profitant de l'obscurité passagère, s'étaient aventurés à caresser les cuisses de leurs partenaires. L'une avait filé son collant, une autre avait donné un coup dans le tibia de l'impudent, et une troisième avait saisi la main baladeuse poilue et refusait de la lâcher. Les femmes n'étaient pas en reste : quelques dames entreprenantes avaient carrément fait du genou aux hommes dans le noir, malgré leur arthrite et leurs bas de contention, et certains gentlemen, une fois la lumière revenue, avaient trouvé cela déplacé, vu qu'ils étaient surtout là pour Bettan. La situation la plus délicate était celle d'une femme de soixante-treize ans, bien conservée : dans un coin du canapé, trois chaussures d'homme de grande pointure lui avaient fait du pied en même temps, provoquant un immense chaos d'orteils et de chaussures. Les trois pieds avaient massacré son escarpin bon marché, noir et décoré d'une rose : son talon gauche était cassé et la chaussure écrabouillée. La plupart avaient toutefois été désolés que les lampes des tablettes s'éteignent, mais maintenant, elles étaient toutes allumées, et plus personne ne savait avec qui flirter. Tout le monde draguait donc tout le monde, presque avec désespoir, ce qui provoquait un désordre indescriptible.

— Je comprends que le choix puisse être difficile quand plusieurs lampes s'allument en même temps, mais d'un autre côté, c'est assez excitant, reconnut le Génie.

— Terriblement excitant, même, enchérit une quinquagénaire entourée d'octogénaires qui la tripotaient.

Un nonagénaire qui, même à trente ans, n'aurait pas été séduisant, soupira :

— Quel dommage que la lumière soit revenue. Juste au moment où j'allais toucher au but !

Le Génie le consola d'une tape sur l'épaule :

— Revenez donc demain. Nos clients sont souvent des habitués. Ça s'arrangera, vous verrez.

Il fallut un peu de temps pour évacuer tout le monde, mais la péniche se vida petit à petit. Dans la cuisine aussi, tout était rangé, et on était prêt à partir. Le chef monta sur le pont avec les serveuses ; quand Bettan passa devant le Génie, il essaya de l'arrêter.

— Tu ne peux pas rester un moment avec moi ? demanda-t-il en prenant sa main.

— Non, le travail est terminé, je rentre chez moi.

— Et si je t'offre un verre ?

— Ça va pas, non ? Je rentre chez moi, répondit-elle, et elle retira sa main avant de partir d'un pas vif.

Le Génie sursauta. Qu'est-ce qui lui prenait ? Tout penaud, il resta planté là, les bras ballants. Il y avait pourtant bien eu une complicité entre eux ! Chaque fois qu'elle le voyait, son visage s'éclairait, et elle lui adressait son plus beau sourire. De toute évidence, il s'était trompé.

Il haussa les épaules, se ressaisit et fit un tour de la péniche pour vérifier qu'il n'y avait plus personne à bord. Il aperçut alors Anna-Greta assise dans l'alcôve équipée d'un tourne-disque, en compagnie d'un homme élégant en pull-over bleu.

— Nous allons fermer. Vous venez ? demanda-t-il.

— Oui, nous partions justement. Mais il y a eu un problème avec l'iPad, dit Anna-Greta.

— Avec le tien aussi ? Tout le système de speed dating a buggé. On verra ça demain.

— Oui, il faut couper le programme mais veiller à ne pas perdre les données. Ça ne devrait pas être trop difficile. Je te présente Ernst Blomberg. C'est un as en informatique.

Ce dernier, la bouche pleine de brioche à la cannelle, se contenta de saluer d'un hochement de tête.

— Je te laisse fermer ? demanda le Génie.

— Pas de problème, répondit Anna-Greta, la tête encore dans les étoiles, d'une voix un peu trop enthousiaste.

— Et n'oublie pas d'éteindre le générateur. Il suffit de tourner la mollette.

— Je sais, dit Anna-Greta. Je dis au revoir d'abord.

— OK, à tout à l'heure. Mais nous partons maintenant, alors tu rentreras en taxi.

— Oui, oui, fit-elle, l'air ailleurs, sans plus lever la tête.

Allait-elle s'attarder ici ? songea le Génie en jetant un regard en coin à Blomberg. Ces derniers temps, Anna-Greta avait consacré une bonne partie de ses soirées à ce type-là. Bon, ce n'était pas ses oignons. Du moment qu'elle était heureuse…

— Mais ne traîne pas trop. L'essence dans le générateur ne durera qu'un temps.

— Ça s'arrangera, répondit Anna-Greta avec un hennissement de poney.

Le Génie soupira, leva la main pour dire au revoir et partit. Du coin de l'œil, il vit Anna-Greta et Blomberg penchés au-dessus de l'iPad. Bizarre, quand même, que d'aussi petites machines exercent un tel pouvoir sur les êtres humains. Ces deux-là avaient passé toute la soirée sur l'iPad. Étonnante, cette Anna-Greta… Jadis si coincée et réservée, depuis qu'elle avait eu une aventure avec Gunnar sur le ferry menant en Finlande, elle s'entichait des hommes ! Elle avait même réussi à modérer ses hennissements, c'est dire !

Le Génie enfila son manteau et rejoignit les autres sur le quai ; ils hélèrent un taxi qui s'arrêta aussitôt. Les membres du gang des dentiers, moins Märtha, restée à la maison, et Anna-Greta, toujours sur le bateau, ouvrirent les portières et s'installèrent dans la voiture.

— Djursholm, Auroravägen, merci, annonça le Génie en s'enfonçant, fatigué, dans la banquette arrière.

Quand le taxi démarra, il vit encore les lumières s'éteindre sur la péniche. Il se rendit compte qu'il avait oublié de remettre de l'essence dans le générateur, comme il avait pensé le faire. Le bidon était resté sur le pont. Devait-il demander au chauffeur de faire demi-tour et aller aider Anna-Greta ? Non, elle n'était pas seule. Ces deux-là se débrouilleraient bien dans le noir. *Et même très bien*, songea-il en fermant les yeux.

43

L'eau était noire et l'on percevait au loin la rumeur de la ville. Sur la plage de Hornsberg, un homme se promenait avec son chien, et sur le pont d'un des bateaux amarrés au quai quelqu'un cuvait son vin. À part cela, pas un chat. Tout était silencieux, il n'y avait presque pas de vent. Vesslan et Kenta accostèrent avec le hors-bord.

— Putain, quel coup de bol ! La coupure de courant ne pouvait pas mieux tomber, dit Kenta en scrutant les alentours.

Toutes les façades des maisons étaient sombres.

— On va enfin se débarrasser de cette péniche.

— Tu es sûr que ça va aller ? demanda Kenta en montrant à Vesslan son bandage à la main droite.

Le pansement s'était détaché et pendait autour de son poignet.

— Je peux quand même allumer une allumette, bordel ! La blessure est presque refermée.

— Mais ton pansement ?

— C'est fini, oui ?

— OK, marmonna Kenta, pas très convaincu.

Son camarade avait dû rester plusieurs jours à

l'hôpital Sankt-Goran, atteint par un début de septicémie. Il prétendait que sa main allait bien… Ils auraient pu attendre encore une semaine, mais Vesslan ne parlait que de ça, pris d'une véritable obsession. Il fallait se débarrasser de cette péniche, un point c'est tout.

Ils dépassèrent la jetée et ressentirent une poussée d'adrénaline : la péniche était bien là. Aucune lumière, aucun bruit. Le SilverPunk était plongé dans l'obscurité.

— C'est quand même un sacré rafiot, dit Kenta en donnant un coup de coude à Vesslan. Mais on va y mettre le feu. Personne ne nous verra monter à bord.

— Et après, on se tire sans allumer les phares.

Ils étaient tout près. Le ciel étoilé éclairait leur chemin. Vesslan posa un doigt sur ses lèvres ; ils attendirent quelques secondes, mais ne virent ni n'entendirent rien. Pas le moindre signe de vie. Alors ils montèrent sur la passerelle et gagnèrent le pont, direction l'avant du bateau. En passant, ils jetèrent un coup d'œil par les fenêtres et ne virent que des chaises et des tables. Apparemment personne n'était resté à bord. Vesslan leva le pouce, et ils continuèrent en silence. Une fois tout à l'avant, Kenta défit son sac à dos et sortit un allume-gaz.

— On va prendre ça, chuchota-t-il.

Sans répondre, Vesslan s'approcha des pare-battages bleus et blancs. Il les palpa et sourit en sentant ce qu'il y avait à l'intérieur. Il vit même les petits trous qu'ils y avaient percés auparavant. Tout semblait sous contrôle. Les vieux avaient installé leurs pare-battages comme ils l'avaient espéré, avec les cordelettes goudronnées. Parfait ! Dommage pour cette bande de petits vieux, mais puisqu'ils ne voulaient pas entendre raison… Il allait approcher l'allume-gaz de la corde-lette quand il aperçut un placard et un vieux bidon d'essence à côté d'une grosse caisse en bois. Il secoua le bidon.

— Ça alors ! Presque plein ! (Il dévissa le bouchon et vérifia en approchant le nez.) Ouais, c'est bien de l'essence.

— On peut dire qu'on a du bol. On va en remettre un peu sur les pare-battages bourrés de ouate inflam-mable.

— Tu parles d'un coup de bol, ouais ! Ça va brûler du tonnerre de Dieu ! ricana Vesslan, l'air mauvais, en versant de l'essence sur les pare-battages et les cordes.

Une puanteur envahit l'air. Il revissa le bouchon et s'essuya vite les mains sur son pantalon.

— OK, repasse-moi l'allume-gaz ! dit-il.

— Tu ne veux pas qu'on descende vérifier d'abord qu'il n'y a vraiment personne à l'intérieur ? demanda Kenta.

— Tu vois bien qu'il n'y a pas un chat !

Mais Kenta n'en démordit pas et se dirigea vers la porte d'accès. Fermée. Il se rendit à l'avant du bateau, mais là aussi, la porte de l'escalier était verrouillée. Il leva la main pour dire que tout allait bien.

— OK, alors on y va ! dit Vesslan. Action !

— Tu ne veux vraiment pas qu'on vérifie ce qu'il y a là-dedans ? chuchota Kenta en montrant la grande caisse en bois près de l'armoire du générateur. On ne sait jamais.

— Qu'est ce que t'es méticuleux ! C'est sûrement des gilets de sauvetage. Mais puisque t'insistes…

En râlant, Vesslan chercha la serrure, mais il n'y en avait pas. Bizarre : ni serrure ni cadenas. Il passa la main sur le dessus, mais son pansement s'accrocha à un clou, ce qui tira sur sa blessure. Sans réfléchir, il donna un coup pour se dégager, et son pansement se détacha entièrement. Il jura et l'enroula de nouveau. Il ne fallait pas trop traîner. Si jamais quelqu'un les voyait… Et l'électricité pouvait être rétablie à tout moment.

— Laisse tomber la caisse. Tu ne crois quand même pas que les vieux ont des explosifs sur le bateau ! Allez, on allume…

Vesslan sortit deux Marlboro de son paquet et Kenta lui tendit l'allume-gaz à contrecœur.

— Personne ne doit se mettre en travers de notre route. Maintenant, ils vont comprendre, marmonna-t-il en allumant les cigarettes et en les posant près de la cordelette d'un pare-battage.

Il fit un pas en arrière et vit avec satisfaction la cordelette s'embraser. Ils ne disposaient plus que de quelques minutes pour quitter le bateau. Ça sentait bon le goudron ; très vite, une petite flamme surgit. Kenta ne put s'empêcher de faire une dernière tentative pour ouvrir la caisse. Il pouvait y avoir quelque chose de dangereux à l'intérieur. Il sortit son couteau Mora, réussit à forcer le couvercle. Il glissa ses doigts dessous et souleva le loquet au moment même où la flamme s'éteignit.

— Merde ! Il va falloir en remettre un peu, dit Vesslan en ouvrant de nouveau le bidon.

— Non, attends ! Je vais juste vérifier si…

— Maintenant, ça va être bon, putain, lâcha Vesslan en éclaboussant d'essence la cordelette et les pare-battages.

Ça puait vraiment l'essence.

44

La péniche était vide. Seuls Anna-Greta et Blomberg étaient restés dans le noir. Le générateur s'était arrêté, mais ils avaient décidé de demeurer assis dans l'alcôve. Aucun d'eux ne s'était levé pour partir, et il ne faisait aucun doute qu'ils ne songeaient plus à réparer l'iPad. Il y avait autre chose. Blomberg sentit Anna-Greta chercher sa main avant d'appuyer la tête contre son épaule.

— Ouh, ce qu'il peut faire sombre ici, dit-elle en saisissant son poing.

Pour toute réponse, il serra sa main. Comme la vie était étrange ! Au début, il avait flirté avec Bettan, et voilà qu'il se retrouvait à flirter avec Anna-Greta, qui avait au moins quinze ans de plus. Le pire, c'était qu'il trouvait ça très agréable. En sa compagnie, il pouvait être lui-même, et ne s'ennuyait pas une seconde. Il voulut voir son visage dans l'obscurité. Oserait-il l'embrasser ? Si elle le repoussait et lui interdisait de revenir sur la péniche… Il choisit de ne rien tenter, préférant attendre qu'elle fasse le premier pas.

— Dommage que le générateur ne fonctionne plus. Vous croyez que le courant sera rétabli ce soir ?

demanda Anna-Greta en lui caressant le dos de la main.

— Oui, sans doute. Nous ferions mieux d'attendre que la lumière revienne, sinon nous risquons de nous prendre les pieds dans quelque chose.

— Très juste ; vous êtes si intelligent, roucoula Anna-Greta.

C'est vrai, se dit-il. Collée contre lui dans le noir, elle évoquait une écolière timide. Blomberg hésita un peu, puis se pencha plus près et pressa son genou contre le sien.

— Ah, soupira Anna-Greta en roucoulant de plus belle.

Elle semblait vouloir aller plus loin, se réjouit Blomberg. Elle ne s'était pas levée d'un bond quand le générateur s'était arrêté, n'avait même pas proposé que l'un d'eux aille voir ce qui s'était passé. Peut-être suffisait-il de remettre de l'essence ? Cela tendait à prouver qu'elle… qu'elle voulait rester en bas avec lui ! Encouragé, il s'aventura à poser un léger baiser sur sa joue et sentit qu'elle pressait à son tour son genou contre le sien. L'instant d'après, elle prit sa tête entre ses mains et l'approcha de son visage. Il l'enlaça, prêt à l'embrasser, quand un bruit résonna sur le quai. La péniche se balança un peu, et ils perçurent des pas furtifs sur le pont. Anna-Greta se raidit et serra très fort sa main. Soudain, il y eut des sons étouffés, indéchiffrables, suivis d'un coup sourd, comme si quelqu'un venait de déposer quelque chose de lourd.

— Mon Dieu, c'était quoi ? s'inquiéta Anna-Greta en se rapprochant encore plus près de lui.

— Chut ! Quelqu'un marche sur le pont.

Il passa son bras autour de sa taille et la plaqua contre lui. Ils restèrent ainsi en silence, aux aguets. En haut, des voix chuchotaient.

— Et si c'étaient des voleurs ? dit Anna-Greta dans un souffle.

— Ça peut aussi être des vagabonds. Je vais monter voir.

— Non, n'y allez pas. Ça peut être dangereux, restez près de moi, murmura-t-elle.

Il obéit et lui caressa la main. Après tout, il n'avait plus vingt ans. S'il se précipitait sur le pont et que les autres lui assenaient un coup de marteau ? Il aurait aimé avoir son pistolet sur lui, mais il avait été obligé de le rendre en partant à la retraite et n'avait pas pris le temps de demander l'autorisation d'en avoir un autre. Blottis dans le noir, l'oreille tendue, ils n'en menaient pas large. Au bout d'un moment, ils ne perçurent plus aucun mouvement ; tout redevint silencieux.

— On dirait qu'ils sont partis. Peut-être seulement des clients qui avaient oublié quelque chose et qui ont vu que tout était fermé, hasarda Anna-Greta en lui caressant la joue.

Blomberg pensa suggérer de monter voir, puis se ravisa. Il était bien, là, assis avec elle. Sa voix ne s'était-elle pas faite un peu langoureuse ? Elle semblait avoir espéré qu'ils se retrouvent de nouveau seuls tous les deux. Elle devait avoir raison : sans doute un client qui était revenu. Pourquoi fallait-il qu'il pense tout de suite au travail et s'imagine que chaque bruit indiquait un cambriolage, que chacun était un malfaiteur ? Dans le noir, il sourit de sa propre bêtise.

— Quelle femme merveilleuse, murmura-t-il en s'appuyant contre elle.

Elle ferma les yeux et l'enlaça, puis se raidit soudain :

— Vous sentez ? fit-elle en reniflant d'un air suspicieux. On dirait une odeur de fumée, non ?

— Pas du tout, répondit-il très vite.

Dans l'obscurité qui régnait dans l'alcôve, son instinct professionnel avait laissé place à quelque chose de beaucoup plus fort.

— Quelle femme merveilleuse, répéta-t-il avant de l'embrasser.

À peine Vesslan eut-il versé de l'essence sur les pare-battages que d'énormes flammes en jaillirent. Il trébucha en arrière. *Putain, j'en ai trop mis*, se dit-il avant que son pansement ne prenne feu. Il tapa dessus comme un fou pour l'éteindre, en vain. Vite, de l'eau ! Une serpillière ! Bordel de merde, où trouver de quoi éteindre ce feu ? Son regard tomba sur la caisse en bois, dont Kenta avait laissé le couvercle ouvert. Vesslan eut une idée : s'il fourrait la main dans la caisse et la refermait, il pourrait étouffer les flammes ! Il se jeta dessus et glissa la main à l'intérieur, mais ne réussit pas à refermer le couvercle.

— Mais c'est quoi, ça, bordel ? hurla-t-il quand le premier feu d'artifice explosa.

« Pfuuuuit », fit la première fusée en s'élançant dans le ciel. Il eut le temps de voir une boîte de fête « Galant » et une show-box « Luxury » verte avant d'être aveuglé par la lumière qui crépitait. Il dut reculer : deux feux de Bengale commencèrent à tourner, et une douzaine de comètes colorées en forme d'éventails s'élevèrent dans les airs, suivies de bombes palmes et d'étoiles crépitantes. La péniche était baignée de lumière et le ciel illuminé de cascades blanches, rouges et vertes.

— J'avais pourtant bien dit qu'on devait vérifier ce qu'il y avait à l'inté… commença Kenta.

— Ta gueule ! Aide-moi, putain ! cria Vesslan en essayant de s'asseoir sur sa main pour éteindre le feu.

Il se souvint trop tard qu'il avait essuyé ses doigts pleins d'essence à l'arrière de son pantalon.

— Aïe ! Oooh, putain ! Keeenta, au secours !

Mais son camarade, pris de panique, se précipitait déjà sur la passerelle pour descendre sur le quai, tandis que les flammes gagnaient un pare-battage après l'autre. Vesslan agitait les mains, mais le pansement brûlait toujours, tout comme son pantalon, et sa main lui faisait l'effet d'une fournaise, surtout à l'endroit de sa blessure causée par le bec du pivert.

— Putain, c'est pas vrai ! beugla-t-il en courant sur le pont tout en essayant de se débarrasser du pansement.

Des pas se firent entendre dans l'escalier, une clé tourna dans la serrure et la porte s'ouvrit avec fracas. Un homme, la chemise ouverte flottant au vent, tenant une lampe de poche et un téléphone portable, se précipita sur le pont. À la vue du feu, il composa aussitôt un numéro sur son portable. Vesslan comprit qu'il appelait les pompiers. Il se dirigea vers la passerelle et aperçut une femme d'un certain âge, échevelée, les vêtements en désordre. Elle était aussi maigre et longue qu'une asperge, et tenait un extincteur. Elle n'hésita pas un instant : elle fit plusieurs pas en avant, ôta la goupille de sécurité et pressa sur la gâchette. En l'espace de quelques secondes, Vesslan disparut dans un océan de mousse. Il suffoqua, essaya de respirer et se prit une nouvelle giclée d'écume dans la gorge. Il toussa, cracha et tituba avant de pouvoir enfin libérer sa main et s'essuyer la bouche et le visage.

— Vous êtes sauvé ! constata la femme sur un ton énergique en jetant un regard au pantalon fumant de Vesslan et à son pansement couvert de suie.

Ensuite, elle dirigea le jet vers les pare-battages en flammes.

L'homme au téléphone portable allait ranger sa lampe de poche quand ses yeux se posèrent sur Vesslan.

— Ça alors ! C'est toi, espèce de canaille ? Te voilà fait comme un rat.

Vesslan se releva aussitôt. Merde, un flic ! Il se jeta vers la passerelle et courut pour rattraper Kenta. Les fesses presque à l'air, le pansement qui flottait comme un fanion, il fonça vers le bateau amarré à Hornsberg. Il s'agissait de décamper au plus vite s'il ne voulait pas retourner en tôle. Quand il atteignit le hors-bord, Kenta avait déjà mis le moteur en marche et détachait les amarres. Il eut tout le juste le temps de sauter dans le bateau. Tous feux éteints, c'est le cas de le dire, ils disparurent dans la nuit, direction Huvudsta.

— Putain, ça a complètement foiré ! gémit Vesslan en tentant d'arranger le pansement. Et j'ai la main qui me brûle, ça fait mal !

— Comment aurait-on pu se douter que des vieux se bécotaient en bas dans le noir ?

— Et un flic, en plus ! Je crois qu'il m'a reconnu.

Qu'on me parle plus du SilverPunk. Ah, putain, j'étais plus peinard en prison !

— On ferait mieux de se mettre au vert pendant un moment, sinon on va se retrouver à la case départ, dit Kenta en accélérant.

Un coup de vent rida la surface de l'eau. Bientôt, le hors-bord ne fut plus qu'une ombre à l'horizon.

Anna-Greta resta seule sur le quai, les vêtements mouillés et collants, terriblement déçue. La mousse avait ruiné sa belle robe, ses cheveux étaient en bataille. Certes, les pompiers avaient réussi à éteindre le feu, et elle aurait dû s'en réjouir, mais ensuite, tout avait été de travers. Quand la police et les pompiers étaient partis, Blomberg avait dit devoir hélas rentrer chez lui sur-le-champ, sans plus d'explications. Il lui avait donné un rapide baiser sur la joue avant de filer. Le courant avait été rétabli, et il devait penser qu'elle s'en sortirait bien sans lui. Pourtant, ils avaient passé un moment si merveilleux ensemble qu'elle ne comprenait pas qu'il fût si pressé de partir. Leur histoire à peine commencée se terminait déjà en queue-de-poisson ; elle se retrouvait seule, pauvre femme abandonnée. *Ah, il faut se tenir loin de ces hommes de malheur ! Ils vous rendent toujours malheureuses*, se dit-elle.

À la fois triste et indignée, elle écarta le ruban du périmètre de sécurité et descendit chercher son manteau. Elle remarqua que, dans sa hâte, Blomberg avait lui aussi oublié le sien. Il serait obligé de revenir le chercher ; elle n'aurait qu'à l'attendre. À moins qu'elle ne le lui rapporte chez lui ? Il lui ouvrirait la porte et… peut-être pourraient-ils reprendre là où ils s'étaient arrêtés. Où avait-il dit habiter ? Quelque part près de Kungsholmen ? Reprenant courage, Anna-Greta enfila son manteau et saisit celui de Blomberg. Elle pourrait l'appeler d'abord, mais en sentant son portefeuille dans la poche de son manteau, elle ne put résister à la tentation. Il y aurait certainement une adresse à l'intérieur. Elle ouvrit le portefeuille de cuir noir et se mit à fouiller, parcourut quelques bouts de papier, des factures, et trouva une carte Visa et une carte Access pour le métro. Aucune adresse. Bizarre. Elle allait remettre le manteau à sa place quand une carte tomba de l'autre poche. Elle la ramassa : c'était un document d'identité plastifié, portant la photo d'Ernst. Elle chaussa ses lunettes et écarquilla les yeux en voyant ce qu'elle tenait entre les mains. Une carte de police ! *Sa* carte de police ! Son cœur se mit à battre à tout rompre ; elle vérifia plusieurs fois que ses yeux ne la trompaient pas. Ce salaud les avait donc espionnés ! Elle avait nourri un serpent en son sein (qui avait certes été merveilleux, une heure plus tôt). D'un geste las, elle remit la carte de police dans la poche du manteau et le raccrocha à la patère. Ses larmes jaillirent, et elle ne fit rien pour les retenir. En reniflant, elle éteignit la lumière, ferma à clé et sortit, le cœur gros, sur le pont puis sur le quai. Là, elle resta longtemps près du ruban de signalisation déroulé par la police, sans avoir la force de reboutonner son manteau, de mettre son écharpe ni d'appeler un taxi. Il lui fallut un bon moment pour se ressaisir et taper le numéro de téléphone. Quand la voiture arriva, elle ne chercha pas à dissimuler ses larmes. Le jour se levait avec la brise matinale, mais elle ne voyait ni ne sentait rien. Si elle avait été dans son état normal et pas aussi épuisée nerveusement, elle aurait vu que les amarres avaient été endommagées par l'incendie. Mais pendant tout le trajet jusqu'à Djursholm, elle sanglota doucement sur la banquette arrière, sans même remarquer que le vent s'était levé.

Quand la police revint le lendemain pour procéder à l'enquête sur l'incendie, elle vit de loin le périmètre de sécurité. Mais la péniche, elle, n'était plus là.

— Je crois que nous devons faire une pause. Il va falloir attendre un peu avec notre Vintageville, dit Märtha en tapotant la joue d'Anna-Greta.

Son amie avait les yeux rougis à force d'avoir pleuré ; le regard las, elle était très abattue. Après avoir fait la grasse matinée, elle avait semblé toute déboussolée en se réveillant. Sans dire un mot, elle avait pris son petit déjeuner, refusant de répondre aux questions. Quand elle eut bu son café et avalé un peu de nourriture, elle se sentit suffisamment d'attaque pour réunir les autres dans la bibliothèque. Ses amis l'attendaient, inquiets devant sa mine sombre.

— J'ai de mauvaises nouvelles à vous annoncer. De très mauvaises nouvelles, dit-elle d'une voix un peu pâteuse.

Les autres s'agitèrent sur leur chaise. Märtha, qui avait flairé un malheur, avait pris soin de sortir la liqueur aux baies arctiques et une bouteille de whisky, mais les regards étaient tous tournés vers Anna-Greta. Cette dernière chercha longtemps ses mots avant de parler, en bafouillant, d'incendie et de trahison. Alors seulement, elle put lâcher ce qu'elle avait sur le cœur.

— On s'est fait avoir ! De bout en bout ! dit-elle avec un soupir.

Pour des raisons évidentes, elle passa sous silence ce que Blomberg et elle avaient fabriqué dans le noir et évoqua sans tarder la panne de courant et l'arrêt du générateur. Elle s'attarda sur le bug du programme de speed dating, avant de marquer une pause comme pour reprendre sa respiration.

— On sait déjà tout ça. Assez tourné autour du pot ! s'écria le Râteau.

Anna-Greta prit son courage à deux mains et parla de l'incendie ; les sapeurs-pompiers avaient réussi à éteindre le feu et seuls les pare-battages, un bout de bastingage et deux ou trois choses sur le pont avaient disparu dans les flammes. Elle s'interrompit encore.

— Allez, crache le morceau, Anna-Greta ! grommela le Râteau. C'est pas bon de garder ça pour toi.

Elle se mit à sangloter et à trembler de tout son corps.

— Voyons, qu'est-ce qui est arrivé pour que tu te mettes dans un pareil état ? s'inquiéta Märtha en lui tendant la bouteille de whisky.

Mais Anna-Greta la repoussa et sortit son mouchoir. Elle joignit les mains sur ses genoux avant que les mots sortent enfin :

— Blomberg est un scélérat !

— Pas lui qui était si gentil, quand même ? intervint Stina.

— Si, lui, précisément, renifla Anna-Greta en s'essuyant les yeux. Nous écoutions des disques, et il m'aidait avec l'iPad. Mais…

— Mais quoi ? dit le Génie, impatient.

— C'est un flic !

— Un flic ?!

Ce fut la consternation générale.

— Un agent de police ! Ce n'est pas possible ! s'écria Stina en en laissant tomber sa lime à ongles et son poudrier.

— Tu crois qu'il se doute de quelque chose ? demanda le Génie. Peut-être qu'il venait au restaurant à titre personnel ? Je veux dire, à cause du speed dating et tout ça.

— Aucune idée. Il m'a dit qu'il était retraité et une sorte de consultant, mais visiblement, c'était un mensonge. Dès qu'il a posé les yeux sur Vesslan, il s'est transformé. « Ça alors ! C'est toi, espèce de canaille ? », a-t-il crié avant de se lancer à sa poursuite. Ensuite, j'ai trouvé sa carte de police dans la poche de son manteau.

— Alors ce n'est pas après nous qu'il en a, la rassura Märtha.

— Mais Vesslan était clairement un criminel, et Blomberg le savait. Ce qui veut dire qu'il est aussi au courant du braquage de la Nordeabank et du reste, dit Stina.

Il y eut un silence.

— Dans ce cas, il ne nous reste qu'une chose à faire, annonça Märtha. Faire un break et déplacer notre QG.

— Si c'est la solution pratiquée par les hommes politiques quand ils commettent des erreurs, on n'a qu'à les imiter. Même si on n'a pas fait autant de bêtises qu'eux, déclara Stina.

— On ne peut pas dire qu'on est restés tout à fait dans les clous, fit remarquer le Râteau.

Märtha dévisagea ses amis. Le repos des derniers jours lui avait fait du bien, et elle avait de nouveau les idées claires.

— Écoutez, je suggère qu'on laisse la responsabilité du restaurant à Anders et Emma pour un moment. Stina, tes enfants vont faire tourner le restaurant, et on reviendra quand la situation se sera un peu calmée. Et pendant ce temps-là, mes amis, j'ai un plan.

— Ça ne m'étonne pas de toi, dit le Râteau.

— Sans être un banquier, je ne suis pas tout à fait idiote en matière de finances. L'argent du braquage et les bénéfices du restaurant sont une goutte d'eau dans la mer. Bientôt, nous n'aurons plus rien à mettre dans nos *goodie-bags*. Il nous faut de plus grosses sommes d'argent pour venir en aide aux bas salaires.

— N'oublions pas non plus la culture, ajouta Anna-Greta d'une voix un peu plus claire. Nous avons la carte Visa, et il y a de l'argent à récupérer aux îles Caïmans.

— Ça ne suffira pas. Il nous faut de GROSSES sommes !

— *Sure, the big money*, aussitôt dit aussitôt fait, décréta le Râteau.

— Ne dis pas qu'on va redevenir des criminels… soupira le Génie.

— Tout dépend de l'angle sous lequel on considère les choses, répondit Märtha en prenant un gâteau et en se resservant du café. Nous avons déjà distribué quelques millions de couronnes. Nous avons encore l'argent de la gouttière, et pas mal de diamants de Las Vegas dans l'aquarium, mais ensuite…

— Quoi ? Tu as des diamants parmi les têtards ? demanda Stina, effrayée. Je n'en avais aucune idée.

Märtha baissa les yeux et rougit. Elle-même avait complètement oublié cette histoire de diamants, mais elle lui était soudain revenue à l'esprit pendant qu'elle se reposait. Ils avaient un aquarium à la cave ; inspirée par d'anciennes expériences, elle avait trouvé qu'il constituait un coffre-fort idéal. Elle avait tout bonnement déposé les diamants de Las Vegas au fond, en attendant. Mais juste le jour où elle pensait en parler aux autres, ses amis avaient acheté des poissons exotiques de grand prix et des plantes aquatiques et, du coup, elle avait oublié de le leur dire. Ensuite, ils avaient eu tant à faire avec le restaurant qu'ils en avaient même négligé de nourrir les poissons. De plus, le Râteau avait par mégarde acheté un piranha qui, en un temps record, n'avait fait qu'une bouchée des autres créatures puis avait fini par mourir lui aussi, faute de nourriture. Et l'aquarium à l'eau trouble était resté dans la cave.

— Les diamants du casse de Las Vegas, oui, dit-elle en s'éclaircissant la voix. Je les ai retrouvés au fond d'un tiroir et j'ai pensé qu'il valait mieux les mettre dans un endroit plus sûr. Un aquarium est une cachette parfaite.

— La prochaine fois, tu cacheras les diamants dans la litière pour chats et tu videras le tout à la poubelle, gémit le Râteau.

— À supposer qu'on ait un chat, l'interrompit Anna-Greta. Ce serait d'ailleurs une bonne idée. Blomberg et moi, on adore les chats, et…

À l'évocation de ce nom, elle s'arrêta net, baissa

la tête et ressortit son mouchoir. Märtha lui caressa furtivement la joue avant de reprendre la parole :

— J'ai donc pensé à quelque chose. Quand Anders et Emma auront repris la direction de la péniche, ils continueront à envoyer de l'argent au personnel de santé, tant qu'il en restera dans les réserves. Cela a bien marché avec les *goodie-bags*, alors ils n'ont qu'à poursuivre l'opération, dit Märtha. Nous, en revanche, nous allons viser plus haut. Rien en dessous de 500 millions de couronnes.

— 500 millions ? s'écrièrent-ils tous, épouvantés, mais non sans une certaine curiosité.

— Mais enfin, ma petite Märtha, quelle est ton idée ? voulut savoir le Génie, soudain tout excité.

— Oh, juste un petit vol pour la bonne cause, répondit Märtha en reprenant un gâteau.

Anna-Greta exposa alors le fruit de leurs réflexions sur les yachts luxueux de Bielke vus sur Internet. Des fortunes flottantes, immatriculées aux îles Caïmans, et pour lesquelles leur voisin ne payait aucun impôt.

— Vous comprenez pourquoi il aura du mal à déclarer le vol d'un de ses bateaux, conclut Anna-Greta.

Les mains sur les hanches, Anders regardait la péniche se balancer, égarée parmi de vieux aulnes, à Huvudsta. L'arrière cognait contre le quai et l'avant s'était pris dans des branches. Sur le pont gisait l'enseigne abîmée et en partie carbonisée, RESTAURANT SILVERPU... La péniche s'était détachée et avait dérivé vers l'autre côté du lac. Il n'avait pas été difficile de la retrouver.

— Voici les restes de la Vintageville de Stina. Une vision qui n'est plus. Quelle imagination ! dit-il.

Emma ne répondit pas, éteignit sa cigarette et avança sur le ponton. Le bastingage était en piteux état, comme les cordes et les pare-battages brûlés. À l'avant, un placard et une caisse étaient calcinés. À part ça, le reste semblait intact.

— De quelle imagination tu parles ? Notre mère sait ce qu'elle fait. Pourquoi ne pas plutôt laisser la péniche ici, à Huvudsta ? Nous pourrions poursuivre les activités qu'elle et ses amis prévoyaient, le speed dating et tout ça.

— À t'écouter, tout paraît toujours simple !

— Quand les participants auront trouvé un partenaire, ils pourront se balader un peu dans la nature, ajouta Emma en indiquant de la main le terrain en pente, les arbres et les vastes pelouses à côté. Là-haut, tu sais, il y a la ferme Huvudsta, où se sont réunis les conjurés de Gustav III à la fin du XVIIIe siècle.

— En quoi ça nous concerne ?

— Réfléchis. Autrefois, les assassins du roi se sont retrouvés là-haut pour planifier le meurtre. Tu comprends ? Nous pouvons élargir le speed dating à des promenades historiques le dimanche. Je te promets que ça fera un carton !

Son frère émit un grognement, signe qu'il réfléchissait, et Emma posa une main encourageante sur son épaule. Il lui faisait de la peine. C'était un homme dans la force de l'âge, mais au chômage. Normal qu'il n'ait pas le moral.

— Putain, ce que je suis fatigué des lubies de notre mère. Maintenant, elle et les autres veulent qu'on reprenne le restaurant. Mais ce genre d'activités est dangereux. T'as bien vu que la mafia a essayé de nous intimider, dit-il en montrant le bastingage et les fenders brûlés.

— Mais maman nous a tout expliqué : ça s'est passé à Hornsberg. Le gang des dentiers était sur leur territoire, là-bas. Ici, en revanche, on peut faire ce qu'on veut.

— C'est ce que tu crois. Faut d'abord tout nettoyer et remettre en état.

— Mes enfants pourront se baigner, ici, et il y a des chevaux dans l'écurie, là-bas. On ne peut pas rêver mieux. Si ça ne te branche pas, je trouverai un autre partenaire, dit Emma en plissant ses yeux vert olive.

Son frère comprit l'avertissement.

— Bordel, j'ai plus de quarante ans et c'est toujours ma mère qui décide, j'en ai marre, tu comprends ?

— Allez, on monte sur la péniche, on aère pour faire partir l'odeur de fumée et on se débarrasse de cet affreux sanglier. Tu viens ?

— OK, à condition d'enlever aussi l'espèce de castor et le loup.

— Évidemment. Je savais bien que je pouvais compter sur toi !

Emma fit un grand pas en avant pour embrasser son frère sur la joue. Ils avaient déjà travaillé ensemble auparavant, et il n'y avait aucune raison pour que cela ne se passe pas bien.

— Märtha est un as de l'organisation. Pendant qu'on va trimer avec le restaurant, elle et toute la bande vont descendre à Saint-Tropez. Comment elle s'y prend ? La prochaine fois, faudra qu'on inverse les rôles.

— Elle ne va pas là-bas pour bronzer. Je suis sûre qu'elle est sur un autre coup.

Le frère et la sœur contemplèrent l'eau scintillante, la mine pensive. Puis Emma dit :

— Pourvu qu'il n'arrive rien à Stina. Déjà qu'on s'inquiète parce qu'elle n'est plus toute jeune, il ne manquerait plus qu'elle se retrouve en prison.

47

Certes, leur départ avait été un peu précipité, mais
dès qu'ils avaient vu la possibilité de faire main
basse sur une très grosse somme, les membres du
gang des dentiers avaient mis les voiles direction
Saint-Tropez. Qui ne risque rien n'a rien, avait rappelé Märtha. Savoir que Bielke ne pourrait pas déposer
de plainte pour le vol de son yacht avait achevé de
les convaincre. Ce n'est pas tous les jours qu'on a
l'occasion de voler un demi-milliard de couronnes
sans que la police soit mise au courant. Cela valait
le coup d'essayer...

À Saint-Tropez, il faisait déjà aussi chaud qu'en été.
Des hommes en chemise au col ouvert et en short, des
femmes en robe à fleurs légères se prélassaient aux
terrasses des cafés, un verre de vin ou un expresso à
la main, et des touristes bronzés (ou avec des coups de
soleil) flânaient le long du quai en admirant les yachts
luxueux dont les chromes rutilaient. La brise était
douce contre la peau, cela sentait bon le poisson et la
mer. Le gang des dentiers, qui ne s'était pas encore

acclimaté, transpirait à grosses gouttes et marchait à pas lents sous le soleil du Midi, qui tapait fort.

— Tu sais, tu n'es pas obligé d'enfoncer ton chapeau si bas sur ton front ni d'avancer en te faufilant comme ça parce qu'on fait un repérage, dit Märtha au Râteau. Il faut marcher avec calme, comme si de rien n'était. Ne pas éveiller les soupçons !

Le gang des dentiers était arrivé à Saint-Tropez depuis un peu plus d'une semaine, et descendait chaque jour au port dans l'espoir de découvrir le yacht de Bielke. Monter un nouveau coup n'était pas une mince affaire, mais le gang avait un certain entraînement, et cet homme était un grand escroc, puisqu'il ne payait pas d'impôts en Suède. Märtha et ses amis s'indignaient de son style de vie si répréhensible et discutaient tous les jours de ce qu'ils allaient faire, bien que la loi autorisât ses agissements. Märtha essaya de leur faire comprendre que la loi et la morale n'étaient pas la même chose, mais le Génie, fils d'ouvrier de Sundbyberg, trouvait qu'ils étaient mal placés pour donner des leçons. Ce montage financier avec une société dans un paradis fiscal le mettait mal à l'aise, ce n'était pas vraiment son univers. D'un autre côté, il appréciait la chaleur de cet endroit, et le changement de décor leur faisait du bien à tous. Comme souvent quand on voyage à plusieurs, le groupe s'en retrouva soudé, et Märtha et lui-même se rapprochèrent, ce dont ils avaient grand besoin. C'était l'occasion ou jamais, après les tensions des derniers temps.

Le soleil brillait, et une douce brise soufflait de la mer. Les vagues renvoyaient des éclats de lumière sur les voiliers et les yachts somptueux ancrés dans la rade. Au loin, on apercevait une bande verte de

353

littoral, et seul un cargo rouillé du Panama gâchait la vue. La presse locale avait parlé de cette épave, et Märtha et ses amis lui trouvaient un aspect assez effrayant. Il était en si mauvais état qu'on s'apprêtait à le remorquer pour aller le couler en haute mer, vu qu'il constituait un danger pour la navigation. Le gang des dentiers approuvait cette décision.

— Alors comme ça, tu n'aimes pas quand j'ai le chapeau enfoncé sur le front ? grommela le Râteau.

Il souleva son couvre-chef et se redonna un coup de peigne en pestant contre ces bonnes femmes qui se mêlaient toujours de ses affaires. Il aurait aussi bien pu mettre une casquette ; elle aurait été assortie à son costume d'été beige et à son foulard ! Pour une fois, Märtha s'était mise en frais, mais ce n'était pas une raison pour lui faire des remarques. Il lui jeta un regard de biais : en fait, elle avait une telle élégance, aujourd'hui, qu'elle en était méconnaissable. Elle arborait un chapeau à large bord avec une voilette, une robe à fleurs hors de prix de chez Dior, ou un nom comme ça, un sac rose chic et des escarpins blancs avec de minuscules roses incrustées dans le talon. On aurait dit une comtesse pleine aux as. Les autres membres du gang avaient aussi fait des efforts vestimentaires : Märtha leur avait expliqué que, dans un premier temps, ils loueraient le yacht de luxe de Bielke. Il s'agissait donc d'avoir l'air de vrais millionnaires, et non d'arrivistes cherchant à imiter les riches. Bielke exigeait tout de même la coquette somme de 10 000 euros par semaine.

— Waouh, c'est pas donné ! avait lâché Anna-Greta.

— Quelle importance ? dit Märtha. Nous n'avons pas l'intention de payer quoi que ce soit.

— Mais ça ne se fait pas ! protesta Stina.

— Bielke est un fraudeur de première, il n'aura que ce qu'il mérite. Mais il faudra jouer serré. D'abord louer le bateau, puis le voler, et ensuite le revendre. D'ici là, on n'a pas d'argent à donner.

— Bon, vu sous cet angle, d'accord, convint Stina. *D'abord en mer, puis retour sur terre !* déclama-t-elle sans être très contente de sa rime.

Les vieux amis avançaient le long du quai où s'alignaient les yachts de luxe, la poupe tournée vers les terrasses des cafés. La plupart étaient blancs, certains affichaient différentes nuances de bleu, le nom du bateau peint à l'arrière. Presque tous avaient deux ponts et semblaient assez abandonnés, à part celui où un homme faisait le ménage.

— Cela fait des plombes qu'on arpente ce quai sans voir la trace de Bielke ou de son bateau. Où est ce type ? demanda le Génie en jetant un coup d'œil sombre à Märtha.

Son amoureux avait reconnu sa responsabilité dans leur mésentente, et elle aussi lui avait demandé pardon. Ici, en France, ils sauraient se retrouver et profiter de la vie. Le Génie avait regretté de s'être entiché à ce point de Bettan. Märtha et lui allaient renouer des liens forts, et peut-être se marier, si leurs sentiments respectifs se confirmaient. Ils s'étreignaient de nouveau longuement, avaient retrouvé l'harmonie.

Mais la nature de Märtha avait rapidement repris le dessus, et elle avait remis tout son petit monde au travail. Ils s'étaient d'abord promenés tous ensemble dans le port, pour se renseigner sur les modalités de location et l'équipage de ces palaces flottants. Son amie l'avait-elle donc oublié si vite ? Ses promesses n'avaient-elles été que des paroles en l'air ? Il sentit la main de Märtha se glisser dans la sienne.

— Dès que nous aurons récupéré le bateau de Bielke, nous pourrons nous détendre et nous occuper de nous deux, chuchota-t-elle.

— Ah, tu crois ? marmonna-t-il. Et que fait-on s'il a mis le cap sur l'Australie ?

— Bah, son bateau n'est pas non plus un voilier, le rassura Märtha.

— Bielke loue son bateau comme un charter, alors il est possible qu'il soit en mer. Mais il peut revenir à tout moment, promit Anna-Greta.

— Tu vois, le Génie ? renchérit Märtha en serrant sa main. Et rappelle-toi : nous faisons ça pour notre future Vintageville, et pour le personnel soignant de Suède.

— Oui, une Cité de la Joie ! Ah, que ferait notre pays sans toi ? la taquina le Râteau.

Märtha fit mine de ne pas avoir entendu ; d'un mouvement altier, elle contourna de son déambulateur un tas de cordages et un chat noir qui paressait au soleil. (En vérité, elle n'avait pas besoin de déambulateur, mais comme elle portait ses nouveaux escarpins, elle avait préféré le prendre, par sûreté.)

— Oh, comme c'est beau ! s'exclama Anna-Greta en regardant vers le large. Le bleu de la mer est si attirant que je plongerais presque tout habillée.

— Chiche ! s'écria le Râteau.

— N'oubliez pas pourquoi nous sommes ici, les gronda Märtha. D'abord, le boulot, après, plouf dans l'eau !

— Pas la peine de jouer les maîtresses d'école, grommela le Génie. On sait penser par nous-mêmes.

On va faucher le bateau de Bielke, OK, mais toi et tes « on va d'abord... ». Quand est-ce qu'on aura du temps l'un pour l'autre, dis ?

— Chut, pas si fort, murmura le Râteau en posant un doigt sur ses lèvres. On pourrait nous entendre. Il y a pas mal de Suédois, par ici. Et ne fais pas cette tête-là : Märtha t'aime, je te le promets.

— Si elle n'avait pas eu besoin de quelqu'un pour trafiquer les moteurs de bateaux, je me serais dispensé du voyage, répondit le Génie sur un ton maussade. Venir voler des yachts de luxe en Méditerranée ! L'heure n'est plus au petit hold-up, non, elle veut maintenant des centaines de millions de couronnes ! Elle s'est mise à aimer l'argent autant que tous ces aigrefins de la finance.

Le Râteau posa une main sur son épaule.

— Voyons, le Génie, tu devrais être fier. Qui d'autre a une pensée pour les pauvres, chez nous, et désire les aider à vivre décemment leur retraite ? Pas la classe politique, en tout cas.

— Non, mais...

— Ni les capitalistes. Eux ne font que se partager les primes. Märtha, elle, a introduit la première prime pour les bas salaires. Elle devrait recevoir une médaille !

— Sans capitalistes, pas de travail. Autant dire qu'on a besoin d'eux ! marmonna le Génie en se fourrant les mains dans les poches.

En un sens, le Râteau avait raison : Märtha pensait à ceux que les autres oubliaient. Il ne fallait pas trop lui en vouloir.

— Je trouve quand même qu'elle devrait penser un peu à nous, aussi.

— À toi, tu veux dire ?

— Euh, oui, admit le Génie. J'aimerais bien m'asseoir avec elle à une terrasse de café, au bord de l'eau, pour regarder la mer et manger un gâteau au chocolat en sirotant un cappuccino. Comme tout le monde.

Le Génie et le Râteau étaient restés un peu en arrière, et Märtha s'arrêta pour les attendre.

— Le Génie, lança-t-elle, radieuse, que dirais-tu d'un petit cappuccino ? J'ai réservé une table au Club 55, où ils servent ton gâteau au chocolat préféré avec de la chantilly. On n'est pas obligés de manger sain tous les jours.

— Hmrff, marmonna-t-il en rougissant. Le Club 55 sur la plage de Pampelonne ? balbutia-t-il.

Märtha avait deviné ce qui lui faisait tant envie et réservé une table dans un des endroits les plus chics de Saint-Tropez. Cette femme le connaissait par cœur !

— Évidemment ! Je nous ai fait inscrire comme membres. Nous devons passer pour des millionnaires pleins aux as, non ? Sinon, comment trouver des gens assez riches pour acheter un yacht volé ?

Elle ponctua sa question d'un rire si gai qu'il se sentit parcouru d'une vague de chaleur. Märtha était vraiment imbattable pour planifier, et elle devinait toujours ce qu'il pensait. Certes, cela l'énervait de temps en temps, mais quelle femme passionnante, si imprévisible ! Il aurait bien voulu disparaître seul avec elle sous un parasol, mais les autres avaient entendu sa suggestion.

— Si seulement on avait la chance de croiser une grande légende du jazz, ou Sylvester Stallone, glissa Anna-Greta en levant les yeux au ciel. Toutes les célébrités vont au Club 55.

— J'ai entendu dire qu'Elton John y allait souvent.

— Tu sais, je peux très bien être ton Elton John.
Je me suis déjà entraîné pour le rôle, fit remarquer
le Râteau.

Stina pouffa.

— Non, tu es bien comme tu es. Maintenant, allons
boire un café !

Le gang des dentiers héla un taxi. Las mais heureux, ils s'affalèrent sur les sièges et demandèrent
à être conduits à la plage de Pampelonne. Une fois
sur place, après s'être fait tout un cinéma, ils s'aperçurent à leur grand désarroi que le Club 55 n'avait
rien d'exceptionnel : il ressemblait à un des nombreux
cafés un peu chics de la Côte d'Azur. Un serveur
vêtu de blanc les guida à leur table et leur apporta
les cartes. Ils commandèrent cafés et gâteaux puis
scrutèrent les alentours dans l'espoir de découvrir des
stars de cinéma. Très peu discrète, Märtha sortit ses
jumelles de théâtre, mais n'aperçut aucune star. Sur la
plage, les paparazzi pourchassaient des jeunes bimbos
sans aucun pedigree.

— Vous avez vu ces femmes à moitié nues aux
seins qui tiennent tout seuls et aux lèvres de canard ?
fit remarquer Stina.

Même elle qui s'était fait lifter trouvait que ça
dépassait les bornes.

— Et regardez-moi un peu ces hommes tatoués
à la barbe taillée au millimètre. Heureusement que
je connais plutôt des hommes rasés de près, s'écria
Anna-Greta.

— Aucune vedette ! Ça ne doit pas être notre jour,
dit Märtha en rangeant ses jumelles.

— Ne dis pas ça, protesta le Râteau, qui se rinçait l'œil sur toutes ces poitrines aguichantes.

Le Génie n'avait cure des célébrités, mais dans la rade, quelques gros yachts le fascinaient. Des bateaux à moteur, des voiliers et des yachts grands comme des ferries. Comparés à eux, les bateaux de Djursholm semblaient n'être que de petits dériveurs.

— Vous avez vu le yacht, là-bas ? Il doit valoir des centaines de millions de couronnes, dit-il en désignant un énorme bateau bleu foncé doté d'une piste d'atterrissage pour hélicoptère.

— C'est certainement celui-là ! Oh, regardez ! s'écria Märtha.

Elle pointa le doigt vers un homme en combinaison de plongée noire qui survolait l'eau à toute vitesse, à une dizaine de mètres au-dessus des flots. On l'aurait dit sorti d'un film de James Bond. À l'approche de la plage, il décrivit de grands cercles au-dessus d'un parterre de jeunes filles en pâmoison.

— Ce qu'il peut la ramener, lâcha Anna-Greta en se bouchant les oreilles.

— Ce genre de Flyboard peut faire au moins du quarante kilomètres / heure. Les gens ne savent vraiment plus quoi inventer. Foncer sur l'eau alors qu'il existe des voiles ! critiqua le Râteau.

— On croirait qu'il vole sur des jets d'eau, dit Stina. Il faut bien que les milliardaires s'amusent.

— Oui, il contrôle les jets avec un réglage dans chaque main, précisa le Râteau.

— Si seulement les voitures pouvaient rouler sur des jets d'eau au lieu de consommer de l'essence. Ça ferait beaucoup moins de dégâts sur l'environnement, dit le Génie.

— Comme tu es bon. Tu penses toujours à améliorer la société, commenta Märtha en posant sur lui un regard admiratif.

— Toi aussi, Märtha, avec tes primes, et tout ça, répliqua le Génie.

Elle se pencha vers lui et l'étreignit puis lui donna un gros baiser sur la bouche.

— Mais enfin… murmura-t-il en sentant une onde de chaleur envahir tout son corps.

Ils étaient si bien, ensemble. Comment avait-il pu l'oublier ? Tôt ou tard, ils convoleraient en justes noces. Reprenant courage, il lui caressa la joue. Elle sourit, ouvrit son sac à main fleuri et en sortit une autre paire de jumelles de théâtre.

— Avec ça, tu pourras voir un peu mieux le Flyboard, comment il est construit, etc. Et ça t'aidera aussi à repérer le bateau de Bielke.

— Ah, voler au lieu de se marier… grommela le Génie, l'air soudain très fatigué.

Après leur pause-café de l'après-midi, ils commandèrent un taxi et retournèrent sur le port, où il leur restait une jetée et quelques pontons à inspecter. Le yacht de Bielke devait bien être quelque part. Qui sait s'il n'était pas arrivé aujourd'hui ? À moins qu'il ne l'ait loué pour un mois entier ? Ils se promenèrent en silence, ce qui ne leur arrivait pas souvent. La digestion des gâteaux n'y était pas pour rien. Le délit qu'ils s'apprêtaient à commettre était sans commune mesure avec ce qu'ils avaient fait jusqu'ici, et il exigeait le meilleur d'eux. Mais le jeu en valait la chandelle.

Märtha fouilla dans son sac et sortit un sachet de

réglisse forte. Ces pastilles avaient toujours un effet apaisant sur elle quand elle était tendue. Il s'agissait de maîtriser ses nerfs ! Ils devraient revendre le bateau pour en tirer de l'argent, mais des yachts à plusieurs millions de couronnes, ça ne se vendait pas sur Blocket. Comment trouver un acheteur ? Ils avaient choisi de séjourner dans l'hôtel le plus luxueux de Saint-Tropez pour attirer des clients potentiels, mais cela ne suffisait pas. Ils n'avaient aucun réseau dans ce milieu. Heureusement, les chambres et la literie étaient parfaites ! Ils disposaient ainsi au moins d'un cadre idyllique pour planifier leur coup. Märtha avait un peu honte d'admettre qu'elle prenait goût aux hôtels cinq étoiles. Doté de deux piscines, de suites design, avec sauna, spa, chaînes satellite et jacuzzi, le Kube Hotel de Pearl Beach en était un. On y trouvait également une salle de fitness avec des vélos, un tapis de course et une piscine pour se maintenir en forme. C'était aussi un lieu où repérer des futurs acquéreurs, des hommes de la finance, qui avaient des actions, des portefeuilles… et des muscles. Elle avait aussi choisi cet hôtel pour les conférences qui y étaient organisées. Märtha savait que l'International Royal Yacht Boating Club y tiendrait sa réunion annuelle, ce qui voulait dire que l'hôtel grouillerait de milliardaires. Bref, elle avait pensé à tout, sauf à l'essentiel. Ils n'avaient toujours pas vu la moindre trace du bateau de Bielke, et ils n'avaient donc rien à vendre.

48

Märtha était à la salle de fitness de l'hôtel ; comme tant de rencontres importantes dans la vie, celle-ci se produisit de manière tout à fait impromptue. Elle venait de reposer les haltères et s'échinait sur un vélo quand elle l'aperçut. Un homme beau comme un mannequin, dans les quarante-cinq ans, une serviette nonchalamment posée sur ses épaules, fit son entrée. Il avait les cheveux blonds et raides, de longs cils, des yeux bleus et une attitude très virile. Il la salua d'un hochement de tête, déroula un tapis et commença à faire des tractions. Après une cinquantaine de pompes, il reprit un peu son souffle puis monta sur un vélo, près de la fenêtre. Il portait des Nike Performance rouges, et les muscles de ses cuisses étaient fuselés et puissants. Märtha ne pouvait en détacher le regard. Ses biceps impressionnants, son thorax et son ventre sans une once de graisse où saillaient ses abdominaux évoquaient une sculpture de Michel-Ange. Il émanait de tout son être une telle distinction qu'elle en oublia de pédaler, le souffle court. Elle dut se cramponner au guidon pour ne pas tomber.

— *Are you OK, my dear ?* demanda l'homme dans

un anglais teinté d'un accent étranger en se précipitant pour lui venir en aide.

Toujours aussi troublée, Märtha posa les yeux sur ses tablettes de chocolat luisantes et parvint à murmurer quelque chose ; malgré elle, elle toucha son biceps, alors qu'il avait posé une main ferme sur son épaule. Consciente de ce geste déplacé, elle en fut si gênée qu'elle se mit à ventiler.

— *Shall I call a doctor ?* demanda l'homme, inquiet.

Son accent semblait russe.

Märtha secoua la tête : elle avait vu son gros bracelet en or, sa chaîne en or avec une croix et sa montre en or avec boussole et incrustation de diamants. Son cerveau tournait à plein régime. L'homme portait une fortune sur lui, et son accent laissait penser qu'il était un oligarque russe. On trouvait difficilement plus riche, outre une poignée d'hommes d'affaires malaisiens et les quatre-vingts personnes les plus riches du monde. Cet homme constituait donc une proie éventuelle. De nombreux oligarques russes ayant la quarantaine avaient amassé leur fortune après la chute de l'Union soviétique, au début des années 1990. Ils ne craignaient pas d'afficher leurs biens ; peut-être possédait-il une des nombreuses Ferrari garées devant l'hôtel ? Märtha ferma les yeux. Si elle avait eu quarante ans de moins, elle se serait comportée comme les filles des années 1970 dans les films de James Bond : elle aurait roulé des hanches, battu des cils, et l'aurait entraîné dans sa chambre. Mais aujourd'hui, elle n'avait plus ce choix. Elle fit mine de s'évanouir, tomba en avant sur le guidon et attendit qu'il se porte à son secours de manière chevaleresque. Elle avait eu raison : en une seconde, elle sentit ses bras autour de son corps. Quand il la souleva du vélo d'entraînement et lui demanda encore une fois si tout allait bien, elle hocha la tête, soulagée. Ils étaient à présent entrés en contact, dans les deux sens du terme. De plus, elle avait glané une info au passage : il puait la vodka. Un riche oligarque qui buvait comme un trou. L'idéal.

— Märtha, dit-elle en tendant la main.

— Oleg, Oleg Pankin, répondit l'homme en pressant sa main si fort qu'il faillit la broyer.

Märtha rayonnait. Elle avait insisté pour qu'ils logent parmi les richards, et sa stratégie portait enfin ses fruits. Elle se hâta de rejoindre ses amis pour leur annoncer la bonne nouvelle.

— À quoi penses-tu, mon cœur ? demanda le Génie quelques jours plus tard à Märtha alors qu'ils prenaient tous le frais devant un petit bistrot du port. Tu n'as pas ouvert la bouche depuis si longtemps que je commence à m'inquiéter.

Le vent faisait se balancer les cimes des palmiers et claquer les toiles des parasols. Après avoir pris un café, tous regardaient la mer. Märtha leva les yeux, comme prise en flagrant délit. Elle ne cessait de penser au Russe. Elle avait raconté aux autres sa joie d'avoir rencontré un oligarque russe dans la salle de fitness, mais, pour être honnête, elle ne pensait pas qu'à ça. Pas qu'aux affaires, s'entend. Pourquoi n'aurait-elle pas le droit de trouver du plaisir à admirer le corps d'un bel homme ? Jamais elle ne s'était autant entraînée que ces derniers jours. Elle reposa sa tasse de café d'un geste faussement nonchalant et observa elle aussi la mer en veillant à ne croiser le regard de personne.

— À quoi je pense ? Eh bien, à ces 500 millions de couronnes, voyons (ce qui n'était pas tout à fait un mensonge), et puis à Oleg, ce Russe tout en muscles, tu sais, répondit-elle.

— Mais pas en tant qu'amoureux, j'espère ? répliqua le Génie, pris d'un doute. Je t'ai entendue parler la nuit, dans ton sommeil, de biceps et d'abdominaux.

Märtha secoua la tête pour cacher le rouge qui venait de lui monter aux joues. Par précaution, elle ne quittait pas des yeux la ligne d'horizon.

— Je réfléchis à la meilleure façon de mettre la main sur sa fortune, tu comprends. Les gens qui ont 500 millions, vois-tu, ça ne court pas les rues, précisa-t-elle. Et bien sûr qu'un homme qui entretient son corps est toujours agréable, je veux dire, intéressant. On se demande à quel rythme il s'entraîne et quel régime alimentaire il suit.

— C'est bien ce que je pensais, grommela le Génie en palpant ses poignées d'amour. Pourtant, mon ventre est un oreiller beaucoup plus douillet !

— Je le sais bien ! Ne va pas croire que je me laisse impressionner par les apparences, assura Märtha, les joues en feu.

Elle se radossa. Dieu qu'il avait les yeux clairs, ce Russe, et quel bonheur qu'il l'ait soulevée de son vélo… Il s'agissait de bien préparer son coup. Ce n'était pas la première fois qu'elle simulait des vertiges, mais il fallait absolument qu'il la croie sujette à des pertes d'équilibre. Cela faisait partie de son plan.

Chaque jour, elle pédalait avec assiduité et affirmait :

— Si on aime l'océan comme moi et qu'on ne

366

veut pas vendre son bateau, il faut se maintenir en bonne condition physique.

Puis elle chancelait, et il devait la soutenir pour la remettre en selle ; elle recommençait alors à pédaler et poussait un petit soupir.

— J'ai le plus beau yacht du monde, mais je ne veux pas le vendre, s'exclamait-elle, c'est pourquoi il faut que je m'entraîne dur. Je veux pouvoir me promener sur le pont et profiter de la mer et des vagues. Si je renforce la musculature de mes jambes, ça ira. Encore une séance, et ce sera bon.

Chaque fois qu'elle le croisait dans la salle de fitness, elle refaisait son numéro, mais elle n'osait pas avouer au Génie pourquoi elle ressentait une telle envie de s'entraîner.

— C'est vrai que tu ne t'intéresses pas aux apparences ? lui demanda ce dernier.

Par chance, le Râteau intervint avant qu'elle pût répondre.

— Vous avez vu ? demanda-t-il en désignant un grand bateau avec des ponts en bois qui entrait dans le port.

Ce yacht n'avait pas une piste d'atterrissage d'hélicoptère, mais deux, et un toboggan qui partait du pont supérieur pour tomber dans la mer. À bord, des hommes vêtus de blanc manœuvraient pour accoster, et des jeunes femmes d'une vingtaine d'années faisaient signe à leurs amis sur le quai. Ce bateau était encore plus beau que celui de Bielke, c'était un des plus beaux qu'ils aient vus depuis leur arrivée à Saint-Tropez. Tous se levèrent au même moment, et Anna-Greta fit un geste au serveur.

— Il est temps de payer, dit-elle en remontant

ses lunettes pour lire l'addition. La vue ici n'est pas donnée !

Elle posa la somme exacte sur l'assiette. Le serveur avait été si lent et impoli qu'il n'aurait pas de pourboire.

— Venez, allons là-bas, dit le Râteau.

— Oui, allons-y ! lança Märtha en entraînant les autres.

À peine étaient-ils arrivés sur la jetée qu'ils entendirent une voiture derrière eux.

— Une Rolls-Royce, constata le Génie, dont le visage s'éclaira.

Une grande limousine noire roula en direction du bateau et s'arrêta au pied de la passerelle. Un chauffeur en livrée sortit pour ouvrir la porte à un homme d'une cinquantaine d'années qui portait une barbe en collier, un costume blanc, une chemise bleu clair, une cravate et une casquette de marin. Mais l'attention de Märtha avait été attirée par autre chose : l'homme qui était descendu de la voiture avançait à grands pas en balançant les bras. Elle ne connaissait qu'une personne ayant cette démarche.

49

Märtha et ses amis se plaquèrent vite contre le mur,
à quelques mètres d'un camion garé là. Le véhicule
les dissimulait, mais, en se penchant, ils pouvaient
suivre ce qui se passait sur le yacht. C'était bien
lui : leur voisin, l'homme d'affaires Carl Bielke. Sur
le pont principal, tout l'équipage vêtu en uniforme
blanc était accoudé au bastingage, et à l'avant, sur
le pont supérieur, une petite fille d'environ cinq ans
agitait la main.

— Papa, papa ! criait-elle en suédois en sautillant
sur place, pleine de joie.

Carl Bielke ne lui prêtait aucune attention, occupé
à saluer les membres d'équipage. Tout sourires, il
arpentait le pont en discutant, et fit la grimace quand
sa fille l'appela de nouveau. Enfin, une fois qu'il eut
passé en revue ses troupes, il daigna rejoindre l'enfant.

Märtha n'avait pas perdu une miette de la scène.

— Mon Dieu, murmura-t-elle en pensant au fils
de l'âge de cette fillette qu'elle avait perdu, et dont
elle n'arrivait pas à faire le deuil.

Son riche voisin avait une fille en vie mais ne
s'intéressait pas à elle ! Un homme pour qui les biens

369

matériels et le prestige importaient davantage que la famille… Elle secoua la tête, soudain très triste. Stina s'en aperçut et passa un bras autour des épaules de son amie :

— Celui qui ne voit pas sa richesse est pauvre et ne sera jamais heureux, dit-elle en levant les yeux vers le bateau. Nous lui rendrons peut-être service en lui volant son yacht.

— Quand un homme possède plusieurs bateaux de luxe, c'est qu'il est insatisfait, renchérit Märtha.

— Sauf si ça lui permet d'échapper au fisc, fit remarquer Anna-Greta.

— Ce qui lui donne les moyens d'en acquérir un autre, à supposer qu'il soit à son nom, dit Märtha.

— Regarde, il s'appelle l'*Aurora 4*, comme son adresse à Djursholm, Auroravägen 4. Ça doit être le sien. Peut-être qu'il s'est séparé de certains de ses bateaux : celui-ci vaut beaucoup plus que 500 millions de couronnes. C'est étrange ; les riches en veulent toujours plus, plus grand et plus cher, déclara Stina.

— C'est vrai, confirma Märtha.

— Mais nous ne valons pas mieux qu'eux. À chaque vol, nous plaçons la barre plus haut, objecta le Génie.

— Mais nous, nous savons pourquoi, rétorqua Märtha. C'est pour avoir encore plus d'argent à donner aux pauvres, vous n'avez quand même pas oublié ça ?

— Chut, on pourrait nous entendre, fit le Râteau.

À l'instar de ses camarades, il ne pouvait détacher ses yeux du splendide yacht. Ils virent Bielke gesticuler sur le pont, disparaître et revenir avec un verre à la main. Trois jeunes femmes qui devaient avoir la moitié de son âge vinrent le rejoindre, et tous s'installèrent dans des transats au bord d'une piscine, avec un verre.

— Ce yacht doit valoir une petite fortune, déclara Anna-Greta qui essaya de se souvenir de tous les bateaux qu'elle avait vus sur Internet. Voyons un peu : deux pistes d'hélicoptère, trois ponts, un toboggan qui descend jusque dans la mer, deux piscines et des hors-bord, oui, il doit valoir au bas mot dans les 600 ou 700 millions de couronnes.

— Formidable ! Avec ça, on va pouvoir augmenter considérablement les primes pour les aides à domicile, dit Märtha.

— Sauf que voler un palace flottant comme celui-ci, c'est une autre paire de manches. Il nous faudra de l'aide, déclara le Râteau.

— Et un bateau de ce prix doit être beaucoup plus difficile à revendre, ajouta Stina.

— Mais il nous rapportera beaucoup plus d'argent ! s'écria Anna-Greta, les yeux brillants.

Quand Bielke eut disparu avec les femmes à l'intérieur du yacht, les amis se risquèrent hors de leur cachette. Malgré leurs perruques qui grattaient et leurs déguisements de millionnaires, ils craignaient d'être reconnus. Mieux valait prendre des précautions. Avant de s'éloigner, Märtha sortit son téléphone portable et prit des photos du yacht. Elle zooma sur chaque détail, et s'avança même sur le ponton pour faire des photos de l'avant et de l'arrière du bateau. Elle s'appliqua à obtenir la vue d'ensemble la plus flatteuse possible. Pour finir, elle pria le Génie de prendre quelques photos d'elle avec le bateau. Sans faire de bruit, elle s'appuya en souriant contre le bastingage, toute fière d'afficher ce qu'elle prétendait posséder – un yacht de luxe.

Ce soir-là, le gang des dentiers veilla longtemps et forgea des plans. Avant d'aller se coucher, le Râteau appela son fils Nils. Avec ses années d'expérience en mer sur différents vaisseaux, il était l'homme de la situation.

« Vous comprenez, avait-il dit d'un air important, un vol comme celui-là n'est pas à la portée du premier marin venu. Il faut des gens comme Nils et moi. »

Le lendemain, Märtha poussa doucement la porte de la salle de conférences où se tenait la réunion de l'International Royal Yacht Boating Club. Elle fit ensuite semblant de s'être trompée, mais eut le temps de voir que la plupart des hommes d'un certain âge déjà aperçus autour de la piscine y assistaient, de même qu'Oleg, penché au-dessus d'une pile de brochures et de documents. En silence, elle sortit de la pièce, ferma la porte et regarda le panneau indiquant la durée prévue pour la réunion. Oleg et ses collègues en auraient pour toute la matinée. Parfait ! Cela lui laissait le temps de se préparer.

Quelques heures plus tard, elle se rendit comme d'habitude à la salle de fitness, cette fois munie de son grand sac à fleurs. Elle le posa avec soin à côté du vélo avant de grimper dessus et se mettre à pédaler. Elle était déjà un peu en nage quand Oleg entra, torse nu, sa serviette blanche jetée sur les épaules. Ils échangèrent un sourire, et le Russe commença à faire ses tractions. Quand il fut à son tour monté sur un vélo, Märtha poussa quelques petits soupirs, exagéra ses efforts pour redescendre, et comme le Russe ne venait pas l'aider tout de suite, elle gémit un peu plus fort pour l'obliger à lever les yeux. Puis elle imita Anna-Greta trébuchant sur sa canne. En deux bonds, Oleg la rattrapa, et elle fit durer le plaisir avant de se ressaisir.

— Oh, *I almost* failli tomber, dit-elle.

— *What ?*

— Comme ça, dit-elle en se laissant retomber dans ses bras.

(Ah, ces bras musclés autour de sa taille... Elle ferma les yeux avec un soupir.)

— Vous êtes sûre que ça va ?

— Oui, murmura-t-elle en faisant semblant d'être un peu groggy.

Il lui prit la main et la posa sur le guidon du vélo.

— Prenez appui ici !

— Ah, vos mains sont si... balbutia-t-elle en s'arrêtant à temps.

Cela faisait longtemps qu'aucun homme de quarante-cinq ans ne l'avait plus enlacée, mais elle devait rester concentrée sur son objectif.

— Mon Dieu que je suis devenue vieille, geignit-elle en prenant un air profondément malheureux. C'est l'équilibre, je suis comme un vieux cargo rouillé, *cargo old, you see !* Mais je fais de l'exercice, car je ne veux pas vendre mon joli yacht. Ah ça, non !

— Votre yacht ?

— Oui, mon super yacht. Il ressemble à celui de Spielberg, vous savez, mais il a deux pistes d'atterrissage d'hélicoptère.

Elle vit une lueur s'allumer dans les yeux d'Oleg.

— C'est vrai, le manque d'équilibre peut être dangereux, par mauvais temps, fit remarquer le Russe.

— Mon bateau est mon joyau, il est si beau, et tout neuf. Si je le vends, je perdrai beaucoup d'argent. Non, je vais y arriver.

Märtha se cramponna au guidon pour garder l'équilibre, essaya de remonter sur la selle, mais tomba de nouveau. Aussitôt, il vint à sa rescousse. Elle secoua la tête et se tut un moment, puis enfouit son visage entre ses mains.

— Ah, je vois bien que ce n'est plus possible ! dit-elle, des sanglots dans la voix. Je fais tout ce que je peux pour me muscler et lutter contre les pertes d'équilibre, mais je n'y arrive plus. Je vais devoir vendre le yacht. Mais je ne veux pas ! Qu'est-ce que je vais devenir sans mon bateau ?

— Laissez-moi vous aider. Asseyez-vous sur ce banc, je vais vous chercher de l'eau.

Oleg revint avec une bouteille d'eau pétillante et un verre qu'il tendit à Märtha.

— Vous savez, il vaut mieux vendre avant de vous blesser sérieusement, dit-il. En mer, tout peut arriver. Un yacht tout neuf, vous avez dit ?

— Oui, un des plus beaux de toute la Méditerranée. Mon époux l'a fait construire il y a deux ans, mais il est mort peu de temps après sa mise à l'eau. C'était l'année dernière, et maintenant…

— Un yacht d'exception tout récent ?

— Oui, un bateau absolument magnifique, sur plusieurs étages, avec deux piscines et deux pistes d'atterrissage pour hélicoptère. Tenez !

Elle se pencha avec une rapidité étonnante pour une femme qui venait de manquer s'évanouir dans ses bras, sortit son téléphone portable de son sac et commença à parcourir ses photos.

— C'est un rêve, *a sailor's dream* ! dit-elle avec un soupir en laissant Oleg entrevoir le yacht de Bielke.

— Je peux jeter un coup d'œil ? demanda-t-il en s'approchant pour mieux voir. (Elle lui tendit son portable et il parcourut rapidement les photos, l'air de plus en plus enthousiaste.) Très beau ! Tout à fait exceptionnel !

— Je doute que vous ayez les moyens de l'acheter. Mon époux l'a payé 95 millions de dollars, et nous nous en sommes à peine servi. Alors j'en demanderais 90 millions. Mais qui possède une telle somme ? Peut-être l'un de vos amis à la réunion ? dit-elle en montrant du doigt la grande salle de conférences.

— Vous songez donc malgré tout à vendre ?

— Je ne sais pas. Peut-être. (Elle ne voulait surtout pas avoir l'air trop pressée.)

— Est-ce que vous accepteriez des diamants ? Je m'explique : la moitié en cash et le reste en diamants ?

— Oh, toutes les femmes adorent les diamants, répondit-elle en faisant mine de chanceler de nouveau.

Quand Oleg revint à la salle de conférences après sa séance de sport, il croisa son collègue Boris Sorokin, né à Moscou, mais qui vivait à Londres depuis son adolescence. Ils avaient pris l'habitude de se parler en anglais, car le russe de Boris n'était pas excellent. Profitant d'une pause-café entre deux interventions, ils prirent des tasses, des gâteaux, et s'installèrent sur un canapé. Derrière eux, les clients de l'hôtel passaient pour aller à la réception ou pour rejoindre leurs chambres. Il faisait chaud, l'air conditionné bruissait.

— Le séminaire est intéressant, t'aurais dû venir, commença Boris.

— Tu te rappelles la vieille dame de la salle de fitness dont je t'ai parlé ? l'interrompit Oleg.

— Celle qui perd l'équilibre ?

— Tout juste. Eh bien, elle possède un yacht de toute beauté avec deux pistes d'atterrissage d'hélicoptère. De construction récente.

— Oh, putain ! Ne me dis pas qu'elle a ce qu'on recherche.

— Son mari est mort, et maintenant elle veut vendre. Il est absolument splendide, avec trois ponts, deux piscines, et apparemment un aménagement intérieur grand luxe. À cause de ses problèmes de vertige, elle est obligée de s'en séparer. À mon avis, elle n'a pas toute sa tête. Elle en veut 90 millions de dollars. Une affaire rapide, et rien ne nous empêche de marchander.

Son camarade se passa la main sur la tête et ricana.

— Flouer une pauvre veuve riche ?

— Écoute, elle est trop vieille pour s'occuper de ce type de yacht. Une poignée de dollars et de diamants, et le bateau est à nous. Je te le promets, dit-il en riant. Comme ça, on évite de passer par un constructeur, d'attendre deux ans et tout le tintouin. Je vais lui faire un numéro de charme, et l'affaire sera pliée en moins de deux. Ce n'est pas tous les jours qu'on tombe sur un truc pareil.

— Je l'ai vue, elle a un bon sourire, elle paraît vraiment gentille. Tu trouves vraiment qu'on…

— Ce genre d'occasions ne se présente pas deux fois. Il ne faut pas hésiter !

Plongés dans cette discussion, les hommes ne remarquèrent pas que Märtha venait d'arriver. Elle pensait monter dans sa chambre, mais en les voyant discuter, elle s'arrêta pour les écouter discrètement.

Boris prit un gâteau et se tourna de nouveau vers Oleg.

— OK. Mettons que le bateau soit aussi fantastique que tu le dis. On va lui proposer 65 millions et monter à 70, grand max. Ensuite, cap sur Chypre, où nous le revendrons entre 85 et 90 millions. Ça ne devrait pas poser de problème, et on aura réussi une belle opération financière.

— Oui, mais d'abord, faut aussi qu'on en profite un peu nous-mêmes. Avec vodka et jolies filles, tu vois ce que je veux dire. J'en ai vu plusieurs assez canon, sur la place, qu'on devrait pouvoir emmener. Pas de vieilles rombières comme cette Märtha. Je ne vois pas ce qu'on ferait avec des bonnes femmes séniles. Si tu voyais son cou fripé et ses oreilles de teckel…

— Ses oreilles de teckel ?

— Oui, j'appelle ça comme ça, tu sais, des seins qui touchent presque le sol. Non, les filles doivent avoir moins de trente ans. Après trente-cinq, elles dégagent.

— Pourtant, tu as dit qu'elle était sympathique.

— Oui, je sais, une vieille dame charmante, gentille et serviable, mais enfin ! Je te parle d'avoir une fille sexy dans ton lit. Et puis, les femmes, ça doit aussi savoir faire la cuisine. À quoi bon s'encombrer d'elles, sinon ?

— Ouais, t'as raison, admit Boris. Prends quand même rendez-vous avec elle, qu'on puisse jeter un coup d'œil au bateau.

— Ça marche. Je n'aurai qu'à m'occuper un peu

plus d'elle à la salle de fitness, et toi tu te charges des diamants et du cash ?

— Ce ne sera ni la première ni la dernière fois. L'important est d'agir avant que d'autres aient vent de l'affaire !

— Faisons comme ça ! dit Oleg avec un petit sourire et en levant le pouce.

Il se serait sans aucun doute abstenu de ce geste s'il avait su qu'une vieille dame n'avait pas perdu une miette de leur conversation. Une vieille dame qui poussa une bordée de jurons en suédois.

50

La nuit commençait à tomber et les lampes du café Tropez s'étaient allumées. Les bateaux se balançaient en silence, et des groupes de touristes flânaient sur le port. Les restaurants se remplissaient doucement et les terrasses étaient déjà bondées. Le gang des dentiers avait déjà bu son *caffè latte* en mangeant des gâteaux pour reprendre des forces ; ils se sentaient maintenant gonflés à bloc.

— Bon, vous êtes prêts ?

Märtha essaya d'adopter une voix ferme ; en réalité, elle n'en menait pas plus large que les autres. Les propos qu'elle avait entendus l'avaient terriblement vexée, mais elle tentait de ne pas se laisser gagner par la colère. Ces considérations personnelles ne devaient pas lui faire oublier l'essentiel : ils allaient voler le yacht de Bielke. Pour le reste, elle verrait plus tard. Plus tôt dans la journée, elle avait parlé à Oleg de la vente, et il avait paru vraiment pressé de la conclure. Mais comme elle voulait que personne ne se mêle de leur affaire un peu louche, ils étaient convenus qu'elle lui montrerait le bateau à Cannes, à lui et à ses amis russes. Là-bas, ils se mettraient d'accord sur un prix et feraient en sorte que les Russes puissent prendre en charge le yacht tout de suite. Cela mettait la barre très haut pour le gang des dentiers. Non seulement ils devaient s'emparer du yacht, mais aussi réussir à l'amener jusqu'à Cannes. Pourquoi montait-elle toujours des coups aussi compliqués ? Pourquoi ne pouvait-elle pas se satisfaire d'un petit détournement de fonds, comme disait le Génie ? À cet instant précis, elle était tentée de lui donner raison.

Märtha serra son sac à fleurs contre elle et contempla la mer. *Croisons les doigts*, se dit-elle.

Avec deux vrais marins comme Nils et le Râteau à bord, elle n'avait pas de mauvais sang à se faire. Elle avait exigé qu'Oleg et son collègue apportent du cash, sans quoi elle ne vendrait pas. Son défunt mari lui avait appris que c'était ainsi que s'accomplissait ce genre de transactions : ni chèque ni carte de crédit, que du liquide ! C'était la condition *sine qua non* pour qu'Oleg obtienne le bateau sans intermédiaire.

Afin que le Génie, cette fois, soit de bonne humeur, Anna-Greta et Märtha avaient planifié les choses avec lui. Tous s'étaient entraînés à monter et descendre des échelles, et grimper à bord puis ressortir des Zodiac. Nils, venu de Göteborg, avait passé en revue les différentes étapes de l'opération, et ils avaient même établi un horaire pour chacune d'elles. Bien sûr, il restait toute une partie impossible à prévoir. Personne ne savait combien de temps ils mettraient à trouver le titre de propriété du yacht ni à se débarrasser de l'équipage. Il leur faudrait improviser. Mais une fois à Cannes, ils n'auraient plus qu'à vendre le bateau. Et vu la richesse de ces Russes, le risque de se faire rouler était minime. Un yacht luxueux de plus ou de moins… Les oligarques russes comptaient en milliards.

— À t'entendre, tout paraît toujours simple, dit le Génie dans un soupir.

— Dans cette branche, on doit être optimiste ! répondit Märtha, une boule dans la gorge.

Elle jeta un coup d'œil au yacht. Heureusement qu'il faisait beau. Aucun coup de vent n'était annoncé. Elle prit plusieurs amples inspirations et examina l'*Aurora 4* amarré au bout de la jetée. Elle avait vu Bielke quitter le bateau en hélicoptère peu avant. Un des matelots lui apprit qu'il était à Londres pour affaires.

— Il sera absent ce week-end, alors nous pensions avoir quartier libre, dit-il avec un sourire. Mais ensuite, le bateau est loué. 10 000 euros la semaine. C'est pas rien, n'est-ce pas ?

— Ce n'est pas donné ! s'écria Märtha.

— C'est le prix du marché ; vous ne pourrez pas louer moins cher un bateau de cette classe.

— Bon, dans ce cas, je vais le louer une semaine. Je vais juste chercher mes amis, dit-elle avant de remettre son sac sur son épaule et de repartir en chantonnant.

Sur la promenade, elle héla un taxi et réfléchit pendant le trajet jusqu'à l'hôtel. Comme on était vendredi, Bielke passerait sans doute le week-end à s'amuser à Londres et aurait ses rendez-vous professionnels le lundi. Ses amis et elle disposaient donc de ce laps de temps pour intervenir. Il n'y avait pas une minute à perdre. Ce serait tendu, mais une occasion pareille ne se reproduirait pas de sitôt. Quand le taxi s'arrêta devant l'hôtel, elle était si excitée qu'elle en oublia presque de payer la course. Elle se dirigea aussitôt vers la chambre d'Anna-Greta où, comme prévu, les autres l'attendaient sur le balcon en buvant du café.

— Écoutez-moi ! Le moment est arrivé. Le bateau est en stand-by. Seul le capitaine, le second et le chef mécanicien sont restés à bord, annonça-t-elle en criant presque. Nous devons passer à l'action maintenant !

— Tu es vraiment sûre ? demanda Stina en sortant sa lime à ongles.

— C'est maintenant ou jamais ! dit Märtha qui entreprit de leur raconter comme une saga le mode de vie de la jet-set sur la Côte d'Azur. Comme je vous l'ai dit, les personnes fortunées ont plusieurs yachts avec un équipage en stand-by dans différents ports. Quand le propriétaire a envie de prendre la mer, il téléphone au capitaine du yacht qu'il veut utiliser. Alors l'équipage appelle à son tour le personnel nécessaire pour que le bateau soit prêt à partir dès qu'il atterrit…

— … et qu'il arrive directement par hélicoptère ou hors-bord ultrarapide de l'aéroport de Nice, compléta le Râteau.

— Exactement. Comme Bielke ne va pas se servir de son yacht ce week-end, il n'y a que trois hommes d'équipage à bord, ajouta Anna-Greta. Le capitaine, son second et le chef mécanicien.

— Je commence à comprendre, murmura Stina en rangeant sa lime.

— En outre, reprit Märtha, Bielke a l'intention de louer son bateau. Alors j'ai dit que nous le voulions pour une semaine, mais que nous désirions d'abord le voir de plus près, avec un tour guidé à bord.

— Je vois où tu veux en venir, dit Stina.

— Tu veux qu'on y aille tout de suite, si j'ai bien compris ? dit le Génie.

— Oui, répondit Märtha.

Ils s'équipèrent pour une balade en mer et emportèrent même des vêtements supplémentaires et du matériel dont ils pourraient avoir besoin. Tout se passa si vite que Märtha n'eut pas le temps de stresser.

Mais maintenant que les choses se précisaient, la tension était palpable. La nuit était tombée, et la lumière de la jetée éclairait le yacht. Le moment était venu. Märtha sortit son téléphone portable et composa le numéro du capitaine.

— *Yes !* dit-elle en rangeant son portable. Il était parfaitement aimable, ce monsieur, nous pouvons monter à bord.

Les membres du gang des dentiers se regardèrent en silence et se levèrent. Personne n'osa dire ni fredonner quoi que ce soit. Le Râteau se passa la main dans les cheveux.

— Ils ont certainement une belle machine à expressos, vous verrez. Dire qu'on va voir un yacht comme ça de près !

— Hé ! On n'est pas là pour l'admirer, au cas où tu l'aurais oublié, bougonna Märtha.

Stina fouilla dans son sac à main, sortit son rouge à lèvres et rectifia son maquillage. Elle se poudra et redonna du volume à ses cheveux. Elle aurait aimé porter une capeline assortie à sa tenue, mais Märtha avait objecté qu'elle risquerait de s'envoler au moindre coup de vent, et l'essentiel était de laisser le moins de traces possible.

— Mais toi, tu as un chapeau ! protesta Stina.

— Oui, mais c'est pour de bonnes raisons… Toi,

tu es si élégante et raffinée, tu es encore si jeune et jolie, tu n'as pas besoin de chapeau, décréta Märtha.

— Ça ne marche pas avec moi. Comme disait Mark Twain, « quand vos amis commencent à vous flatter en vous disant que vous êtes jeune, c'est le signe indubitable que vous devenez vieux », rétorqua Stina avec un mouvement résolu de la tête. En tout cas, j'emporte mon sac à main, sache-le.

— Bien sûr, Stina. Il te le faut, convint Märtha.

Puis elle s'approcha du Génie, lui prit la main et l'embrassa furtivement sur la joue.

— Ça va aller, tu vas voir. On a fait bien plus difficile.

— Tu crois vraiment que c'est plus facile que de braquer une banque ? demanda le Génie, dont le visage était devenu verdâtre.

Les cinq retraités dans leurs nouveaux vêtements sombres (Märtha avait insisté là-dessus) et leurs bijoux coûteux se dirigèrent à pas lents vers la jetée. Cela leur conférait une certaine distinction, elle avait envie de ressembler à une vieille dame riche et digne. Ils avaient laissé leurs chaussures Ecco à l'hôtel et s'étaient procuré des chaussures de bateau très à la mode parmi les plaisanciers, qui coûtaient un prix fou. Une fois devant le yacht, Märtha sortit de nouveau son portable ; quelques instants plus tard, un homme au visage bronzé, élégamment vêtu d'un costume blanc irréprochable, vint à leur rencontre. Il parut un peu surpris de découvrir cinq petits vieux, mais quand il comprit qu'il s'agissait des clients, il leur souhaita la bienvenue avec une courbette respectueuse.

S'ensuivit une visite du bateau que Märtha n'oublierait pas de sitôt. Sans le léger tangage quand un hors-bord passait à côté, elle se serait crue dans la suite de la Princesse Lilian du Grand Hôtel de Stockholm. Le capitaine les fit passer de la salle à manger, luxueusement décorée en gris clair, avec des doubles rideaux bleus et de jolis coussins assortis, au salon en bois précieux surchargé de meubles et de Chagall accrochés aux murs. Puis il leur montra la pièce pour leur *afternoon tea*, dotée de beaux fauteuils à fleurs, de guéridons en verre et de vases en cristal, et la bibliothèque où s'alignaient des classiques de la littérature tels que Dickens et Cervantes. (Stina poussa quelques cris de joie.) Ensuite, on passa aux chambres à coucher, spacieuses, équipées de grands écrans plats qui descendaient du plafond, et enfin aux salles de bains à éclairage intégré qui changeait de couleur pour le lavabo et la baignoire. Märtha fut si emballée qu'elle en oublia presque la raison de sa présence ; si le Génie ne lui avait pas pincé le bras pour la rappeler à l'ordre, elle aurait risqué de tout gâcher.

Le capitaine les emmena ensuite au poste de pilotage auquel on pouvait heureusement accéder par un ascenseur. Les yeux du Râteau et du Génie se mirent à briller à la vue de tous les instruments de navigation, GPS, sonde à ultrasons et boussole… Le Râteau se planta au-dessus du tableau de bord avec une mine de connaisseur, bien qu'il n'eût jamais vu une telle sophistication en matière d'aide à la navigation. Une chance qu'il eût demandé l'aide de Nils qui, posté un peu plus loin sur la jetée, n'attendait qu'un signe de son père pour monter à bord à son tour. Tout avait été minuté. Mais avant de signer le contrat de location, ils devaient impérativement mettre la main sur le titre de propriété.

Sans la preuve qu'ils possédaient le bateau, fût-ce un court instant, ils ne pourraient pas le vendre.

— Stina, es-tu prête ?

Oui, même si elle paraissait très pâle malgré son blush et son rouge à lèvres. Une incroyable responsabilité reposait sur ses épaules, et elle savait que les autres espéraient la voir réussir sa mission. Il avait été décidé que si quelqu'un l'approchait, elle devrait flirter outrageusement, soit en faisant l'idiote, soit la fofolle. Les hommes réagissaient d'habitude au quart de tour, car cela flattait toujours leur ego. Il fallait les embobiner. Märtha avait entendu dire que ce document était d'ordinaire rangé quelque part dans la cabine de pilotage, et c'était à Stina d'essayer de mettre la main dessus. Encore fallait-il trouver le bon tiroir... Stina se mit légèrement en retrait des autres et, pendant que Märtha et ses amis occupaient le capitaine, elle entreprit de fouiller, en commençant par la salle des cartes. Elle tira un tiroir après l'autre, ouvrit des enveloppes, feuilleta des schémas, des cartes et une pile de documents, mais sans rien trouver. Elle se mordilla l'ongle du pouce – ce n'était pas le moment de paniquer. Un peu plus loin dans la pièce, elle aperçut un bureau. Vite, elle ouvrit le plus discrètement possible tous les tiroirs, puis lança un regard inquiet vers ses amis.

— *So we can depart tomorrow ?* entendit-elle le Râteau demander.

— *Of course, I will call my crew and the boat is all yours*[1].

---

1. « Nous pouvons donc partir demain ? — Bien sûr, je vais appeler l'équipage, et le bateau est tout à vous. »

Si vous saviez à quel point vous avez raison, se dit Stina tandis que la transpiration formait de grandes auréoles sous ses bras. Où donc le capitaine gardait-il ses papiers ? Quand même pas dans sa cabine personnelle ? Ou alors dans un coffre-fort privé ? Elle jeta un dernier coup d'œil dans la pièce pour voir si elle avait omis un coffre, une armoire ou une étagère, mais à part quelques atlas et romans policiers, les étagères étaient vides. Elle entendit alors des pas : elle devait quitter la pièce. Elle rejoignit le groupe et tomba directement dans les bras du capitaine avec un petit rire forcé.

— *The toilet, please ?* bredouilla-t-elle.

Avec un large sourire, l'homme bronzé lui indiqua qu'elle devait descendre à bâbord.

— *Over there*, dit-il.

Elle s'apprêtait à filer dans la direction indiquée quand elle remarqua en passant, sous une tasse de café vide et quelques reçus de carte bancaire, une enveloppe de papier kraft de format A4, à côté d'un coffre-fort de la salle des cartes : on aurait dit que quelqu'un l'avait posée là, s'était rendu compte qu'il n'avait pas la clé de la salle, et était reparti la chercher. D'un geste prompt, elle glissa l'enveloppe dans son sac à main. Son cœur battait à tout rompre, et une goutte de sueur perla au-dessus de sa lèvre supérieure. Pendant que Märtha et les autres continuaient leur visite sur le pont, elle resta en arrière et ouvrit l'enveloppe. Il y avait plusieurs pages qu'elle ne pouvait pas lire, des reçus bancaires et des pages arrachées de carnet, mais aussi deux feuilles A4 plus épaisses que les autres. Avec des tampons officiels. Est-ce que ça pouvait être… Mais oui ! C'était l'acte de propriété du bateau ! *Aurora 4, Certificate.* Comment le capitaine avait-il pu être assez négligent pour laisser de tels documents à la vue de tous ? Elle se hâta de rejoindre les autres et leva le pouce à l'intention de Märtha ; celle-ci donna un coup de coude au Râteau, lequel hocha la tête, sortit son téléphone portable et composa le numéro de Nils. Maintenant ! Il n'y avait plus de marche arrière possible.

Au bout de quelques minutes, Nils surgit de l'ombre et se dirigea vers le bateau, se posta en bas et alluma une cigarette. C'était le deuxième signal convenu. Märtha prit une profonde inspiration, rectifia son corsage démodé à dentelle, baissa son chapeau à voilette et se tourna vers le capitaine :

— Quel magnifique bateau ! Nous voulons absolument le louer. Mais que diriez-vous de nous faire d'abord faire un petit tour avec ? Juste un tout petit. Nous vous donnerons naturellement l'argent de la location. Nous paierons l'intégralité d'avance, déclara Märtha en sortant son iPad.

— On pourra voir ça après, répondit le capitaine en souriant.

— Je ne préfère pas. Vous pourriez le louer à quelqu'un d'autre, on ne sait jamais. Non, donnez-moi un contrat de location et vous aurez l'argent tout de suite. Le numéro de compte, s'il vous plaît ?

Le capitaine se gratta le menton mais ne trouva rien à rétorquer à Märtha. Il tourna les talons pour aller chercher le document. Au même instant, Stina montra les papiers qu'elle avait trouvés, et Märtha vit qu'il s'agissait bien de l'acte de propriété, qui portait le nom de Bielke. Elle s'éloigna une seconde, le temps de fourrer le document dans sa pochette imperméable, sous son corsage, avec son argent et ses clés. Elle eut un moment de panique à l'idée que le capitaine se rende compte de la disparition du titre de propriété, mais pourquoi l'aurait-il cherché maintenant ? Le gentleman tout de blanc vêtu finit par revenir avec une chemise sous le bras.

— Si vous désirez le louer pour une semaine seulement, j'ai un mandat pour le faire, annonça-t-il en posant le contrat de location sur la table.

Märtha parapha et signa de la manière illisible qu'elle utilisait toujours dans ce genre de situations, puis rendit le document au capitaine. Dès qu'il eut signé à son tour, elle brandit son iPad et lui demanda les références bancaires. Il nota tout sur un bout de papier qu'il lui tendit. Märtha fit un signe de tête à Anna-Greta, qui vint s'asseoir à côté d'eux pour les aider. Elle alla dans la rubrique « Versements » de la banque et tapa le numéro du bénéficiaire.

— Voilà, c'est fait, dit Anna-Greta. Mais est-ce qu'on n'avait pas parlé de faire un petit tour d'abord ? J'adore les bateaux !

— Oh, oui, ce petit tour d'essai, capitaine, faisons-le tout de suite, renchérit Märtha en rangeant son iPad.

— Nous savons que vous et l'équipage serez avec nous, autant dire que nous serons entre de bonnes mains, mais nous aimerions bien sentir ce que ça fait de naviguer sur ce bateau. 10 000 euros, c'est quand même une jolie somme pour une semaine, et il faut qu'on sente que ça en vaut vraiment la peine.

— *Of course*[1], répondit-il, toujours serviable, puis il fit signe à ses collègues de se tenir prêts.

_____

1. « Bien sûr. »

Märtha se leva. Le yacht, quasi neuf, était un des plus rapides et des plus modernes de Méditerranée. *Cela ne fera pas de mal à l'équipage de se familiariser encore avec le bateau*, se dit-elle, *ils sauteraient sur l'occasion*. Ce en quoi elle ne se trompait pas. Les visages du second et du chef mécanicien s'éclairèrent.

— Ce n'est pas très intéressant de rester dans le port, alors une petite sortie en mer, ça fait toujours du bien, dit le second.

Le chef mécanicien approuva de la tête avec enthousiasme, faisant presque une courbette, et descendit en salle des machines. Le second prit son poste à la cabine de pilotage.

— *Great*[1] *!* s'écria le Râteau quand le moteur se mit en marche et qu'il huma l'odeur familière du diesel.

— *Oh, how wonderful*[2] *!* s'exclama Anna-Greta à son tour en tapant de joie dans ses mains.

— *What a marvellous ship*[3] *!* ajouta le Génie.

À vrai dire, il n'avait aucune envie d'aller en mer. Il aurait préféré regarder la télévision, manger un bon repas, ou simplement faire un tour des ateliers de Saint-Tropez.

— *Why don't we drink champagne and celebrate our little tour here in the Méditerranée ?* proposa Märtha dans son anglais approximatif en fourrant la main dans son sac pour sortir une des bouteilles de champagne qu'elle avait apportées. *We are not pressed*[4].

---

1. « Super ! »

2. « Oh, comme c'est merveilleux ! »

3. « Quel bateau extraordinaire ! »

4. « Pourquoi ne pas boire un peu de champagne pour célébrer notre petit tour en Méditerranée ? Nous ne sommes pas "appuyés". »

— Pressés, corrigea le Génie.

— *Best champagne*[1] au monde, assura Märtha en brandissant la bouteille la plus chère qu'elle eût jamais achetée.

Le capitaine, qui avait déjà demandé à son second de larguer les amarres, fut distrait par Märtha qui agitait le champagne sous son nez, et les choses ne s'arrangèrent pas quand elle agrippa sa veste d'uniforme et l'entraîna sur le pont.

— Arrête, arrête ! cria-t-il à son second avant de se tourner de nouveau vers Märtha.

— *But,* madame, *I must*[2]...

Märtha pencha la tête sur le côté et le poussa avec la bouteille.

— Pensez donc, un champagne du tonnerre ! insista-t-elle. *Come on, why don't we*[3] ? dit-elle avec le sourire en mettant le cap sur le salon du pont.

Elle se laissa tomber sur une chaise près d'une table ovale avec quelques fauteuils en rotin, non loin du toboggan gonflable et d'un grand jacuzzi. Elle fit asseoir le capitaine à côté d'elle et, telle Mary Poppins, sortit des flûtes à champagne de son sac. Sachant que l'argent ne serait pas immédiatement transféré, le capitaine ne voulut pas froisser ses clients, et céda. Il accepta avec le sourire le verre tendu et fit signe au second de prendre sa place aux commandes. Cependant, à peine eut-il son verre en main que Märtha barra la route au second.

---

1. « Le meilleur champagne ».
2. « Mais, madame, je dois… » (Ce « madame » est en français dans le texte.)
3. « Oh, allez, pourquoi pas ? »

— *Pour vouz*[1], dit-elle gaiement en lui tendant une flûte.

Anna-Greta, Stina et le Râteau s'assirent aussi ; ce dernier déboucha la bouteille avec une rare élégance et remplit les verres. Märtha sortit des chips et des cacahuètes salées, puis ouvrit une boîte d'olives qu'elle posa sur la table. Ensuite elle leva son verre et trinqua, les incitant à boire cul sec. Quand le chef mécanicien monta sur le pont, le Génie déboucha une deuxième bouteille.

— Qu'est-ce qu'on attend pour partir ? s'étonna le chef mécanicien.

Mais après le premier verre, il s'abstint de poser d'autres questions.

— À votre santé ! lança Märtha, qui veilla à ce que les membres de l'équipage vident leurs verres pour les resservir aussitôt.

Sur ce, elle entonna le fameux *Galop du champagne*, cette chanson suédoise à boire, et ses amis se joignirent à elle avant d'enchaîner avec *Jag vet en dejlig rosa* et *Det var en gång en båtsman*[2]. Ils terminèrent leur mini-concert par *What shall we do with the drunken sailor*[3]...

L'ambiance ne tarda pas à être détendue, et Märtha brandit triomphalement la bouteille vide au-dessus de sa tête. Elle pointa le doigt sur le capitaine puis sur elle-même et ouvrit les bras :

— *Now it is time to dance, isn't it*[4] ? Une danse serré-collé.

---

1. En « français » dans le texte.

2. « Il était une fois un marin » : tube du groupe Pelle Perssons Kapell de 1982.

3. « Qu'est-ce qu'on va faire du marin soûl... » : chant de marins sur un air traditionnel irlandais.

4. « Maintenant, on va danser, n'est-ce pas ? »

— *Sir Colley ? Who's that ? Anyway, no, no, I don't think, I must*[1]... commença-t-il, mais Märtha l'interrompit en posant les mains sur son torse.

— *Captain, you love to dance, I can see it in your eyes*[2] !

Non sans un certain agacement, le capitaine repoussa ses mains et tenta de se dégager. Du coup, Märtha perdit l'équilibre, tituba en arrière, trébucha et tomba sur le toboggan. Elle essaya de se rattraper au bord, mais le toboggan était mouillé et elle glissa à la vitesse de l'éclair jusqu'en bas, dans l'eau.

— *Help, help, my God, she cannot swim*[3] ! cria le Génie d'une voix perçante, en agitant les bras et en commençant à retirer sa chemise.

— *No, no, don't*[4], protesta le capitaine qui se sentait responsable de l'incident.

Sans même prendre le temps d'enlever sa cravate, il se jeta à l'eau, vite imité par le second et le chef mécanicien à qui l'alcool avait légèrement embrumé l'esprit. Seule Märtha gardait la tête froide. Elle entendit les plongeons et sourit. Elle n'aurait pu rêver meilleur scénario pour que l'équipage abandonne le bateau. Maintenant, le yacht était à eux ! Elle poussa trois cris de mouette stridents, le signe convenu pour dire que tout allait bien, avant de s'éloigner à la nage, en silence, vers l'ombre de la jetée. Parfaitement immobile, elle chercha des yeux le capitaine et les deux autres. Dès qu'elle les eut repérés, elle se cacha sans

---

1. « Sir Colley ? Qui est-ce ? Non, vraiment, je dois… »
2. « Capitaine, vous adorez danser, je le lis dans vos yeux ! »
3. « Au secours, au secours, mon Dieu, elle ne sait pas nager ! »
4. « Non, non, ne faites pas ça ! »

bruit derrière un pilier, tandis qu'ils essayaient désespérément de la retrouver. Accoudée au bastingage, Stina finit par s'inquiéter :

— On ferait mieux de les aider, il ne faudrait quand même pas qu'il arrive quelque chose à l'équipage, murmura-t-elle, un peu pompette, en cherchant des yeux une bouée de secours.

Elle se promena sur le pont sans en trouver une seule, puis se mit en quête de gilets de sauvetage, sans plus de succès. Ses yeux tombèrent alors sur des jouets de piscine colorés : une balle et deux hippocampes gonflables qui souriaient. *Ça flotte, ces trucs-là, on doit pouvoir s'y cramponner*, pensa-t-elle. Elle se pencha au-dessus du bastingage et les balança par-dessus bord.

— C'est quoi, bordel ? Des trucs pour faire joujou dans l'eau ? Je crois que je vais m'évanouir, gémit le Râteau en se touchant le front.

Toujours à la mer, Märtha vit le capitaine et les deux autres la chercher vers l'intérieur du port ; elle partit donc dans la direction opposée. Se sentant en sécurité, elle agita rapidement la main au-dessus de l'eau pour que Nils puisse la voir. Mais les trois hommes l'aperçurent aussi.

Dans ses vêtements sombres, un sac de marin jeté sur l'épaule, Nils s'en rendit compte. Sur la jetée, il avait attendu Märtha en guettant aux jumelles, une bouée de sauvetage à la main. Il l'avait vue dévaler le toboggan et, dès qu'il avait entendu un grand « plouf », lui avait jeté la bouée salvatrice. Ensuite, il avait sorti de son sac une pince coupe-tout dissimulée parmi des vêtements de femme, des gants, un châle, un chapeau, un collant et des ceintures lestées. Il regarda autour de lui, fonça vers l'armoire électrique et coupa le câble d'alimentation du port. Aussitôt, les lumières de la jetée s'éteignirent et le yacht, ainsi que tout ce qui était alentour, fut plongé dans l'obscurité. *C'est toujours bien d'avoir un plan B*, se dit-il en constatant avec satisfaction que les hommes paraissaient désorientés. Ils continuaient à appeler Märtha, mais personne ne répondait.

— Elle est là, elle est là[1] ! cria Nils en jetant son sac de marin vers l'endroit où Märtha était tombée.

Le sac toucha l'eau dans un grand éclaboussement et coula. À la surface remontèrent un châle, un collant de femme et un chapeau, le même que celui porté par Märtha. Puis il courut à l'endroit où il avait promis de l'attendre.

— Heureusement que je m'étais entraînée à la piscine, dit-elle, le souffle court, en crachant de l'eau.

Nils l'agrippa par le bras et, à grand-peine, la hissa sur la jetée. Ses vêtements ruisselaient, ses cheveux étaient trempés. Nils souleva son sweater et sortit de la banane de Märtha un sac plastique contenant une petite serviette et sa robe d'été à fleurs. Elle se sécha rapidement, ôta ses vêtements noirs et enfila la robe, mais garda ses chaussures de marin aux pieds. Il ne fallait pas qu'elle trébuche. Elle avait déjà pris assez de risques avec ce toboggan. Quand on n'est plus tout jeune, il faut bien tenir sur ses jambes. Enfin, elle s'essuya les cheveux et fourra ses vêtements mouillés dans le sac plastique avec la serviette.

— Parfait, Nils. Maintenant, le bateau est entre tes mains. Bonne chance ! dit-elle en lui donnant une tape dans le dos.

---

1. En français dans le texte, comme le « madame » précédent.

La brise du soir était venue, et les bateaux tanguaient doucement en heurtant les pare-battages.

— Je m'occupe déjà des amarres, annonça-t-il en les libérant avec peine.

Märtha l'aida à les détacher du bollard arrière. Il s'agissait de ne pas traîner. L'équipage pouvait revenir à tout moment et essayer de remonter à bord. Elle chercha à les apercevoir, mais il faisait trop sombre. Nils suivit son regard.

— L'équipage n'arrête pas de plonger pour essayer de te repêcher. À cet endroit flottent ton chapeau, ton châle et ton collant.

— Dommage pour le chapeau, mais c'était une bonne idée, admit Märtha.

— Et maintenant, tout le monde sur le pont, dit Nils en montant sur la passerelle.

Puis le bateau s'éloigna de la rive. Il chercha une dernière fois à apercevoir le capitaine et ses hommes, en vain, puis il grimpa quatre à quatre les marches pour rejoindre la cabine de pilotage. Enfin il allait pouvoir de nouveau manœuvrer un bateau !

— Je savais que tu réussirais, déclara le Râteau avec fierté en voyant surgir son fils. Tout est sous contrôle. Je descends dans la salle des machines.

— Parfait. Le moteur est en marche et j'ai détaché les amarres. Eh bien, il n'y a plus qu'à partir…

Mais le Râteau n'entendit pas sa dernière phrase, car il s'était déjà dirigé vers l'ascenseur. Le sourire aux lèvres, Nils tira le joystick de manœuvre vers lui. Tout s'était déroulé comme prévu, les voilà partis ! Quel bonheur d'être de nouveau en mer !

Les cheveux mouillés, mais très satisfaite, Märtha, depuis le quai, vit Nils monter à bord *in extremis* et gagner la cabine de pilotage. Il lui avait fallu une semaine pour planifier ce coup, mais le succès était complet. Elle fut si contente qu'elle agita la main quand le yacht quitta le port, puis elle voulut sortir la bouteille de champagne de son sac à fleurs pour fêter l'événement. Ça méritait bien ça ! Mais elle ne trouva que son sac banane. Il lui revint soudain à l'esprit que son sac, le champagne et les verres étaient restés sur le pont. Et si ce n'était que ça ! Elle-même aurait aussi dû être à bord…

51

À quelque distance du yacht, on entendit un grand « plouf » et une bordée de jurons en français. Même si l'éclairage de la jetée ne fonctionnait pas, il y avait assez de lumière pour que Märtha et les clients des restaurants du port voient trois hommes avec un châle, un chapeau à voilette et deux hippocampes gonflables rejoindre le quai à la nage. Leurs uniformes blancs étaient ruisselants, leurs chaussures remplies d'algues et, pour couronner le tout, la casquette du capitaine était partie à la dérive.

— Merde ! lâcha ce dernier en se rendant compte qu'il s'était fait avoir ; en plus, il venait de se faire photographier cramponné à un des hippocampes.

— Merde ! fit le mécanicien en reconnaissant le bruit du moteur lancé à toute vitesse et en voyant le yacht quitter le port.

Il pesta et essaya de se débarrasser du châle qui lui enserrait les jambes et du collant en Nylon qui s'était enroulé autour de son cou. Il sortit de l'eau avec les deux autres, trempé jusqu'aux os, juste devant la terrasse d'un restaurant.

Ils étaient là, piteux, avec un chapeau à voilette

et un collant, quand Märtha arriva de la jetée. À la lumière du restaurant, elle les vit et marqua un temps d'arrêt. Quand ils eurent le regard tourné dans l'autre direction, elle se faufila le long du mur et passa derrière eux. Dès qu'elle atteignit la rue, elle héla un taxi.

— Cannes ! dit-elle en s'affaissant sur le siège arrière.

Certes, elle n'était pas à bord du bateau, mais cette solution convenait aussi. *C'est même encore mieux de rejoindre Cannes ainsi pour y retrouver Oleg et ses amis dans un restaurant huppé*, se dit-elle. Mais avant cela, elle devait faire une photocopie de l'acte de propriété et s'acheter un sac à main et d'autres babioles dont elle aurait besoin pour la négociation.

Le yacht de luxe l'*Aurora 4* glissait sur la mer ; à la barre, Nils était aux anges. Dans la cabine de pilotage, Anna-Greta, Stina et lui, fascinés, regardaient par les baies vitrées le phare de la jetée qui s'éloignait. Le Génie était complètement absorbé dans l'étude de tous les appareils électroniques. Le visage rayonnant, il passait du GPS aux ordinateurs de bord et à ce drôle de joystick. La vie valait vraiment la peine d'être vécue ! Sa Märtha adorée lui donnait parfois du fil à retordre, mais dans l'ensemble, il ne pouvait nier le fait que, avec elle, il se passait toujours quelque chose. Et le plus souvent, on s'amusait bien.

— Märtha, viens voir ! cria-t-il devant le GPS ultrasophistiqué.

N'obtenant pas de réponse, il sortit sur le pont pour aller la chercher, mais ne vit nulle part sa chère fiancée. Troublé, il se gratta la nuque. Où l'avait-il vue pour la dernière fois ? Ah oui. Elle avait dévalé le toboggan à toute vitesse et s'était retrouvée dans l'eau, où elle avait poussé ses cris de mouette. Mais ensuite ? Elle aurait dû vite remonter à bord. Pris de panique, il se précipita vers le bastingage pour voir si elle était là, quelque part dans l'eau. Mais l'océan était d'un noir luisant, et, hormis quelques algues et un gant flottant à la surface, il ne vit rien. Il se passa la langue sur les lèvres et sentit son estomac se nouer. Märtha n'était pas remontée à bord. Ça alors ! Il courut dans la cabine de pilotage.

— Arrêtez les machines ! Nous avons oublié Märtha ! hurla-t-il.

— Quoi ? fit Nils occupé à bien manœuvrer le bateau.

L'*Aurora 4* n'était pas aussi simple à diriger qu'il l'avait d'abord cru, car il était équipé d'un nouveau système informatique qu'il ne connaissait pas, sans parler du joystick et tous les réglages.

— Märtha, nous devons récupérer Märtha ! dit le Génie à bout de souffle.

Nils cafouilla avec le joystick en regardant par la fenêtre. Une foule de bateaux ancrés se dressaient sur son chemin, plus loin à l'avant... Au même instant surgit le Râteau, dégoulinant de sueur, les cheveux en bataille.

— Eh bien, ce bateau, c'est... commença-t-il en tortillant son foulard. Je veux dire, dans la salle des machines, c'est... pas de la tarte. Rien que des boutons et de l'électronique. Ça ressemble plus à une discothèque...

Nils, qui venait d'éviter un voilier de justesse, regarda son père avec de grands yeux.

— Hein ? Toi qui m'as toujours dit que tu te

débrouillais sur n'importe quel bateau et que tu avais suivi toutes les innovations…

— Euh, oui, j'ai suivi, mais là, tu sais… rétorqua le Râteau d'une voix plaintive. C'est un yacht construit *très récemment*. Et la machinerie, ça n'est peut-être pas mon point fort. J'étais meilleur comme serveur.

— Tu te vantais de connaître les moteurs de n'importe quel bateau !

— T'as intérêt à apprendre vite. Il faut qu'on retourne chercher Märtha ! l'interrompit le Génie.

Nils prit alors une décision instantanée. S'ils continuaient ainsi, ils se retrouveraient bientôt parmi plein d'autres gros bateaux. Il n'y avait qu'une chose à faire.

— Jetez l'ancre. MAINTENANT !

— Mais je ne pense pas que… balbutia le Râteau.

— On ne peut pas laisser Märtha en rade ! reprit le Génie, presque hystérique.

— C'est pas pour dire, mais elle n'est pas du genre à se faire kidnapper, rétorqua le Râteau. D'ailleurs, je ne sais pas trop comment elle marche, l'ancre de ce bateau. On ferait mieux de continuer.

— Oh, putain ! pesta Nils, le visage soudain très fatigué.

Pendant que Märtha était dans un taxi roulant vers Cannes, le capitaine, son second et le chef mécanicien restés sur le quai essayaient de se rendre plus présentables en essorant leurs vêtements. Comment avaient-ils pu être assez bêtes pour se laisser berner ?

— On a nagé dans la mauvaise direction ! se lamenta le capitaine en sortant son portable pour prévenir la police. Les vieux ont piqué le bateau, je n'arrive pas à y croire, bordel !

Il tapa le numéro, mais son portable n'avait pas survécu au bain forcé.

— Comment on va pouvoir expliquer ça ? s'écria le second. Se faire rouler par un gang de retraités !

— Il n'est pas à vous, celui-là ? les interrompit une femme en leur tendant un hippocampe gonflable avant de faire une courbette respectueuse au capitaine.

— Merde ! laissa-t-il de nouveau échapper.

Il prit l'hippocampe et le jeta de toutes ses forces vers l'eau. L'animal n'arriva pas jusque-là, mais atterrit sur un fil barbelé rouillé, où il creva. Dans son expiration, le sourire de l'animal se transforma en une grimace fripée. Le capitaine poussa un soupir excédé et fit signe aux autres de déguerpir, mais des gens s'approchaient déjà. Le propriétaire d'un restaurant se précipitait avec des serviettes éponge tandis que plusieurs clients avaient dégainé leurs portables pour les photographier. Le capitaine protesta, pria qu'on lui prête un téléphone pour appeler la police, mais les spectateurs n'avaient vu qu'un groupe de vieillards monter à bord, et ces trois hommes étaient trop éméchés pour qu'on les prenne au sérieux. Les flashes continuèrent à crépiter tandis que l'*Aurora 4* s'éloignait toujours plus.

— C'est à vous ? demanda une jeune femme blonde en lui tendant une casquette de capitaine ruisselante.

— Bien sûr que c'est à moi, dit-il en la mettant sur sa tête avant de l'enlever aussitôt.

Une petite crevette et un vieux préservatif s'étaient collés à la doublure. Il jura, nettoya sa casquette et la remit.

— Ils ont volé le yacht, je vous dis, appelez la police ! insista-t-il en faisant un geste vers la mer.

— Je sais, dit le propriétaire du restaurant en riant.

Les clients trouvaient eux aussi la scène très amusante.

Chaque fois que le capitaine s'emportait et faisait de grands gestes, les gens lui répondaient d'un signe de la main, avec de larges sourires.

— Il va rentrer dans d'autres bateaux, c'est sûr, hurla le capitaine.

À peine avait-il crié son désespoir qu'on entendit un bruit sourd : le yacht à moteur venait de heurter quelque chose dans l'obscurité. Le capitaine se prit la tête entre les mains et hurla :

— MERDE, MERDE et MERDE !

52

Le yacht fut secoué, et Nils fit de son mieux pour corriger la trajectoire. La coque avait heurté quelque chose, mais sans se coincer. Ouf. Et l'ancre ? Le Râteau avait parcouru le pont dans tous les sens pour la trouver, et lui-même cherchait le symbole d'une ancre quelque part sur le tableau de bord. Jeter l'ancre allait de soi, d'habitude, il n'avait pas envisagé une seconde que ça puisse poser problème. Mon Dieu, qu'il était bête ! On devait pouvoir manœuvrer l'ancre directement depuis le pont... Il s'apprêtait à sortir quand il entendit le Génie discuter dehors avec Nils. Son camarade paraissait s'être calmé.

— Pas de panique. Nous n'avons pas besoin de jeter l'ancre. Märtha prendra un taxi, je la connais. Si je donne un coup de main au Râteau dans la salle des machines, nous allons arranger ça pour arriver jusqu'à Cannes.

— Tu le penses vraiment ? dit Nils, soulagé.

— Oui, bordel. Un moteur reste un moteur. Je connais ça, où qu'il soit.

Ils eurent de la chance, ou alors Nils se révéla un bon capitaine. Petit à petit, il se familiarisa avec toutes les commandes des moteurs et des instruments de navigation, et finit par se sentir beaucoup plus en confiance. Ce n'était pas la première fois qu'il naviguait en Méditerranée, et en eau profonde, le yacht ne risquait plus grand-chose. Saint-Tropez était maintenant loin derrière eux. Aucun autre bateau n'était dans les parages, et tout le monde respira mieux. Nils mit même un peu de musique classique et profita du son des enceintes. Au bout d'un moment, il oublia et chanta à tue-tête le *Chœur des esclaves* de Verdi. Il était heureux, en mer, et si absorbé par la musique qu'il sursauta quand le Génie surgit dans la cabine de pilotage.

— Nils, nous devons éteindre le transpondeur, dit-il, sinon, tous les bateaux et les autorités portuaires pourront connaître notre position exacte !

— C'est vrai, j'avais oublié, répondit Nils, qui s'exécuta aussitôt. Il y a trop de choses à garder en tête. Pourvu qu'on ne se soit pas déjà fait repérer !

— Je crois que personne ne s'intéresse à nous. Mon Dieu, c'est la première fois que nous volons un yacht ! C'est toujours plus difficile, les premières fois, dit le Génie pour le consoler. C'est presque plus facile de braquer une banque.

— Si tu le dis, répondit Nils. On a quand même de drôles de conversations, toi et moi…

Le taxi s'arrêta devant le petit restaurant de famille Quai des brumes, à Cannes, où Märtha et les Russes étaient convenus de se retrouver. D'ici, elle avait une vue stratégique sur le port, et de plus, elle avait entendu dire que la nourriture était excellente. En attendant que les Russes arrivent, elle eut le temps de prendre une entrée et un verre de vin ; elle venait de réclamer de nouveau la carte quand elle aperçut Oleg et son ami, toujours aussi élégants, chacun une mallette à la main. Elle posa sa serviette et leur fit signe, puis elle se leva pour les saluer, chancela et dut se retenir à la table. Non pas à cause du vin, mais pour continuer son numéro des vertiges. Quand Oleg se précipita, elle refusa son aide d'un geste et s'assit avec le plus de dignité possible. Elle devenait experte dans le rôle de la vieille dame vacillante, et ça l'amusait beaucoup. Dommage qu'elle ressente parfois vraiment son âge...

— Vous êtes sûre que ça va ? s'inquiéta Oleg.

— Oh, je me suis levée trop vite, répondit-elle. Baisse de tension, vous savez. Mais ça me fait plaisir de vous voir. Que diriez-vous de manger un morceau ? Il ne faut jamais parler affaires le ventre vide.

Oleg et Boris échangèrent un regard rapide avant d'accepter. Autant lui faire plaisir, à cette vieille dame.

— Naturellement, dirent-ils d'une seule voix en parcourant la carte.

Sans parler français, ils connaissaient le nom de certains plats, et commandèrent sans difficulté de la friture de calamars, du vin et une bouteille de vodka. Le temps que les assiettes arrivent, Märtha reparla de la vente. Elle veilla à ne pas mentionner qu'elle avait changé le nom du yacht en *Aurora 5* et rectifié un peu les papiers. Comme elle disait souvent : moins on en dit, mieux ça vaut. Tôt ou tard, ils s'en rendraient compte.

— Messieurs, l'*Aurora 5* va bientôt arriver, mais avant de monter à bord avec vous, j'aimerais jeter un coup d'œil aux diamants.

— Aux diamants ? Maintenant ? répliqua Oleg d'une voix troublée. Non, pas devant tout le monde. On fera ça à bord, en toute discrétion.

— Non, je ne préfère pas. Mon époux disait qu'on n'est jamais assez prudent. Je veux juste vérifier qu'ils sont authentiques, poursuivit Märtha en sortant une loupe de joaillier et en étalant sa serviette sur la table. Posez-les là, s'il vous plaît !

De nouveau, les deux hommes se regardèrent ; Oleg parut fort embarrassé.

— Nous aimerions d'abord voir le yacht.

— Il faut que vous sachiez une chose, dit Märtha sur un ton soudain très ferme. Vous n'êtes pas les seuls à vouloir l'acheter. Vos collègues assez fortunés de l'hôtel étaient aussi très intéressés. Ce qu'il pouvait y avoir comme gens riches, à cette conférence. L'un d'eux, soit dit en passant, m'a proposé 98 millions de dollars, mais je n'ai pas accepté, puisque je vous l'avais déjà promis. Vous comprenez, moi, je tiens ma parole. Alors… (elle marqua une petite pause et les fixa) montrez-moi les diamants maintenant, sinon on n'a qu'à laisser tomber tout de suite.

Sur ce, elle prit son verre de vin et but une grande gorgée.

Oleg remua sur sa chaise. La vieille était plus retorse qu'il ne l'avait pensé. Mais Boris semblait trouver ça presque distrayant, sans vraiment y attacher d'importance. Il ouvrit sa mallette et posa discrètement trois diamants sur la table.

— Alors, qu'est-ce que vous en dites ? À facettes, taille brillant. Celui de gauche vaut 9 millions, celui de droite, je l'ai acheté à une vente aux enchères pour 28 millions, et puis ce rose, magnifique, vaut environ 36 millions.

Märtha toucha les pierres précieuses à l'éclat incomparable, sortit sa loupe et examina la plus chère. Avec le sourire de qui savait reconnaître une belle pierre, elle s'apprêtait à examiner la deuxième lorsque le serveur approcha. Vite, elle glissa les diamants sous la nappe, la mine ravie.

— Dites-moi. Avant de conclure le marché, j'ai besoin de savoir une chose. Qu'allez-vous faire du yacht de mon époux ?

— Nous pensions le garder pour nous. Faire des croisières en Méditerranée, inviter nos amis et passer du bon temps. Il mouillera à Chypre, car nous, les Russes, on n'a pas besoin de payer d'impôts, là-bas, précisa Oleg avec un petit rire.

— *No tax*[1]. Comme c'est intelligent ! dit Märtha avec une voix faussement admirative.

— Oui, c'est un bon placement financier. Nous avons plusieurs yachts et propriétés. Les impôts, on n'aime pas trop ça, nous.

— Aucun impôt ? Bravo ! Mon époux râlait toujours en disant que tout ce qu'il gagnait, l'État le lui prenait.

— Le pauvre ! Non, les impôts, c'est pour les amateurs. Avec un bon avocat et des sociétés, on fait à peu près ce qu'on veut.

— Ah, on voit que vous vous y connaissez, tous les deux… dit Märtha en soupirant quand le serveur apporta les plats. Mangeons donc.

Elle profita du repas pour leur poser des questions

---

1. « Pas d'impôt. »

sur leur business, et très vite les deux hommes se vantèrent de leurs transactions financières et de leurs placements judicieux. Plus elle leur témoignait son admiration, plus ils se mettaient... à table. Ils jonglaient avec des milliards sans jamais payer le moindre impôt. À la fin, elle ne put se retenir :

— Mais comment fait-on pour entretenir le personnel soignant, les routes et les écoles, si personne ne paie d'impôts ? Il y a bien des gens qui paient, non ?

Oleg et Boris se regardèrent, un peu surpris.

— Nous payons naturellement la scolarité de nos enfants, et nous avons un chauffeur particulier.

— Mais comment font les autres, ceux qui n'en ont pas les moyens ?

— Oh, ils se débrouillent.

Les questions de Märtha les mettaient un peu mal à l'aise.

— Dites-moi, fit Märtha, revenant à la charge, vous et beaucoup d'autres Russes placez votre capital à Chypre. Je ne m'y connais pas en finances, mais comment l'État russe peut-il avoir de l'argent pour financer les écoles, les hôpitaux, les routes et ce genre de choses ? Je veux dire, s'il n'y a plus de contribuables ? demanda-t-elle en prenant un air innocent, voire naïf, avant de boire une nouvelle une gorgée de vin.

— Euh, comment ça ? réagit Oleg, un peu agacé.

— Je croyais qu'on payait des impôts pour que la société puisse fonctionner, que c'était une manière d'aider. Mais c'était mon époux qui s'occupait des finances, alors j'ai peut-être tout compris de travers, dit-elle en riant, avec son plus beau sourire. Mais je

vous aime bien, et je suis contente de vous vendre
mon bateau à vous et à personne d'autre.

Elle récupéra les pierres précieuses, qu'elle tint à
la lumière.

— Quels beaux diamants ! Quand je les vois, mon
cœur bondit !

Les hommes sourirent, soulagés, sentant qu'ils
reprenaient le contrôle de la situation. Tandis qu'ils
mangeaient, les paroles des Russes se bousculaient
dans la tête de Märtha. *Avec un bon avocat et des
sociétés, on fait à peu près ce qu'on veut.* Pourtant,
tous deux profitaient des services que leur offrait
l'État. Comme tous les requins financiers de la planète.
Non seulement ils fraudaient le fisc sans contribuer
eux-mêmes au bon fonctionnement de l'État, mais
ils osaient s'en vanter ! Märtha ne put s'empêcher
de penser aux réductions budgétaires de l'aide aux
personnes âgées, aux bas salaires de ces professions
où l'on se dévouait aux autres. Ça la mettait dans
une de ces colères ! Son cœur s'emballa. Face à ces
deux fraudeurs d'envergure, elle prit ça comme un
défi. Ah oui, elle allait leur vendre le bateau. Mais
tout à coup, cela ne lui suffit plus : elle voulait plus,
beaucoup plus – leur donner une bonne leçon.

53

À l'approche de Cannes, Nils revêtit un uniforme blanc et une casquette de capitaine trouvée à bord. À l'entrée du bateau dans le port, il tint son rôle à la perfection : non seulement il avait pris du galon, mais il affichait aussi une pointe d'arrogance, comme il sied à ce poste. Toutefois, si Anna-Greta ne l'avait pas rappelé à l'ordre, il aurait heurté le môle. Avec l'aide du Râteau, il amarra le yacht au quai.

— Tu crois qu'on peut rester ici ? s'inquiéta le Râteau qui en avait des sueurs froides dans le dos.

— Les autorités portuaires ne sont plus ce qu'elles étaient. Ils doivent tous être en train de déjeuner. Nous serons repartis avant qu'ils ne se manifestent, répondit Nils, qui n'en menait pas large lui non plus.

Les autorités portuaires exigeaient une foule de documents, certificats et preuves d'immatriculation ; vu les circonstances, c'était impensable. Pourvu que Märtha ait retrouvé les Russes et que l'affaire soit vite conclue ! Il fut fort soulagé de l'apercevoir qui les attendait sur la jetée en compagnie de deux hommes élégants portant des mallettes, sans doute Oleg et son camarade. Alors qu'il allait lui faire signe de la main, il vit deux autres hommes se joindre aux premiers, deux malabars ressemblant à des gardes du corps. Nils, nerveux, fouilla sa poche à la recherche de son paquet de cigarettes, puis se souvint qu'il avait arrêté de fumer.

Le Génie, lui aussi en uniforme blanc, sourit à la vue de Märtha ; son sourire s'éteignit quand il découvrit les deux armoires à glace qui escortaient les Russes. En plus, Märtha semblait aux anges en leur compagnie ! De vieux bonshommes qui lorgnaient des femmes plus jeunes, passe encore, mais Märtha ! Le Génie en eut presque le souffle coupé. Toutefois, il se ressaisit et, d'un geste de la main, les invita à monter à bord.

Quand tout le monde fut installé dans les fauteuils du pont, le Râteau proposa du champagne et gratifia les Russes de moult courbettes. Märtha le fusilla du regard : pas d'alcool avant que les affaires soient conclues, telle avait été la consigne ! Elle se vit contrainte de trinquer avec eux pour leur souhaiter la bienvenue, mais en son for intérieur, elle redoutait que l'alcool ne les rende incontrôlables. Aussi décida-t-elle de hâter les choses.

— Que diriez-vous de faire tout de suite le tour du propriétaire ? proposa-t-elle en se levant. Je veux que vous soyez contents de votre achat.

— Je peux vous montrer les moteurs, dit le Râteau.

— Et moi le poste de pilotage, ajouta Nils.

— Et nous, les femmes, on s'occupera du reste, déclara Anna-Greta.

— Mais où est l'équipage ? s'étonna Oleg. Nous aurions aimé le rencontrer.

— Bien sûr, dit Märtha, mais je leur ai donné

quartier libre ce soir ; nous n'avons pas besoin d'eux pour cette petite visite. Ils sont en stand-by, je peux naturellement les appeler à tout moment.

Cela sembla suffire aux Russes, bien pris en main par le gang des dentiers. Le Râteau les laissa jeter un coup d'œil à la salle des machines mais ne s'aventura pas à parler chevaux moteurs, ayant trop peur de se trahir par un vocabulaire inapproprié. Nils leur montra la cabine de pilotage, avec l'air de celui qui s'y connaît, lançant à tout bout de champ des *beautiful* et des *wonderful*, qu'il s'agisse du radar ou de la boussole. Stina se chargea de leur faire découvrir l'espace de vie du bateau, et prit cela très au sérieux. Elle conduisit les Russes à travers les différentes pièces en insistant sur le design et en choisissant ses termes, comme si elle passait un examen d'histoire de l'art. Les Russes l'écoutaient avec intérêt, dans la salle à manger comme dans l'élégant salon avec ses fauteuils en cuir noir, sa table en chêne et ses Chagall aux murs ; Oleg fit entendre un sifflement admiratif et s'approcha des toiles pour les examiner attentivement. Il les souleva même pour voir le dos du cadre puis les remit en place, la mine enjouée. Le petit groupe visita ensuite la salle d'*afternoon tea* avec ses luxueux fauteuils couleur crème, ses guéridons en verre et ses roses dans des vases de cristal. Ils passèrent un bon moment dans la bibliothèque, où Stina leur exposa longuement sa passion pour Tchekhov, Pouchkine et Pasternak. Personne ne comprenait un traître mot des citations littéraires qu'elle fit en russe, alors elle chantonna à voix basse la fameuse chanson *Kalinka*. Oleg et les autres commençaient à être assez fatigués, mais la vue des lits king size des chambres à coucher les mit de bonne humeur. Et quand ils découvrirent les écrans de télévision qui descendaient du plafond ainsi que les salles de bains en mosaïque bleue, avec un éclairage changeant intégré au lavabo et à la baignoire, leurs visages s'illuminèrent ; les femmes comprirent que l'affaire était dans le sac. Ils n'accordèrent que peu d'attention au petit hors-bord avec cabine, aux scooters de mer ni au Flyboard du pont inférieur. Märtha espéra qu'ils avaient donc pris leur décision. Tout le monde reprit sa place sur le pont supérieur ; Märtha passa la main sur la table pour enlever quelques grains de poussière imaginaires puis demanda :

— Alors, *you buy*[1] ?

Oleg et Boris se lancèrent dans une grande discussion en russe dont Märtha ne comprit pas un traître mot, jusqu'à ce qu'Oleg repasse à l'anglais :

— Un beau bateau, effectivement. Nous en offrons 65 millions de dollars.

— Vous offensez la mémoire de mon époux ! s'écria Märtha en renâclant comme un cheval. (Elle se leva et gesticula avec une telle fureur qu'elle en envoya valser la corbeille de fruits). Il l'a fait construire avec amour par les meilleurs architectes français, cela lui a coûté toutes ses économies, et vous refusez de payer ce qu'il vaut... (Elle s'assit, referma son sac banane et jeta un regard indigné autour d'elle.) Dans ce cas, nous ne ferons pas affaire ensemble, un point c'est tout.

Oleg et Boris échangèrent un rapide regard, sans faire de commentaire. D'un mouvement gracieux,

---

1. « Vous achetez ? »

Boris déposa sa mallette sur la table et l'ouvrit en grand. Une rangée de diamants scintillait sur un tissu en velours vert, encore plus beaux que ceux qu'elle avait vus au restaurant. L'un d'eux ressemblait au célèbre Pink Dream de 59,60 carats, originaire d'Afrique du Sud, qui s'était vendu chez Sotheby's pour la coquette somme de 83,2 millions de dollars. Bien sûr, il n'était pas aussi gros, mais tout aussi beau.

— Oh, mon Dieu… s'écria Märtha en portant la main à sa poitrine.

— Ah, des sels ! Je crois que je vais défaillir, gémit Anna-Greta qui tendit les mains pour toucher les pierres précieuses.

— *No*, *no*, bas les pattes, murmura Boris en reprenant la mallette.

Les gardes du corps se rapprochèrent d'Anna-Greta, mais Märtha tenta de prendre un air distant et de garder son calme.

— Si vous croyez que vous réussirez à me séduire avec vos diamants… Je veux bien baisser un peu, mais pas question d'aller en dessous de 85 millions.

Oleg donna un petit coup de coude discret à Boris et sortit de la mallette un diamant bleu clair dans un cadran en or.

— Disons 75 millions ? (Il toussota en mettant son poing devant la bouche.) Plus cette ravissante pierre très rare provenant d'une mine d'Afrique du Sud ?

Märtha secoua la tête.

— Jamais de la vie. Mais je ne veux pas rendre les choses impossibles. Vous pouvez avoir le yacht pour 82 millions.

— Avec les tableaux de Chagall ?

Märtha fut prise de court ; elle n'y avait pas réfléchi. Les tableaux à eux seuls valaient un joli pactole.

— C'est à voir, répondit-elle.

Les Russes discutèrent de nouveau un bon moment en russe, à la grande inquiétude de Märtha et ses amis. Voler un yacht était déjà éprouvant nerveusement, mais ce n'était rien comparé au fait de le vendre ! Que signifiait ce galimatias de cosaques ? Les négociations reprirent et durèrent une bonne heure, puis Märtha jugea qu'ils avaient trouvé un terrain d'entente : 80 millions de dollars, avec les peintures de Chagall.

— Je vends à perte ! dit-elle d'une voix brisée, en prenant l'air chagriné. Encore heureux que mon époux ne soit plus là pour voir ça. Jamais il ne m'aurait pardonnée !

— Au contraire, vous faites une très bonne affaire, souligna Oleg. Vous n'auriez pas trouvé facilement des acquéreurs qui acceptent de payer comptant en dollars et en diamants. Comme ça, vous n'aurez aucun problème avec les banques, et vous êtes sûre de ne pas vous faire rouler. Vous savez, le monde est plein d'escrocs.

— D'escrocs ? Ça alors ! dit Märtha qui eut un drôle de petit rire.

— Bon, voici les dollars ! annonça Oleg en posant sa mallette sur la table et l'ouvrant.

— Oh, quel spectacle divin ! s'écria Anna-Greta qui saisit aussitôt les liasses de dollars, une par une.

De ses doigts experts, elle compta les billets à toute allure, s'arrêtant parfois pour examiner un billet ou une petite tache. Elle fredonnait, et la célérité de ses mains força l'admiration des Russes.

— Vous paraissez très professionnelle, madame, dit Oleg poliment.

— J'étais la meilleure banquière de Stockholm, répondit-elle crânement. Nous, les femmes, nous essayons toujours d'être meilleures que vous, les hommes.

Anna-Greta finit de compter les billets en un tour de main puis désigna les diamants.

— Nous aimerions bien voir aussi l'ensemble des diamants, dit-elle.

— *Of course*, dit Boris, compréhensif.

Il étala une petite nappe en velours écarlate sur la table et y déposa les diamants un à un.

De vieilles mains ridées touchèrent et retournèrent les pierres précieuses ; chacun voulait les regarder sous tous les angles, et ce furent des soupirs et des exclamations à n'en plus finir. Seule Märtha, maîtresse d'elle-même, examina les diamants l'un après l'autre avec sa loupe de joaillier.

— Ils sont magnifiques, déclara-t-elle.

Elle avait vu suffisamment de diamants depuis son départ de la maison de retraite pour savoir que ceux-ci étaient authentiques, les plus beaux qu'elle ait jamais eus sous les yeux.

— Formidable, *great, wonderful*[1], lançait Oleg avec un large sourire à chaque nouvelle pierre. (Sa voix commençait à être pâteuse : le Râteau, sans l'accord de Märtha, avait offert de la vodka à leurs visiteurs.) *Nice, nice, yes*[2] ! Dans une affaire, tout le monde doit être content.

— Mon époux disait la même chose. Mais il serait

1. « Sublime, merveilleux. »
2. « Joli, joli, oui ! »

fâcheux que certains de ces diamants valent plus que vous ne le pensez, poursuivit Märtha.

— Ils pourraient aussi valoir moins, glissa Boris.

— C'est peu probable ; ils sont de grande qualité. Pensez aux quatre C : *Clarity*, *Colour*, *Cut* et *Carat*[1], les quatre critères pour l'évaluation d'un diamant. L'un des vôtres au moins a sans doute plus de carats que vous ne le croyez, insista Märtha en reprenant sa loupe. (Elle continua à les examiner en fredonnant.) Je ne voudrais surtout pas vous rouler, comprenez-vous, auquel cas je préférerais vous rembourser. Il faut faire les choses correctement ou pas du tout.

— Certes, mais…

Märtha émit un sifflement et tendit à Oleg un diamant de couleur rose :

— Prenons celui-ci, par exemple. Je suis sûre que vous avez sous-estimé sa valeur. Il vaut mieux le confier à un expert indépendant. S'il vaut quelques centaines de dollars de plus, pas de problème, mais si c'est beaucoup plus, j'aimerais vous rembourser la différence. On peut facilement se tromper de 5, voire de 10 millions, et je n'ai pas du tout envie de faire une bonne affaire sur votre dos. Mon époux insistait toujours pour faire les choses comme il faut.

— 10 millions, effectivement, ce n'est pas rien, marmonna Oleg.

— N'est-ce pas ? Alors dites-moi seulement sur quel compte je dois verser l'argent, et je m'en occuperai. (Märtha sortit son calepin, remonta ses lunettes et pencha la tête de côté.) Vous avez une société, non ?

_____
1. « Pureté, couleur, taille et poids. »

Donnez-moi son nom, votre banque et le numéro du compte, s'il vous plaît.

Le numéro de compte ? Oleg hésita. Mais si la vieille dame tenait tant à leur rendre de l'argent, pourquoi ne pas accéder à sa requête ? Autant que ces sommes arrivent sur leur compte plutôt que sur celui de quelqu'un d'autre. Il sortit donc son portefeuille, prit une carte de visite, la retourna et y inscrivit ses coordonnées bancaires.

— J'ai entendu dire que les diamants ne sont pas toujours faciles à expertiser, dit-il en lui tendant sa carte. C'est très attentionné de votre part.

— Merci. Eh bien, il ne vous reste plus qu'à prendre possession du bateau.

— Mais les documents ? fit remarquer Anna-Greta en désignant le sac à fleurs de Märtha.

— Ah, oui, j'allais oublier, dit cette dernière. Les Russes la regardèrent avec indulgence farfouiller dans son sac pour trouver le titre de propriété et le contrat de vente, que Stina avait réussi à photocopier parfaitement. Elle les sortit, les remplit de son écriture habituelle illisible réservée à ce genre de transactions, et les leur tendit.

— Voici les documents officiels, dit-elle avec un rire contagieux.

Quand les Russes les eurent feuilletés, elle y ajouta discrètement une feuille qu'elle agrafa aux autres, puis elle demanda à Oleg de parapher chaque page avant d'apposer sa propre signature.

— Et voilà ! Le yacht est à vous, dit-elle en reprenant les documents. Vous êtes d'accord pour prendre possession du bateau tôt demain matin ?

— Demain matin ?

— Oui, nous aimerions passer une dernière nuit à bord : la journée a été longue et nous sommes affreusement fatigués.

— Nous ne sommes plus tout jeunes, ajouta Anna-Greta.

Oleg et Boris échangèrent un regard rapide. Normalement, ce n'était pas ainsi qu'ils traitaient leurs affaires, mais une nuit de plus ou de moins, cela n'avait pas grande importance. Et puis, ils étaient de bonne humeur d'avoir acquis ce bateau à un prix si dérisoire.

— Naturellement, dit Oleg.

— *No problem*, enchérit Boris.

— Vous pouvez bien sûr dormir à bord, vous aussi, dit Märtha avec son sourire le plus chaleureux.

Elle sentit ses amis tressaillir : cela n'était pas prévu dans leur plan initial. Mais Märtha avait l'air très sûre d'elle. Le Génie lui donna un coup de coude.

— Mais, très chère, qu'est-ce que tu fais ? murmura-t-il.

— Attends, et tu verras ! chuchota-t-elle avec un clin d'œil. (Elle fit signe au Râteau de remplir de nouveau les flûtes de champagne.) À votre santé ! s'écria-t-elle en levant son verre. Rien ne vaut une bonne vente. On n'est pas bien, là ?

Les Russes approuvèrent et trinquèrent, alors que le Génie et les autres auraient aimé filer le plus tôt possible. Pourquoi Märtha s'attardait-elle donc sur les lieux du crime et ne réglait-elle pas l'affaire dès aujourd'hui ? Le yacht risquait à tout moment d'être déclaré volé, et on lancerait des recherches. Mais elle conservait un calme impérial.

— Qu'est-ce que tu fabriques, Märtha ? répéta le Génie.

— Fais-moi confiance. Nous avions un très bon plan, mais le nouveau est encore mieux. Viens, je vais t'expliquer.

54

Le gang des dentiers s'était retiré dans la cabine d'Anna-Greta sur le pont intermédiaire tandis que les Russes jouaient aux cartes dans le salon intérieur. Oleg et ses compagnons étaient maintenant si bruyants qu'il était impossible de tenir une conversation en leur compagnie. Par ailleurs, Märtha ne voulait pas courir le risque qu'ils puissent entendre ce qu'elle avait l'intention de dire à ses amis, fût-ce en suédois. La cabine « cocon », autrement dit la chambre à coucher, avec sa couette, ses draperies et ses coussins, était parfaite. Märtha s'adressa à ses amis d'une voix basse mais distincte :

— Oleg et Boris ne paient pas d'impôts. Pas un centime, alors qu'ils sont riches à millions. Et ils m'ont traitée de vieille rombière. Ils ont même dit que j'étais « sénile » ! Des crapules, des gredins de la pire espèce ! Comment ont-ils osé ? Ils vont apprendre qu'on n'insulte pas une dame d'un certain âge sans payer le prix fort.

Anna-Greta et Stina approuvèrent de la tête, outrées.

— Quel manque d'éducation ! Ce sont vraiment des moins que rien. Ça ne se fait pas, dit Stina.

— Sans nous autres, vieilles dames, le monde s'effondrerait. La culture et la vie en société disparaîtraient, il n'y en aurait plus que pour le foot et les jeux vidéo, ajouta Anna-Greta.

— N'exagérons pas ! Sans nous, les hommes, le monde s'écroulerait aussi, sachez-le. Les vieilles dames, il y en aura toujours, mais les jeunes filles ravissantes, c'est quand même autre chose ! lâcha le Râteau, qui se prit aussitôt un coup de pied dans le tibia.

— Bien fait ! dit Stina.

Le visage de Märtha se fronça, lui donnant l'air d'un raisin sec. Elle lança au Râteau un regard si dur qu'il aurait pu tailler un diamant, mais ce dernier n'en avait cure.

— Bon, crache le morceau, Märtha. Qu'est-ce que tu voulais nous dire ?

— Oleg et Boris ont été d'une incorrection incroyable ! C'est déjà affreux de vieillir, si en plus on se fait traiter de vieille peau inutile… Alors j'ai l'intention de clouer le bec à cet Oleg et à ces racistes anti-vieilles dames. J'ai concocté un plan, un plan diabolique, croyez-moi : un nouveau vol.

— Oh, non, pas un autre casse ! Tu es beaucoup plus agréable quand tu n'es pas aussi énergique, dit le Génie en gémissant.

— On pourrait récupérer plus d'un demi-milliard, ce n'est pas rien, reprit Märtha, pas peu fière.

— Quoi ? Un demi-milliard en plus ? s'exclama Anna-Greta qui en fit tomber son appareil auditif.

— Je pense à ce transpondeur sur le toit. Il indique notre position précise, n'est-ce pas ? Autrement dit l'endroit où se trouve le yacht de Bielke.

— Oui, mais je l'ai éteint exprès, dit Nils.

— Bien, mais il pourrait aussi être utile que la trace du bateau soit retrouvée. S'il te plaît, gentil Génie, tu pourrais nous l'apporter ?

— Maintenant, explique-toi, dit le Râteau, impatient.

— Voilà. Nous avons besoin du transpondeur pour notre nouveau coup, et il ne faut pas que les Russes remarquent quoi que ce soit.

Les membres du gang des dentiers regardèrent Märtha sans comprendre. Avait-elle perdu la tête ? Il y eut un silence pesant. Personne n'osa réagir, mais intérieurement, ça cogitait fort. Elle se pencha et chuchota quelques mots à l'oreille du Génie. Il répondit à voix basse, puis les autres entendirent Märtha le supplier :

— S'il te plaît, le Génie, tu ne veux pas faire ce que je te dis ? Tu verras que…

Ils continuèrent à parlementer jusqu'à ce que le Génie saute sur ses pieds et prenne Nils par le bras.

— Ça va, j'ai compris ce qu'elle veut. Il n'y a pas une minute à perdre ! Nous devons vite monter sur le toit. C'est d'une importance vitale !

Nils voulut protester, mais il ne pouvait pas laisser le Génie monter seul. Il ne voulait pas que le meilleur ami de son père trébuche ou se blesse dans le noir.

— Bon, d'accord, marmonna-t-il.

Il alla chercher deux lampes frontales et une caisse à outils dans la réserve, puis les deux hommes prirent l'ascenseur jusqu'au pont supérieur. Ils s'immobilisèrent un instant pour s'assurer que les Russes ne s'étaient rendu compte de rien, mais ne perçurent que des bribes de conversations lointaines. Ils se firent un signe de tête, mirent leurs lampes frontales et ouvrirent la porte donnant accès au toit.

— Il doit bien être quelque part, grommela Nils, qui alluma sa lampe et inspecta les lieux.

Les lumières de Cannes se reflétaient dans la mer, les étoiles brillaient dans le ciel. C'était la nouvelle lune. Les deux hommes s'accroupirent sous le radar et s'approchèrent sans bruit du poste de pilotage.

— Regarde ! dit le Génie au bout d'un moment.

Le faisceau de sa lampe venait de tomber sur un morceau de métal rectangulaire placé juste au-dessus de la cabine de pilotage.

Nils acquiesça, sortit un tournevis et une clé à molette, et se mit à l'ouvrage. Cela fut loin d'être facile, car les vis tenaient bien, mais sa persévérance se révéla payante. Les hommes enveloppèrent l'objet dans un pull et le fourrèrent dans le sac de sport du Génie, puis ils rejoignirent leurs camarades.

— Voici le transpondeur, un AIS Match Mate ! dit le Génie en montrant son sac. C'est fait !

— Tu es extraordinaire ! Pourrions-nous voir ce machin ? demanda Märtha.

Ils sortirent l'appareil du sac et le posèrent au pied du lit d'Anna-Greta. Le bidule gris avec des aiguilles et des boutons semblait très banal, on voyait mal ce qu'il pouvait avoir de remarquable. Il devait bien cacher son jeu.

— Quel drôle de boîtier, fit le Râteau.

De son temps, lorsqu'il était en mer, de tels appareils n'existaient pas.

— Ça ressemble à un tourne-disque, fit remarquer Anna-Greta en touchant l'appareil de l'index. Il joue de la musique ?

— Non, dit le Génie avec un sourire. Cet instrument est ce qu'on a inventé de plus intelligent depuis le radar. Il envoie et reçoit automatiquement des signaux radio, ce qui permet aux autres bateaux et aux autorités portuaires de savoir où l'on est. Ils sont informés de la vitesse du bateau, de sa trajectoire et de sa position.

— Rien que ça ! Eh bien, s'ils nous regardent maintenant, ils doivent être un peu surpris, marmonna le Râteau en montrant le lit.

— Peut-être qu'ils s'imagineront que le yacht a coulé en heurtant un lit, suggéra Stina en riant.

— Bon sang de bonsoir, dit le Râteau avec un soupir. Que faisons-nous avec un transpondeur dans un lit ?

— Voilà mon idée, commença Märtha d'une voix gaie. Quand les Russes allumeront leur AIS depuis le tableau de bord, il ne se passera rien, puisque nous l'avons enlevé, d'accord ? Ni les autorités portuaires ni les bateaux des environs ne sauront où se dirige l'*Aurora 4* de Bielke, et ça prendra un moment avant que quelqu'un ne réagisse.

Les yeux d'Anna-Greta se mirent à briller.

— Génialissime ! s'écria-t-elle avec un sifflement admiratif.

— Nous avons un plan, et s'il réussit, nous pourrons donner aux services de soins au moins un demi-milliard de plus, dit le Génie en prenant un air important.

— Exactement. Le Génie et moi en avons parlé, poursuivit-elle en serrant très fort la main de son compagnon.

Cet homme était imbattable pour réfléchir à des

solutions, et toujours très heureux quand lui venait une idée astucieuse.

— Les braquages de banques, ce n'est que de l'argent de poche, à côté, dit Anna-Greta, qui commençait à s'habituer aux très grosses sommes.

— Oui, mais pour que le plan fonctionne, nous devons filer à l'anglaise. Et le plus tôt sera le mieux, dit Märtha.

— Oh, mon Dieu ! Oleg et Boris sont des oligarques russes. Il faut être prudents. Tu es sûre que ce n'est pas dangereux ? hasarda Stina qui se triturait les mains.

— Tant qu'on se comporte normalement, il n'y a aucune raison pour qu'ils se doutent de quelque chose, répondit Märtha. Ils n'auront qu'à s'en prendre à eux-mêmes. Des fraudeurs du fisc et des harceleurs de femmes. Ah, ils vont comprendre leur erreur d'avoir offensé une vieille dame !

— Amen ! fit le Râteau.

— Tu ne vas quand même pas te laisser déborder par tes sentiments, Märtha ? Ce n'est pas le moment de se disperser ! la mit en garde Anna-Greta.

— Non, je vais juste leur donner une petite tape sur le museau, répondit Märtha.

Puis elle réclama le silence, se pencha en avant et leur exposa son plan.

55

Après une longue discussion, le gang des dentiers savait à présent que le travail était loin d'être terminé. Une dure tâche les attendait pour faire aboutir le plan de Märtha. Le pire, c'était qu'ils ne pourraient pas se détendre ni dormir dans les prochaines heures. Il était 1 heure du matin, et il fallait tenir le coup jusqu'au lever du soleil. C'était autre chose que la maison de retraite, où l'on vous fourrait au lit à 7 heures du soir.

— Non seulement on joue aux gangsters pour de vrai, mais maintenant, il faut aussi le faire la nuit ! s'exclama le Râteau.

— Tout d'abord, il faut rester éveillés jusqu'à ce que les Russes s'endorment, car les mallettes sont en bas, dans le salon, rappela Anna-Greta.

— C'est vrai, murmura Märtha, j'allais l'oublier. D'un autre côté, le contenu des mallettes est à nous, nous l'avons mérité.

— Ça ne leur mettra pas la puce à l'oreille si on prend les mallettes et qu'on se tire ?

— C'est vrai, reconnut le Génie. On devrait introduire un âge de la retraite pour malfrats ; il suffit d'oublier un détail pour faire foirer toute une opération.

On se serait évité tous ces tracas si les gens pouvaient vivre décemment de leur pension.

— Très juste. Il en va des malfrats comme des vieilles dames : aucun de nous n'a les moyens de partir à la retraite. Alors, criminel, fais ton devoir ! dit Märtha avec emphase.

— Et n'oublie pas de boire, ajouta Stina, qui ne pouvait s'empêcher de trouver des rimes.

Ils firent passer les heures en jouant au bridge, même si leurs paupières étaient lourdes. Le Râteau était si fatigué qu'il n'avait même pas la force de tricher. Quand les bruits du salon eurent cessé depuis un moment, Stina fut envoyée en éclaireuse. Elle revint, les joues en feu.

— Oleg et les autres dorment !

— Parfait. Ramassez vos affaires, j'arrive avec les sacs, dit Märtha.

Le temps que les autres rassemblent leurs effets, elle descendit au salon pour y prendre le butin.

En arrivant dans la pièce, elle vit les Russes endormis sur la table, la tête sur les bras, sauf Oleg, qui s'était allongé sur le canapé. Il avait la bouche grande ouverte et ronflait. Des bouteilles vides traînaient partout, des cartes tachées jonchaient la table, des piles de jetons étaient tombées par terre. Märtha secoua la tête. Pas de doute, ils avaient joué de l'argent. Quelle décadence ! Elle se redressa et avança le plus nonchalamment possible vers les mallettes, au cas où l'un d'eux l'observerait sous ses paupières mi-closes. Elle s'immobilisa un instant, aux aguets, puis souleva les mallettes sans bruit et retourna vers la porte. Mais en arrivant sur le pont, elle entendit quelqu'un crier depuis le quai :

— Hé, vos papiers, s'il vous plaît[1] !

Un jeune homme en tee-shirt, un bloc-notes à pince à la main, levait les yeux vers le bateau, et il n'avait pas l'air de plaisanter. Bien sûr ! Les autorités avaient du personnel qui vérifiait sur les quais si toutes les embarcations étaient en règle. Nils les avait prévenus : on n'avait le droit de rester qu'une heure à quai, ou il fallait aller à la capitainerie pour payer une taxe portuaire et d'autres frais. Mais dans ce cas, le titre de propriété, le permis bateau et une foule d'autres documents seraient à présenter. Märtha hésita un peu puis s'avança vers le bastingage.

— Excusez-nous[2] ! dit-elle en posant les mallettes par terre. Nous avons eu des problèmes, mais maintenant, voilà, *our captain will sail any minute*[3] !

— Vous ne pouvez pas rester ici, dit le jeune homme, légèrement prétentieux.

— Naturellement ! Oui, tout de suite, immédiatement[4], hop là ! répondit Märtha, docile, avec les quelques mots de français qu'elle connaissait.

Elle avait entendu les Russes se réveiller ; il n'y avait pas une minute à perdre. Elle heurta Nils dans l'escalier.

— Il faut se déplacer dans la rade sur-le-champ. Ils veulent nos papiers.

— Zut, c'est ce que je craignais. Papa, tu peux t'occuper des machines ? cria-t-il en se dépêchant de remonter dans la cabine de pilotage.

---

1. En français dans le texte.
2. En français dans le texte.
3. « Notre capitaine va partir d'une minute à l'autre. »
4. En français dans le texte.

— À vos ordres, capitaine ! répondit le Râteau, de nouveau tout excité.

Finie, la plaisanterie ! Il s'agissait de mettre en marche les moteurs au plus vite, mais sans partir en flèche, s'il ne voulait pas emboutir tous les bateaux amarrés là. Le Génie n'eut pas même le temps d'aider à larguer les amarres : Märtha avait demandé un coup de main au jeune homme du quai. Un autre bateau était attendu à cet emplacement.

Les moteurs se mirent en route. Nils manœuvra pour déplacer le bateau. Une fois suffisamment loin, il jeta l'ancre.

— Qu'est-ce que vous faites avec mon bateau ? cria Oleg furieux en surgissant dans la cabine de pilotage.

Nils remonta vite les manches de sa chemise pour laisser apparaître l'ancre tatouée sur son poignet.

— *Harbour authorities*, expliqua-t-il. *Sorry, but don't worry. The crew is on its way*[1].

Oleg se calma un peu ; Nils remarqua qu'il avait bu et devait se cramponner à la boussole. Sur ces entrefaites, Märtha entra en trombe, son téléphone portable à la main.

— *Our captain*, annonça-t-elle. *The crew, you know, is here any minute.* Alors nous allons les chercher. *We will fish them up, you know*, dit-elle en prenant le ton le plus naturel possible, comme si tout l'équipage faisait partie du lot, avec le bateau. *Don't you worry. We organize this.* Mon mari m'a toujours dit de prendre les choses calmement et de

_____

1. « Ordre des autorités portuaires. Désolé, mais ne vous inquiétez pas, l'équipage arrive. »

profiter de la vie. *So don't you worry, go to sleep again*[1].

Oleg était un homme intelligent, mais après tant d'alcool, son cerveau ne fonctionnait pas comme il l'aurait dû, et il prit ces paroles pour argent comptant.

— *Ah, captain, good*, se borna-t-il à dire en haussant les épaules, avant de retourner dans le salon.

Il avait perdu sa Ferrari lors de la dernière partie de poker et n'avait qu'une envie : la regagner au jeu. Märtha jeta un rapide regard à Nils.

— Il nous faut le hors-bord MAINTENANT, le rouge, tu sais. Et n'oublie pas les documents ni les trucs importants. Nous devons être partis d'ici cinq minutes.

Sur ces mots, Märtha s'en alla chercher le Génie et les autres, groggys d'avoir veillé, qui ne pensaient qu'à leur lit.

— Vite, au hors-bord, dépêchez-vous. Et n'oubliez pas vos affaires !

Fatigués et distraits, ils ne ramassèrent pas seulement leurs affaires, mais aussi des choses qui traînaient ici et là dont ils pourraient avoir besoin par la suite, dont des couvertures et de jolis coussins pour faire un petit somme pendant le trajet jusqu'à Saint-Tropez. Anna-Greta prit dans la foulée un tableau de Chagall, un de ses peintres préférés. Un peu honteuse de son larcin, elle n'en dit rien aux autres et le fourra dans son sac à dos.

---

1. « Notre capitaine. L'équipage, vous savez, va arriver d'une minute à l'autre. (…) Nous allons les récupérer, vous savez. (…) Ne vous inquiétez pas. On s'en occupe. (…) Alors ne vous inquiétez surtout pas, allez vous rendormir. »

— J'ai cogité comme une malade pour trouver une bonne raison de prendre le hors-bord et quitter le yacht sans éveiller de soupçons, dit Märtha. Et voilà que les autorités françaises nous facilitent la tâche. Tout va marcher comme on le voulait !

— Espérons-le ! répondit le Génie en glissant sa main dans la sienne.

Ensemble, ils se hâtèrent de rejoindre la rampe où les attendait le hors-bord. Juste au moment d'embarquer, Märtha s'arrêta, toute rouge.

— Mon Dieu, le Génie. Les mallettes !

Elle les avait oubliées dans la cabine d'Anna-Greta.

— Je les ai emportées, répondit-il avec un sourire.

La mer, dans la baie, paraissait noire. Le hors-bord pouvait sortir directement de la poupe ouverte du bateau. *Si on avait été plus jeunes*, pensa Märtha, *on aurait pris le Flyboard et on en aurait profité pour s'amuser un peu.* Mais pour une fois, elle était consciente de ses limites. Nils, après avoir vérifié que le réservoir d'essence était plein, mit le moteur en marche. La seconde tentative fut la bonne, un léger grondement retentit, et Nils fit signe à son père de détacher les amarres. Ils étaient prêts à partir.

— OK, on y va !

— Non, attends un peu, dit Märtha. Nous allions oublier l'essentiel.

Elle sortit deux bombes de peinture. La blanche avait la même nuance que celle du bateau, la noire était celle de l'inscription *Aurora 4*. Stina hocha la tête. En sortant, Nils manœuvra pour que Stina se retrouve à la bonne hauteur et que le hors-bord soit invisible du haut du pont comme du port, et Stina fit vite. En artiste aguerrie, elle recouvrit le 4 d'une couche de blanc puis le remplaça par un 5. Armée d'une lampe frontale et d'un petit pinceau, elle améliora même la calligraphie du chiffre pour qu'il corresponde mieux en taille et en style à celui de mot *Aurora*. Elle pencha la tête en arrière et examina le résultat. Le bateau était devenu l'*Aurora 5*, comme cela était spécifié dans l'acte de propriété.

— Et voilà le travail ! Parfois, les choses sont plus réussies quand elles sont faites dans l'urgence, déclara-t-elle, satisfaite.

Lentement, le hors-bord s'éloigna du yacht. Au cas où les Russes les observeraient, Nils se dirigea vers le quai numéro 5, d'où l'équipage hypothétique était censé monter à bord. Arrivé tout près de là, il fit semblant d'avoir une panne de moteur et laissa le hors-bord dériver. Le gang des dentiers agita les bras dans tous les sens, prenant l'air désespéré. Le bateau s'éloigna de plus en plus du quai, et le port disparut derrière eux. Alors seulement, Nils remit les moteurs en marche et accéléra. Le gang des dentiers avait encore une mission à accomplir. Et pour cela, ils devaient retourner à Saint-Tropez.

56

Pendant que Nils dirigeait le hors-bord vers Saint-Tropez à toute vitesse, Märtha expliquait à ses amis ensommeillés ce qui les attendait.

— Désolée de vous mettre la pression comme ça, mais ce transpondeur peut être notre chance, dit-elle en montrant le petit appareil que le Génie tenait sur ses genoux.

— Si notre chance dans la vie se résume à un transpondeur, eh ben dis donc, faut te suivre, commenta le Râteau.

Märtha fit mine de n'avoir rien entendu et expliqua son plan plus en détail.

— Vous vous rappelez l'épave au large du port de Saint-Tropez, le bateau du Panama, vous savez, cet affreux cargo dont on se moquait ?

Tous hochèrent la tête.

— Il sera coulé lundi.

— Ne me dis pas qu'on va aussi faucher cette épave ! s'écria le Râteau.

— Non, au contraire. Nous pourrons nous réjouir de le voir sombrer. Surtout avec le transpondeur de Bielke sur son toit.

Anna-Greta émit un sifflement admiratif puis poussa un tel hennissement que tous se bouchèrent les oreilles.

— Ah, je comprends mieux, dit-elle, épatée par l'idée. Comme ça, les autorités penseront que le bateau de Bielke a disparu.

— Exactement. Quand le bateau du Panama coulera avec le transpondeur, les autorités ne pourront plus voir le bateau de Bielke sur leurs écrans. Il aura disparu pour toujours. Alors, nous déclarerons le vol du bateau… poursuivit Märtha.

— … et nous récupérerons l'argent de l'assurance, compléta Anna-Greta, les yeux brillants de joie. Tu as rectifié le document, n'est-ce pas, Märtha ?

— Oui, et les Russes n'ont rien remarqué. Ils finiront bien par se rendre compte qu'ils se sont fait rouler, mais pas tout de suite.

— Comment t'as fait ? demanda le Râteau, perplexe.

— Les Russes ont acheté l'*Aurora 5*, mais c'est l'*Aurora 4* qui est assuré. Ces petits détails font toute la différence, dit Märtha d'un ton enjoué.

— Je crois que nous pouvons sortir les petits gâteaux et la liqueur de baies arctiques, proposa Stina.

— Il ne faut pas vendre la peau de l'ours avant de l'avoir tué, rappela le Râteau. Il peut encore se passer beaucoup de choses.

— Très juste, dit Anna-Greta, nous n'avons pas encore l'argent de l'assurance.

— Le problème va être de fixer le transpondeur sur l'épave sans se faire voir. Je pense que ça va être mon boulot, dit Nils sans tourner la tête. (À tout moment pouvaient surgir des bateaux à moteur qui risquaient de leur rentrer dedans.)

— Oui, ce serait bien de s'y mettre dès qu'on y verra assez clair, dit le Génie. Lundi matin, nous activerons le transpondeur avec ma télécommande, et nous partirons aussitôt pour l'aéroport. Ça devrait marcher.

Tout le monde approuva. Anna-Greta constata avec fierté qu'elle avait en sa possession le titre de propriété, le contrat et tous les documents afférents au bateau, bref, tout ce qu'exigerait la compagnie d'assurances.

— J'avais des craintes, mais les Russes n'y ont vu que du feu. Ils n'ont eu que tes jolies photocopies, Stina, et nous, on a gardé les originaux… Oleg n'a vraiment pas été vigilant, il n'a même pas remarqué qu'ils portaient la mention *Aurora 5* et pas *Aurora 4*, s'étonna Märtha.

— Donc, nous sommes propriétaires de l'*Aurora 4*, constata le Râteau, assez admiratif du coup monté par Märtha.

— Oui, et bientôt l'épave battant pavillon panaméen coulera avec le transpondeur de Bielke, et la Lloyd devra nous verser un demi-milliard de couronnes, voire plus ! Tralalalala ! chantonna Märtha.

— Tu en as, là-dedans, ma petite Märtha, dit le Génie en lui tapotant le crâne du doigt.

— Pas autant que toi, répondit-elle, très diplomate, en prenant sa main. Mais j'ai ajouté une feuille au contrat. Oleg et Boris risquent d'avoir un choc : ça leur apprendra à traiter les vieilles dames de bonnes femmes séniles.

— Tu n'as vraiment peur de rien, toi, dit le Râteau.

Quand Oleg se réveilla, tard, le lendemain, il trouva le bateau étrangement silencieux. Il avait un mal de tête carabiné, et il lui fallut un moment pour comprendre où il se trouvait. Märtha et la vente du yacht, c'est vrai. Ah, il l'avait bien roulée, la vieille peau ! Acquérir un yacht sublime pour le prix d'une épave ! Voilà qui mettait de bonne humeur. Et s'il se faisait un café avec un copieux petit déjeuner ? Il regarda autour de lui. Il devait forcément y avoir de la nourriture sur le bateau. Peut-être que Märtha pourrait leur faire une bonne omelette ? Il se leva, bâilla et s'étira. Boris et les deux autres dormaient encore ; il résolut de ne pas les réveiller, histoire d'être seul un petit moment. Hormis le clapotis de la mer, tout était silencieux. Bizarre : il n'entendait nulle part la voix affairée de Märtha. Elle devait roupiller avec les autres dans les cabines du pont supérieur. Il fit le tour du propriétaire, tout heureux du bateau fantastique qu'il venait d'acquérir. Puis il repensa au Flyboard et au hors-bord, auxquels il avait à peine jeté un coup d'œil la veille. En sifflotant, il prit l'ascenseur pour descendre au pont inférieur et découvrit que le hors-bord avait disparu. Ah oui, Märtha avait dit qu'ils allaient chercher l'équipage. La dernière fois qu'il avait vu la bande de vieux, ils se dirigeaient vers le quai. Pourquoi n'étaient-ils pas encore revenus ? Y avait-il eu des retards, un empêchement quelconque ? Ils finiraient bien par rentrer, et il aurait une longue conversation avec le capitaine et les membres de l'équipage pour s'assurer qu'ils aient les compétences nécessaires pour conduire le bateau jusqu'à Chypre.

Oleg alla réveiller les autres et s'occuper du petit déjeuner pour tout le monde. Par chance, le frigo était bien fourni et il put préparer une bonne collation pour démarrer la journée : une omelette, des croissants, des fruits, du jus d'orange et beaucoup de café. Il trouva aussi de la bière, et de l'aspirine contre le mal de tête. Le repas terminé, tous sortirent les transats et s'installèrent sur le pont. Cela faisait du bien de se détendre un peu. Oleg commença à s'inquiéter : et s'il était arrivé quelque chose à la vieille dame ? Pourtant, malgré ses vertiges passagers, elle était en bonne condition physique. Il se faisait du mauvais sang pour rien ; elle allait revenir d'un instant à l'autre. L'équipage avait dû être retardé. Il trouva de la crème solaire et s'en enduisit. Son mal de crâne persistait ; pas étonnant, avec ce qu'il avait bu la veille. D'ailleurs, pourquoi ne pas prendre une bière et un petit remontant au bar ? Il abandonna toutefois l'idée, pour être sobre au moment de parler avec l'équipage. Si seulement cette migraine voulait bien partir ! Pas facile de se concentrer, le lendemain d'une cuite. Il ne devrait pas boire autant. Oleg ferma les yeux et s'étira dans sa chaise longue. La vie réservait des surprises plutôt agréables. Boris et lui avaient fait baisser le prix de 20 millions de dollars. 20 millions ! Les vieilles dames ne devraient pas se piquer de faire des affaires ! Mais le malheur des uns faisait le bonheur des autres !

Le gang des dentiers réussit à rentrer à Saint-Tropez, et le Râteau positionna le hors-bord pour permettre à Nils de monter sur le vieux rafiot du Panama. Les jambes flageolantes, il craignait de trébucher et de tomber. Des organismes marins s'étaient fixés sur le pont, où luisaient aussi de grandes taches d'huile.

Les marches étaient percées par la rouille, la rampe avait disparu. Bien qu'il ne portât qu'un tee-shirt, il était en nage. Il ne faisait pas très chaud au petit matin, mais grimper sur le bateau avec le transpondeur avait suffi. Une fois en haut, il devrait l'installer de manière qu'il fonctionne. Märtha croyait sans doute que tout ça était un jeu d'enfant, mais courir dans tous les sens de la cabine de pilotage au toit, manœuvrer un grand yacht à moteur, monter des appareils de précision, et participer en plus à une escroquerie aux assurances, ce n'était pas à la portée du premier venu !

Il essuya quelques gouttes de sueur de sa lèvre supérieure et serra le transpondeur contre lui. Un faux pas, et l'AIS de Bielke finissait à l'eau. Et avec lui un demi-milliard de couronnes, à en croire les calculs d'Anna-Greta. Car pour que les autorités portuaires sachent que l'*Aurora 4* était en mer et puissent ensuite enregistrer sa disparition soudaine, il fallait que l'appareil émette un signal. Donc, ne surtout pas le perdre. Il y avait assez de travail pour deux hommes, là-haut, et un assistant n'aurait pas été de refus, mais il devait se débrouiller tout seul. Et s'il glissait ? En même temps, le Râteau ou un autre membre du gang des dentiers n'aurait sûrement pas pu le retenir d'une poigne de fer…

Plus que deux marches. Il lui fallait trouver un bon emplacement au-dessus de l'aileron de passerelle pour visser l'engin ! Ou alors près du bastingage proche du radar ? À cet endroit, le transpondeur, tout en restant invisible depuis la mer, pourrait émettre dans toutes les directions. Parfait ! L'AIS de Bielke n'était pas trop lourd, pas plus qu'un vieux magnétoscope ou un tourne-disque. Ça devrait aller. Pourtant, juste à cet instant, Nils avait la sensation qu'il pesait des tonnes. Son père et les autres se rendaient-ils compte qu'ils lui avaient donné la responsabilité de 500 millions au bas mot ? Pourquoi avait-il accepté cette mission ?

Le Râteau et ses amis n'arrêtaient pas de faire des facéties, de vrais gamins ! Mais souvent, c'était lui qui se retrouvait à faire le travail, et à peine avait-il terminé qu'ils inventaient autre chose. Au moins lui avaient-ils ouvert de nouveaux horizons : son quotidien était mouvementé, mais autrement plus amusant que son ancien boulot. Quand il était plus jeune, prendre la mer avait été un défi, mais la navigation maritime professionnelle était devenue monotone, ennuyeuse, et on ne descendait presque plus à terre. Alors toutes ces tâches qu'on lui confiait lui paraissaient plutôt distrayantes, mais la responsabilité du transpondeur était lourde. En plus, ils avaient attendu qu'il accepte la mission pour lui en expliquer l'enjeu : une escroquerie aux assurances d'un demi-milliard de couronnes… Rien que d'y penser, il en avait le vertige.

En soupirant, Nils se retourna. Le soleil pointait son nez à l'horizon et la mer était étale. L'ancien village de pêcheurs de Saint-Tropez dormait, aucun bateau n'était en vue. Seul le Râteau attendait qu'il ait terminé le travail. Nils prit une profonde inspiration et grimpa les marches.

Il évita un seau en plastique, un tuyau rouillé, une caisse ouverte avec des gilets de sauvetage et quelques vieilles boîtes sur le pont intermédiaire, et atteignit enfin le pont supérieur. Encore quelques pas et il se retrouva au-dessus du poste de pilotage. Il progressa avec prudence sur la surface glissante et rouillée. Comment diable allait-il s'y prendre pour fixer l'appareil ? Partout ce n'était qu'acier et rouille. Stina avait eu le temps de maquiller le transpondeur avec de la peinture rouille et un peu de saleté pour qu'il ait l'air d'avoir toujours fait partie du rafiot, mais il faudrait le fixer solidement pour qu'il coule avec le bateau. Il vit des embarcations au loin et commença à paniquer. Il fallait qu'il décide où fixer ce foutu machin, et vite. Le sac pesait de plus en plus lourd. Il aperçut, tout près du bord, une poutre en bois qui lui parut assez solide, y posa le transpondeur et sortit ses outils. Il devrait pouvoir y clouer ce truc. Il allait se mettre à l'œuvre quand le Râteau cria :

— La police !

Nils se leva et vit un bateau barré du mot GENDARMERIE se diriger vers eux. Merde ! Encore quelques minutes ! Aussitôt, il prit le marteau, se fourra quelques clous dans la bouche et poussa un peu le sac pour s'approcher de la poutre. C'est alors qu'arriva ce qu'il avait redouté : le sac toucha le transpondeur, qui glissa lentement vers le bord et bascula. Sans un bruit, l'AIS de Bielke tomba en direction du pont. Il n'y eut pas vraiment de choc, mais comme un grand silence.

— Oh, non ! s'écria Nils, choqué.

Affolé, il se releva et jeta un coup d'œil vers le bas. L'appareil n'était pas sur le pont, il avait donc dû tomber à l'eau. *Bye bye*, les 500 millions ? Pourtant, ce genre de choses n'arrivait qu'au cinéma, pas en vrai !

— Dépêche-toi, la police peut nous voir, cria le Râteau d'en bas.

Nils transpirait à grosses gouttes, indécis. La vue du bateau le fit réagir.

— J'arrive, cria-t-il.

Il mit son sac sur l'épaule et dévala l'escalier. En descendant dans le hors-bord, il resta parfaitement silencieux, comme on l'est lorsqu'on vient de laisser filer 500 millions de couronnes.

Quand le Râteau et Nils revinrent à l'hôtel, les autres avaient réglé la note et les attendaient. Ils s'étaient installés dans un hôtel plus modeste et discret, en dehors de Saint-Tropez, où ils resteraient jusqu'à ce que le rafiot battant pavillon panaméen ait été remorqué. Il fallait encore que le Génie mette en marche le transpondeur à distance pour s'assurer de son bon fonctionnement. Puis ils prendraient l'avion pour Stockholm.

Tous eurent du mal à trouver le sommeil ; ils n'avaient guère d'appétit. Stina distribuait des fruits et des salades bio, mais personne n'avait faim. Quant à Nils, il était à la torture. Il savait qu'il aurait dû raconter ce qui s'était passé, mais ne pouvait s'y résoudre, espérant jusqu'au bout ne pas avoir à cracher le morceau. Mais quand le Génie essaierait de mettre en marche le transpondeur, il comprendrait bien qu'il y avait un problème, puisqu'il n'y aurait aucun signal. Nils avait honte de sa lâcheté, mais que faire ? Avouer aurait été mille fois pire !

57

L'officier du port procéda à une dernière ronde à bord du *M/S Maria Bianca*. Ce rafiot panaméen qui avait suscité un tel scandale allait enfin être coulé. Cela faisait bientôt un an qu'ils tentaient de se débarrasser de cette épave rouillée qui gâchait la vue du port. Si le maire de Saint-Tropez n'était pas intervenu personnellement, jamais la décision n'aurait pu aboutir. L'équipage philippin avait quitté le navire depuis belle lurette, et les autorités n'avaient pas trouvé de responsable à qui s'adresser. Personne n'avait voulu payer pour le désossage du bateau, et encore moins pour le faire couler. Mais, le temps passant, le rafiot constituait un problème sanitaire, et on craignait qu'il ne sombre au beau milieu du port. Enfin on allait remorquer ce bateau en haute mer. Il ne restait plus qu'à vérifier que tous les réservoirs de carburant étaient vides et qu'il n'y avait rien à bord susceptible de créer une pollution environnementale. Ce n'était pas la partie la plus intéressante du boulot, mais les remorqueurs n'attendaient plus que son feu vert, alors mieux valait ne pas perdre de temps.

L'officier de port commença par le haut et descendit

en inspectant le navire de manière systématique. Sur le pont intermédiaire, il se dit qu'il serait dommage de ne pas récupérer les extincteurs et les gilets de sauvetage. Ça pouvait toujours servir. Il manqua trébucher sur un seau en plastique et un tuyau rouillé avant d'atteindre la caisse des gilets de sauvetage, qui étaient en piteux état. Il saisit celui du dessus. Le tissu était délavé, presque moisi, et se déchira. Il fouilla un peu et sortit un autre gilet. Celui-ci avait un large col, le tissu orange avait pâli. Comme l'autre, il se déchira. Ils étaient bons à jeter, comme les extincteurs, sans doute. Il allait remettre le gilet dans la caisse quand ses yeux tombèrent sur quelque chose de brillant. Ça ressemblait à une sorte de transpondeur. Les Philippins auraient-ils transporté clandestinement du matériel de navigation ? Il souleva l'appareil et vit tout de suite qu'il s'agissait d'un vulgaire AIS Match Mate, aussi rongé par la rouille que le reste. À quoi bon le prendre ? Il ne devait sûrement plus fonctionner. Il le reposa sur le pont et continua son inspection. Une demi-heure plus tard, il avait passé en revue tout le cargo. Il n'y avait rien à récupérer, pas même une vis. Il brossa vite sa tenue puis sortit son portable pour donner le feu vert aux remorqueurs et demander qu'on vienne le récupérer.

Tandis que le bateau panaméen et les remorqueurs se dirigeaient vers le large, l'officier but du café avec ses hommes et disputa une partie de poker. Quelques heures plus tard, quand le rafiot ne fut plus qu'une tache floue à l'horizon, il donna l'ordre de le couler. Deux matelots montèrent à bord et ouvrirent les ventilations du fond, tandis que l'équipage des remorqueurs détachait les cordages. Tout le monde regagna son poste, et ils s'éloignèrent du bateau pourri qui sombrait lentement. L'officier du port Hardy et les autres le regardèrent s'enfoncer dans la mer.

— Quelle épave, ça ne vaut plus un clou ! dit-il avec un air las.

Ce en quoi il se trompait lourdement.

Le gang des dentiers avait passé une nuit agitée. Qui dit hôtel bon marché dit clients bruyants qui rentrent à n'importe quelle heure de la nuit, et ils n'avaient guère fermé l'œil. Ayant entendu dire que le bateau du Panama serait coulé dans la matinée, ils avaient préparé leurs affaires pour aller à l'aéroport. Mais avant cela, ils devaient allumer le transpondeur. Les paupières encore collées, une seconde tasse de café dans le ventre, ils prirent un taxi pour le port.

À la vue des deux remorqueurs, ils comprirent qu'ils n'auraient pas longtemps à attendre. Ils s'avancèrent le plus loin possible pour suivre les opérations. Par mesure de sécurité, aucun d'eux n'avait emporté de déambulateur, et Anna-Greta comme Märtha portaient des perruques, rousses, cette fois. Le Génie et le Râteau avaient enfilé des vêtements de marin et des chaussures de bateaux confortables ; ils se fondaient donc dans le paysage.

— Bon, il ne reste plus qu'à activer le transpondeur. Allez, *Aurora 4* ! dit le Génie avec un petit sourire, en pointant la télécommande en direction du bateau panaméen.

Il appuya plusieurs fois, vérifia les piles et appuya encore.

— Merde ! Aucun contact, s'écria-t-il, lui qui ne jurait d'habitude jamais. Il est comme mort. Impossible d'entrer en contact avec le transpondeur !

— Comment ça ? Il n'y a aucune raison, il marchait, hier, dit Stina.

— Allez, essaie encore une fois, l'encouragea Märtha. Le jeu en vaut vraiment la chandelle.

Le Génie vérifia de nouveau les piles, leva et baissa la télécommande, et s'avança un peu plus dans l'espoir de localiser l'appareil. Il revint, assez furieux.

— Rien ne fonctionne ! Je ne comprends pas.

— Peut-être des mauvaises conditions de réception aujourd'hui, hasarda Nils du ton le plus naturel possible.

— Mais ça fonctionnait parfaitement quand je l'ai testé, insista le Génie.

— C'est possible, mais il a pu se passer beaucoup de choses entre-temps, hasarda Nils qui, pour le coup, ne mentait pas.

— Pourvu que ce ne soit pas à cause de la peinture rouille, s'écria Stina en se tordant les mains de désespoir. Pourvu que je n'aie pas effacé un demi-milliard de couronnes avec ça !

— Non, c'est impossible, la rassura le Râteau en lui donnant un petit baiser. Tu as fait très attention, tu as même peint sans une seule éclaboussure.

Il y eut un silence. Que faire ? Sur le rafiot, un homme en uniforme parlait au téléphone, faisait des signes, puis il descendit l'échelle pour monter sur un des remorqueurs. Les hommes amarrèrent les cordages et, au bout d'un moment, les deux remorqueurs se dirigèrent vers l'horizon. On entendit gronder les moteurs, les cordes se tendirent, et tout le cortège mit le cap vers le large.

— Hum, fit le Génie. Je vais aller tout au bout de la jetée pour voir si c'est mieux de là-bas.

Il s'y rendit aussi vite qu'il le put et fit un nouvel essai. Il sentit alors qu'il se passait quelque chose, comme si le transpondeur se réveillait d'un long sommeil et s'étirait comme une Belle au bois dormant. Ce fut d'abord un faible signal, mais quand le cargo pivota un peu, l'appareil sembla reprendre des forces. Le Génie jubila. Les autorités portuaires pourraient désormais localiser le « yacht de Bielke » en direction du large. Certes, quelqu'un pourrait se rendre compte que le transpondeur était maintenant sur un rafiot battant pavillon panaméen, et non sur un yacht de luxe, mais tous observaient avant tout le spectacle de la manœuvre. Bientôt, le « yacht de Bielke » serait au large et coulerait, disparaissant à jamais des radars.

— Quelqu'un a dû déplacer le transpondeur, j'ai pu établir le contact, annonça-t-il, radieux, en rejoignant les autres. Tout fonctionne. On peut partir !

— Tu as vraiment réussi à le remettre en marche ? Je comprends mieux pourquoi on t'appelle le Génie, murmura Nils, presque effrayé.

Le transpondeur n'avait pas dû tomber à la mer, mais à un endroit du pont où il ne l'avait pas vu.

— Ah, les moteurs et tout ce qui est technique, ça me connaît, répondit le Génie. Mais ne viens pas me parler d'ordinateurs !

— Direction l'aéroport, ordonna Märtha.

Puis elle serra le Génie dans ses bras et le félicita pour son action, l'une des plus mémorables de l'histoire du gang des dentiers.

Pendant que le rafiot s'enfonçait lentement dans la mer avec le transpondeur de Bielke, un Nils encore sous le choc commanda deux taxis, et tous filèrent à l'aéroport de Nice.

58

Ils montèrent dans l'avion, s'installèrent et dormirent pendant tout le trajet jusqu'à Stockholm. Et, comme si c'était leur jour de chance, ils passèrent sans trop d'encombre la douane de l'aéroport d'Arlanda. Par sécurité, Stina avait acheté une roulette de casino pour enfants et quelques sachets de coraux et de pierres souvenirs qu'elle avait mélangés avec les vrais diamants. Elle se déhancha un peu plus que d'habitude en passant devant les douaniers et supposa que ça passerait comme une lettre à la poste grâce à ça.

— Hum, firent en chœur le Râteau et le Génie.

Ils faillirent lancer que les déhanchements d'une femme de soixante-dix-sept ans n'avaient pas le même effet que ceux d'une femme plus jeune, mais préférèrent objecter que les douaniers étaient sans doute habitués à ce genre de choses.

Puis, pour une raison inconnue, un douanier repéra la mallette de dollars.

— Je peux voir ? demanda-t-il en arrêtant Märtha.

— Monopoly ! s'écria-t-elle en prenant quelques billets. Je sais que je ne devrais pas jouer, mais ça ne fait rien, tant que c'est des billets pour de faux, hein ? Vous en voulez ?

Elle rit de si bon cœur que le douanier ne put que sourire.

— Non merci, répondit-il en lui faisant signe de passer.

Le gang des dentiers sortit du terminal à la fois soulagé et un peu secoué. Ils prirent un taxi au noir. Arrivé à Djursholm, le chauffeur exigea une somme astronomique, dix fois le prix de la course.

— Laissez, dit Märtha d'un ton las à ses amis, en fouillant dans son sac à main, je m'en occupe.

Elle leur demanda de descendre et de prendre les bagages, puis elle s'extirpa du siège passager et referma la portière. Elle roula une liasse de billets qu'elle tendit au chauffeur par la fenêtre.

— Voilà, pourboire inclus. J'ai un peu arrondi, mais vous êtes vraiment un des meilleurs chauffeurs que nous ayons eus, dit-elle tout sourires.

Elle leva la main pour lui dire au revoir puis sortit son téléphone portable.

Le chauffeur éclata de rire, alluma une cigarette et regarda avec satisfaction la liasse de billets. Il tira plusieurs fois sur sa cigarette avant de dérouler les billets, et n'en crut pas ses yeux. Il y avait là à peine le prix de l'essence, réparti en quelques billets de 100 et un tas de billets de 20 couronnes. Furieux, il ouvrit la portière pour rattraper cette bonne femme, puis s'arrêta net : elle se tenait non loin de la voiture, le portable vissé à l'oreille et une main sur la hanche.

— Tu entends, le taxi au noir ! On n'escroque pas les vieilles dames. Je viens d'appeler la police, lança-t-elle en fourrant son portable dans son sac à main.

Elle avait l'air si menaçante et si déterminée que le chauffeur se ravisa, jura, lui fit un doigt d'honneur et repartit.

— Mon Dieu, tu n'as quand même pas prévenu la police ? demanda Stina, inquiète.

— Mais non, voyons. C'était pour lui faire peur. Je ne supporte pas ce genre de comportements, répondit Märtha.

— Pourquoi tu lui as donné l'adresse de Bielke ? voulut savoir le Génie en constatant qu'ils se trouvaient devant la villa du voisin.

— Il vaut mieux que personne ne sache où nous habitons.

— Pauvre Bielke, tout ce qui lui tombe dessus ! marmonna le Génie. D'ailleurs, pourquoi un bateau à moteur est-il garé devant l'entrée du garage ?

— Il n'y était pas quand nous sommes partis. Les haies ont été taillées, et on a tondu la pelouse. Peut-être est-ce le signe qu'il est sur le chemin du retour ? hasarda Anna-Greta.

— Je n'en ai rien à faire, moi ; ce que je veux, c'est dormir, éructa le Râteau.

De fait, tous tombaient de fatigue. Lentement, ils regagnèrent leur villa. Épuisés, ils se couchèrent tout habillés et poussèrent juste les mallettes sous un lit, au lieu de les cacher dans le sauna. Autant éviter que ces dollars – et, qui sait, les diamants – ne sentent le vinaigre.

59

Le financier Carl Bielke était dans l'avion Londres-Nice après un week-end fructueux dans la capitale anglaise. Il avait pu acquérir deux immeubles dans le centre dans le cadre d'une faillite, réussissant en un temps record à signer le contrat et à transférer les 380 millions requis. Il suffirait de changer les gouttières et de retaper un peu la façade de l'un, et d'aménager de façon luxueuse les appartements panoramiques de l'autre pour pouvoir augmenter les loyers et empocher plusieurs millions avec le temps.

Ses deux secrétaires et lui-même descendirent de l'avion à Nice ; après avoir passé la douane, ils rejoignirent le comptoir de location d'hélicoptères.

— Comme d'habitude, cap sur Saint-Tropez, merci !

Très fier de lui-même, d'excellente humeur, Bielke s'assit pour attendre que l'hélicoptère soit prêt. Il téléphona à l'équipage du yacht à Saint-Tropez pour qu'il se prépare à partir dès son arrivée.

— Que diriez-vous de caboter une semaine avec des haltes ici et là, sur des plages ?

— Ce ne sera pas possible, dit le capitaine sur un ton hésitant.

Puis, d'une voix brisée, il lui annonça que le nouveau yacht à moteur de Bielke avait coulé. Son *Aurora 4* avait fait naufrage en pleine mer : selon le rapport préliminaire des autorités portuaires, le bateau avait disparu des écrans vers midi ce jour même. Il faisait beau, aucune collision n'avait été enregistrée, mais le yacht avait cessé d'émettre des signaux, ce qui voulait dire qu'il avait dû faire naufrage.

— Hein ? Mais qu'est-ce que ça veut dire ? s'écria Bielke.

Le capitaine essaya d'expliquer ce qui s'était passé et ne fit qu'aggraver son cas. Il marmonna qu'un nouvel équipage avait emprunté le bateau pour se familiariser avec son maniement ; lorsque le yacht avait disparu des écrans, il avait cru qu'ils avaient débranché le transpondeur pour le rebrancher ailleurs, pour des raisons non encore éclaircies. Mais comme les jeunes femmes de la semaine de la mode étaient encore à Saint-Tropez…

— Enfin, vous comprenez, dit le capitaine.

Néanmoins, quand l'AIS avait cessé d'émettre, il avait conçu des soupçons.

— On s'est fait avoir, dit-il avec un soupir. Ces types ont disparu en mer avec le bateau.

Sous le choc, Carl Bielke faillit s'étrangler. Le capitaine avait mentionné le fait qu'un groupe de retraités avait voulu louer le bateau. Avait-il fait monter leur propre équipage à bord ? Un équipage incompétent qui avait provoqué le naufrage ? Mais dans ce cas, l'alarme en mer aurait dû retentir, les vieux auraient dû être portés disparus ? À moins que… quelqu'un ne se soit emparé du bateau ? Le capitaine, dont la voix n'était plus qu'un mince filet, avoua que les vieux avaient volé le bateau après que lui-même et les autres avaient plongé. Ils avaient retrouvé le hors-bord dans une baie. Mais Bielke n'en crut pas un mot. Comment des vieux équipés de déambulateurs auraient-ils pu voler un yacht ? Le capitaine et les membres de l'équipage avaient dû faire la fête avec les bimbos de Saint-Tropez, un verre dans le nez, et inventer une histoire à dormir debout pour couvrir leurs frasques. Qui sait si une de ces filles n'était pas liée à la Mafia ? Sans doute un petit ami lui avait-il demandé de mettre un somnifère dans les verres de l'équipage. Une fois les hommes endormis, on les avait déposés quelque part, les malfrats étaient remontés à bord et avaient pris la mer. Évidemment, qu'ils avaient débranché le transpondeur. Ils n'avaient plus qu'à rebaptiser le bateau, le repeindre et changer un peu son aspect, et le tour était joué. Voilà ce qui avait dû se produire. On avait retrouvé le hors-bord, c'était bien la preuve qu'il s'était passé un truc louche. Comment l'équipage avait-il pu être aussi naïf ! À cette heure-ci, ces crapules devaient avoir mis le cap sur Naples ou un autre port prisé par la Mafia.

Pendant que l'hélicoptère s'approchait de Saint-Tropez, Bielke contempla la mer étincelante et réfléchit à la suite à donner aux événements. Il s'était déjà fait trois ans plus tôt la réflexion qu'entretenir trois yachts dans trois ports différents était trop compliqué. Il avait donc envisagé d'en vendre un et de réinvestir l'argent, pour ne plus avoir que deux yachts d'une valeur d'environ un milliard de couronnes chacun. L'un serait pour lui, l'autre pour des locations. Vu sous cet angle, ce vol n'était pas une si mauvaise chose : il était tenté d'y voir un signe du destin. Il toucherait l'argent de l'assurance et pourrait poursuivre son idée – même si les tableaux de Chagall lui manqueraient. Rasséréné, il passa un bras autour de chacune des deux jeunes femmes et les embrassa toutes les deux sur la joue.

— Allons dans un hôtel pour cette nuit et on avisera demain. Si vous avez besoin de faire des courses, il y a le marché. Et on pourra aller se baigner au Club 55. Quand on en aura assez, on ira flâner en ville. J'ai besoin d'une montre, et la boutique Van Cleef a de ravissants bijoux qui vous iraient très bien. Qu'en dites-vous ?

Les jeunes femmes le regardèrent avec une telle admiration qu'il les prit toutes les deux dans ses bras. Il descendit dans un hôtel de luxe avec les deux beautés et fit la fête toute la nuit. Tard dans la matinée, le lendemain, il se rappela que l'attestation d'assurance se trouvait dans la salle des cartes, autrement dit à bord du yacht même qui venait de couler ! Ou qu'on avait détourné…

60

Oleg était enchanté de son nouveau yacht *Aurora 5* et ravi de faire enfin route vers Chypre. Il avait eu quelques contrariétés, puisque l'équipage ne s'était jamais présenté, mais il avait fini par louer les services d'un autre. La conférence était terminée, Märtha et sa bande d'amis périmés n'étaient plus qu'un lointain souvenir. Boris et lui allaient enfin prendre des vacances, flirter avec des filles sur la plage et s'amuser un peu avant de reprendre le boulot. Il prit un verre et des glaçons et sortit sur le pont. Ils approchaient de Famagusta. Merveilleux ! Ils pourraient bientôt s'attabler à une terrasse de restaurant et manger de bons petits plats. Par exemple, une assiette de la mer avec crevettes, moules et homard, ça ne serait pas de refus. Il observa le yacht ralentir et accoster. Une fois le bateau amarré, il se prépara à descendre à terre quand il remarqua un groupe de personnes âgées qui attendaient sur le quai. Une trentaine de vieux en chaises roulantes ou avec des déambulateurs lui faisaient des signes. Abasourdi, il se pencha au-dessus du bastingage.

À la tête du groupe se tenait un homme énergique, en short, chemise hawaïenne et veste blanche, qui agitait un petit drapeau portant l'inscription *Aurora 5*. Il cria qu'il voulait parler au capitaine. Quand Oleg, toujours aussi déconcerté, descendit de la passerelle et lui serra la main, il apprit que son *Aurora 5* était loué à partir de la semaine suivante pour une croisière en Méditerranée. C'était un voyage organisé pour un groupe de personnes de plus de soixante-dix ans.

— Je pense que vous faites erreur, dit Oleg en riant.

— Mais pas du tout, se récria l'homme en lui montrant un papier qu'il avait reçu de l'association de retraités Seniorfrid.

C'était un document officiel dont la présentation n'était pas sans rappeler les meilleurs œuvres de Stina : une guirlande de fleurs à l'aquarelle, un long texte à la jolie calligraphie, suivi de deux signatures illisibles. Tout en bas, sur le côté, apparaissait un logo avec cinq panthères. Oleg secoua la tête et tenta de chasser l'homme, mais celui-ci resta inébranlable.

— Vous avez ici le document officiel, et j'ai la preuve que tout a déjà été réglé, insista l'homme en présentant un autre papier. Vous êtes bien le propriétaire de l'*Aurora 5*, n'est-ce pas ? Eh bien, ce bateau fait partie de la flottille de trois yachts modernes, réservés aux seniors, qui ont été loués pour des croisières en Méditerranée. Nous levons l'ancre demain pour deux semaines en mer.

— Non, vous vous trompez forcément, répéta Oleg dont le rire était presque nerveux. Vous avez peut-être conclu un accord avec le précédent propriétaire, mais pas avec moi. Je viens d'acquérir ce bateau. Je vais chercher le contrat, vous verrez par vous-même.

Agacé, Oleg remonta vite dans la cabine de pilotage et prit dans le coffre-fort les papiers que Märtha et lui avaient signés. Sans s'inquiéter, il les feuilleta rapidement. Mais soudain il remarqua une feuille qu'il n'avait pas vue jusqu'alors, où sa propre signature figurait dans le coin en bas à droite. Sidéré, il lut :

En me portant acquéreur de l'Aurora 5, je soussigné Oleg Pankin, nouveau propriétaire de ce yacht à moteur, m'engage à accepter à bord deux croisières gratuites pour retraités par an. Les participants seront des personnes aux revenus modestes qui, sinon, n'auraient jamais la possibilité de connaître un tel luxe. La nourriture et les boissons à bord seront gratuites pour les participants, de même que toutes les excursions organisées lors des escales. Les frais seront à la charge exclusive du propriétaire du bateau.

— C'est quoi, ce bordel !? éructa-t-il, sérieusement inquiet. Comment j'ai pu signer ça ?!

Il déglutit plusieurs fois, sortit sur le pont et se cramponna des deux mains au bastingage. Il se pencha en avant et cria en russe quelque chose qu'on pouvait traduire en gros par :

— C'est pas une maison de retraite, ici, bordel ! C'est mon yacht. Alors foutez-moi le camp !

Sur ce, il ordonna au capitaine de lever l'ancre. Le yacht mit le cap à l'ouest, direction Capri. Oleg avait entendu dire que la Mafia y prenait ses quartiers d'été. Ça devait être un endroit calme pour faire des affaires louches en toute discrétion. Pourquoi ne pas s'y acheter une propriété tranquille ?

C'était là qu'Anna-Greta avait réussi à localiser le yacht. Par l'intermédiaire d'un blog rédigé par un vieil habitant de Djursholm, ami sur Facebook de la Fondation San Michele, elle découvrit que l'*Aurora 5* avait accosté à Capri. Cette fondation savait tout ce qui se passait sur l'île ; ainsi son ami parlait d'un capitaine râleur, qui refusait de prendre à bord des retraités ayant réservé une croisière. Anna-Greta, très remontée, alla trouver Märtha.

— Nos efforts avec l'association Seniorfrid n'ont servi à rien. Oleg ne met pas en œuvre l'activité caritative qu'on lui a imposée.

— Oh, le gredin ! C'est vraiment une crapule ! pesta Märtha. D'accord, on lui a un peu forcé la main, mais c'était pour lui donner une chance de penser aux autres. Et voilà qu'il la laisse passer. Il va s'en mordre les doigts.

— On active le plan B ?

— Évidemment. Tu as mon feu vert, très chère !

Märtha sortit la carte de visite d'Oleg, et les deux femmes s'assirent devant l'ordinateur pour mettre à exécution leur plan ingénieux.

— Voici toutes ses coordonnées bancaires. Je n'en reviens toujours pas qu'il me les ait communiquées.

— Il faut croire qu'un requin de la finance ne peut pas s'imaginer une seconde se faire rouler par une vieille dame.

— Oui, surtout pas par une vieille bonne femme sénile au cou ridé et aux seins tombants… renchérit Märtha en souriant.

Mais elles ne parvinrent pas à s'introduire dans le compte d'Oleg, et Märtha alla préparer du café avec des petits gâteaux et une assiette de fruits. D'habitude, cela aidait à y voir plus clair. Cette fois-ci, pourtant, leurs efforts restèrent vains. Anna-Greta y passa la journée, mais le compte du Russe demeura inaccessible.

— Il nous a peut-être donné un faux numéro, ou alors c'est plus difficile parce qu'il s'agit d'un compte en Russie, disait-elle, entêtée, chaque fois que Märtha passait la tête par la porte.

— Prends ton temps, je me doute que ce n'est pas facile. Parfois, même la police n'y arrive pas.

La police ! Pourquoi Anna-Greta n'y avait-elle pas pensé plus tôt ? Blomberg pourrait peut-être l'aider. Pourtant, même s'il lui manquait, se lier avec un vrai policier, c'était jouer avec le destin : elle n'était pas seule, cette histoire engageait tout le gang des dentiers. Elle continua donc à s'acharner seule dans son coin, mais en vain : l'irish coffee, la liqueur de baies arctiques, le whisky ou le cognac, sans parler des fruits ou des smoothies aux légumes de Stina, ne lui furent d'aucun secours.

— Je connais une personne qui pourrait débloquer la situation, finit-elle par dire, en toussotant dans son poing, sans oser regarder ses amis dans les yeux.

— Et qui c'est ? voulut savoir le Génie.

— Blomberg. Il a été consultant en informatique, et c'est une tête.

— Mais enfin, c'est un policier ! protesta Märtha avec véhémence. Tu es devenue folle ?

— Il est à la retraite, j'ai bien trouvé son nom dans le registre des fonctionnaires à la retraite. Rappelez-vous, c'est avec lui que j'ai pu arranger les tablettes pour le speed dating.

— C'est dangereux, Anna-Greta. Il a forcément gardé des contacts dans le milieu, dit Stina, paniquée.

— Je crois qu'il est un peu amoureux de moi. Chaque semaine depuis qu'on est séparés, il a envoyé des disques vinyles à la péniche avec des messages tendres, et il n'a pas arrêté de demander de mes nouvelles. Alors si jamais il a des soupçons, il ne nous trahira pas.

— Qu'est-ce que tu dis ? Il te fait la cour ? Tu ne nous en avais pas parlé ! s'écria le Râteau, consterné.

— Je n'ai pas osé. Mais si vous saviez comme il me manque !

Sa voix faillit se briser. Elle sortit un mouchoir et s'essuya doucement les yeux, puis se mit à sangloter tout bas. Tout le monde resta silencieux.

— Vous êtes tous en couple sauf moi, poursuivit-elle d'une voix plaintive. J'aimerais tellement le revoir. Vous ne pouvez pas savoir à quel point j'ai hâte. Et puis, il pourrait nous donner des tuyaux précieux. Je n'ai pas besoin de lui dire de quoi il s'agit.

— Tu crois vraiment qu'il peut nous aider à accéder à ce compte sans mettre son nez dans nos affaires ? s'inquiéta le Génie.

— Il… (Anna-Greta bafouilla et se moucha bruyamment.) Je crois. Il y a beaucoup en jeu. Il faudra attendre un moment avant de toucher les indemnités de l'assurance, et l'argent d'Oleg pourrait nous être bien utile dans l'intervalle. Si son activité lui permet d'empocher environ 300 millions de dollars par mois et que nous opérons un transfert discret de son compte vers le nôtre aux îles Caïmans, ça fera au moins un million de dollars pour notre *Grindslanten*[1]. La moitié

---

1. Nom donné par le gang des dentiers au fonds d'aide aux seniors et tiré du célèbre tableau d'August Malmström (1829-1901)

de la somme pourrait aller aux services de soins à domicile, et nous mettrions l'autre moitié de côté pour notre Vintageville. Qu'en dites-vous ? Encore faut-il pouvoir le faire sans laisser de traces. Mais si jamais on réussissait… Mon Dieu, quelle somme !

— Oui, mais il y a beaucoup de « si », fit remarquer le Râteau.

— Et si on se retrouve sous les verrous… renchérit Märtha.

— Oh, non, soupira Stina. Je trouve que remettre son sort entre les mains d'un homme, c'est toujours risqué. Qui plus est un policier. Non, vraiment, je ne sais pas si c'est la meilleure chose à faire.

Anna-Greta se leva et sortit de la pièce, en larmes. Les autres se turent. Ils aimaient bien Anna-Greta, mais prendre un risque aussi inconsidéré…

Anna-Greta se tint à carreau pendant quelques jours, mais comme elle n'arrivait toujours pas à pirater le compte russe, elle appela un taxi et demanda qu'il la dépose au restaurant SilverPunk à Huvudsta. Elle regarda en souriant la péniche éclairée. Anders et Emma géraient le restaurant à merveille, et le speed dating marchait si bien qu'ils affichaient complet chaque jour ; le week-end, ils étaient même obligés de distribuer des numéros. Que de bons souvenirs ! S'il n'avait tenu qu'à elle, jamais elle n'aurait attendu aussi longtemps pour revenir. Pourtant, elle n'était pas restée les bras croisés ! En son for intérieur, Anna-Greta n'en menait pas large. Et si Blomberg n'était pas là ? Les autres n'avaient pas besoin d'être

---

où des enfants près d'une barrière se disputent une pièce qui leur a été jetée.

au courant ; ils pourraient se revoir et jouer un peu avec des ordinateurs, comme avant. Ils s'étaient tant amusés. Quel danger y avait-il ?

Ce soir-là, elle resta longtemps au bar et participa même à un speed dating, mais ni Blomberg ni aucun nouveau chevalier servant ne surgit. Le cœur gros, elle se résolut à rentrer chez elle. Elle venait de mettre son manteau quand elle sentit une main sur son épaule :

— Anna-Greta ? Enfin !

Le visage de Blomberg s'illumina ; il la prit dans ses bras. Incapable de dire un mot, elle osa à peine le regarder.

— Oh, c'est toi ? finit-elle par dire d'une voix qu'elle essaya de contrôler.

— Quel plaisir de te revoir, dit-il, l'air sincèrement heureux. (Sans lui poser de question, il lui enleva son manteau et l'accrocha de nouveau dans le vestiaire.) Alors, tu as aimé mes vinyles ?

— Oui, bien sûr. Bill Haley et Sammy Davis, ah… ils sont formidables. C'était gentil à toi de me les faire parvenir. Mais je t'en ai vraiment voulu. Pourquoi m'avoir laissée en plan, ce soir-là ? J'ai cru que tu regrettais et que tu ne voulais plus me voir.

— Viens, ne restons pas ici ! dit-il en prenant sa main et en l'entraînant vers le bar. Naturellement, que je voulais te revoir. Mais il y avait une urgence à régler. Ces deux types, Vesslan et Kenta, étaient recherchés par la police, tu comprends ? J'ai voulu te prévenir, mais tu étais déjà partie sans me laisser de message.

— Oh, juste quelques vacances, murmura Anna-Greta.

— Au milieu de tout ça ? Mais maintenant, nous allons boire une bière. Deux Carlsberg, s'il vous plaît.

Tout en buvant, il lui expliqua comment il était tombé sur les deux malfaiteurs, les avait piégés, et comment cette affaire avait été bénéfique pour lui-même et son bureau de détective privé.

— Tu es donc détective ? Pourquoi ne pas me l'avoir dit plus tôt ?

— Oh, ce n'est pas le genre d'activités dont on parle à tout bout de champ.

— Bien sûr, je comprends, dit Anna-Greta dont le visage s'assombrit. Dommage que ton travail compte tellement plus que nous deux…

— Tu as raison. Ce ne devrait pas être le cas. Il n'y a pas que le travail, dans la vie. J'ai donc suivi des cours, tu veux voir ? demanda-t-il en sortant un cahier de sa serviette.

— Nous pouvons nous asseoir dans l'alcôve Vinyle, proposa-t-elle en pensant à tout ce que deux personnes pouvaient faire là-bas, surtout quand les lumières étaient éteintes.

Les yeux de Blomberg se mirent à briller ; il commanda deux autres bières et les emporta dans l'alcôve. Avec un petit air satisfait, il lui tendit un cahier à la couverture ornée de cercles et de feuilles. Il s'agissait de coloriages. Anna-Greta le feuilleta et vit un grand paon et pas mal de fleurs, qu'il avait coloriées avec des couleurs très vives.

— *Mindfulness*[1], ça apaise, dit-il en montrant le dessin du paon dont il était le plus fier.

---

1. « Pleine conscience » (forme de méditation inspirée du bouddhisme).

— Donc, tu prends davantage le temps de vivre ? demanda Anna-Greta en tournant les pages plus lentement.

— Tout à fait. Un bureau de détective, ça ne laisse pas une minute pour souffler, tu sais. Il y avait du travail du matin au soir. C'étaient les malfrats qui déterminaient mes heures de travail. Alors j'ai laissé tomber.

— Laissé tomber ? Si un gangster comme ceux que tu poursuivais passait juste devant nous, tu resterais assis avec moi ? demanda Anna-Greta pour en avoir le cœur net.

— Absolument.

— Tu ne sortirais pas ton portable pour prévenir la police ?

— Non. Une fois qu'on a raccroché ses crampons, c'est pour de bon. Il y a quelque chose de pathétique à voir des retraités s'accrocher à leur ancien métier. J'ai commencé une autre vie ! J'ai acheté des vinyles et lancé une boutique sur Internet : je vends des vieux disques de jazz et de la musique des années 1950. C'est très amusant.

Anna-Greta le regarda en silence, sans plus savoir que penser. Elle devait le mettre à l'épreuve. Mais comment ?

— Oui, c'est amusant, dit-elle distraitement.

— Tu sembles avoir l'esprit ailleurs. On dirait que quelque chose te tracasse, dit-il en lui prenant la main et en la caressant doucement.

— C'est que j'ai fait de mauvaises affaires. Mes amis et moi avons vendu un bateau, en France, mais nous n'avons jamais été payés, prétendit-elle.

— Il s'agit d'une somme importante ? s'enquit-il en serrant sa main.

— Et comment ! Alors je me demande si on peut avoir accès au compte bancaire de l'acheteur indélicat. Tu crois que c'est possible ?

— Voyons ! C'était moi, l'expert en informatique dans la police. C'est un jeu d'enfant, répondit-il en levant sa main pour y poser un furtif baiser.

Elle tressaillit.

— Vraiment ? dit Anna-Greta comme envoûtée, la voix pleine d'espoir.

Elle se pencha vers lui. S'il faisait ça pour elle, peut-être pourrait-elle lui faire confiance. Pirater un compte bancaire, c'était risqué et illégal. S'il était prêt à courir ces risques pour elle, ça signifiait qu'il éprouvait de réels sentiments.

— Viens chez moi, je te montrerai, proposa-t-il.

Anna-Greta sentit une vague de chaleur envahir son corps : à cet instant, elle ne souhaitait rien d'autre. Mais elle se ressaisit.

— Que dirais-tu de nous retrouver ici, demain, à la même heure ?

Blomberg acquiesça.

— J'emporterai mon ordinateur. Et toi... (Il s'inclina vers elle et lui caressa délicatement la joue.) Excuse-moi. Je te le promets : plus d'histoires de criminels. J'ai commencé une nouvelle vie !

Ça reste à voir, songea Anna-Greta.

— Quelle chance ! répondit-elle en lui souriant.

Le lendemain, au petit déjeuner, elle fut si peu loquace que les autres lui demandèrent si elle n'était pas malade. Elle secoua la tête, le regard fixe. Märtha eut beau verser en douce un peu de whisky dans son café, rien n'y fit : Anna-Greta garda un silence alarmant.

— Plusieurs millions nous filent entre les doigts chaque mois uniquement parce que je n'arrive pas à pirater ce compte russe, finit-elle par dire dans un soupir.

— Demande à un expert en informatique ! Tu te méfies de Blomberg, j'espère, dit Märtha en lui jetant un regard sévère. Il vaut mieux attendre, ou bien nous passer de cet argent.

— Oui, je sais. Mais plusieurs millions par mois ? Ça me turlupine, dit Anna-Greta.

Elle se leva, simula un bâillement et sortit de la pièce. Pour réfléchir au calme, elle passa toute la journée dans sa chambre, mais le soir venu, elle prit un taxi pour la péniche. Elle avait emporté son iPad et le numéro de compte d'Oleg Pankin, mais était taraudée par la mauvaise conscience de n'avoir pas osé en parler aux autres.

« J'ai besoin d'être seule, avait-elle bafouillé comme excuse. Je rentrerai peut-être tard. Et j'en profiterai pour aller à la péniche régler quelques petits problèmes avec les iPad là-bas. »

Märtha avait froncé les sourcils, d'un air soupçonneux. Blomberg fréquentait-il toujours l'endroit ?

« Tu es prudente, n'est-ce pas, Anna-Greta ?

— Ne t'inquiète pas. Je n'ai pas l'intention de me retrouver enceinte », avait répliqué celle-ci avec un hochement de tête décidé avant de partir.

Quand Anna-Greta, une demi-heure plus tard, monta sur la péniche, Anders et Emma l'accueillirent avec un grand sourire ; ils échangèrent un regard lourd de sens quand elle commanda une pinte de bière brune.

— Dans l'alcôve Vinyle, comme d'habitude ? demanda Emma.

Anna-Greta rougit.

— Oui. J'adore être assise là. C'est un lieu très particulier, répondit-elle en espérant qu'ils n'allaient pas tout rapporter à Stina.

Blomberg l'attendait déjà. À sa vue, Anna-Greta crut qu'elle allait défaillir. Il s'était mis sur son trente et un, était allé chez le coiffeur... et avait apporté son ordinateur. Il s'occupait en jouant à un jeu vidéo ; elle vit qu'il avait marqué 251 points.

— Comme tu es fort !

— Oh, c'est juste de la chance, mais ça entretient le cerveau, répondit-il en se levant.

Comme la veille, il lui donna un baiser sur la joue, et tous deux s'assirent. Le tourne-disque, qui avait montré des signes de fatigue, était en réparation, alors l'ambiance n'était pas la même. Tous deux se sentaient un peu intimidés. Enfin, Blomberg demanda :

— Tu m'as dit que tu n'arrivais pas à t'introduire dans un compte, c'est bien ça ?

Anna-Greta hocha la tête, sortit son iPad et se connecta au réseau sans fil, puis elle lui exposa son histoire tordue.

— Quelque part en Russie, il y a un compte auquel j'aimerais avoir accès pour récupérer mon argent.

Elle lui tendit un bout de papier où figuraient le nom d'Oleg, de sa banque, et son numéro de compte.

— J'ai déjà eu affaire à cette banque, dit Blomberg en souriant. C'est celle des milliardaires, des oligarques russes. Ça veut dire que cet Oleg n'est pas sur la paille...

Il chantonna tout bas, impressionné, en se passant la langue sur les lèvres. Puis il se mit à travailler sur son ordinateur, très concentré, et réussit enfin à s'introduire dans la banque russe. Il émit un sifflement.

— Tu connais cet homme ?

— Est-ce que tu peux voir sur son compte qu'il a de l'argent ?

— J'ai trente ans d'expérience avec les escrocs, répondit Blomberg avec fierté, penché si près de l'écran qu'il paraissait vouloir s'y engouffrer.

Ses doigts semblaient voler sur les touches. Il ne toucha pas à sa bière et ne tourna pas une seule fois la tête vers elle, absorbé par ce qui apparaissait à l'écran, où défilaient chiffres et numéros de compte.

— Ernst ! Tu peux me montrer ce que tu es en train de faire ? demanda Anna-Greta, impatiente.

— Pas maintenant ! Oh, bordel ! Si je m'attendais à ça !

— Tu as trouvé quelque chose ?

— Cet homme touche près de 400 millions de dollars par mois !

— Mon Dieu ! murmura Anna-Greta en essayant à son tour de s'introduire dans le compte. Tu pourrais me montrer comment tu t'y es pris ? lui demanda-t-elle en l'embrassant doucement dans la nuque.

Il se retourna, se pencha sur l'iPad d'Anna-Greta et lui expliqua pas à pas la marche à suivre.

— C'est passionnant ! s'écria-t-elle en frappant dans ses mains. Cet escroc n'a pas payé un centime pour le yacht. Il me doit... (elle inspira et réfléchit à une somme plausible) 29 millions de dollars. Il a envoyé balader toutes mes relances et m'a menacée de se venger si je faisais intervenir un avocat. Mais si on pouvait prélever un peu d'argent directement sur son compte… Oui, faire un petit transfert qui ne se remarquerait pas trop.

— C'est beaucoup d'argent, Anna-Greta ! Que signifient toutes ces cachotteries ?

— Eh bien, le yacht appartenait à une fondation à but caritatif, et je m'occupais de la partie financière. Tu comprends dans quelle situation pénible je me retrouve…

— Ah, je vois, marmonna Blomberg.

Il parut gober le mensonge et ne pas se soucier qu'Anna-Greta lui demande un service illégal. Ses yeux brillaient de concentration et ses doigts couraient si vite sur le clavier qu'Anna-Greta avait du mal à le suivre.

— Je ne supporte pas ces crapules qui se croient tout permis ! éructa-t-il. Cet escroc te doit 29 millions, c'est bien ça ?

— Oui, mais il faudrait faire un transfert automatique pour que ça ne se remarque pas trop. Avec des sommes mensuelles pas très élevées, réparties sur plusieurs années. Sinon, il va s'en rendre compte.

— Pas de problème, dit Blomberg d'une voix assurée.

Il lui montra comment s'y prendre, et elle fut au comble du ravissement. Il avait la générosité de partager ses compétences avec elle quand tant d'hommes gardaient leurs connaissances pour eux. Il mit en place un transfert vers le compte qu'elle lui indiqua ; elle le regarda faire, prit des notes et mémorisa ce qu'il venait de lui apprendre.

— Tu vois, ce n'est pas plus compliqué que ça.

Nous autres, dans la police, on devait souvent consulter les comptes des riches. Ton escroc russe ne devrait pas remarquer qu'on a piraté son compte ni qu'on lui a piqué un peu de sous. Et s'il s'en aperçoit, il ne pourra pas remonter jusqu'à ta société. Oh, la petite cachottière : Anna-Greta, je vois que tu as un compte aux îles Caïmans…

Blomberg rit de bon cœur et posa sur elle un regard à la fois admiratif et amusé.

— Quoi ? Tu peux le voir ? s'écria Anna-Greta, aussi effrayée qu'impressionnée.

— Avec Internet, on peut tout voir, *darling*, répondit-il en lui prenant le menton et en lui donnant un rapide baiser sur la bouche. Voilà, c'est fait ! Je reviens tout de suite, dit-il en désignant du pouce les toilettes pour hommes.

Anna-Greta était encore sous le choc. Comment avait-il pu accéder à tous ces comptes ? Elle tenta de voir les sommes qui s'y trouvaient, mais sans succès. Elle allait faire un nouvel essai quand elle entendit une voix familière :

— Je m'en doutais. Emma m'a dit que tu étais assise ici, dit Märtha en s'asseyant à côté d'elle. Tu l'attends, ou je me trompe ?

Prise en flagrant délit, Anna-Greta rougit violemment, incapable de dire un mot. Elle aurait dû s'y attendre. Märtha, fine mouche, avait tout deviné.

— Mon amie, je suis venue te mettre en garde avant que tu ne fasses une bêtise. Flic un jour, flic toujours. Alors s'il te plaît, évite cet homme.

— Voleur un jour, voleur toujours, répondit Anna-Greta d'un air de défi, en regardant la porte

471

des toilettes pour hommes au-dessus de l'épaule de Märtha.

— Tu ne comprends donc pas que nous risquons de nous retrouver derrière les barreaux pendant plusieurs années ? Tout ça parce que tu es tombée amoureuse ? chuchota son amie. Je t'en prie, ignore-le !

— C'est facile à dire, pour toi qui as le Génie. Tu ne sais pas ce que c'est que d'être seule. Tout le monde compte plus que moi : le conjoint, les enfants ou les petits-enfants passent toujours en premier. Comment exister ainsi ? dit Anna-Greta en sortant son mouchoir.

— Mais tu nous as nous, tes amis !

Anna-Greta ne répondit pas et se pétrifia. Märtha suivit son regard. Cet homme ! L'inspecteur de police qu'elle-même avait rencontré quand elle était allée au commissariat ! Lui aussi parut la reconnaître. C'était donc de ce Blomberg que parlait Anna-Greta… ? Märtha se leva, mais elle ne pouvait pas ficher le camp maintenant, cela aurait l'air louche et lui mettrait la puce à l'oreille. Alors elle resta debout.

— Ernst, Ernst Blomberg. Enchanté, dit ce dernier en arrivant.

— Märtha, Märtha Anderson, répondit Märtha avec un sourire forcé, l'air d'avoir mâché de la super-glu. Jolie péniche, n'est-ce pas ? Et la nourriture est bonne. Oui, on est toujours bien, ici. Il y a de bons vinyles et la connexion Internet.

— C'est très moderne, oui, confirma Blomberg en fixant Märtha de manière si intense qu'elle en eut froid dans le dos.

— J'allais partir, bredouilla-t-elle en adressant un hochement de tête à Anna-Greta. Ça fait plaisir de se revoir comme ça, par hasard. Mais je ne veux pas déranger plus longtemps.

Elle se retira. Blomberg s'assit, pâle comme un linge, au bord du malaise.

— Tu la connais ? s'étonna-t-il.

— On se dit bonjour, répondit Anna-Greta le regard fuyant. Une amie d'enfance.

— Tu sais quoi ? Je l'ai déjà vue, chuchota Blomberg. Sur des vidéos de surveillance. À proximité de ces banques qui ont été dévalisées.

Anna-Greta resta silencieuse.

— Ces braquages de banques à Stockholm dont on n'a pas retrouvé les auteurs, tu sais, déclara Blomberg. Je crois qu'elle est impliquée. Elle est la seule personne filmée par les caméras de surveillance à la fois devant la Nordeabank et devant le magasin de déguisements Buttericks. En outre, on l'a aperçue devant le Musée national, où des tableaux ont été dérobés.

Anna-Greta eut du mal à parler, manquant d'air et de mots.

— Mais enfin ! Märtha est la personne la plus gentille, la plus drôle et la plus honnête qui soit. Elle a même gagné un prix pour ça, en classe !

— C'est dans les petites rivières que nagent les plus gros poissons. Elle devrait être convoquée à la police.

— *Mindfulness*, s'écria Anna-Greta. TU AS OUBLIÉ ?

— Quoi ? dit Blomberg avec un sursaut. Ah oui, c'est vrai.

Anna-Greta posa sa main sur son genou et l'attira vers elle.

— Tu sais, si tu te détends et que tu cesses de penser à ton ancien métier, nous pourrions passer de bons moments, ensemble, dit-elle.

Et elle l'embrassa à lui faire perdre haleine. Ça, elle savait le faire, Anna-Greta.

Plus tard, après l'avoir suivi chez lui et s'être livrée à des ébats énergiques jusqu'à minuit, elle prit congé, le cœur gros, et rentra en taxi à Djursholm. Les cheveux dépeignés, les lèvres un peu gonflées, elle se faufila par la porte en espérant que personne ne la verrait. Dès qu'elle fut dans sa chambre, elle s'assit à son ordinateur et chercha les numéros de comptes que Blomberg avait trouvés. Oleg avait-il vraiment autant de comptes ? Elle commença à pianoter sur le clavier, mais la fatigue l'emporta et elle s'endormit devant l'écran.

61

Le lendemain, une grande réunion eut lieu. L'argent de l'assurance avait été versé ; dans la rotonde, Märtha avait dressé la table avec le café, les gâteaux habituels et la liqueur de baies arctiques. Le Génie et le Râteau sortirent de l'ascenseur, leurs téléphones portables Samsung en poche. Sans l'avouer aux filles, ils avaient repris leurs jeux vidéo. Stina, qui venait de se coiffer, arriva par l'escalier en se déhanchant comme elle l'estimait adéquat pour une septuagénaire. Elle affichait un nouveau maquillage, une nouvelle coiffure et un nouveau vernis à ongles. Si le Râteau ne remarquait pas qu'elle était ravissante, c'était à désespérer !

— Chers amis, commença Märtha en levant son verre de liqueur. Vous vous êtes surpassés. Je suis vraiment fière de vous. Je ne pense pas que tant d'escrocs réussissent à voler plus d'un milliard de couronnes en un an.

— Nous savons maintenant qu'un braquage de banque équivaut seulement à de l'argent de poche, et que les banques elles-mêmes nous volent des centaines de milliards, ajouta Anna-Greta d'un air de connaisseur.

— Oui, mais ce n'est que de l'argent virtuel qu'elles prêtent ensuite. Nous, nous avons désormais de l'argent réel. Et nous venons de toucher celui de l'assurance...

Elle s'interrompit en entendant une voiture s'arrêter dans la rue. Les membres du gang des dentiers échangèrent des regards inquiets avant de se précipiter à la fenêtre. Une Volvo bleue venait d'entrer dans la propriété de Bielke et s'arrêta devant le garage, derrière le bateau à moteur. Deux hommes vêtus de gris en sortirent.

— Regardez. On dirait des employés de Pôle emploi, du Bureau des statistiques, ou de ce genre de choses, dit Stina.

Les deux hommes firent le tour de la maison, jetèrent un coup d'œil par les fenêtres, se dirigèrent vers la remise et examinèrent le bateau à moteur de Bielke. Ils sortirent un bloc-notes, prirent des photos et des mesures. Après environ une demi-heure d'inspection, ils remontèrent en voiture et partirent. Quand ils franchirent le portail, Stina aperçut l'inscription COMMUNE DE DANDERYD sur le côté de leur Volvo.

— Qu'est-ce que ça veut dire ? s'exclama-t-elle, inquiète.

— Je n'aime pas trop ça. Peut-être qu'ils ont reçu des tuyaux sur le camion-poubelle disparu, hasarda Märtha.

— Voyons, ma petite Märtha, les braqueurs de banques ne coulent pas de camions-poubelles dans le béton, d'habitude. C'est certainement autre chose.

— J'ai quand même mauvaise conscience pour Bielke. On lui a joué un drôle de tour.

— Un fraudeur du fisc sans scrupule qui vit dans l'opulence sans partager avec autrui ? Ah, non ! Il n'a que ce qu'il mérite. N'oublie pas pourquoi nous avons volé, Märtha. Aujourd'hui, nous avons envoyé au moins vingt mille avis de primes à des personnes dans le besoin. Le personnel soignant et les musées ont reçu chacun 1 million de couronnes. Ce n'est pas rien. Et il reste toujours deux autres yachts à Bielke, rappela Anna-Greta en prenant une pincée de tabac à chiquer. (Sur les conseils de Blomberg, inquiet pour sa santé, elle avait arrêté les cigarillos.)

— Oui, oui, je sais, mais quand même, soupira Märtha. Nous avons détruit sa piscine.

— Mais il a toute la Méditerranée et la mer des Caraïbes à sa disposition ! Que veux-tu qu'il fasse de ce bassin riquiqui ? Regarde comme le jardin est beau, maintenant, dit le Génie en montrant la pelouse bien entretenue à l'endroit où se trouvait jadis la piscine.

Il avait passé son bras autour des épaules de Märtha ; tous deux admirèrent ce jardin dont quelqu'un s'était occupé ces dernières semaines. D'ailleurs, pourquoi Bielke s'intéressait-il tout à coup à son jardin ? Avait-il changé d'entreprise de jardinerie ou pensait-il vendre la villa ?

Deux semaines plus tard, le gang des dentiers eut l'explication quand un taxi s'arrêta devant la maison de Bielke. Tous se précipitèrent au balcon et virent Carl Bielke en personne descendre du véhicule en compagnie d'une jeune femme ayant largement vingt ans de moins que lui. (« C'est toujours ennuyeux, ce genre de choses, disait souvent Märtha, car on ne sait jamais si c'est sa fille ou sa nouvelle maîtresse. ») Il resta longtemps devant l'allée du garage, à fixer son bateau, puis arracha une feuille collée sur le flanc. Märtha et ses amis le virent lire le bout de papier, secouer la tête et gesticuler dans tous les sens. Poussés par la curiosité, ils descendirent dans leur jardin.

— Ah, enfin de retour ! Vous avez fait bon voyage ? dit Märtha en se penchant par-dessus la barrière.

— Oui, comment ça va ? enchaîna le Génie.

— Mais qu'est-ce qui s'est passé, bordel ? éructa Bielke en agitant le document. Je n'y comprends rien. Ma piscine a disparu et je trouve ce putain de papier sur mon bateau. Vous avez vu ou entendu quelque chose ?

— Que dites-vous ? Il s'est passé quelque chose ? Vous savez, à notre âge, nous avons la vue et l'ouïe qui baissent. Mais de drôles de types sont venus ici de temps en temps. Ça, on a remarqué.

Bielke ne parut pas l'entendre, furieux.

— Je rentre pour passer les vacances dans l'archipel, et voilà ce que je découvre ! J'ai prié un ami de préparer le bateau pour n'avoir plus qu'à le remorquer. Et regardez ! (Il écarta les bras en soupirant.) Quelqu'un a chamboulé tout le jardin et collé ce papier sur mon bateau. C'est quoi, ce bordel ?!

— C'est grave ? demanda Stina d'un ton innocent.

— Voyez par vous-même. On ne peut rien posséder en paix. (Il lui tendit le bout de papier.) Non, cette fois, je vais quitter le pays pour de bon.

— Attendez, j'ai besoin d'une loupe, dit Stina en faisant signe au Râteau d'aller en chercher une.

Elle étala ensuite le papier et lut à haute voix :

Ce bateau est saisi pour n'avoir pas été déclaré au fisc. Toute réclamation concernant cette décision doit nous être adressée avant la fin du mois de juin.
Signé Ann Forsen, centre des impôts.

— Oh, mon pauvre, s'écria Stina en levant les mains dans un geste théâtral.

— Cette pompe à fric a donc confisqué mon bateau ! Comme si je ne payais pas déjà assez d'impôts comme ça ! pesta Bielke, fumant de rage. (Märtha n'aurait pas été surprise de voir de la vapeur s'élever de sa tête.) Même pour un bateau à moteur de trois fois rien, ils veulent que je casque ! Ah putain ! Pour ce qu'ils en font, de l'argent de nos impôts !

— Oui, c'est terrible, n'est-ce pas ? renchérit Märtha avec empathie. Mais il faut se mettre à la place du Trésor public. Comme beaucoup de gens ne paient pas leurs impôts, l'État ne trouve pas les moyens de financer les écoles et les hôpitaux, par exemple.

— Qu'est-ce que tu racontes, la vieille ? Tu dis n'importe quoi. Tu es sûre que tu es de Djursholm ? Si c'est ça, je ne vais pas faire de vieux os ici. Quel pays de merde ! C'est décidé, je me casse !

— Aux îles Caïmans, peut-être ? J'ai entendu dire qu'on vous laissait vivre en paix, là-bas, dit Anna-Greta, la bouche en cœur.

— En tout cas, je ne reste pas ici une seconde de plus. Impossible d'habiter en Suède dans ces conditions !

Prenant la jeune femme par le bras, il se dirigea vers sa maison. Mais il lui arriva la même mésaventure qu'au Râteau : oubliant de regarder où il mettait les pieds, il trébucha sur le fameux Père Noël et se cogna le front sur les pattes du lion. Le gang des dentiers retourna discrètement à l'intérieur avant d'éclater de rire.

Un mois plus tard, Bielke avait vendu la villa, y compris le camion-poubelle. Poussée par la curiosité, Anna-Greta fit des recherches sur Internet pour avoir de ses nouvelles. Il avait gardé son compte Facebook et même, curieusement, son blog. Elle le vit, souriant, sur un selfie à côté d'un yacht à moteur aux allures de sous-marin. On aurait dit un homme d'affaires malaisien, du genre à posséder des bateaux valant des milliards. Le yacht mouillait à Saint-Tropez, et Bielke avait inscrit sous la photo la légende suivante :

Voici mon nouveau bateau, un vrai bijou. Je vais maintenant me contenter de deux, car en gérer plusieurs demande trop de travail. Madelaine et moi allons nous marier cet automne, et nous irons aux Caraïbes à bord de ce bateau. J'adore le soleil et la mer. Faut vraiment être fou pour rester dans un pays aussi froid que la Suède.

62

Le gang des dentiers trouva enfin le temps de récupérer ; Märtha en profita pour réaménager la salle de gym, à la cave. Les murs étaient à présent couverts d'espaliers, et elle acheta chez Rusta de nouveaux tapis de sol, des haltères et trois tapis de course. Elle installa aussi deux vélos d'entraînement. Chaque jour, elle veillait à ce que tous fassent de l'exercice. Même le Génie se montrait assidu, ces derniers temps. Peut-être se rendait-il enfin compte des bienfaits de la culture physique ? Märtha s'en réjouissait.

Le Génie reposa les haltères et observa son ventre. Il avait perdu pas mal de kilos depuis qu'il assistait aux séances de yoga de Stina et à la gym de Märtha ; elles en organisaient presque tous les jours. Pourtant, malgré sa quasi-apparence de jeune homme retrouvée, Märtha n'avait pas reparlé de leur mariage. Ils étaient fiancés, un point c'est tout. Depuis leur retour de Saint-Tropez, il avait fourni beaucoup d'efforts pour lui être agréable, s'était même rasé la barbe, mais les résultats escomptés se faisaient attendre. Il prit une décision : soit renoncer à elle et continuer sa vie, soit lui poser un ultimatum. Mais d'abord, il faudrait *discuter*, comme disaient les spécialistes en psychologie. Il prit une douche, se lava les cheveux avec son meilleur shampoing, et lui demanda un entretien sous le parasol du jardin. Elle le regarda, un peu étonnée.

— Mon Dieu, que tu as l'air sérieux !

Il bredouilla une vague réponse. Märtha passa par la cuisine pour préparer son smoothie rafraîchissant aux myrtilles et aux fraises. Ça devrait le mettre de bonne humeur. Ils s'assirent sur des chaises de jardin.

Il alla droit au but :

— Märtha, tu connais mes sentiments à ton égard, mais j'ai l'impression que tu ne veux pas m'épouser.

Märtha but son smoothie à petites gorgées, et ses dents en devinrent toutes bleues. Ce n'était pas du meilleur effet. Elle semblait très embarrassée.

— Nous avons eu fort à faire avec tous nos braquages de banques et les autres vols, répondit-elle de manière évasive.

— Je sais, mais j'attends notre mariage depuis bientôt un an. Nous avons braqué des banques et volé pour des milliards de couronnes, mais toujours pas de mariage en vue.

— Eh bien, on n'a pas chômé, marmonna Märtha en touillant son smoothie avec énergie.

— Tu rêves peut-être de quelqu'un d'autre ? D'un homme plus musclé ? demanda le Génie en considérant ses bras toujours assez flasques, malgré l'exercice.

— Que vas-tu imaginer ? Pas du tout !

Il faillit objecter qu'elle ne semblait s'intéresser qu'aux yachts, aux braquages et aux *goodie-bags* pour les pauvres, mais préféra lancer :

— J'ai réfléchi. Se marier, ce n'est peut-être pas ton truc…

— Non, en effet, convint Märtha, très soulagée, tout en s'en voulant de répondre aussi clairement. C'est que… le mariage ne garantit pas l'amour, ni que l'amour dure toute la vie. Mais si l'on est en couple avec quelqu'un que l'on aime parce qu'on *veut* être ensemble, c'est autre chose. C'est authentique, en quelque sorte, balbutia-t-elle, les joues en feu.

Le Génie garda le silence et tenta de comprendre ce qu'elle entendait par là.

— Authentique ? Tu m'aimes donc pour de vrai, tu veux dire ?

— Évidemment ! Je t'aime, déclara-t-elle tout de go.

Gênée par ce qu'elle venait de dire, elle détourna le regard. Le Génie, voyant cela, prit son courage à deux mains : il rentra dans la maison et ressortit peu après avec un joli petit paquet cadeau. Ce n'était pas une boîte, mais un emballage tout mou.

— C'est pour toi. Je voulais te le donner depuis un moment, mais avec toutes nos activités de voleurs…

— Tu es si gentil, murmura-t-elle avec un sourire en ouvrant le paquet. Mais tu sais, mon anniversaire n'est que dans six mois.

Elle défit le papier et trouva un objet noir. Le papier de soie blanc révéla un bracelet en cuir noir brillant, avec des franges. Le genre que portent les jeunes, comme les punks sur la péniche. Le Génie s'éclaircit la voix.

— Ce n'est pas quelque chose qui te lie ni t'oblige à aller à l'autel, mais cela montre que nous sommes ensemble, dit-il en sortant un bracelet identique de sa poche. Et puis, c'est plus moderne, non ?

Märtha éclata de rire, mais en voyant le bracelet en cuir qu'il tenait en main, elle fut si touchée qu'elle en eut les larmes aux yeux. Elle mit le sien, puis attacha celui du Génie autour de son poignet solide et velu. Ils n'auraient jamais l'air de vrais punks, mais les bracelets faisaient tout de même leur petit effet.

— Le Génie, un lien comme celui-ci autour du poignet, c'est mieux que tous les mariages du monde. Ça veut dire que toi et moi, nous sommes ensemble...

— Et qu'on s'aime ?

— Mais oui ! Qu'est-ce que tu croyais ? dit Märtha.

Le Génie lui prit la main, et ils montèrent dans leur chambre. Ce jour-là, ils restèrent si longtemps en haut que leurs amis commencèrent à s'inquiéter, mais quand ils apparurent main dans la main, chacun un bracelet de cuir noir au poignet, ils comprirent. Stina descendit vite à la cave chercher une bouteille de leur meilleur champagne, Anna-Greta disposa des coupes, des chips et des olives sur la table, et ils trinquèrent pour fêter l'événement. Anna-Greta avait toutefois la tête et le cœur tout à fait ailleurs. À l'insu des autres, n'écoutant que ses sentiments, elle continuait à voir Blomberg en cachette. Elle ne pouvait pas lui résister, tout en sachant bien qu'elle jouait avec le feu.

63

Quelques semaines s'étaient écoulées, et Anna-Greta était plus d'une fois retournée voir l'avocat Nils Hovberg pour régler les affaires du gang des dentiers. Il faisait beau ; dans sa Ferrari, elle avait mis *My Way* de Frank Sinatra, le volume monté à fond, une chique sous la lèvre supérieure. Depuis leur retour, elle rendait régulièrement visite à Hovberg pour contrôler toutes leurs transactions. Certes, toucher l'argent de l'assurance de Lloyd n'avait pas été une mince affaire, mais comme ils avaient le titre de propriété, le contrat et tous les documents nécessaires, la situation s'était débloquée grâce à l'aide de l'avocat. Cet argent n'avait pas été versé sur leurs propres comptes, mais sur celui de *Grindslanten*, désormais enregistré aux îles Caïmans sous le nom de *Fence*[1]. Ils étaient parvenus à transférer tant d'argent là-bas que même cet avocat pourri de Hovberg avait été impressionné.

— Vous avez beau être à la retraite, on dirait que vous n'arrêtez jamais, commenta-t-il avec un sifflement admiratif en voyant leurs derniers versements.

_____

1. La traduction anglaise du mot suédois *grind* : « barrière ».

— Nous avons eu toute la vie pour rassembler nos forces, vous comprenez ? répondit Anna-Greta d'un ton joyeux.

— Mais un milliard de couronnes !

— Oh, c'est seulement le premier million qui est difficile, dit-elle négligemment en cherchant des yeux un cendrier, avant de se rappeler qu'elle chiquait.

— Avec des clients comme vous, il faut s'accrocher, dit l'avocat en souriant.

Elle dut admettre que Nils Hovberg était un bon avocat. Avec sa discrétion professionnelle, il s'était gardé de se renseigner sur l'origine des fonds, tout en augmentant ses émoluments. Comme cela lui avait été demandé, il avait effectué des placements judicieux avec l'argent du gang des dentiers, sans leur faire d'entourloupes. Ainsi, ils disposaient maintenant d'encore plus d'argent à redistribuer. Tous les mois, par le biais de différentes filiales, des versements importants étaient effectués depuis le compte de *Grindslanten* sur un fonds d'aide pour les bas salaires des aides à domicile et du personnel soignant. Il était impossible de retracer les versements, et 20 % des gains étaient réservés à la future Vintageville.

— Merveilleux, merci pour votre aide, dit Anna-Greta une heure plus tard en se levant.

— Ça fait beaucoup de comptes à gérer, mais je suis là pour ça, dit Hovberg en la raccompagnant à la porte.

Beaucoup de comptes à gérer ? Elle songea soudain à ceux que Blomberg avait piratés. Elle les avait notés quelque part pour les regarder de plus près, ce soir-là, puis s'était endormie dessus et n'y avait plus repensé par la suite. Il était grand temps de voir si les ponctions du compte d'Oleg se déroulaient comme prévu. Sa Ferrari garée dans la rue avait écopé d'une contravention, mais elle froissa le papier et le jeta dans la première poubelle venue avant de démarrer. Puis elle regretta son geste et fit demi-tour pour le récupérer. Mieux valait payer ses contraventions. On ne devait jamais, jamais laisser la moindre trace derrière soi.

— Je n'en reviens toujours pas : il est si simple de frauder le fisc et de soustraire des milliards de couronnes à l'État ! dit Märtha plus tard ce soir-là, quand Anna-Greta leur eut raconté son entrevue avec Hovberg.

Le gang des dentiers buvait une tisane dans la bibliothèque tout en parlant affaires.

— Les gens du Trésor public n'ont rien compris, et c'est grave. La Suède a besoin d'argent.

— Il faudrait renforcer les contrôles monétaires. Qui va payer pour les vieux et les pauvres quand nous ne serons plus en mesure d'assurer cette tâche ? s'inquiéta Stina.

— Pour l'instant, nous sommes là et nous avons l'argent pour faire bouger les choses. Je repense à cette Vintageville dont tu parlais, Märtha, dit Anna-Greta.

— Comment ça, « vintage » ? On n'a pas trouvé un meilleur nom ? l'interrompit le Génie.

— La ville des maisons de joie… ? plaisanta le Râteau.

— Je sais ce que nous allons faire : créer la meilleure maison de retraite du monde. Un foyer pour seniors de classe universelle, comme disent les politiques quand ils ne savent pas de quoi ils parlent, dit Märtha sans tenir compte des remarques de ces messieurs.

— Ils disent « de classe mondiale », corrigea le Râteau.

— Oui, exactement. Une maison de retraite de classe mondiale. AB[1] le Brillant ! s'écria Stina.

— Excellente idée, s'exclamèrent-ils en chœur, la mine réjouie.

— Mais le nom ? demanda Märtha. Pourquoi « le Brillant » ?

— J'ai pensé à notre aquarium, naturellement, notre banque, répondit Stina.

L'idée lui était venue en regardant l'aquarium dans la cave. Il contenait à présent plus de brillants et de pierres précieuses scintillantes que de petits poissons rassasiés. Cet aquarium était devenu leur coffre-fort privé. Comme on ne pouvait plus compter sur les banques, ils étaient bien obligés de créer leur propre système. Dans un aquarium, il était facile de voir si quelqu'un essayait de dérober quelque chose (une main qu'on y plongeait se voyait, l'eau devenait trouble). Ils avaient aussi installé un écriteau indiquant ATTENTION AUX PIRANHAS censé refroidir les cambrioleurs. Certes, ce placement ne rapportait rien, mais les banques avaient de toute façon quasiment supprimé les intérêts des comptes d'épargne. Au moins, ça évitait de faire la queue et de devoir montrer ses papiers d'identité quand on voulait sortir de l'argent, pour découvrir qu'on pouvait à peine y toucher. Et puis, dans les périodes de crise, l'argent des banques pouvait être confisqué sans prévenir. Eux n'avaient

---

1. AB (*Aktiebolag*) : « société par actions ».

qu'à sortir les pierres et les laisser sécher sur une serviette.

Le projet de la maison de retraite AB le Brillant commença à prendre forme, et ils n'eurent plus une minute à eux. Märtha et ses amis avaient un peu perdu l'habitude des affaires légales, mais ils s'adaptèrent vite. Ils s'étaient récemment enfuis d'une maison de retraite épouvantable et avaient à présent l'occasion d'en créer une selon leurs désirs, un lieu de rêve où chacun disposerait d'une chambre agréable avec accès à toutes sortes d'activités. Le personnel serait suffisant et payé correctement, les horaires de travail décents. Tous seraient traités avec dignité, auraient droit à de la bonne nourriture, pourraient sortir quand ils le souhaiteraient, bref, auraient une vie calme et harmonieuse. Eux-mêmes ne voyaient pas d'inconvénient à mener une telle vie, car courir après l'argent et éviter la police n'avaient vraiment pas été de tout repos. Comme pour tout, il fallait savoir s'arrêter à temps. Dans leur cas, avant que l'un d'eux ne se retrouve sous les verrous. Il ne restait plus qu'à espérer que personne ne fasse jamais le lien entre eux et les braquages non élucidés.

Face au miroir de la salle de bains, Anna-Greta plissa le front. Elle avait emprunté en cachette un peu de maquillage à Stina et se mit un voile de poudre sur les joues pour rendre son teint plus mat et plus lisse en toute discrétion. Mais elle ne s'arrêta pas à temps, et mit tant de poudre que sa peau en devint toute sèche. Elle avait la tête ailleurs. Blomberg... Elle avait très mauvaise conscience de continuer à le voir, lui, un flic.

Elle avait bien essayé de l'oublier, mais en vain. Après toutes leurs conversations, les heures passées ensemble à écouter de la bonne musique, leurs étreintes et les compliments qu'il lui faisait, elle n'avait plus eu la force de lutter. Elle le fréquentait en cachette, même si elle ne pouvait pas lui faire confiance à 100 %. Il y avait bien eu quelques signes d'avertissement, mais elle avait préféré les ignorer. Comme tous les amoureux, elle choisissait d'être aveugle.

Un soir, il lui proposa une promenade à Skansen[1] sous le prétexte qu'il avait quelque chose d'important à lui dire et voulait le faire loin des oreilles indiscrètes. (Une déformation professionnelle, estima Anna-Greta, qui sentit pourtant son ventre se nouer.) Ils s'y rendirent donc main dans la main, se baladèrent dans le quartier des artisans, passèrent devant de vieilles maisons et des animaux dans des enclos.

— Je ne peux pas me taire plus longtemps, Anna-Greta. Il faut que je te dise…

Anna-Greta fut si troublée qu'elle posa sa tête contre son épaule pour s'apaiser.

— La police recherche Märtha, continua-t-il. J'ai parlé avec Jöback et ses collègues à Kungsholmen. Ils veulent voir les vidéos de surveillance de la banque que je possède. Elle apparaît distinctement dessus.

— Mais tu n'es pas obligé de… la dénoncer ? Une pauvre vieille femme, je veux dire…

— Si je ne le fais pas, je peux dire adieu à mon travail et à mon bureau de détective.

---

1. Musée en plein air présentant la vie en Suède à travers les âges.

— Mon Dieu ! Tu m'avais dit que tu avais arrêté !
Alors c'était du pipeau, cette histoire de *mindfulness* ?

— Non, mais ce n'est pas facile de laisser tomber
son ancien métier.

— Et les vinyles, alors ? Toi qui viens d'ouvrir
une boutique sur Internet !

— Je ne peux pas continuer comme ça. Je ne veux
pas que tu sois triste, je sais que je devrais faire des
concessions…

Anna-Greta s'arrêta net, ses yeux se firent durs :

— Si jamais tu sous-entends que Märtha peut être
impliquée dans un braquage de banque, tu ne me
reverras plus jamais. Tu entends ?

— Mais…

Anna-Greta hocha la tête et s'éloigna d'un pas
décidé, sauta dans le premier taxi venu et rentra à
la maison. Passé le seuil, elle salua brièvement les
autres et monta directement dans sa chambre où elle
s'enferma. Elle ouvrit son iPad. Il y a longtemps
qu'elle aurait dû le faire ! Quand elle avait vérifié
avec Hovberg la somme versée sur leur compte aux
îles Caïmans, elle avait constaté que ce n'était pas tout
à fait celle sur laquelle Blomberg et elle s'étaient mis
d'accord. D'autres ne s'en seraient peut-être pas rendu
compte, mais elle était imbattable en calcul mental.
Le constat était sans appel : de l'argent avait disparu.
Blomberg s'était-il trompé en tapant les chiffres et
en passant en revue les différents comptes russes ?
Mais d'ailleurs, pourquoi avait-il consulté différents
comptes ?

Elle posa ses notes sur la table et essaya de retrouver ce que Blomberg avait fait. Au bout de quelques
heures, elle parvint à remonter jusqu'à Oleg. Elle

examina l'écran. En effet, un transfert du compte russe vers le leur était effectué chaque mois. D'accord. Et ça, là, alors ? De petites sommes, entre 80 000 et 90 000 couronnes suédoises, étaient prélevées tous les mois par le biais de plusieurs sociétés écrans, pour un compte anonyme. Bizarre. Elle essaya de trouver le nom du bénéficiaire. La fatigue la gagnait, mais elle sentait qu'elle tenait le bon bout : ce n'était pas le moment de flancher. Enfin ! Elle relâcha les épaules et sourit. Les versements arrivaient sur le compte d'une société du nom d'AB Einstein. Son intuition ne l'avait pas trompée. AB Einstein ! Comme par hasard, le chat de Blomberg s'appelait Einstein. Ce policier pourtant expérimenté avait-il commis l'erreur de débutant qui consiste à donner à sa société le nom d'un être proche ? Il ne pouvait s'agir que de son Ernst... Tout à coup, ce fut comme un soulagement, une libération. Elle se précipita dans la bibliothèque et cria :

— Blomberg est une crapule ! Un escroc de la pire espèce, et il a fallu que je tombe sur lui !

— Ça alors, Anna-Greta ! Il a plusieurs femmes à la fois ? s'étonna le Râteau.

— Non. Montez dans la pièce de la tour et j'apporterai des tisanes pour tout le monde.

Les autres comprirent qu'elle avait quelque chose d'important à leur dire et obéirent sans discuter. Une fois là-haut, après avoir servi à chacun une tisane fumante, elle commença à raconter. Les joues empourprées de honte, elle reconnut avoir continué à voir Blomberg en cachette, mais avec la sensation de garder à tout moment le contrôle de la situation. Elle s'était méfiée, à juste titre.

— Donc, conclut-elle, il est aussi malhonnête que

nous, sinon plus. J'ai donc l'intention d'aller lui dire ce que je sais. Soit il détruit toutes les preuves et les images de surveillance, soit je vais voir la police.

— Ça paraît nécessaire, dit le Génie. Et ensuite, il pourrait faire partie de notre gang, qu'est-ce que vous en dites ?

— On est très bien comme on est, dit Stina.

— Oui, mais nous avons besoin d'un assistant, intervint Anna-Greta. Notre rayon d'action international exige que nous soyons toujours au top. Et moi, en tout cas, je ne le suis pas. J'ai trop à faire.

— Je croyais qu'on devait arrêter de commettre des délits ? fit remarquer Stina. À moins de faire une rechute et de dévaliser une autre banque…

— Voilà, dit Anna-Greta. Mais si nous rechutons, il faut que le jeu en vaille la chandelle. Pourquoi ne pas prier Blomberg de vider les comptes de tous les fraudeurs du fisc, par exemple ?

Tous jugèrent l'idée excellente et décidèrent à l'unanimité d'enrôler Blomberg dans le gang. Une décision fêtée avec du champagne bien frais !

Le lendemain, Anna-Greta n'attendit pas Blomberg au restaurant mais alla directement chez lui.

— AB Einstein, tu es un petit rusé, hein ? lança-t-elle.

Blomberg tomba des nues.

— Oh, juste un complément de revenus, répondit-il de manière évasive. (Avait-elle mis au jour ses transferts secrets ?)

— Ah, Ernst, j'adore les gens comme toi. Ce qu'on s'amuse ! Tu es *à la fois* escroc et policier. Voilà qui pimente la vie !

— Hum, dit Blomberg.

— Si tu détruis tous tes affreux dossiers concernant les braquages de banque, je promets de ne pas te dénoncer à la police.

— Hum, répéta-t-il.

Cette fois, il se sentit réellement épris, pour la première fois de sa vie. Ils discutèrent longuement, dans le calme, puis il sortit du réfrigérateur de délicieux filets de hareng aux épices. Il s'assit devant l'ordinateur et ouvrit les dossiers des données concernant les braquages de banque. Ensuite, il posa les harengs à même le clavier et alla s'asseoir sur le canapé pour enlacer Anna-Greta. Peu après, son Einstein adoré sauta sur les touches et se mit à appuyer partout, comme l'avait espéré son maître. Les dossiers disparurent à mesure que le chat se régalait. Blomberg sourit puis consacra de nouveau toute son attention à son amie. Il n'entendit même pas les harengs tomber au sol ni le chat sauter à terre avant que tous les dossiers ne soient effacés. Il était amoureux, sincèrement amoureux, ce qui l'amenait à commettre des erreurs. Mais quelle importance ? Il pensait enfin prendre sa retraite et commencer une toute nouvelle vie !

Épilogue

Anna-Greta arriva les bras chargés de vinyles ; Märtha suspendait des ballons et des serpentins aux murs de leur nouvelle salle. Le Génie s'activait à brancher les deux platines, Stina dressait et décorait les tables, et le Râteau était dans la cuisine pour surveiller le chef. Le gang des dentiers organisait sa soirée dansante du mercredi, la soirée « défoulement », comme disait Märtha. S'ils continuaient à économiser de l'argent pour créer leur Vintageville, ou la Cité de la Joie, ainsi qu'ils l'appelaient maintenant, ils avaient aussi ouvert des logements pour personnes âgées, le Brillant, dans un bâtiment qu'ils louaient et où ils pouvaient proposer une cuisine de qualité.

Les activités offertes aux seniors étaient nombreuses ; c'était un moyen de tester leurs projets de la Cité de la Joie. Blomberg avait aménagé un coin de la salle pour essayer une nouvelle forme de speed dating, une variante simple avec des applications sur téléphone portable. Ceux qui remportaient le speed dating du jour avaient droit à un billet gratuit pour la péniche et à un repas de fête. Le gang des dentiers et

Ernst Blomberg travaillaient en étroite collaboration avec Anders et Emma, restés à Huvudsta.

— Et si on mettait un peu d'Elvis Presley ? suggéra Anna-Greta quand le Génie eut terminé ses branchements. *Jailhouse Rock* ?

— Pourquoi pas, ça nous tiendra éveillés, répondit ce dernier avec un sourire gai.

Anna-Greta mit le disque sur la platine et monta le volume à fond.

Sten Falander, le porte-parole de l'association Sankt-Erik pour les droits de copropriété, qui avait cinquante-cinq ans, s'enfonça la tête sous les oreillers et soupira. Quelle vie ! Ces vieux n'arrêtaient donc jamais ? Comment aurait-il pu imaginer qu'ils seraient aussi remuants ? Märtha Anderson et ses amis avaient entre soixante-quinze et quatre-vingt-quatre ans, et les membres de la direction et lui-même s'étaient dit qu'ils ne prenaient aucun risque. Grave erreur… Quand il s'était plaint du vacarme auprès des autorités des soins de santé, on lui avait ri au nez. Les vieux étaient gentils et silencieux, lui avait-on répondu, alors inutile de venir débiter ses mensonges uniquement parce qu'il voulait récupérer les locaux. Impossible de les expulser. Quand il avait essayé, il s'était fait traiter de raciste antivieux, et la ville avait menacé de saisir un médiateur face à sa conduite discriminatoire.

La cause de toutes ses misères était cet horrible foyer pour vieux appelé AB le Brillant. Une nouvelle maison de retraite, plus moderne : voilà comment Märtha lui avait présenté les choses quand elle avait visité les lieux. Le bâtiment comptait déjà des salles de gymnastique, un spa et une piscine. « Je n'aurais pas pu trouver mieux », avait-elle déclaré d'un ton léger.

On lui aurait donné le bon Dieu sans confession, et il était tombé dans le panneau. Maintenant, le loup était dans la bergerie.

My Way de Frank Sinatra résonnait à travers les murs presque chaque jour ; c'était toujours mieux que Jokkmokks-Jokke ou la musique de hip-hop qu'ils avaient mise ces derniers temps. Et tous les mercredis soir, la musique dansante faisait vibrer les vitres. Il le disait aux retraités, glissait des plaintes dans leur boîte aux lettres ; ils promettaient de baisser le volume, présentaient des excuses pour la gêne occasionnée, mais, dès le lendemain, ça reprenait de plus belle. Ils prétendaient avoir oublié…

Et s'il n'y avait que la musique ! Mais ils avaient aussi un billard et jouaient à la roulette. Comment était-ce possible ? Il les soupçonnait fort d'avoir transformé les locaux en un tripot clandestin où l'on misait de grosses sommes d'argent. Si c'était ça, et il l'espérait, il pourrait peut-être les faire expulser. Il devait y avoir quelque chose de louche là-dessous : sinon, comment l'asperge de quatre-vingt-deux balais aurait-elle eu les moyens de rouler en Ferrari ? Pourtant, chaque fois qu'il avait débarqué à l'improviste, il n'avait rien vu d'anormal. Falander essaya de se rendormir. Après *Jailhouse Rock*, il eut droit à *Gotländsk sommarnatt* d'Arne Lamberth, le son poussé à fond. Là, ils y allaient un peu fort ! Il était 23 h 30 !

Falander se leva, s'habilla et se passa un coup de peigne. Puis il descendit et ouvrit la porte avec sa propre clé, pour être sûr qu'on ne la lui claquât pas au nez. D'ailleurs, sonner aurait été inutile : ils n'entendraient rien, même avec leurs prothèses auditives.

Il passa d'abord devant la petite salle de pédicure et de manucure, puis devant celle où ils avaient installé leur propre salon de coiffure. Le bureau était fermé le soir, mais il y avait de la lumière dans la pièce réservée aux infirmières, et dans la cuisine on s'affairait fort : deux cuisiniers d'un certain âge préparaient un souper dont les bonnes odeurs lui chatouillèrent les narines. Il s'arrêta devant le menu affiché à l'extérieur de la cuisine.

Mon Dieu, quels plats ! Il y avait des fruits, des légumes et des noix mais aussi du poisson, de la volaille et même de la viande grillée le dimanche. Il refréna son envie de demander à goûter et entra dans la salle commune. La musique entraînait les vieux, avec ou sans canne, parfois même en fauteuil roulant, sur la piste. Derrière deux platines, la grande asperge agitait les bras au-dessus de sa tête, faisant office de disc-jockey.

— Arne Lamberth chante bien, c'est sûr, mais que diriez-vous de *Gulli-Gullan*, maintenant ? lança-t-elle à pleine voix.

— Non, *Rock Around the Clock* ! cria un gentleman avec un foulard autour du cou.

— Oui, bonne idée ! dit un groupe de vieux accoudés au bar avant de rejoindre la piste de danse.

Ils avaient tous au moins vingt-cinq ans de plus que lui, mais semblaient beaucoup plus jeunes. Il avait entendu dire que certains Japonais, dans une région montagneuse reculée, devenaient centenaires : c'était donc possible. Mais comment expliquer que des octogénaires suédois aient l'air si jeunes ? Il se dirigeait vers les platines pour prier la femme de les éteindre, quand il aperçut un panneau d'affichage présentant les activités de la journée. Encore une fois, il tomba en arrêt : ces vieux avaient des cours de yoga et de fitness tous les jours, ainsi que tout un tas d'autres possibilités : aquarelle, cuisine, approfondissement du suédois et même littérature étrangère. Il y avait aussi des ateliers de poterie et de création de bijoux en argent. Falander comprenait mieux pourquoi tant de coups de marteaux avaient résonné dans la maison ces derniers temps. Et le vendredi, ils organisaient des séances de *mindfulness* et de speed dating !

Il se gratta la nuque, éberlué : en plus, les vieux « travaillaient ». Sur un grand panneau destiné à un système d'entraide, ils proposaient leurs services comme organisateurs de soirées, jardiniers, cuisiniers et même professeurs de mots croisés. Il vit aussi des cours pour apprendre à faire des virements bancaires par Internet sans risquer d'être victimes de hackers.

Il secoua la tête et se dirigea vers le bar. Assez d'efforts intellectuels pour aujourd'hui ; il n'avait plus la force de se demander comment ils avaient obtenu la licence pour servir de l'alcool. Il avait juste envie d'une pinte de bière bien forte.

— Eh, vous, là ! Vous ne voulez pas danser ? Nous n'avons pas assez de cavaliers. Allez, venez ! lui lança une femme d'un certain âge, tout sourires.

Ses yeux dégageaient une telle joie de vivre… Ce n'était pas l'asperge, mais la dénommée Märtha, celle qui avait réussi à le convaincre de leur louer ces locaux. Il fut tout décontenancé.

— Danser ? Je veux dormir ! Vous passez la musique si fort que je ne peux pas…

— Oh, mon pauvre ! Mettez-vous des bouchons

dans les oreilles et isolez vos fenêtres. Ou laissez-vous aller !

— Mais...

— Il faut s'amuser tant qu'on le peut encore, vous n'êtes pas de mon avis ?

Face à ses bras tendus, Falander ne put refuser. Quand le disc-jockey passa *Heart Break Hotel*, il la suivit sur la piste de danse, et la fois suivante, il prit les devants. La voix suave de Sinatra dans *Fly Me to the Moon* remplissait à présent la salle.

— Voulez-vous danser ? demanda-t-il, un peu gêné.

Elle fit oui de la tête, un sourire si désarmant aux lèvres que Falander ne sut plus où se mettre. Tout le monde, ici, respirait la joie de vivre. Il faut profiter de la vie tant qu'on le peut. Märtha avait raison !

Remerciements

Dans ce dernier opus, le gang des dentiers a encore frappé, et cela a donné pas mal de fil à retordre à l'écrivain. Autant dire que l'aide et le soutien ont été précieux au cours de mon travail.

Un grand merci à vous tous, chez Bokförlaget Forum, qui avez travaillé sur ce livre. Un immense merci à mon éditrice Teresa Knochenbauer pour sa relecture attentive et constructive du manuscrit, et à ma rédactrice Liselott Wennborg Ramberg pour tout son travail délicat sur le texte. Merci aussi à ma correctrice Anna Cerps, à Agneta Tomasson pour la mise en pages et à Désirée Molinder, la chef de fabrication. De même, merci à Sara Lindegren et Annelie Eldh, de la communication, qui ont travaillé à faire connaître le livre, et à Göran Wiberg, Bernt Meissner, Torgny Lundin et Bo Bergman qui ont vendu les aventures du gang des dentiers dans tout le pays. Les délicieuses couvertures de Nils Olsson sur les trois livres de la série ont apporté une touche supplémentaire.

En dehors de la maison d'édition, de nombreux amis m'ont été d'une aide inestimable. De tout cœur merci à Lena Sanfridsson pour ses critiques précieuses et son regard professionnel, ainsi qu'à Inger Sjöholm-Larsson pour toutes ses remarques judicieuses. Grâce à vous, l'écriture de ce livre a été beaucoup plus amusante.

Je tiens aussi à remercier chaleureusement Ingrid Lindgren qui m'a toujours répondu sur-le-champ quand je me heurtais à des difficultés au fur et à mesure de la rédaction, de même que Gunnar Ingelman qui, par ses critiques constructives et ses encouragements, m'a accompagnée tout le long de ce voyage, du premier au dernier chapitre. Je voudrais aussi adresser un grand merci à Mika Larsson qui m'a donné son avis honnête et franc sur le texte et son contenu, de même que Barbro von Schönberg qui m'a fait très plaisir en me confortant dans mes choix. Merci aussi à Agneta Lundström pour son soutien sans faille.

Un chaleureux merci à Isabella Ingelman-Sundberg pour son aide affectueuse et sa disponibilité, à Fredrik Ingelman-Sundberg pour être une source d'inspiration et savoir résoudre mes problèmes dans la bonne humeur, ainsi qu'à Henrik Ingelman-Sundberg pour ses critiques toujours d'une sincérité incroyable.

J'en profite pour remercier Magnus Nyberg qui, de manière toujours franche, m'a dit ce qui fonctionnait et ce qui méritait peut-être d'être amélioré, et Solbritt Benneth qui a lu très soigneusement la première version du manuscrit. Un grand merci aussi à Kerstin Fägerblad qui a lu tous mes livres dans leur première version, un exploit que, au fil des ans, je sais apprécier à sa juste valeur.

Merci aussi à mes professeurs chez Manuspiloterna, Kurt Öberg et Fredrik Lindqvist, pour leurs magnifiques cours sur la conception et la dramaturgie au cinéma.

Sans oublier Maria Enberg, Lena Stjernström, Peter Stjernström, Lotta Jämtsved Millberg et Umberto Ghidoni de mon agence Grand Agency. Grâce à leur travail, le *Gang des dentiers* a été vendu à de nombreux pays, dans le monde entier, et le présent épisode est déjà en train de suivre le même chemin. Un grand, grand merci !

Pour finir, je voudrais remercier Hans et Sonja Allbäck qui m'ont, depuis de longues années, inspirée et soutenue pendant que j'écrivais, ainsi que Rehné et Kim-Benjamin Falkarp, à Fryst, pour leurs conversations enrichissantes et les meilleurs *drinks* de Stockholm.

POCKET N° 16540

Catharina Ingelman-Sundberg

LE GANG DES DENTIERS FAIT SAUTER LA BANQUE

PAR L'AUTEUR DE
*COMMENT BRAQUER UNE BANQUE
SANS PERDRE SON DENTIER*

POCKET

« *On ne se lasse pas
des acrobaties en
fauteuil roulant de
Märtha, du Génie,
du Râteau, d'Anna-
Greta et de Stina.* »

ELLE

**Catharina INGELMAN-
SUNDBERG**

LE GANG DES DENTIERS FAIT SAUTER LA BANQUE

Märtha et ses acolytes ont quitté leur maison de retraite sordide pour Las Vegas. Ils ne sont pas là pour jouer, ils veulent rafler la mise. Leurs atouts : des dentiers sauteurs, des déambulateurs et l'innocence de leur âge vénérable. Les jeux sont faits. Riche à millions, le gang rentre en Suède pour une retraite dorée et une redistribution façon Robin des Bois du 3e âge. Mais la roue tourne : les diamants sont perdus, l'argent a disparu, et une bande de bikers pourrait bien finir de les mettre sur la paille...

Retrouvez toute l'actualité de Pocket sur :
www.pocket.fr

Faites de nouvelles rencontres sur pocket.fr

- Toute l'actualité des auteurs : rencontres, dédicaces, conférences...
- Les dernières parutions
- Des 1ers chapitres à télécharger
- Des jeux-concours sur les différentes collections du catalogue pour gagner des livres et des places de cinéma